Ausführliche Informationen über
unsere Autoren und Bücher
finden Sie auf unserer Website
www.dtv.de

Anja Jonuleit

Der Apfelsammler

Roman

Deutscher Taschenbuch Verlag

Von Anja Jonuleit
sind im Deutschen Taschenbuch Verlag erschienen:
Novemberasche (21246)
Der andere Tod (21287)
Neunerlei (21326)
Herbstvergessene (24788 und 21540)
Die fremde Tochter (24945)

Originalausgabe 2014
3. Auflage 2014
© 2014 Deutscher Taschenbuch Verlag GmbH & Co. KG,
München
Umschlagkonzept: Balk & Brumshagen
Umschlaggestaltung: Wildes Blut, Atelier für Gestaltung, Stephanie Weischer
unter Verwendung von Fotos von Arcangel Images / Yolande de Kort und
mauritius images / Creativ Studio Heinemann und eines Motivs von
mauritius images / Bernard Jaubert
Satz: Greiner & Reichel, Köln
Gesetzt aus der Adobe Garamond 10,5/13˙
Druck und Bindung: CPI – Ebner & Spiegel, Ulm
Gedruckt auf säurefreiem, chlorfrei gebleichtem Papier
Printed in Germany · ISBN 978-3-423-26017-6

*Für meinen geliebten Vater
Peter Jonuleit
(1940–1987)*

Das blaue Bild

Ich besitze ein Foto von San Lorenzo, aufgenommen an einem Abend, kurz bevor die Dunkelheit kam und man nicht mehr fotografieren konnte. Ich habe die Aufnahme von einem Hügel aus gemacht, mit dem Stativ und einer extrem langen Belichtungszeit. Ich weiß noch, wie lange ich dort wartete, auf einer Art grasbedecktem Vorsprung, bis endlich der Moment gekommen war. Und ohne mich loben zu wollen, muss ich sagen, dass sie mir gut gelungen ist. Alles ist in blaues Licht getaucht, die Scheunen, die Kapelle, der alte Pfarrgarten, das Wohnhaus aus grauem Stein. Und die Obstbäume.

Ich habe es im Frühjahr aufgenommen, bald nach meiner Ankunft in Castelnuovo. Die Bäume blühen, ich glaube, es sind die Hauszwetschgen, *i susini*, wie du mit weicher Kadenz zu sagen pflegst; ihre Zweige sind wie von einem weißen Gespinst umwoben. Der Zufahrtsweg leuchtet hell, fast weiß in der Abenddämmerung, von oben sieht er aus wie ein breites Band, das jemand in einem sorgfältigen Bogen ausgelegt hat. Das ganze Leben scheint dort blau zu sein, *blue*, wie der Engländer sagt, ein wenig traurig. Und das ist es ja auch, jetzt, wo sie fortgegangen ist. Aber vielleicht denke ich das auch nur, weil ich selbst gerade ein wenig traurig bin – über die verlorenen Jahre, die man uns gestohlen hat.

In dieser blauen Welt ist nur ein einziges Fenster erleuchtet. Das Fenster vom *Salotto*, dem Raum mit dem steinernen Kamin und dem wuchtigen Refektoriumstisch, auf dem sich die Unterlagen türmen: Bücher mit vergilbten Seiten, antiquarische Stiche, gefertigt mit einer Raffinesse und Präzision, die heute niemand mehr hinbekommt.

Immer wenn ich das Bild anschaue, denke ich, dass du dort saßt, an ebenjenem Tisch, zu ebenjenem Zeitpunkt, als ich mein

Stativ aufbaute und darauf wartete, dass das Licht die richtige Qualität bekäme. Ich sehe dich vor mir, mit gerunzelten Brauen, in der rechten Hand einen Apfel haltend, mit der Linken in einem alten Buch blätternd, im Lichtkegel des Lampenschirms aus honiggelbem Glas.

Und dann lächle ich still vor mich hin, ich kann gar nicht anders, auch wenn ich nicht weiß, wie du reagieren wirst, wenn ich bald zu dir gehen und dir nach langem Überlegen endlich diesen Brief geben werde. So viel Schreckliches ist geschehen, so vieles, das nie mehr gutzumachen ist.

Die Dämmerung fällt auf San Lorenzo und sie ist blau. Wenn die Obstbäume blühen im April, dann ist das Blau von einer Zartheit, die sich kaum beschreiben lässt. Dann leuchten die unzähligen Blüten in das Blau hinein und alles erinnert an Brüsseler Spitze oder an Meeresschaum.

Der Einödhof

Hannah

Schon immer bin ich gerne lange Strecken gefahren. Habe sogar mal darüber nachgedacht, den LKW-Führerschein zu machen, und finde es noch immer ziemlich lässig, so durch die Lande zu tuckern und alles an mir vorbeiziehen zu lassen: Bäume, Häuser, Gedanken. Ich beneide die Trucker um ihre Aussicht, vielleicht auch um das Alleinsein, aber am meisten um ihre Kojen, in die sie sich verziehen, wenn sie ihre Strecke runtergerissen haben. Ich weiß, ich weiß, ich habe ein falsches Bild vom Fernfahren, so ein verträumtes. Aber ist es nicht so, dass Träume irrational sind und es auch bleiben dürfen?

Als ich jedoch an diesem Tag in meinem guten alten VW-Bus hockte, war alles anders. Die Autostrada del Sole hatte überhaupt nichts Verträumtes und meine Gedanken waren alles andere als frei. Und wenn ich mir etwas hätte wünschen dürfen, dann wäre es gewesen, nirgends ankommen zu müssen. Schon gar nicht in Castelnuovo, wo Eli vor drei Wochen gestorben war. Mein Kopf schien nur zwei Themen zur Auswahl zu haben: dass Eli tot war und meine Beziehung zu Martin auch.

Der Anruf war in dem Moment gekommen, als Martin mir eröffnet hatte, dass *die Susi* krank geworden sei. Das Handy hatte hartnäckig gebimmelt und ich hatte es wie ferngesteuert aus meiner Tasche gewühlt, um diesem verdammten Lloyd Cole und seinem *That boy* das Maul zu stopfen, wobei Martin schon wieder seinen genervten Gesichtsausdruck bekommen hatte. So guckte er auch immer, wenn ich ihn auf seine Scheidung ansprach. Das Bimmeln verstummte.

»Was soll denn das heißen?«, fragte ich.
»Ich kann jetzt nicht weg hier.«
»Aber unser Urlaub ist gebucht.«

»Jemand muss die Kinder ins Ferienlager fahren. Das musst du doch verstehen.«

Das Handy unternahm einen zweiten Versuch. Mechanisch drückte ich die Taste und hörte eine Frau »Pronto!« rufen. Ein Anruf aus Italien. Mein Blick klebte an Martins Gesicht, der genervter aussah denn je. Zerstreut fragte ich auf Italienisch nach, wer denn da überhaupt sprach.

»Hier ist Roberta Rossi aus Castelnuovo. Ich bin eine gute Bekannte Ihrer Tante …«

Plötzlich pochte es in meinem Schädel und ich umkrampfte das Telefon fester. Im Augenwinkel sah ich, dass Martin eine ungeduldige Bewegung machte. Er konnte es nicht ausstehen, wenn ich bei unseren Treffen vergaß, das Handy auszuschalten.

»Ich …«, hörte ich da die Frau sagen. »Ich muss Ihnen leider mitteilen, dass Ihre Tante … dass Eli …«

»Was ist mit ihr?«, rief ich und hörte selbst, wie schrill meine Stimme klang. »Hatte sie einen Unfall?« Sofort dachte ich an Elis rasanten Fahrstil. Ich hatte sie immer wieder beschworen, langsamer zu fahren. Vorsichtig und vorausschauend, so wie andere Sechzigjährige. Doch noch während ich vor meinem inneren Auge Eli am Steuer ihres blauen PT Cruiser Cabriolets sitzen sah, hörte ich die fremde Stimme sagen:

»Nein … nein … Kein Unfall. So wie es aussieht, hatte Eli wohl einen Gehirnschlag. Es tut mir so leid. Meine Mutter, Assunta, hat sie heute Morgen tot in ihrem Haus gefunden.«

Ich ließ das Handy sinken. Löste meinen Blick von Martins Gesicht, starrte durch die Frontscheibe auf die Schrottautos, die hinter dem Zaun, auf dem Gelände von Hottes Abwrackunternehmen, zu einem gigantischen Turm gestapelt waren.

Eli war tot.

Und ich saß hier, auf diesem Parkplatz, neben einem Mann, der nicht meiner war. Und es nie sein würde. Aus weiter Ferne hörte ich die Stimme aus dem Handy in meinem Schoß. Und dann drehte ich mich langsam zu Martin und sagte: »Das war's mit uns. Bestell der Susi einen schönen Gruß.«

Drei Wochen waren seitdem vergangen, und als mich das Navi jetzt in Città di Castello von der Autobahn lotste, kurbelte ich die Fenster herunter und atmete die unglaubliche Süße dieses italienischen Sommerabends ein. Die Sonne verschwand hinter den umbrischen Hügeln und meine Kehle wurde so eng, dass es wehtat. Eli war tot. Ich hatte sie nach Hause bringen lassen und in Mosisgreuth beerdigt, zwei Gräber neben meinen Eltern. Nie wieder würde ich ihr raues Lachen hören. Nie wieder würde sie mich in den Arm nehmen und »mein Mädle« zu mir sagen.

Es dämmerte, als ich die Nebenstraßen entlangkurvte, durch kleine Orte, vorüber an vereinzelten Bars, die schon die Neonbeleuchtung eingeschaltet hatten. Ich fühlte mich wie in Watte gepackt vor lauter Müdigkeit und hätte am liebsten angehalten und ein wenig gedöst. Aber das Navi zeigte mir, dass es nur noch ein paar Kilometer bis zu Elis Haus waren. Ich drehte die Musik voll auf, *Forest Fire* und *Charlotte Street*, so laut, dass die Töne auf dem Armaturenbrett vibrierten und ich sie unter meinen Fingern spürte.

Ich hatte solche Mühe, die Augen offen zu halten, dass ich das abgerockte Schild mit dem Ortsnamen *Castelnuovo* erst im letzten Moment entdeckte. Als ich den Blinker setzte und abbog, geschah es. Ich schnitt die Kurve und sah einen von diesen dreirädrigen Transportern auf mich zukommen, auf dessen Ladefläche dürre Stöcke hin- und herschwankten. Er hielt genau auf mich zu. Ich riss das Steuer herum, ein bärtiges Gesicht huschte an mir vorbei und im selben Moment ertönte ein lautes Hupen und Poltern. Ich trat auf die Bremse und kam direkt am Abhang zum Stehen. Reflexartig drehte ich mich um und sah gerade noch, wie der Wagen um die Kurve verschwand.

Elisabeth

Alles begann an einem Montag. Bei der Erinnerung daran muss ich fast laut auflachen: Dass sich mein Leben an einem Waschtag entschied. Und dass ich alles, was geschah, im Grunde Schwester Adalberta zu verdanken habe.

Ich heiße Elisabeth, denn ich kam am 17. November auf die Welt, an dem Tag, als meine Namensvetterin, die Heilige aus Thüringen, starb. Vielleicht sah meine Mutter das als Zeichen, vielleicht hielt sie mich ja auch für so etwas wie eine späte Reinkarnation. Jedenfalls glaubte sie an die Macht des Wortes, so viel ist sicher. Der Name sollte mir ein gottgefälliges Leben bescheren.

In jenem Frühsommer 1965 war ich sechzehn Jahre alt und bis heute weiß ich nicht, ob es ein Segen war oder ein Fluch, dass ich mit elf zu den Nonnen kam. Auf jeden Fall durfte ich bei ihnen lernen, und das war im Grunde das Wichtigste, wenn auch mein eigentlicher Traum das Gymnasium gewesen wäre.

Mein Vater war da ganz anderer Meinung gewesen. »Dir die Birn mit einem Haufen Gruscht füllen!«, war der Standardsatz, wenn die Rede auf das Thema »weiterführende Schule« kam. Für ihn lag meine Zukunft offen da: Ich würde die Volksschule zu Ende machen und so lange auf dem Hof arbeiten, bis sich einer erbarmte und mich zur Frau nahm. Doch dieses eine Mal hatte mich der Himmel gerettet.

Er kam zu uns in Gestalt unseres Pfarrers, an einem Samstagnachmittag. Hochaufgerichtet und mit wehenden Rockschößen kam er auf einem Damenrad angefahren, das bei jedem Herabtreten des Pedals ein schabendes Geräusch von sich gab. Ich weiß noch, wie der Vater die Mistgabel senkte und wie die Mutter aus dem Haus gelaufen kam und sich die Hände an der Schürze trocken wischte.

Gemeinsam sahen wir zu, wie der Pfarrer vom Rad stieg, ein wenig umständlich, und in ernstem, ja hochoffiziellem Ton sagte: »Ich muss mit euch über die Eli schwätzen.«

Später stand ich in der Diele, die Ohren gespitzt, und lauschte auf die Stimme des Pfarrers, die gedämpft durch die Stubentür drang: »Die Eli ist ein kluger Kopf. Und im Hafen gibt es jetzt eine neue Mädchenrealschule, das Sankt Elisabeth. Es wird von den Franziskanerinnen von Sießen geleitet, eine gute Schule ist das.«

Ich hielt den Atem an. Lange Zeit war nichts zu hören als das Ticken der Standuhr in der Diele. Schließlich murrte der Vater etwas Unverständliches und die Mutter fragte zaghaft: »*Wie* heißt die Schul, Sankt Elisabeth?« Als ein Stuhl über den Boden scharrte, machte ich mich davon, bevor der Vater mich beim Lauschen erwischte.

Meine Mutter war eine nachgiebige Frau, die unter der Tyrannei meines Vaters litt. Aber sie deutete Zeichen. Und das war vielleicht der einzige Bereich in ihrem Leben, in dem sie keine Kompromisse einging. So ließen wir in der Nacht niemals auch nur ein einziges Wäschestück auf dem Hof hängen, aus Angst, die Hex könnt hindurchfahren. Und wenn wir auf dem Weg ins Dorf auf die Schafsherde vom Eder Bauern stießen, so hieß es: »Schafe zur Linken, das Glück wird dir winken.« In jeder Walpurgisnacht streute sie geweihtes Salz auf die Türschwellen vor Haus und Stall, um uns und das Vieh vor Unheil zu schützen. Und so war der Name der Schule das Zeichen für sie.

Es amüsiert mich noch heute, dass mir allein diese Namensgleichheit den Weg zu einer besseren Schulbildung ebnete. Natürlich spielte es auch eine Rolle, dass sich ausgerechnet der Pfarrer für mich einsetzte, denn der Weg zu Gott führte für meine Mutter nun einmal ganz allein über ihn. Jedenfalls gelang es ihr, sich dieses eine Mal gegen meinen Vater durchzusetzen. Und so landete ich bei den Nonnen.

Überhaupt spielte Gott eine große Rolle in meiner Kindheit. Die Beichte, die Samstagabendmesse, die Nonnen. Der heilige

Antonius, zu dem wir beteten, wenn etwas verloren gegangen war. Das alles klingt heute – angesichts dessen, wie mein Leben verlief – geradezu bizarr. Noch grotesker war, dass mein Vater Franz hieß, benannt nach dem heiligen Franziskus. Ausgerechnet der Vater, der sein Vieh so schlecht behandelte wie kein anderer Landwirt in unserer Gegend, war nach dem Schutzpatron der Tiere benannt!

Unverständlich ist mir auch, dass es gerade der Handarbeitsunterricht war, der mir damals solche Mühe machte. Wenn Schwester Adalberta mich heute sehen könnte! Wie ich an meinen Decken sitze, Nacht für Nacht, und niemals müde werde, nach neuen Motiven und Zierstichen für meine Stickbilder zu suchen. Doch wenn ich, was selten geschieht, darüber nachdenke, wird mir klar, dass es nicht am Handarbeiten selbst lag, sondern an Schwester Adalberta, die mich nicht ausstehen konnte. Sie mochte ganz im Allgemeinen keine Bauernkinder und machte uns das Leben so schwer wie möglich. Viel später erzählte mir Sigrid, Adalberta habe während des Krieges mit ihrer Mutter und drei Geschwistern bei einem Bauern in einem Durchgangszimmer unterkriechen müssen.

An jenem Montag also war wieder einmal eine Naht nicht gerade genug geworden und Schwester Adalberta hatte mir schon zu Beginn der Stunde damit gedroht, mich so lange an der Nähmaschine sitzen zu lassen wie nötig, bis sie vollkommen zufrieden wäre. Doch je öfter ich die Naht wieder auftrennte und die Nadel über den Stoff schnurren ließ, desto krummer wurde das Ganze. Am Ende brach die Nadel, der Stoff war durchlöchert und der Reißverschluss ließ sich überhaupt nicht mehr öffnen. Mein Scheitern hatte allerdings weniger mit Talentfreiheit als mit dem Zugfahrplan zu tun. Unentwegt waren meine Augen zur Uhr gehuscht: noch fünfunddreißig Minuten bis zur Abfahrt des Zuges. Noch zwanzig Minuten. Und vorher musste ich ja noch zum Bahnhof kommen, was zwischen sieben und neun Minuten dauerte. Und wenn ich es nicht schaffte, käme ich zu spät, um das Vieh von der Weide in den Stall zu treiben. Dann würde das Melken zu spät beginnen, die Kühe würden aus dem Rhythmus kommen und die Milch wäre nicht pünktlich in den Behältern, um abgeholt zu werden. Und daran, was dann geschehen würde, mochte ich lieber nicht denken.

Kleinlaut sagte ich also zu Schwester Adalberta: »Bitte, ich muss heim zum Melken.«

Aber sie zeigte nur schweigend auf die Nähmaschine und sagte knapp: »Nadel auswechseln und noch mal.«

Also blieb ich sitzen, mit rundem Rücken über den Reißverschluss gebeugt. Meine Finger waren noch schweißiger als gewöhnlich und meine Füße auf dem Pedal fanden einfach nicht in den Rhythmus. Außerdem hatte ich nie Gelegenheit zu üben, denn zu Hause gab es keine Nähmaschine. Zu Hause musste »was Gescheites« gemacht werden: Unkraut gezupft, gemolken, Äpfel und Birnen und Johannisbeeren gepflückt, eingekocht, die Speis geputzt, das Vieh auf die Weide getrieben und die Kuhfladen mit einem Wassereimer von der Straße gespült werden.

Ein paarmal versuchte ich noch, Adalberta vom Ernst meiner Lage zu überzeugen. Doch je mehr ich bettelte, desto frommer wurde ihr Tonfall und desto eiserner ihr Blick. Am Ende zwang sie mich, den Reißverschluss von Hand einzunähen.

Als ich endlich die Schultreppe hinunterrannte, war mir zum Heulen zumute. Ich weiß noch, dass die Leute mich ansahen und wie peinlich mir das war. Ich war kein Typ, der nah am Wasser gebaut hatte, dafür hatte der Gürtel des Vaters schon gesorgt. Noch zwei Minuten bis zur Abfahrt des Zuges, noch sieben Minuten bis zum Bahnhof. Blieb nur die Himmelshoffnung, der Zug möge Verspätung haben, was hin und wieder vorkam.

Das Dorf, in dem ich wohnte, heißt Mosisgreuth und liegt in einer Gegend, die sogar Fuchs und Hase meiden. Jeden Morgen setzte ich mich auf das Fahrrad meiner Mutter und fuhr die rund fünf Kilometer bis zum nächsten Bahnhof. Dass ich ihr Rad benutzen durfte, war ein großes Privileg und wurde mir nur gewährt, damit ich schneller unterwegs wäre. So konnte ich morgens noch das Vieh auf die Weide treiben und mich auch abends früher wieder nützlich machen.

Natürlich hatte der Zug an jenem Tag keine Verspätung. Wie oft hatte ich in der Vergangenheit eine Ohrfeige für die Unzulänglichkeit der Bundesbahn kassiert.

Zu meiner Schwester war der Vater ganz anders. Ob das nun daran lag, dass sie ein Nachzügler war und ich vorab schon die Prügel für uns beide kassiert hatte, oder daran, dass sie mit ihren blonden Locken und blauen Augen so viel *herziger* war als ich? Ich weiß es nicht. Jedenfalls waren wir beide, die Sophie und ich, uns schon damals nicht besonders grün.

Sophie war neun Jahre jünger als ich und mit Ingrimm beobachtete ich, wie das »Schätzle« vom Vater verhätschelt und verwöhnt wurde. Als sie zwei Jahre alt war, schnitt er ihr eine Locke ab und legte sie in ein Kästchen. Einmal hätte er mich fast dabei erwischt, wie ich das Kästchen herausnahm, um die Haare auf dem Misthaufen zu verstreuen.

»Was machsch denn?«

»Ich wollt nur mal die Haare von der Sophie anschauen. Sie sind soo schön!«

Ich habe meiner Schwester Unrecht getan, so sehe ich das heute. Aber würde ich, wenn alles noch mal abliefe, anders handeln? Ich glaube nicht. Zu tief steckte ich in meinem Groll gegen den Vater. Zu sehr habe ich unter dem Gürtel gelitten. Und unter der Überzeugung, nichts wert zu sein.

Die Eli ist bockig wie ein Mistkäfer.

Die Eli ist ein fauler Strick.

Die Eli braucht eine harte Hand.

Der Mistkäfer jedenfalls stand noch eine Weile am leeren Gleis herum und dachte an die Prügel, die er nun wieder kassieren würde.

Langsam wandte ich mich vom Bahnsteig ab und setzte mich in Bewegung. Ich würde laufen müssen, so viel war klar. Und während meine Schritte von den Wänden der Unterführung widerhallten, dachte ich das erste Mal darüber nach, wie es wäre, einfach zurückzuschlagen. Ihm eine drüberzubraten, zum Beispiel mit dem Zaumzeug vom Braunen, um dann für immer zu verschwinden.

Ich lief die Friedrichstraße entlang aus der Stadt hinaus, und je schneller meine Schritte wurden, desto wütender wurden meine Gedanken. Als ich die letzten Häuser hinter mir ließ und das Licht langsam grauer wurde, hörte ich plötzlich jemanden rufen.

»Ehi! Signorina!«

Ich verstand nicht gleich, dass ich gemeint war. Erst als der Mann ein Stück vor mir am Straßenrand hielt und ausstieg, glaubte ich ihn zu erkennen. War das nicht einer der Italiener, die bei den Hansers in Oberreute als Zimmerherren wohnten? Er kam auf mich zu und mein Blick huschte zurück zu seinem Wagen, einem schiefergrauen Brezelkäfer mit Rostflecken. Er fragte etwas auf Italienisch, das ich nicht verstand, und sagte dann: »Wo du gehen?«, zeigte erst auf mich, dann auf den Käfer und deutete schließlich mit einer Geste ein Lenkrad an. Ich zögerte nur einen Augenblick, registrierte seinen Blaumann, die schwieligen Hände, die fast schwarzen Augen, hörte die Stimme meines Vaters, sein »Bleib weg von dene Kanake«, und stieg ein.

Im Auto versuchte er eine Art Unterhaltung in Gang zu bringen. Ich umklammerte meine Schultasche und antwortete einsilbig, denn mit einem Mal wurde mir Angst vor der eigenen Courage. Ich war mir nicht mehr sicher, ob es klug gewesen war, die Warnungen des Vaters in den Wind zu schlagen. Wir fuhren am Seewald entlang und plötzlich dachte ich, wie leicht es für ihn wäre, links abzubiegen und in den Wald hineinzufahren. Und so saß ich da, den Blick starr geradeaus gerichtet und mit hochgezogenen Schultern, bereit, jeden Moment aus dem fahrenden Auto zu springen.

Doch er bog nicht in den Wald ab und nach einer Weile entspannte ich mich. Er schien meine Besorgnis zu spüren und stellte mir in seinem holprigen Deutsch harmlose Fragen, die er mit den entsprechenden Gesten untermalte. Auch erzählte er ein bisschen von sich, dass er aus Civitavecchia stammte und bei der Zahnradfabrik in Friedrichshafen Schicht arbeitete. Erst als wir bei der Abzweigung zu unserem Gehöft ankamen, einem Einödhof etwas außerhalb von Mosisgreuth, fiel mir ein, dass das Fahrrad ja fünf Kilometer weit entfernt am Langenargener Bahnhof stand. Also dirigierte ich ihn in die andere Richtung, was ihn einen Moment lang verwirrte. Als er vor dem kleinen sandfarbenen Bahnhofsgebäude anhielt, überlegte ich kurz, was wohl passieren würde, wenn jemand beobachtete, wie ich aus dem Wagen des Italieners stieg. Jemand, der meine Eltern kannte und nichts Besseres zu tun hätte, als eine Bemerkung fallen zu lassen, ganz nebenbei, beim Stammtisch im *Adler* oder wenn der Vater Dünger bei der WLZ kaufte.

Nervös blickte ich mich um, wandte mich dann aber wieder dem Mann zu und sagte das einzige italienische Wort, das ich kannte.

»Grazie.«

Ein Lächeln stieg in sein Gesicht und erst in diesem Moment bemerkte ich, wie weiß und ebenmäßig seine Zähne waren.

Wie gerade seine Nase.

Wie dunkel sein Blick.

»Io sono Giorgio«, sagte er und sah mir in die Augen.

»Und ich bin Elisabeth«, stammelte ich, »aber alle nennen mich Eli.«

»Lo so«, sagte er, das wisse er, und dann stieg ich aus und lief über die Straße.

Hannah

Kein schlechter Einstieg, dachte ich, nachdem ich um ein Haar frontal gegen den Transporter geprallt und den Abhang hinuntergestürzt wäre. Eine Ewigkeit blieb ich so hinter dem Steuer sitzen, äußerlich erstarrt, aber mit einem Herzschlag, der mir das Blut durch die Ohren pumpte, und zitternden Händen. Als ich irgendwann ausstieg und ein paar wackelige Schritte tat, musste ich an Eli denken und an meine ständige Sorge wegen ihres Fahrstils. Und nun war nicht sie, sondern ich fast die Böschung runtergebrettert.

Meine Müdigkeit jedenfalls war verflogen, als ich wieder hinters Steuer kletterte. Das Sträßchen mäanderte so vor sich hin, und während ich, nun vorsichtig geworden, Schleife um Schleife schön anständig ausfuhr, zog auf einmal nicht mehr dieses ernste umbrische Grün an mir vorbei. Nein, ich fuhr jetzt mitten durch ein toskanisches Postkartenklischee, mit Zypressenallee und allem, was dazugehört. Irgendwo hinter dem Grün schimmerten rötliche Mauern, und ein Blick aufs Navi zeigte mir, dass es nur noch fünfhundert Meter bis zur eingegebenen Adresse waren. Ich passierte ein Schild, das auf einen Agriturismo hinwies, tauchte kurz darauf in ein kleines Wäldchen ein und staunte, als sich die Landschaft hinter der nächsten Kurve mit einem Schlag wieder veränderte.

Im ersten Moment glaubte ich, durch einen dieser typischen Olivenhaine zu fahren, die in säuberlich angelegten Terrassen ganze Hügel bedecken. Doch gleich drauf wurde mir klar, dass das, was da im Dämmerlicht so schimmerte, Äpfel und Birnen waren. Ich konnte nicht anders, ich musste den Motor abstellen. Die Stille war vollkommen und durch die offenen Fenster wehte so ein wahnwitziger Duft nach frischem Obst herein, dass man hätte glauben können, in einem Märchen gelandet zu sein. Und in dem Moment verstand ich, warum Eli sich von allen Gegenden auf der Welt für diese hier entschieden hatte.

Aber ich musste mich beeilen, das Licht war inzwischen schon ganz grau. Die Straße wurde steiler und ich schaltete zurück. Kurz hatte ich Angst, die Räder meines alten Bullis könnten durchdrehen, Heckantrieb hin oder her. Dann aber schoss ich die Steigung hoch und war im nächsten Moment oben. Ein paar vereinzelte Häuser, in denen Licht brannte, tauchten auf und im Hintergrund ein kleiner Weiler, schwalbennestartig an einem Hügel klebend. Und da war auch Elis Auto, vor einem Haus aus grauem Stein.

Der Anblick traf mich mit einer Wucht, dass sich mir der Magen zusammenkrampfte. Und wenn ich hätte heulen können, so wäre das der Moment dafür gewesen: das kleine blaue PT Cabrio, hinter dessen Steuer sie nie wieder sitzen würde.

Eine Weile lang saß ich da wie betäubt und konnte nichts tun außer atmen. Als es wieder ging, stieg ich aus. Das alles hier gehörte zu Eli, hatte zu Eli gehört. Die Terrakottatöpfe am Eingang, die Mittelmeereiche vor dem Haus, Laub auf einem kiesbestreuten Hof. So lange hatte sie in diesem Haus gelebt – das doch eigentlich nur als Sommerhaus gedacht gewesen war – und ich hatte keine Ahnung gehabt, wie es hier aussah. Hatte nie den Wind in dieser Eiche rauschen hören, hatte mir nie die Zeit genommen, sie zu besuchen. Und nun war es verdammt noch mal zu spät. Ich hatte das vergeigt. Damit würde ich nie fertigwerden, das war mir klar. Dieser Abschied ohne Abschied würde mich nie mehr ganz loslassen. Und auch wenn ich es mir noch so sehr einredete: Es war nicht Martins Schuld, dass ich nie hier aufgekreuzt war. Trotzdem hätte ich ihn, wenn er in dem Moment da gewesen wäre, am liebsten geohrfeigt.

Mit Roberta Rossi hatte ich ausgemacht, dass sie den Haustürschlüssel in einen Blumentopf neben dem Eingang legen würde. Ich sah also im ersten Topf nach, dann, als ich dort nichts fand, im zweiten. Nachdem ich sämtliche Töpfe hochgehoben und am Ende sogar mit den Fingern in der Blumenerde herumgestochert hatte, war klar, dass es hier definitiv nichts zu holen gab.

Ich hasse Unzuverlässigkeit und Unpünktlichkeit. Auch wenn die Leute wegen meiner Dreadlocks manchmal den Eindruck haben, ich sei ein lockerer Typ, bin ich es in der Hinsicht kein bisschen. So war es vielleicht ganz gut, dass ich Roberta in diesem Moment nicht erreichte, auf ihrem Handy nicht und auch nicht zu Hause. Dumm war nur, dass ich für die Nacht nun ziemlich aufgeschmissen war. Klar, zur Not konnte ich in meinem Bulli schlafen. Aber ich sehnte mich nach einer Dusche. Ich fühlte mich schmuddelig und ein Blick auf meine Hände machte es nicht besser. Kurzentschlossen wusch ich mir mit meinen restlichen Wasservorräten die Blumenerde von den Fingern. Ich brauchte ein Zimmer für die Nacht. Und ich wusste auch schon, wo ich es bekäme.

Inzwischen war es dunkel geworden und plötzlich wurde mir bewusst, wie allein ich war. In der Eiche über mir raschelte der Wind und auf einmal war mir kalt. Ich kramte meine Strickjacke aus dem Rucksack – die Jacke, die Eli mir zu meinem Dreißigsten gemacht hatte. Sie bestand (ich hatte mir die Mühe gemacht zu zählen!) aus vierundsiebzig Patchworkquadraten, und irgendwie fühlte ich mich darin immer ein bisschen getröstet. So als würde ich die Stunden spüren, die Eli für mich da hineingesteckt hatte.

Ich schaltete das Navi aus, wendete und fuhr auf dem Sträßchen zurück zu dem Agriturismo-Schild, das ich vorhin gesehen hatte. Erst jetzt, im direkten Scheinwerferlicht, fiel mir auf, dass es ziemlich verwittert wirkte. Aber es war schon spät und ich hatte keine Ahnung, wo ich es sonst hätte versuchen können, also bog ich trotzdem in den Zufahrtsweg ein. Die Zypressen, die eben noch so malerisch gewirkt hatten, ließen mich jetzt an Stephen King denken und der Weg mit den vielen Schlaglöchern ähnelte eher einer Piste in Ghana. Doch da war die Allee auch schon zu Ende und ein paar Gebäude tauchten auf, typisch umbrische Steinhäuser, ein parkendes Auto, ein Motorroller. Immerhin war der Hof offenbar bewohnt. Ich blieb einen Moment im Wagen sitzen und musterte das Gebäude, das offenbar das Wohnhaus war. Da ging die Tür auf und eine Frau, vielleicht um die vierzig, trat heraus. Sie kniff die Augen zusammen und hob eine Hand vors Gesicht. Ich machte die Scheinwerfer aus, sodass die Frau nur noch von dem funzeligen Licht der Laterne über der Haustür beleuchtet war.

Ich stieg aus und rief: »Buonasera!« Als die Frau nicht reagierte, ging ich auf sie zu und erklärte: »Ich habe das Schild gesehen, vorne an der Straße. Das ist doch der Agriturismo hier, oder nicht?«

»Ja«, sagte sie und kam langsam auf mich zu. Plötzlich flammten um uns herum Lichter auf. Offenbar hatte jemand die Hofbeleuchtung eingeschaltet. Und da trat auch schon ein Mann aus dem Haus.

»Buonasera«, sagte ich noch einmal. »Ich suche ein Zimmer für eine Nacht.«

Die beiden schienen nicht die Schnellsten zu sein, denn sie stierten noch immer wortlos zu mir herüber. Um ihnen auf die Sprünge zu helfen, fügte ich hinzu: »Ich wollte eigentlich zum Haus meiner Tante, vielleicht haben Sie sie ja gekannt, Signora Christ. Es muss ein Missverständnis mit dem Schlüssel gegeben haben.«

Da kam Leben in die Frau und sie tat ein paar Schritte auf mich zu. »Die Nichte ...«, sagte sie. Auch der Mann kam jetzt näher und reichte mir die Hand. »Mein Beileid«, sagte er leise und nun nickte auch die Frau und murmelte etwas, das sich wie »tut uns leid« anhörte. Aber dann straffte sie die Schultern und sagte: »Leider sind unsere beiden Ferienwohnungen besetzt. Sie könnten es in Città di Castello ...« Aber da fiel der Mann ihr ins Wort.

»Wir haben noch ein Zimmer ... allerdings nichts Großartiges.«

Ich sah, wie die Frau ihrem Mann einen säuerlichen Blick zuwarf. »Aber Giuseppe, du kannst doch der Signorina nicht diese Abstellkammer anbieten.«

Eilig sagte ich: »Ach, das wird schon passen. Hauptsache, ich bekomme eine Dusche ...« Ich sah von einem zum anderen und nickte der Frau aufmunternd zu. Die schien immer noch nicht begeistert von der Idee.

»Also, ich weiß nicht ...«, hob sie an, doch der Mann wischte ihre Bedenken mit einer Handbewegung beiseite.

»Wir haben uns noch gar nicht vorgestellt. Das ist meine Frau, Mariluisa Santini. Und ich bin Giuseppe. Willkommen in Castelnuovo. Auch wenn der Anlass traurig ist.«

Ich erwachte irgendwie überrascht. Die Luft im Zimmer war kalt. Trotzdem ging ich, in die Decke gehüllt, zuerst zum Fenster und sah hinaus. Die Wolken hingen tief, wie schmutzige Watte, und doch sah es nicht nach Regen aus. Die grünen Hügel hatten etwas Trauriges, das mir in diesem Moment gefiel. Ja, dachte ich, dieser Tag passt zu meinem Leben.

Beim Frühstück, das aus einem frisch gebackenen Hörnchen und einem Caffè Latte bestand, versuchte ich wieder, Roberta zu erreichen. Als sie gleich nach dem zweiten Klingeln abhob, atmete ich tief durch.

»Was? Aber Maddalena wollte das doch machen ...«, rief sie, nachdem ich sie auf den neuesten Stand gebracht hatte.

Am Ende erfuhr ich, dass Roberta und Assunta zu einer Beerdigung ins Veneto gefahren waren und eine Bekannte in Santa Maria Tiberina, dem etwas größeren Nachbarort von Castelnuovo, gebeten hatten, das mit dem Schlüssel zu übernehmen. Roberta entschuldigte sich gefühlte hundert Mal, was meinen Ärger verpuffen ließ.

»Am besten, Sie fahren direkt zu Maddalena Bartoli. Sie hat die einzige Osteria am Ort. Die können Sie nicht verfehlen.«

Die Kehren schienen kein Ende zu nehmen, und als ich irgendwann doch noch oben ankam, staunte ich nicht schlecht: Santa Maria Tiberina war ein Schmuckkästchen, sauber und adrett, wie arrangiert für den Prospekt eines Fremdenverkehrsamts. Sogar die Geranien wirkten, als habe sie gerade jemand abgestaubt.

Die Osteria hieß *Bella Vista* und hatte eine Terrasse, die diesem Namen alle Ehre machte. Doch als ich zwischen den leeren Tischen hindurch zum Eingang ging, hatte ich für all das keinen Blick. Mich interessierten nur die Schlüssel. Und warum sie verdammt noch mal nicht dort gelegen hatten, wo sie hatten liegen sollen.

Nach der Wirtin brauchte ich nicht erst zu fragen, ich erkannte sie sofort. Sie stand hinter dem Tresen, eine schöne Frau mit rot geschminktem Mund und schwarzen Haaren, die in großen

Locken ihr Gesicht umrahmten. Sie blickte mir entgegen, und noch bevor sie etwas sagte, war mir klar, dass auch sie wusste, wer ich war. Nicht gerade elegant eröffnete ich das Gespräch: »Ich komme wegen des Schlüssels.«

»Aha, die *Deutsche*.« Das mochte zwar in meinem Pass stehen, aber der Unterton war ausgesprochen abfällig. »Sie haben ihn also nicht gefunden?«

In dem Moment dachte ich ganz kurz daran, dass es doch gut gewesen war, nach dem Abi ein paar Semester Literatur in Bologna zu studieren, so wie Eli mir geraten hatte. So war ich dieser schnippischen Person wenigstens nicht ganz ausgeliefert. Jedenfalls sagte ich betont kühl: »Stünde ich sonst hier?«

Sie nickte, legte das Tuch, mit dem sie die Gläser poliert hatte, beiseite und sagte: »Na, dann wollen wir mal.« Sie verschwand durch eine Tür hinter dem Tresen und kehrte kurz darauf mit einer Handtasche zurück, in einem blütenweißen Jäckchen, das perfekt zu ihrer blütenweißen Hose passte. In ihrer Hand klimperte ein Schlüsselbund.

Ich stand schon wieder an der Tür, mit der Hand auf der Klinke, als hinter dem Tresen eine Tür aufschwang und eine ältere Frau in einem altmodischen schwarzen Kleid in den Gastraum kam. Flüchtig nickte ich ihr zu und heftete meinen Blick dann wieder auf die Wirtin. Doch im Augenwinkel nahm ich eine irritierende Bewegung der Älteren wahr. Und so huschte mein Blick zu ihr zurück und ich sah gerade noch, wie sie die rechte Hand hob und sich bekreuzigte. Die Frau stand im Halbschatten des Gastraums und das Ganze war so schnell vorbei, dass ich fast glaubte, ich hätte mich getäuscht.

Die Wirtin war schon nach draußen gegangen und ich folgte ihr. Kurz bevor ich die Tür hinter mir zuzog, schaute ich noch mal zu der Alten, die ihre stechenden Augen immer noch auf mich gerichtet hielt.

Signora Bartoli fuhr rasant, ich kam ihrem schwarzen Alfa nur mit Mühe hinterher. Die Strecke war mir unbekannt und erst im letzten Moment sah ich, dass wir Castelnuovo von der anderen Seite her erreichten.

Der Kies spritzte auf, als sie den Wagen vor Elis Sommerhaus zum Stehen brachte. Ich stellte den Motor ab, sah, wie sie auf die Haustür zuging, sich bückte und etwas hinter dem Blumentopf neben der Haustür hervorholte.

Im Näherkommen sah ich, dass es ein Schlüssel war.

Elisabeth

An einem Sonntagnachmittag sah ich ihn wieder.

Es war einer jener Sommertage, die nach Heu und Freiheit dufteten, nach Zukunft und danach, dass einmal alles besser werden würde. Lachend radelten Sigrid und ich am Fluss entlang, unter den in der Sommersonne flirrenden Weiden. Abwechselnd schnitten wir Grimassen, riefen uns einzelne Wörter oder Satzfetzen zu und die andere musste erraten, wer gemeint war. Wir waren gnadenlos und grausam, getragen von der Annahme, dass wir selbst niemals einen nervösen Tick entwickeln würden, niemals ein etwas zu groß und zu weiß geratenes Gebiss bräuchten und dass uns auch niemals Haare aus der Nase wachsen würden.

Am Bodensee angekommen lehnten wir die Räder gegen einen Baum und sprangen ins Wasser. Wie kleine Kinder spritzten und lachten wir und legten uns dann nebeneinander auf Sigrids kratzige Militärdecke. Und obwohl so viele Jahre vergangen sind und ich mich nun oft alt und müde fühle, spüre ich, wenn ich die Augen schließe und an damals denke, noch immer diesen Moment: die Luft in meinen Lungen, das explodierende Licht unter meinen Lidern, den leisen Wind, der über meine nasse Haut streicht.

Und es war in jenem Moment, als ein Schatten auf mein Gesicht fiel und jemand sagte: »Eli?«

Ich blinzelte verwirrt, dann klappte ich hoch wie von einer Feder gezogen. Dort stand Giorgio.

Unsicher drehte ich mich zu Sigrid, die ihrerseits ebenfalls stocksteif dasaß und die Silhouette anstarrte. Einen Augenblick lang schien die Szene wie eingefroren: Sigrid und ich, die dasaßen wie bei einem Tanztee. Giorgio, der wie ein altmodischer Verehrer vor uns stand. Doch dann lief der Film weiter. Von irgendwoher kamen zwei andere Italiener, ein hoch aufgeschossener Mann und ein kleiner, breiter Typ mit einem ebenso breiten Grinsen. Die beiden begannen auf Sigrid einzureden, mit fliegenden Händen. Deutsche Wortfetzen und bunte Sätze, die ich nicht verstand, drangen zu mir herüber, während ich Giorgios Blick erwiderte.

Giorgio war geschmeidig. Das war das Erste, was ich an jenem Nachmittag dachte, als er sich neben mich setzte. Wassertropfen hingen wie Glasperlen in seinem schwarzen Haar und perlten von seinen Oberschenkeln ab, die so viel dunkler waren als meine selbst für deutsche Verhältnisse ungewöhnlich helle Haut. Als junges Mädchen habe ich viele Stunden damit zugebracht, mich über die unzähligen Sommersprossen zu ärgern, die mein Gesicht und meinen ganzen Körper bedeckten, als habe ein lustiger Clown Farbe von einem Pinsel geschüttelt. Hängen geblieben waren winzige hellbraune Tüpfelchen, die sich an manchen Stellen ballten und am Oberschenkel ein seltsames Mal bildeten, das fast wie eine Blume aussah. Nur mein Gesicht und die Arme waren ein wenig gebräunt, durch die viele Arbeit im Freien.

Ich weiß noch, wie unbeholfen und merkwürdig ich mich fühlte unter Giorgios aufmerksamen Augen, und dass ich mich für meine Sommersprossen schämte. Möglichst unauffällig legte ich eine Hand über das Mal auf dem Oberschenkel. Aber er hatte es bereits entdeckt. Sanft zog er meine Hand beiseite und sagte:
»Una stella!«

Anscheinend hatte ich ihn daraufhin etwas unsicher angesehen, denn er lächelte fast zärtlich, deutete auf das Mal und sagte noch einmal, diesmal auf Deutsch: »Eine Stern.«

Ich erinnere mich, dass mein Gesicht wie Feuer brannte, während ich auf seine Finger sah, die immer noch den Stern zeigten, ihn fast berührten.

Und so sollte *stella* – abgesehen von *grazie* – das erste richtige italienische Wort werden, das ich lernte.

Zu diesem Wort gesellten sich an jenem Nachmittag noch andere, ebenso wohlklingende, die in meinem Kopf eine kleine Melodie anstimmten, und als Sigrid und ich viel zu spät durch den kühlen Abend am Fluss entlang nach Hause radelten, begleitete uns ein anderes Lachen als zuvor, durchsetzt von fremden Klängen, die nun in unseren Köpfen widerhallten.

Il sole.
Il lago.
L'amore.

Ich lernte Sätze wie: »Quanti anni hai?« – wie alt ich sei – und antwortete, ohne rot zu werden: »Bald zwanzig.« Ein wenig staunte ich über mich selbst, wie leicht mir all das über die Lippen ging, auch diese Lüge.

Und ganz zum Schluss war da ein Satz gewesen, den ich nie wieder vergessen sollte: »Andiamo a ballare?« Eine Einladung zum Tanz.

Sigrid und ich hatten uns angesehen und erst einmal gelacht. Das würden unsere Eltern niemals erlauben. Doch während wir aufs Rad stiegen und winkend davonfuhren, war ich mir bereits sicher, dass ich mit Giorgio tanzen gehen würde, egal um welchen Preis.

Die Nonnen waren Franziskanerinnen und die Heiligen waren uns vertraut. Allen voran natürlich Franziskus, aber auch Katharina von Ricci, die die Wundmale Christi am Leib trug, und die heilige Lucia, die sich einen Lichterkranz aufs Haupt setzte, um im Dunkeln die Hände frei zu haben für die Speisen, die sie ihren christlichen Glaubensgenossen in die Verstecke brachte. Und manche der Schwestern kamen uns selbst ein wenig wie Heilige vor, allen voran Arcangela, die uns in Mathematik und Physik unterrichtete und die ich nach jenem Sonntag am See nicht mehr aus den Augen ließ. Denn Schwester Arcangela war gebürtige Italienerin.

An einem strahlend blauen Tag im Juni fasste ich mir ein Herz und trat nach dem Unterricht ans Lehrerpult.

»Ich möchte gerne Italienisch lernen.«

Sie blickte auf und ich spürte deutlich ihr Erstaunen.

»Soo?«, fragte sie gedehnt. »Und warum das?«

Ich druckste ein wenig herum und log dann: »Weil ich eine Brieffreundin in Italien habe.«

»Du hast also eine Brieffreundin in Italien, kannst aber kein Italienisch.«

Ich wurde rot. »Nein. Noch nicht.«

Sie musterte mich durchdringend.

»Wird dir das nicht zu viel?«

Ich trat von einem Fuß auf den anderen. Wusste sie von meiner Arbeit zu Hause auf dem Hof? Plötzlich fühlte ich mich noch unwohler. Mitleid war das Letzte, was ich wollte. Und so straffte ich mich ein wenig und antwortete mit fester Stimme: »Nein, das wird mir nicht zu viel.«

»Deine Leistungen sind jedenfalls hervorragend.« Noch einmal sah sie mich prüfend an. Dann schrieb sie etwas in die schwarze Kladde, die sie immer bei sich trug, und sagte: »Ich werde dir ein Buch und Schallplatten mitbringen, mit denen du dich erst mal beschäftigen kannst. Und wenn du dir dann immer noch sicher bist, dass du das lernen willst, komm wieder und wir sehen weiter.«

Das Wetter schlug um und alle Leichtigkeit versank im Matsch. Der Regen fiel in endlosen Schnüren auf die Wiesen und die Kühe drängten sich im Unterstand. Ich kam aus den Gummistiefeln nicht mehr heraus, die Kuhfladen vermischten sich mit der aufgeweichten Erde und der Vater war noch mürrischer als gewöhnlich.

Doch all das berührte mich nicht.

Wann immer es ging, schnappte ich mir das graue Köfferchen mit dem Sprachkurs von Schwester Arcangela und lernte. In einer Intensität, die ich bisher weder für Englisch noch für Französisch aufgebracht hatte – obwohl das mit Abstand meine Lieblingsfächer waren –, versenkte ich mich in die Konjugation italienischer Verben, paukte Vokabeln und analysierte die Lehrsätze im Buch. An Sonntagen, nach der Messe, wenn der Vater beim Frühschoppen im Adler hockte und die Mutter noch in der Kirche half, rannte ich nach Hause, öffnete die Klappe von Vaters Musiktruhe und legte die zu dem Lehrbuch gehörende Schallplatte auf. Wie verzaubert lauschte ich der Stimme, die aus einem Blecheimer zu kommen schien und »andiamo in questo bar« sagte.

Und als der männliche Sprecher den einen, alles bedeutenden Satz aussprach, spürte ich eine so große Freude in mir heraufsprudeln, dass ich aufsprang, im Zimmer herumtanzte und den Satz wie eine Melodie vor mich hinsang.

»Andiamo a ballare.«

Auch ich würde bald tanzen gehen, mit Giorgio, sein samtiger Blick würde auf mir ruhen und er würde mich in seinen Armen halten. Alles war schon bis ins kleinste Detail geplant. Und am nächsten Abend war es so weit.

Natürlich durften meine Eltern auf keinen Fall davon erfahren. Und so erledigte ich an jenem Abend alle Aufgaben auf dem Hof gewissenhaft wie immer, doch etwas schneller als sonst. Das Melken selbst ließ sich zwar nicht beschleunigen, aber den Stall hatte ich schon am Nachmittag ausgemistet und so blieben nur ein paar Restarbeiten übrig. Bereits am vergangenen Samstag hatte ich angeboten, Sophie ins Bett zu bringen, sodass ich mich nicht verdächtig machte, wenn ich es diesmal auch wieder übernahm. Mit großen blauen Augen sah sie von ihrem Kissen zu mir hoch, während wir gemeinsam das Abendgebet herunterleierten, sie immer etwas hinterherhinkend, sich an meinen Worten festklammernd.

Natürlich war das, was ich vorhatte, furchtbar riskant, aber es gab sonst keine Möglichkeit, von zu Hause wegzukommen. Erst hatten Sigrid und ich überlegt, ob ich meine Eltern unter irgendeinem Vorwand davon überzeugen könnte, mich in dieser einen Nacht bei ihr schlafen zu lassen. Aber weil ich die Antwort ohnehin kannte (»Und d'Arbeit macht sich von allein?«), ließ ich jede Anstrengung in diese Richtung bleiben, um mich nicht unnötig verdächtig zu machen.

Als Sophies gleichmäßige Atemzüge erkennen ließen, dass sie tief und fest schlief, war es kurz nach acht. Ich schlich die Treppe hinunter und lauschte. Der Vater war längst im *Adler*, die Mutter saß wie immer in der Stube. Wahrscheinlich blätterte sie wieder einmal in den Prospekten, die sie heimlich sammelte, und träumte dabei von einem Alibert-Toilettenschränkchen oder dem Linde-Heimgefrierer. Im Radio sang Peter Kraus. Als ich durch die Stubentür hörte, wie die Mutter umblätterte, durchquerte ich leise die Diele und entriegelte die Verbindungstür zum Stall und schlich wieder nach oben.

Wir hatten nicht viel damals und so besaß ich nur ein einziges »gutes« Kleid, ein dunkelblaues mit weißen Tupfen, das ich in den vergangenen Tagen heimlich »auf Figur genäht« hatte.

Ich weiß noch, wie ich mich ankleidete, wie jeder Handgriff, das Rascheln des Stoffes, selbst der Regen am Fenster eine besondere Bedeutung bekamen. Es war kalt im Zimmer und ich fröstelte, als ich den Reißverschluss des Kleides hochzog. Immer wieder linste ich zu Sophie hinüber, während ich mir eine falsche Naht auf meine Wade malte. Aber Sophie rührte sich nicht, und wie ich sie kannte, würde sie das bis zum Morgen nicht tun. Wenn sie erst einmal schlief, konnte man im Zimmer Rad schlagen, ohne dass sie wach wurde. Ich dachte an Giorgio, an seine dunklen Wimpern und die Art, wie er mich ansah, direkt und klar. Sein Blick ließ keinen Zweifel zu. Heute Abend würde ich alles andere vergessen, die Nonnen, den Vater, die ewige Mühsal, alles. Ich wäre eine andere, ein paar Stunden lang. Schon jetzt war ich trunken vor Glück und vor Aufregung.

Hannah

Elis erstes Zuhause war ein Einödhof im Süddeutschen gewesen, ein altes Gemäuer mit einem Birnenspalier, einer Apfelpresse und einer rostigen Westfalia-Melkmaschine in der Scheune.
Ihr letztes war eine Bruchbude in Umbrien. Das schoss mir durch den Kopf, als ich neben dieser fremden Frau vor Elis Häuschen stand. Wie hatte sie das bloß ausgehalten – zwei solche Kaschemmen, in denen man sich durchs Jahr reparieren konnte, ohne dass einem je die Arbeit ausging?
Im Halbdämmer des vergangenen Abends hatte ich den Zustand des Mauerwerks nicht deutlich sehen können. Im erbarmungslosen Vormittagslicht aber bemerkte ich die Natursteinfassade mit den herausgebrochenen Brocken; die Fensterläden mit den schadhaften Lamellen und dem abgeplatzten Lack; den Zustand der Haustür, deren verwaschene Farben man bei anderen immer romantisch findet. Warum um Himmels willen hatte Eli sich so einen Klotz ans Bein gebunden?
Signora Bartoli fing meinen Blick auf und reckte das Kinn.
»Sicher wollen Sie das Haus so schnell wie möglich loswerden?«
Mir fiel auf, wie angespannt sie mich musterte. Und obwohl sie meine Gedanken genau erraten hatte, sagte ich betont lässig: »Ach, ich weiß noch nicht, was ich mit dem Haus mache. Jetzt komm ich erst mal an.«
Ihr Blick schien sich zu verhärten, aber vielleicht bildete ich mir das nur ein, weil sie mir unsympathisch war. Und weil ich mir immer noch nicht vorstellen konnte, dass ich den Schlüssel einfach übersehen hatte.
Sie streckte die Hand aus und reichte ihn mir. Ich nickte knapp, murmelte ein Dankeschön und sah zu, wie sie ihren Wagen bestieg und – ohne mich noch einmal anzusehen – davonfuhr.

Ich weinte nicht, als ich das Häuschen betrat. Ich weinte nie – das war ein Defekt, den ich mir mit neun Jahren zugezogen hatte, genauso wie meine Abneigung gegen die Farbe Weiß. An einem goldenen Tag im Oktober, dem zehnten Hochzeitstag meiner Eltern, waren sie zu einer kleinen Reise ins Altmühltal aufgebrochen. Ich hatte ihnen hinterhergewinkt, neben meiner besten Freundin Sabine stehend. Noch heute sehe ich den Wagen vor mir, einen blauen Passat, und die Hände, die links und rechts aus dem Fenster winkten. Als die Nachricht kam, dass sie im Nebel einen Unfall gehabt hatten, standen Sabine und ich gerade in alte Gardinen gehüllt vor einem Altar, über den ein weißes Bettlaken gebreitet war: Wir hatten heiraten gespielt, als ich erfuhr, dass meine Eltern von einer Brücke gestürzt und gestorben waren. So hat sich in mir für immer das Bild meiner Mutter eingeprägt, wie sie mit wehendem Schleier zu Tale fällt. Seitdem ertrage ich die Farbe Weiß nicht mehr.

In diesem Raum hier war nichts weiß und ich dachte im ersten Moment an alles Mögliche, nur nicht an Elis Tod. Sondern sah ein Bild wie auf einem Gemälde vom Typ Alte Meister vor mir, so eine Licht- und Schattenkomposition, die vielleicht *Der Tuchhändler* hätte heißen können. Ein alter Kamin. Ein schwerer Tisch. Und darauf Stoffe: rote und gelbe, türkise und grüne.

Wie lange ich wohl so herumstand und meinen Blick nicht lösen konnte? Keine Ahnung, ich erinnere mich nur, dass ich auf einmal das Gefühl hatte, durchs Teleobjektiv meiner Kamera zu gucken und immer neue Details heranzuzoomen. Das Nadelkissen. Die Nürnberger-Lebkuchen-Blechschachtel mit der Delle, die ich ihr mal zum Nikolaus geschenkt hatte und in der sie seitdem ihre Nähseiden aufbewahrte. Die kleinen, mit der Zickzackschere ausgeschnittenen Stoffquadrate. Eine Mappe, auch sie mit Stoffquadraten überzogen, wahrscheinlich Elis Skizzenbuch. Die Weidenkörbe, bis an den Rand gefüllt mit Wollknäueln.

Und dort am Fenster stand der Sessel, dieses rote Ohrenbackending, das sie von zu Hause mitgebracht und in dem Assunta Rossi sie gefunden hatte. »Da hat sie gesessen und die Mamma hat geglaubt, sie würde schlafen.« Nie würde ich Robertas Worte vergessen. In der mittelalterlich wirkenden Fensterhöhlung stand ein leeres Weinglas, daneben lag Elis Strickzeug. Und plötzlich kam mir in den Sinn, dass sie hier an meiner Jacke gestrickt hatte, während ich wie ein Teenie mit Martin, dem Verheirateten, auf einem Parkplatz herumgeknutscht hatte.

Ja, ich hätte gerne geheult. Stattdessen wandte ich den Blick ab und schleppte mich die Treppe hoch.

Oben kehrte ich in die Gegenwart zurück. Hier war alles versammelt, was man zum Leben brauchte: eine Schlafkammer mit Schrank und Nachttisch. Ein Bad mit Wanne, von der aus man in die Eiche vor dem Fenster sehen konnte. Kein Fernseher. Eine Küche, Elis Handy, an ein Ladekabel angeschlossen. Ihr Laptop auf dem Küchentisch. Auf dem Kühlschrank das alte Kombigerät von zu Hause, so ein Radio-CD-Player, der allen Ernstes noch ein Kassettenteil besaß. Im Abtropfgestell das Geschirr von ihrem letzten Abendessen.

Ein kurzer Blick durchs Fenster in Elis Garten zeigte, dass dieser zwar nicht besonders groß war, dafür aber umso hübscher, und ich verstand nun besser, warum es ausgerechnet *dieses* Haus hatte sein müssen. Ich sah Rosen und Lavendel, der ein wenig zerzaust wirkte, einen runden Tisch, zwei Stühle, und am Ende des Grundstücks ein schmiedeeisernes Geländer, hinter dem der Garten abrupt endet und eine bezaubernde Aussicht auf einen verwilderten Hügel mit alten Obstbäumen bot. Ich versuchte, mir Eli in diesem Garten vorzustellen, wie sie am Tisch saß oder Unkraut jätete, aber es gelang mir nicht. Ich sah nur die Eli im Sessel. Die, die mit mir alte Western und Louis-de-Funès-Filme geschaut hatte. Die, die für mich Mutter und Vater zugleich gewesen war. Die, die ich im Stich gelassen hatte.

Elisabeth

Um Viertel vor zehn lag das Haus in endgültiges Schweigen gehüllt. Sophie schlief immer noch ruhig und auch die Mutter war längst zu Bett gegangen, sodass das einzige Licht im Haus das meiner Nachttischlampe war. Noch einmal blickte ich in den kleinen Handspiegel und betrachtete das Gesicht, das mich daraus anblickte: die schwarz umrandeten Augen, die auf einmal schräg und gefährlich aussahen, die tiefroten Lippen, die mir fremd vorkamen, der Mund einer anderen. Ein letztes Mal kontrollierte ich die Seidenstrumpfnaht, die beinahe perfekt aussah, und bauschte dann das Federbett so auf, dass es aussah, als läge ich darin. Die hochhackigen Schuhe tat ich in meine Tasche, löschte das Licht und tastete im Dunkeln nach dem Treppengeländer.

Unten angekommen zog ich die Gummistiefel an, nahm Regenmantel und Schirm von der Garderobe und verließ das Haus durch den Stall. Draußen lief ich los. Ich weiß noch, dass mir der Himmel in dieser Nacht besonders schwarz vorkam, dass meine Schritte in den schweren Stiefeln dumpf und plump klangen und das Rauschen des Regens übertönten, obwohl ich mir alle Mühe gab, so leise wie möglich aufzutreten. Ein paarmal überlegte ich, was wohl wäre, wenn ich dem Vater – auf dem Rückweg von der Wirtschaft – in die Arme liefe. Aber ich schob den Gedanken beiseite. Schließlich kam er nie vor Mitternacht nach Hause.

Nach zehn Minuten verließ ich den unbefestigten Weg und bog auf die Teerstraße ein, und wenig später erreichte ich auch schon Leuthäusers Schuppen, wo ich mit Sigrid verabredet war. Ich zögerte kurz, dann ging ich um die Ecke, der Eingang lag zu den Obstwiesen hin, und rief nach Sigrid. Ich bekam keine Antwort und fragte mich, was wäre, wenn Sigrid nicht käme. Wenn ihre Eltern sie erwischt hatten und ich nun alleine hier warten würde.

Um dann zu drei Italienern, die ich kaum kannte, ins Auto zu steigen. Eine gefühlte Ewigkeit verging, während ich alleine in der Dunkelheit stand. Dann hörte ich den Wagen kommen, erkannte das typische Motorengeräusch eines VW-Käfers. Rasch schüttelte ich die Stiefel von den Beinen und schlüpfte in die Hochzeitsschuhe meiner Mutter, die mir zu klein waren. Durch die Ritzen des Schuppens fiel Licht, der Wagen hielt, stand dort mit laufendem Motor, eine Tür ging auf und ich hörte Giorgios Stimme, die halblaut meinen Namen sagte. Und einen Moment nur, einen winzigen Augenblick, zögerte ich, bevor ich antwortete. »Sono qui«, rief ich und mit einem Mal waren alle Ängste und Zweifel weggewischt. Ich lief um die Ecke und da hörte ich ein Stück entfernt auch schon leichte, klackernde Schritte, die wie ein Rhythmus den Regen begleiteten. Und dann Sigrid, die atemlos rief: »Wartet auf mich!«

Schließlich saß Sigrid hinten zwischen Enrico und Silvio, ich vorne neben Giorgio und so fuhren wir gemeinsam durch die Nacht.

Diese Sorglosigkeit, diese unendliche Ahnungslosigkeit rührt mich im Rückblick sehr. Sie war ein Segen für mich – und überhaupt ist es ja ein Segen, dass wir niemals wissen, was sein wird und was auf uns zukommt. Wüssten wir es, wäre alles verdorben, auch jene raren Momente reinen Glücks, die wir geschenkt bekommen, von einem gnädigen Schöpfer oder den Umständen oder wovon auch immer. Ich jedenfalls tue mir bis heute schwer mit der Religion, obwohl ich unzählige Rosenkränze gebetet, Hunderte von Messen besucht und viel Zeit in Beichtstühlen verbracht habe, diesen Kammern voll dunkler Geheimnisse. Auf dem Beifahrersitz von Giorgios Käfer allerdings wusste ich sicher, dass ich das, was in dieser Nacht geschehen würde, niemals den Ohren eines Priesters anvertrauen würde.

Während die ersten Lichter der Stadt auftauchten, fühlte ich mich mit einem Mal volljährig und vollwertig, zum ersten Mal glaubte ich zu spüren, wie das Leben *auch* sein konnte. Wie das

Leben werden würde, später, wenn ich erst einmal einundzwanzig und mein eigener Herr wäre, wenn nichts und niemand mich daran hindern könnte, das zu tun, was ich wollte. Ich würde weggehen, weit weg. Ich würde irgendwo in einer kleinen Wohnung in der Stadt leben, mitten im größten Verkehr. Und ja, ich würde einen Beruf haben. Ich würde eigenes Geld verdienen und mir einen Mantel mit Pelzkragen kaufen und roten Nagellack, und vielleicht würde auch ich dann ein Auto besitzen. Ich war wie in einem Rausch.

Das Tanzlokal hieß *Konrad* und schon von Weitem sah man die vielen Wagen vorm Eingang und die rosarot geschwungene Leuchtschrift darüber. Wir fanden einen Parkplatz nicht weit vom Seeufer entfernt, und als wir ausstiegen, im Regen, nahm Giorgio mich unter seinen Schirm.

Vor dem Tanzlokal standen ein paar Franzosen herum. Sie waren damals überall in Friedrichshafen, Gauloises rauchend auf den Straßen, und in der Eisdiele an der Uferpromenade, mit nacktem Oberkörper und raspelkurzen Haaren an der Freitreppe am See.

Bei der Erinnerung daran, wie ich mich fühlte an Giorgios Hand, an seiner Seite, muss ich lächeln. Es war, als hätte ich mich gehäutet und mein altes Ich mit den Gummistiefeln und Stallhosen in Mosisgreuth zurückgelassen. Darunter war die Eli im blau-weiß getupften Tanzkleid hervorgekommen, das sich nun bauschte und bei jedem Schritt mitschwang. Die Eli mit dem frisch gewaschenen Blondhaar, das endlich einmal nicht nach Kuhstall roch, sondern nach dem Maiglöckchenparfüm von Sigrids Mutter. Die Eli, deren Lippen so rot leuchteten, dass die Franzosen vor dem Eingang ihre Bürstenköpfe drehten und zu mir hersahen. Die neue Eli aber glitt an ihnen vorüber, leicht und elegant, mit wippendem Schritt, eine Gräfin für diese eine Nacht.

Als Enrico die Tür öffnete, schwoll die Musik an – und bis heute zerreißt es mir das Herz, wenn ich *Diana* von Paul Anka höre. Und dann waren wir im Getümmel, im Rauch, in der Musik, mittendrin. Nie zuvor hatte ich so laute Musik gehört, vom Dröhnen der Orgel in der Sonntagsmesse einmal abgesehen. Diese Musik hier war anders, sie drang in meinen Körper und erfüllte ihn mit ihrem Rhythmus, genau wie die Körper der anderen. Der ganze Saal vibrierte.

Die Tür hinter uns schloss sich und wir blieben stehen, um uns zu orientieren. Wie gebannt betrachtete ich die Tänzer, die abenteuerliche Schwünge vollführten, die wippenden Pferdeschwänze der Mädchen, die schwingenden Röcke. Kurz dachte ich daran, dass ich ja gar nicht tanzen konnte. Aber dann zog Giorgio mich auf die Tanzfläche und zeigte mir, was ich zu tun hatte. Und bald spürte ich, wie meine Füße die Schritte wie von selbst machten.

So ging das eine halbe Ewigkeit, bis Sigrid zu mir kam und gegen die Musik anrief: »Ich hab Durst. Und mir ist heiß. Kommst du mit?«

Enrico und Giorgio kauften uns Sinalco an der Theke, dann bahnten wir fünf uns einen Weg durch die Menge nach draußen. Die Luft war frisch und kühl, der Regen hatte aufgehört. Sigrid tupfte sich die Stirn mit einem Taschentuch trocken und ich fuhr mir unauffällig über den Nacken. Giorgio legte den Arm um mich und zog mich zu sich. Und dann küsste er mich. Irgendwo lachte ein Mädchen, und in diesem Moment wünschte ich mir, dass die Zeit stehen bliebe. Es war mein allererster Kuss und er fühlte sich mächtig an, wie eine unterirdische Strömung, die mich in eine Dunkelheit zog, aus der ich niemals wieder erwachen wollte.

Doch da tippte mir jemand auf die Schulter. Irritiert löste ich mich von Giorgio und sah direkt in die Augen eines Franzosen, der offensichtlich zu viel getrunken hatte. Ich erkannte ihn wieder, es war einer von denen, die bei unserer Ankunft draußen gestanden und uns unverhohlen gemustert hatten. Jetzt grinste er mich frech an, knallte in Wehrmachtsmanier seine Hacken zusammen und salutierte vor mir. In nahezu fehlerfreiem Deutsch fragte er: »Darf ich um einen Tanz bitten?«

Ich schüttelte den Kopf und antwortete freundlich: »Danke, aber ich bin in Begleitung.«

Der Franzose legte suchend die Hand über die Augen, drehte sich einmal um sich selbst und sagte: »Wirklich? Ich sehe niemanden ...«

Jetzt trat Giorgio, der einen Kopf kleiner war als der Franzose, auf den Mann zu und sagte etwas auf Italienisch zu ihm.

Ein gedehntes »Aaah!« war die Antwort und dann: »Jetzt sehe ich ihn. Diese Makkaronis sind immer so klein … wie ihre Schwänze. Man sieht sie kaum!« Er brach in Gelächter aus und ein paar andere Franzosen stimmten ein.

Wieder sagte Giorgio etwas auf Italienisch, lauter diesmal, aber da fasste ihn Enrico an der Schulter und schob uns beide fort. Aber wir kamen nicht weit, denn der Franzose vertrat uns den Weg.

»Was ist das Besondere an italienischen Panzern? Richtig! Sie haben sechs Rückwärtsgänge.«

Dann ging alles ganz schnell. Ich sah, wie Giorgio nach vorne schoss und dem Franzosen einen Stoß versetzte und wie Enrico seinen Nebenmann am Kragen packte. Sigrid schrie auf, als Enrico einen Schlag auf die Nase bekam und zu bluten begann. Rasch nahm ich ihre Hand und zog sie ein Stück weg.

Aus dem Lokal kamen nun immer mehr Leute, hauptsächlich Franzosen, aber auch ein paar Italiener, die sich sofort zu ihren Landsleuten gesellten. Das Getümmel weitete sich aus und wir wurden mal hierhin, mal dorthin geschubst. Ich versuchte, zu Giorgio durchzukommen, doch ich hatte ihn längst aus den Augen verloren. Da hörten wir auf einmal Motorengebrumm, zuschlagende Autotüren und Männerstimmen, die riefen: »Aufhören, Polizei!« Und ehe ich so recht wusste, was geschah, wurde ich schon von einem Polizisten am Arm gepackt und zu einem Transporter geführt.

Ein verschreckter Blick über die Schulter zeigte mir, dass Sigrid mir folgte, auch sie am Arm eines Uniformierten. Überhaupt wimmelte es plötzlich nur so von Polizisten und ehe ich michs versah, wurden die Türen des Transporters verrammelt und los ging die Fahrt.

Und während der Wagen um die Kurven rumpelte, war alles vorbei: Der Zauber war zerbrochen, die junge Dame wieder das Bauernmädchen, die Nonnenschülerin, die jeden Morgen vor Unterrichtsbeginn betete und jeden Sonntag zur Kirche ging.

Nur war ausgerechnet dieses Mädchen nun auf dem Weg zum nächsten Polizeirevier, zusammen mit einer Horde raufender Franzosen und Italiener.

Hannah

Ich schleppte das Gepäck nach oben und begann die wenigen Vorräte, die ich mitgebracht hatte, in die Küchenschränke zu räumen. Meine Bewegungen fühlten sich irgendwie falsch an, und während ich die Schranktüren öffnete, dachte ich plötzlich an einen anderen Tag. Einen Tag vor zweiundzwanzig Jahren, an dem ich ebenfalls Gepäck ins Haus geschafft hatte. Ich war neun Jahre alt gewesen, als meine Eltern verunglückten. Nun war ich einunddreißig und hatte zum zweiten Mal alles verloren.

Auf einmal brach die Erinnerung wie eine verdammte Flut über mich herein. Ich sah Eli neben mir am Steuer des Wagens sitzen, sah, wie sie den Rückwärtsgang einlegte, um vor dem Einödhof zu parken, direkt vor der Treppe, die zur Haustür hochführte. Ich sah sie den Schlüssel abziehen und zu mir herübersehen. Ich sah ihr Haar, das im Sonnenlicht wie Gold leuchtete, die roten Lippen, die lächelten, den schönen blauen Mantel mit dem Pelzkragen. Und das war der Moment, in dem ich erkannte, dass sie mein Engel war, der mich vor der Pflegefamilie oder dem Waisenhaus gerettet hatte. Von nun an, das wusste ich, würde dieser Engel immer über mich wachen.

Doch jetzt war Eli tot.

Wenn es mir so richtig beschissen geht, weiß ich nur zwei Mittel, die mir helfen: Ich steige in meinen Bus und kurve herum, bis es mir besser geht. Oder ich schnappe mir die Kamera und fotografiere, was mir vor die Linse kommt.

Herumgekurvt war ich genug, und weil ich in Elis Küche neben einem Umbrienführer und einigen Straßenkarten auch eine topografische Karte entdeckt hatte, beschloss ich, mir mit der Kamera in der Hand die Umgebung anzusehen. Die Gegend um Castelnuovo – das sah man auf der Karte – war von unzähligen Wegen durchzogen und ein kleines Kreuz deutete darauf hin, dass hier in der Nähe eine Kirche oder sogar ein Kloster sein musste. Genau das, was ich brauchte, um meine Erinnerungen für eine Weile lahmzulegen.

Ich schnappte mir meinen Rucksack, tat eine kleine Flasche Wasser, einen Apfel und die Kamera hinein und machte mich auf den Weg. Vor dem Haus spielte ich kurz mit dem Gedanken, erst mal eine Runde in Castelnuovo zu drehen und mir einen Eindruck von dem kleinen Borgo zu verschaffen, aber dann schlug ich doch gleich die andere Richtung ein. Ich hatte keine Lust auf Leute und neugierige Blicke. Ich folgte dem Weg talwärts, durch das Wäldchen. Bei der Abzweigung zum Agriturismo der Santinis bog ich links ab.

Ich war noch nicht lange unterwegs, als sich der Weg an einem Obstgarten entlangzuschlängeln begann. Bei einem alten, vom Blitz gespaltenen Birnbaum blieb ich stehen und sah hoch in die Krone. Trotz seiner Verletzung hing der Baum über und über voller Birnen – und ich fand mich plötzlich wieder mitten in meine Erinnerungen versetzt. Auch daheim auf dem Einödhof hatten wir so einen alten Birnbaum. Und dazu eine alte Streuobstwiese, auf der wir jeden Herbst umherstreiften und das Fallobst aufklaubten. Ich sah Eli vor mir, in ihrer verbeulten braunen Cordhose. Und mich selbst, das Kind mit den Sommersprossen und den wilden Haaren, das seinen Schutzengel nicht aus den Augen ließ. Tja, dachte ich, du gewöhnst dich wohl besser daran, dass du diese Bilder nicht einfach so wegklicken kannst.

An der nächsten Weggabelung versuchte ich, mich zu orientieren: Das rechts musste der Hauptweg sein, der war breiter und schien wesentlich mehr begangen als der nach links abzweigende Pfad. Aber mein Orientierungssinn sagte mir, dass ich nach links musste, wenn ich zu der Kirche wollte.

Schon nach wenigen Minuten wurde der Weg so eng und überwachsen, als würde ihn schon lange keiner mehr benutzen. Links von mir sah ich verwilderte Weinreben und eine Natursteinmauer, die schon bessere Tage gesehen hatte, und schließlich entdeckte ich ein kleines Steinhaus ohne Dach. Ich überlegte kurz, ob das hier schon die Stelle mit dem Kreuz sein konnte, entdeckte aber nichts an dem Häuschen, das auf einen Glockenturm oder Ähnliches hinwies, und auch sonst sah es nicht wie eine Kapelle aus. Das auf der Karte eingezeichnete Kreuz musste also noch kommen. Ich löste den Deckel vom Objektiv und machte ein paar halbherzige Bilder. Alles war besser, als an früher zu denken, fand ich und ging weiter, die Kamera vorm Auge.

Elisabeth

Von der Polizei erwischt! Das war mein Untergang. Mit aller Macht versuchte ich, nicht an die Bestrafung durch den Vater zu denken, nicht an die Schläge mit dem Gürtel, die unweigerlich folgen würden. Stattdessen stellte ich mir vor, wie es wäre, einfach dort zu bleiben, auf der Polizeiwache oder im Gefängnis oder wo sonst sie mich hinbrachten. Ja, dachte ich, als sie die Türen des Transporters aufrissen und uns herausholten: Ich würde einfach schweigen, würde nichts herauslassen, keinen Namen, keinen Wohnort, dann machte ich mich sicher verdächtig und sie mussten mich dortbehalten. Dieser Plan beruhigte mich ein wenig, als die Polizisten uns auf die Wache führten. Immer wieder hielt ich nach Giorgio Ausschau, ohne Erfolg. Und da kam mir zum ersten Mal der Gedanke, was sie denn mit ihm machen würden – mit einem ausländischen Krawallmacher. Denn für so einen würden sie ihn halten, auch wenn alles ganz anders gewesen war. Würden sie ihn auch einsperren, würde er vielleicht sogar seine Arbeit bei der ZF verlieren? Mir wurde gleich wieder ganz schlecht vor Sorge und eine unbändige Wut auf den Franzosen kochte in mir hoch. Das alles hatte uns nur dieser Dummkopf eingebrockt. Und natürlich musste ich genau das der Polizei sagen: dass der französische Soldat angefangen hatte. Aber würden sie jemandem glauben, der sich weigerte, den eigenen Namen zu nennen?

Überall auf dem Gang standen Leute herum, auch drei, vier Frauen, die ich verstohlen musterte. Sie waren sicher zehn Jahre älter als Sigrid und ich und wirkten kein bisschen verschreckt. Eine üppige Rothaarige mit langen blutroten Nägeln und einem tiefen Ausschnitt lehnte lässig an der Wand und rauchte; eine andere, platinblond und mit Pferdeschwanz, schäkerte mit dem Kerl neben ihr. Ich war völlig in den Anblick der beiden Frauen versunken, als jemand mich am Arm berührte. »So, dann kommen Sie mal mit«, sagte ein älterer Polizist und führte mich den Korridor entlang. Wir waren schon ein paar Schritte gegangen, als plötzlich Sigrid neben mir auftauchte. »Halt, warten Sie, das ist meine Schwester! Wir wollen zusammenbleiben.« Der Polizist hielt irritiert inne, vielleicht suchte er nach der Familienähnlichkeit. Es schien ihm zu genügen, dass wir beide blond waren, denn er führte uns ins nächste Dienstzimmer, stemmte die Hände in die Hüften und musterte uns von Kopf bis Fuß. »Und was habt *ihr zwei* dort zu schaffen gehabt?« Ich schwieg betreten, aber Sigrid antwortete fast keck: »Wir wollten tanzen.«

Ich duckte mich innerlich, dachte daran, dass wir beide gerade mal sechzehn waren, auch wenn der sicherlich verwischte schwarze Lidstrich und die Lippenstiftreste unser Alter verschleierten. Oder etwa nicht? Der Beamte musterte uns scharf und schon fragte er: »Wie alt seid ihr denn überhaupt?«

Mein Blick huschte zu Sigrid, was dem Polizisten nicht entging, denn er herrschte mich an: »Soll sie's dir sagen, wie alt du bist? Also los jetzt, Name, Adresse, ich hab nicht die ganze Nacht Zeit.« Er setzte sich hinter eine Schreibmaschine und sah nun noch offizieller aus.

»Sigrid Helms«, antwortete Sigrid mit einem schleppenden Unterton.

»Adresse!«

Die Finger des Mannes tippten die Buchstaben ein und jeder Tastenschlag schien gegen die Wände zu knallen und von dort direkt in meinen Schädel zu schießen.

»Habt ihr Telefon?«, fragte er nun.

Sigrid nickte. Auf einmal sah sie gar nicht mehr keck aus, sondern kleinlaut und ängstlich. Wahrscheinlich war ihr erst in diesem Moment richtig bewusst geworden, worauf diese Befragung hinauslief. Und noch während ich überlegte, ob der Polizist gleich wirklich bei Sigrids Eltern anrufen würde, verstummte das Knallen der Tasten.

»Und du?«

Ungeduldig, aber nicht allzu unfreundlich sah er mich an.

»Elisabeth…« Klack, klack, klack, knallten die Tasten, als ich einen Schmerz im Zeh spürte. Sigrid stand auf meinem Fuß und sagte laut: »So wie ich halt… Helms. Und der Rest ist natürlich gleich. Was werden Sie jetzt tun?«

Der Beamte hob seinen Blick von der Schreibmaschine.

»Eure Eltern anrufen. Sie wollen bestimmt wissen, in welche Schlägerei ihre Töchter heute geraten sind.«

Der Beamte verständigte Sigrids Vater und wie durch ein Wunder flog der Schwindel nicht sofort am Telefon auf. Ich schob das auf die Uhrzeit, es war inzwischen halb drei. Sigrids Vater war beim Aufnehmen des Hörers sicher schlaftrunken gewesen und hatte Tochter statt Töchter verstanden.

Minuten vergingen, die mir wie Ewigkeiten vorkamen. In dieser Zeit stellte ich mir den Gesichtsausdruck von Sigrids Vater vor, wenn er hier hereinkam und da plötzlich noch eine »Tochter« stand. Den Moment, in dem die Wahrheit herauskommen würde. Und die Konsequenzen, die das hätte.

In Mosisgreuth hatten wir natürlich kein Telefon, also würden die Polizisten mich nach Hause fahren. Wahrscheinlich im Streifenwagen!

Inzwischen waren meine Hände eiskalt und schweißnass, die

Übelkeit steckte mir wie ein dicker Klumpen in der Kehle. Welche Strafe es wohl diesmal sein würde? Prügel, das sowieso, aber sonst? Sicher würde er mir Extraarbeit aufbrummen, aber sollte er nur. Ich schuftete schon so viel auf dem Hof, dass kaum etwas zu tun übrig blieb. Doch da kam mir ein fürchterlicher Gedanke. Er würde doch wohl nicht etwa …? Ich begann den Kopf zu schütteln. Als ich merkte, dass Sigrid mich ansah, sprach ich es laut aus: »Die Schule«, flüsterte ich. »Er wird mich von der Schul nehmen.«

In dem Moment ging die Tür auf und Sigrids Vater kam herein, mit dunklen Schatten um Wangen und Kinn. Sigrid stand auf, ging zu ihm, ohne ein Wort zu sagen. So standen sie sich gegenüber, Sekunden, die zu Stunden zu gefrieren schienen. Dann trat der Polizist hinzu, die beiden wechselten ein paar Worte, der Polizist deutete auf Sigrid und auf mich. Sigrids Vater drehte sich um. Und dann blieb der Film für einen Moment stehen. Ich sah, wie er stutzte, mich anschaute und den Mund öffnete, um etwas zu sagen. Doch dann brach er plötzlich ab, fasste Sigrid am Arm und sagte überlaut: »Das wird nicht wieder vorkommen. Den beiden treibe ich die Flausen schon aus!« Dann setzten sich »die beiden« in Bewegung und Sigrids Vater fasste im Gehen meine Schulter. Selbst nach all den Jahren spüre ich, wenn ich den Moment Revue passieren lasse, den Druck an meinem Arm. Wie in Trance drehte ich mich um und ließ mich hinausführen, wie in Trance stieg ich in das Auto von Sigrids Vater, einen Opel Kapitän, den einzigen in der Gegend.

Die ganze Fahrt über sprachen wir kein Wort. Und als hätten wir eine geheime Absprache getroffen, hielt Herr Helms an Leuthäusers Schuppen. Mit gesenktem Kopf stieg ich aus, eine Sünderin, die zum Zeichen der Reue ein Schweigegelübde abgelegt hatte. So leise wie möglich drückte ich die Tür zu.

Durch den Regen sah ich die roten Rücklichter des Kapitäns davonfahren. Und da stand ich nun, immer noch wie vom Donner gerührt, barfuß, mit Blasen an den Füßen, die Hochzeitsschuhe meiner Mutter in der Hand.

Hannah

Ich spürte die Veränderung, noch bevor ich sie sah. Ehrlich gesagt tendiere ich immer dazu, hinterher den Hellseher zu geben, aber in diesem Fall war es tatsächlich so. Es lag an den Geräuschen oder vielmehr an ihrem Fehlen. Das war, als würde man in der Nähe einer dicht befahrenen Straße wohnen und einmal eine Nacht auf dem Land verbringen.

Erst als ich wenig später um die Ecke bog, sah ich es: Vor mir lag eine Sommerwiese, die übersät war mit winzigen weißen Blüten, doch überall aus dieser Wiese ragten die Überreste verkokelter Baumstämme heraus. Hier musste vor einer Weile ein Feuer jede Menge Obstbäume vernichtet haben. Die Szenerie wirkte bizarr und ließ mich an ein Scherenschnittbild denken.

Ich tat ein paar Schritte auf die Wiese. Wilde Möhre, schoss es mir durch den Kopf, und gleich musste ich daran denken, dass mir Eli alle Pflanzennamen beigebracht hatte, die ich kannte. Ich streckte die Hand aus und berührte das winzige Scheininsekt im Zentrum einer Dolde. Ich schlenderte weiter und wischte leicht über einen Stamm, der wie aus Holzkohle gemacht schien und eine schwarze Spur auf meinem Finger hinterließ.

Ich sah, dass der verbrannte Garten sich in einem Bogen auf dem Hügel ausbreitete. Alle paar Meter machte ich Halt und versuchte, die seltsame Atmosphäre zu begreifen: diese sanftgrünen Hänge und gegenüber, fast hinter einem Dunstschleier, ein entferntes Dorf auf einer Hügelkuppe. Und ringsum diese irre Stille, gerade so, als sei die Natur nach dem Brand immer noch in Schockstarre, auch wenn es schon wieder Blüten gab. Ein Stück weiter ragte wie ein Stiftzahn ein angekokelter Turm aus der Wiese, dem aber nicht allzu viel passiert zu sein schien. Ich umrundete das Ding in einigem Abstand und fluchte darüber, dass ich dauernd in irgendwelche Brombeerranken geriet. Und weil das alles so unheimlich wirkte, musste ich mich immer wieder genau umsehen, als könnte jederzeit ein Unheil über mich hereinbrechen. Seit ich auf einer meiner Entdeckertouren fast von einer Riesentöle gebissen worden war, war ich ein ziemlicher Schisser geworden und scannte meine Umgebung zur Sicherheit lieber ein Mal zu viel ab.

Auf einmal veränderte sich das Licht. Eine Wolke hatte sich vor die Sonne geschoben, aber ein einzelner schmaler Sonnenfinger war übrig geblieben und tauchte einen Teil des abgebrannten Gartens in ein sonderbares, geradezu abgefahrenes Licht. Der Turm sah jetzt aus wie sein eigener Schatten. Ich hob die Kamera vors Auge und überlegte kurz, ob ich das Stativ benutzen sollte, aber ich wusste, dass der Sonnenfleck so schnell verschwinden könnte, wie er aufgeblitzt war.

Durch das Objektiv wirkte alles noch spektakulärer, der Kontrast zwischen diesem Wahnsinnsblütenschaum und den pechschwarzen Gerippen, die daraus hochwuchsen. Manche Äste sahen aus wie Arme, manche Zweige wie gespreizte Finger. Und dann entdeckte ich die wirklichen Schatten. Sie waren das Zerrbild der Bäume selbst, grotesk gestreckt und um ein Vielfaches in die Länge gezogen. Das Krasse daran war, dass die Äste, das eigentliche Motiv, genauso tintenschwarz waren wie ihre Schatten.

Ich arbeitete in einem irren Tempo, denn aus jahrelanger Erfahrung wusste ich, dass dieser magische *Augenblick* jede Sekunde vorbei sein konnte. Und weil ich so weggetreten war und nur noch verkohlte Baumstämme sah, hörte ich das Geräusch erst im letzten Moment.

Ich fuhr herum. Nur ein paar Meter von mir entfernt, neben dem Turm, stand ein Typ mit einem Vollbart und starrte zu mir herüber. Ein Stück hinter dem Mann saßen zwei riesengroße Tölen, die sicher aus Baskerville stammten. In einem Dialekt, den ich kaum verstand, bellte der Kerl mich an: »Was tun Sie hier?«

Mein Blick huschte zwischen dem Mann und den Hunden hin und her und im Bruchteil einer Sekunde gewann mein Trotz die Oberhand. Und so antwortete ich genauso unfreundlich wie er: »Wonach sieht es denn für Sie aus?« Kurz darauf musste ich leider feststellen, dass er sich in Bewegung setzte und langsam auf mich zukam. In seinen Augen funkelte Wut, seine ganze Körperhaltung hatte etwas Drohendes. Und auf einmal wurde mir bewusst, dass ich mich an einem Ort befand, wo man locker einen Horrorfilm hätte drehen können. Der Mann kam näher. Hastig machte ich ein paar Schritte zurück und ebenso hastig versuchte ich, die Kamera in meinen Rucksack zu stopfen. »Ist ja gut …«, stammelte ich wie der letzte Jammerlappen. Während ich schneller zu gehen versuchte, ohne dabei allzu panisch zu wirken – eine Übung, die in dem hohen Gras nicht besonders gut funktionierte –, überlegte ich, wo ich das Pfefferspray gegen streunende Hunde hingesteckt hatte. In der einen Hand die Kamera, fingerte ich hektisch am Reißverschluss der Außentasche herum.

Da brüllte er los: »Machen Sie, dass Sie wegkommen, ehe ich die Hunde auf Sie hetze.«

Jetzt rannte ich, verhedderte mich dabei aber mit den Füßen in einem Büschel Wilder Möhre, stolperte und rappelte mich auf, so schnell ich konnte. Als ich um die Ecke bog, hörte ich ihn etwas rufen, das sich wie anhörte wie: »Touristenpack!«

Elisabeth

Kennst du die Geschichte vom Rosenwunder? In der Elisabeth von Thüringen gegen den Wunsch ihres Mannes den Armen Brot bringt, in einem Korb verborgen? Die Legende erzählt, dass sie von ihrem Mann gestellt wird, doch als dieser das Tuch vom Korb zieht, befinden sich Rosen darin. Der Vergleich hinkt, wirst du sagen, und doch fühle ich noch heute Dankbarkeit gegenüber Herrn Helms, der sich unter den Augen des Polizisten in meinen Vater »verwandelt« hatte.

Am Ende dauerte es einen Monat, bis ich wieder von Giorgio hörte. Und ungefähr genauso lange, bis sich das in Gestalt von Sigrids Vater über mir schwebende Damoklesschwert auflöste.

Anfangs zuckte ich bei jedem Motorengeräusch zusammen. Jedes Mal, wenn der Vater ins Dorf fuhr, Dünger kaufen bei der WLZ oder sonst wohin, erwartete ich halb, dass er bei seiner Rückkehr den Gürtel abziehen und mir wortlos eine drüberbraten würde, weil er unterwegs Herrn Helms getroffen und der ihm erzählt hatte, was seine Tochter für eine sei. Doch der Juli verstrich und dann auch der halbe August und nichts geschah.

Bis zu jenem Augusttag, der für mich eine schicksalhafte Bedeutung bekommen sollte. Ich sehe noch heute alles vor mir: das Morgengebet bei den Nonnen, Schwester Adalbertas trockene Lippen, die mit einer dünnen Staubschicht bedeckten Zugfenster bei der Rückfahrt, das Einbringen des Heus vor dem heranziehenden Gewitter. All das war Alltagsroutine und zog an mir vorbei, als wäre ich in Trance, doch als ich das Scheunentor schloss und eilig aufs Rad stieg, um das Vieh noch vor dem Regen von der Weide zu holen, nahm ich plötzlich den intensiven Duft wahr, der über der Wiese lag, die wie im Taumel herumschwirrenden Insekten und die Gewitterwolken, die sich schweflig-gelb und dunkelgrau über mir zusammenbrauten. Etwas wie eine Ahnung lag in der Luft, während ich den holprigen Feldweg entlangfuhr, ein elektrisches Vibrieren, das sich mit dem aufkommenden Gewitter nicht vollständig erklären ließ. Auch das Vieh war von Unruhe ergriffen und drängte sich enger als sonst am Gatter zusammen. Ich wollte gerade die Drahtschlinge anheben und das Gatter aufziehen, als ich eine Stimme hörte, die meinen Namen rief. Ich fuhr herum. Und da stand er: Giorgio.

Du wirst meine Erleichterung verstehen können, dieses unglaubliche, überwältigende Glücksgefühl, das in diesem Moment in mir explodierte. Wie oft hatte ich in den vergangenen Wochen an ihn gedacht, um ihn gebangt. Letztlich war ich zu dem Schluss gekommen, dass sie ihn entweder im Gefängnis behalten oder nach Italien zurückbefördert hatten, den fremden Delinquenten, den Streitsucher. Und nun war er hier, kam einfach den Weg entlang auf mich zu. So standen wir uns eine ganze Weile gegenüber, dann hob er die Hand, ganz langsam, fast feierlich, und berührte mein Gesicht.

Er habe Glück gehabt, so erzählte er. Was wohl auch daran gelegen habe, dass der Franzose, der ihn provoziert hatte, der Polizei nicht unbekannt gewesen war. Und so hatten er und seine Kumpels an jenem Abend einfach gehen dürfen. Später dann verabredeten wir uns für Sonntag, den einzigen Tag, an dem ich sicher sein konnte, ein paar Stunden für mich zu haben. Bei schönem Wetter wollten wir uns am See treffen, bei Regen in einem Schuppen auf der anderen Seite des Flusses.

Unsere Verständigung klappte inzwischen ziemlich gut, zum einen, weil Giorgio immer besser Deutsch verstand, zum anderen, weil ich nach wie vor in jeder freien Minute Italienisch paukte. Das erste Lehrbuch, das Schwester Arcangela mir gegeben hatte, war längst durchgearbeitet, und als sie gesehen hatte, dass es mir ernst war, hatte sie mir nicht nur den zweiten Band und die dazugehörigen Schallplatten gegeben, sondern auch angeboten, mich jeden Mittwoch in der Mittagspause zu unterrichten. Sie tat das mit Hingabe und ruhiger Konzentration, und wenn ich mich bei ihr bedanken wollte, winkte sie ab und behauptete, es mache ihr ja auch Spaß, mal etwas anderes ins Ohr zu bekommen – Klänge, die vor ihren Augen den Klostergarten in Rom erstehen ließen, den Petersdom und den blauen Himmel darüber.

Ich habe ein Faible für den Spätsommer, den Altweibersommer mit seinem warmen Licht. Die Vreni vom Nachbarhof fällt mir ein, die an jenem Sonntagnachmittag in ihrem schwarzen Kleid vor ihrem Austragshäusle in der Sonne saß wie eine Krähe, die sich das Gefieder wärmt, und die mir zuwinkte, als ich vorüberging.

Ich ließ das Dorf hinter mir und je weiter ich mich entfernte, desto größer wurde meine Ungeduld. Am liebsten wäre ich gerannt, aber ich wollte auf keinen Fall völlig verschwitzt ankommen. Denn schließlich hatte ich an diesem Tag so viel Zeit und Sorgfalt auf meine Toilette verwendet, dass es sogar Sophie aufgefallen war und sie zur Mutter gerannt war. »Die Eli steht die ganze Zeit vorm Spiegel rum«, petzte sie, in der Hoffnung, gelobt zu werden. Lob und Tadel, das waren schon damals wichtige Begriffe in Sophies Leben. Das Schätzle wollte gelobt werden, auch wenn das bedeutete, andere anzuschwärzen.

Giorgio wartete schon auf mich, und als wäre es gestern gewesen, sehe ich ihn vor mir: seinen Blick, der mich an schwarzen Samt denken ließ, den leichten Schwung seiner Oberlippe, sein unglaublich weißes Lächeln.

Wie in einem Traum liefen wir nebeneinander her. Die italienischen Worte, die aus meinem Mund kamen, hörten sich fremd an, teutonisch und steif, und ich lachte verlegen. Wir gingen wohl eine gute halbe Stunde, durch Obstgärten und über Wiesen, und folgten schließlich dem Trampelpfad, der nach Altsummerau hochführt. Es fühlte sich merkwürdig an, dort oben an ihn gelehnt zu sitzen, auf den Mauerresten der alten Burgruine, als seien wir ein ganz normales Liebespaar. Später erkundeten wir die Ruine, liefen treppauf, treppab, unter freiem Himmel. Wir stellten uns vor, hier zu wohnen, und ich war glücklich und ein bisschen stolz, dass ich die italienischen Worte für Wohn- und Esszimmer, Bad und Küche wusste. Ich zeigte auf die dicke Laubschicht am Boden und sagte »Tappeto«, *Teppich,* und grinste.

Es war im sonnendurchfluteten »Schlafzimmer«, als Giorgio mich in den Arm nahm, mir übers Haar strich und plötzlich ganz ernst wurde.

»Che c'è?«, fragte ich verwirrt.

»Capelli d'oro«, sagte er, *Goldhaare.* Und dann küsste er mich.

Noch heute, wenn ich durch den Wald gehe und das Laub unter meinen Schritten raschelt, denke ich an uns, wie wir dort lagen und uns liebten, das allererste Mal. An den Duft nach Erde und Holz und an den Spätsommerhimmel über uns, so strahlend und blau.

Der späte August, er tut noch immer ein bisschen weh mit seiner Schönheit, dem Azur des Himmels, das niemals blauer werden kann, und der Wärme auf nackter Haut, die niemals seidiger und niemals weicher sein kann als in der Jugend. Und vielleicht ist diese Zeit auch deshalb so perfekt, weil ich weiß, jedes Jahr aufs Neue, dass sie nicht dauern kann. Weil ich weiß, dass es nur eine Frage von Wochen ist, bis die Herbststürme über die Felder fegen, über die Wiese am Fluss, bis der Novemberregen alles Vergangenheit sein lässt: die Wärme und das Licht. Das Blau. Die Liebe.

Hannah

Warum ich den ganzen Rückweg über an daheim denken musste, kapierte ich erst ziemlich spät, nämlich als ich die ersten Häuser von Castelnuovo auftauchen sah. Ja, murmelte ich mit zusammengebissenen Zähnen vor mich hin. Die Mosisgreuther hätten das nicht besser hingekriegt! Nur dass *ihre* Welt nicht in Touristen und Einheimische unterteilt war, sondern in Alteingesessene und Zugezogene. Schlimmer noch: in Leute, die hierhergehörten, und Leute, die anders waren. Wie hatte ich mich nach dem Tod meiner Eltern gewundert, als mich die Ludwig-Kinder, mit denen ich doch ewig und drei Tage am Dorfbach gespielt hatte, plötzlich wie durch eine Glasscheibe hindurch anglotzten und mir irgendwann später im Streit hinterherschrien, dass ich meine Gosch halten sollte, weil meine Tante eine *Reingeschmeckte* sei, und Reingeschmeckte hätten hier absolut nichts zu melden. Hatten sie vergessen, dass der Einödhof nicht nur mein Geburtshaus war, sondern auch das von Eli? Wenn ich mich recht erinnere, dann hat es in Mosisgreuth nur eine einzige Familie gegeben, mit der Eli näheren Kontakt gehabt hatte: das alte Ehepaar Helms. Mit deren Tochter Sigrid war Eli anscheinend früher einmal sehr eng befreundet gewesen.

Bis ich Elis Häuschen erreichte, hatte sich eine große Ratlosigkeit zu meiner Wut gesellt. Ich drückte die Tür hinter mir zu und lehnte mich dagegen. Eli, dachte ich, warum hast du bloß das eine Kaff gegen das andere ausgetauscht, verdammt noch mal? Eine Zweitwohnung in einer tollen Großstadt hätte mir eingeleuchtet. Oder ein Häuschen am Meer, das war doch immer ein Traum von dir gewesen. Aber hierher zu ziehen, in diese Pampa, in diese Engstirnigkeit? Das hattest du zu Hause doch auch gehabt. *Die Botschafterin* hatten sie Eli in Mosisgreuth hämisch genannt. Die *Königin vom Einödhof* und andere, hässlichere Namen hatte es da gegeben. Aber Eli war das egal gewesen. Manchmal hatte ich sogar den Eindruck gehabt, dass sie ihren Exotenstatus insgeheim genoss. *Was interessieren mich diese Einfaltspinsel*, hatte sie mit ihrem rauen Lachen gesagt.

Ich ließ den Blick über die Stoffe gleiten, die Lebkuchen-Blechschachtel, die angefangene Decke, das Strickzeug. Ach, liebste Eli, all deine Sachen sind noch da, aber wo bist du? Ich nahm das Strickzeug von der Fensterbank, vermutlich war es das Letzte gewesen, was sie berührt hatte. Und dann krallte ich meine Finger in das verdammte Wollknäuel und presste es an meine Brust.

Essen tröstet irgendwie, zumindest mich. Ich kann in jeder Lebenslage essen. Mir ist schon klar, dass ich damit oft irgendwas kompensiere. Schlank bin ich trotzdem – kann gut sein, dass das eine Stoffwechselstörung ist, aber ich bin froh darum.

Jedenfalls fand ich in Elis Vorratsschrank Spaghetti und Knoblauch, Öl und Chilischoten, und während die Spaghetti vor sich hin brodelten, öffnete ich eine Flasche Chianti und schenkte mir ein. Mit dem Glas in der Hand stand ich eine Weile so herum und stellte mir Eli vor, wie sie an jenem letzten Abend hier gekocht, wie sie gegessen hatte. Wie sie das Geschirr in die Spüle gestellt hatte, um es später abzuwaschen. Mein Blick fiel auf das altmodische Kombigerät und plötzlich wollte ich wissen, welchen Sender sie zuletzt gehört hatte. Ich schaltete es ein, stellte dann aber fest, dass das Ding auf »Kassette« stand, also drückte ich die Play-Taste. Ich hob das Glas an die Lippen und wollte gerade trinken, als die ersten Takte von Puccinis *Nessun Dorma* erklangen. Seit ich denken konnte, hatten bei uns im Haus Elvis und Paul Anka, auch alle möglichen Bands aus den Achtzigern vor sich hin gedudelt. Aber Klassik? Ich ging zu dem kleinen Regal, auf dem Bücher, CDs und auch diese altmodischen Kassettenhüllen standen, und zog ein paar davon heraus. Gleich die erste war die richtige: eine selbst aufgenommene und beschriftete Kassette mit den schönsten Puccini-Arien. In einer fremden Schrift hatte jemand quer darüber geschrieben: *Un bel dì vedremo. Eines schönen Tages werden wir sehen.* Ich drehte die Musik voll auf, aber das alte Ding hatte nicht besonders viel Power. Und während ich im Topf rührte und die Melodie mitsummte, fragte ich mich, wer ihr die Kassette wohl geschenkt haben mochte.

Nach dem Essen suchte ich im Regal nach einer etwas schwungvolleren Musik – diese Opernklänge waren absolut ungeeignet, wenn es darum ging, meine Melancholie loszuwerden. Doch statt der erhofften Tom-Jones-CD hielt ich am Ende vier weitere selbst bespielte Kassetten mit klassischen Stücken in der Hand. Ich drehte eine nach der anderen um und staunte. *Con tutto il mio amore*, stand auf einer Sammlung mittelalterlicher Lieder, und auf Gustav Mahlers 8. Sinfonie las ich *Ti amo tanto*.

Abrupt stand ich auf und begann Wasser ins Spülbecken laufen zu lassen. Also hatte es in Elis Leben einen Mann gegeben. Einen Italiener, von dem ich nichts gewusst hatte. Natürlich war mir klar, dass das alles schon eine ganze Weile her sein musste, denn wer bespielte heutzutage noch Kassetten? Tatsache aber blieb, dass es jemanden in Elis Leben gegeben hatte. Jemanden, der sie geliebt hatte und der auch ihr etwas bedeutet haben musste. Sonst hätte sie diese Kassetten nicht mehr angehört, das war ja wohl klar. Sie hätte diese Dinger überhaupt nicht erst aufgehoben, nie im Leben – Eli war eine Meisterin im Wegwerfen und Ausmisten; dass sie so was behielt, war wirklich krass.

Ich tauchte die Pfanne mit so viel Schwung in die Spüle, dass das Abwaschwasser auf den Boden schwappte. Warum, verdammt noch mal, hatte sie mir nie von diesem Mann erzählt? Ich bückte mich, wischte den Boden mit Papiertüchern trocken und stand wieder auf. Plötzlich dämmerte mir, dass Eli überhaupt *nie* von einer Liebesbeziehung zu *irgendeinem* Mann erzählt hatte.

Ich nahm die Bürste und schrubbte die Pfanne. Wow, dachte ich, was für eine Erkenntnis. Und was sagt diese Tatsache über mich? Auf welchem Egotrip war ich die ganze Zeit gewesen? Anscheinend hatte ich – das wurde mir jetzt erst klar – niemals einen Gedanken daran verschwendet, dass sich auch Eli nach einer Beziehung, *nach Liebe* gesehnt haben könnte. Wie ein kleines Kind war ich davon ausgegangen, dass ich ihr genügte.

Ich zog den Stöpsel und stand eine Weile lang still da, mit den Händen auf dem Beckenrand. Ach, Eli, fragte ich stumm. Warum hast du nicht mit mir darüber gesprochen? Warum hast du mir nie von dem Kassettenmann erzählt? Auf einmal musste ich an Martin denken. Und dass auch ich ihr nie von ihm erzählt hatte. Aus Angst, sie könnte mich verurteilen.

Martin also. Ist wohl besser, ich bringe das gleich hinter mich, obwohl es da gar nicht so viel zu erzählen gibt. Nur dass ich mich wohl deshalb in ihn verliebt hatte, weil er wie Lloyd Cole in den frühen Neunzigern aussah. Sensibel, ein bisschen beleidigt, schwierig eben. Und schwierig war er, das zumindest konnte ich mit Sicherheit sagen. Trotzdem hatte die Berg- und Talfahrt unserer »Beziehung« über fünf Jahre gedauert, und letztlich war eben doch er der Grund, warum ich es ein ganzes Jahr lang nicht geschafft hatte, Eli in Umbrien zu besuchen. Denn meinen Job – Übersetzen und Schreiben – konnte ich schließlich überall ausüben.

Jedenfalls war es die übliche Geschichte: Er war verheiratet und ich immer verfügbar. Ein Großteil meines Liebeslebens bestand darin, zu warten, dass Martin anrief, um sich mit mir zu treffen, und zwar ziemlich oft nur auf diesem gottverdammten Parkplatz. Na ja, was soll ich sagen – dass Dummheit wehtut? Dass es mir schon viel früher hätte dämmern müssen, dass eine romantische Beziehung, deren Hauptkulisse ein Schrottplatz war, so romantisch nicht sein konnte? Jedenfalls waren es diese verdammten Kiss-by-call-Anrufe, die mich in Atem und bei der Stange hielten.

Wo man so einen Typen wie Martin kennenlernt? Gute Frage. In meinem Fall war er mir buchstäblich vor die Füße gefallen und, ja, wahrscheinlich hatte ich mir deshalb eingebildet, unsere Begegnung sei *Schicksal*. Er war mit dem Rennrad gestürzt, ich war die Erste am Unfallort gewesen und hatte mit seinem Handy den Notarzt gerufen. Später besuchte ich ihn dann im Krankenhaus und er erzählte mir, er stehe kurz vor der Trennung: Frau, zwei Kinder, Reihenhaus, das ganze Drama.

Auf jeden Fall hatten Martin und ich vor Kurzem endlich diesen Urlaub in Kroatien gebucht. Eine Woche Sommer, Sonne und Salz auf der Haut – es hätte der Auftakt zu einer gemeinsamen Zukunft sein sollen. Er wollte ausziehen, (»Endgültig, ich habe schon ein Zimmer!«), sich scheiden lassen, sich offen zu mir bekennen. Wie diese unwürdige Geschichte ein Ende fand, ist bekannt. Und nun saß ich in einem Haus in Umbrien und fühlte mich mutterseelenallein.

Irgendwann riss ich die Fenster auf und lüftete. Es hatte zu regnen angefangen und das gleichmäßige Prasseln tröstete mich ein wenig. Ich schlüpfte in meine Strickjacke und ging, nachdem ich die Fenster geschlossen und mich doch für Puccini entschieden hatte, mit meinem Wein nach unten. Ich steckte eine neue Kerze in den Ständer in der Fensternische und setzte mich in den roten Sessel. Ungefähr so musste auch Elis letzter Abend verlaufen sein. Mit einem einfachen Abendessen am Küchentisch und einem Glas Wein im roten Sessel. Hatte sie den Tod kommen gefühlt? Ich umklammerte das Glas fester. Hatte sie gelitten? Da war sie wieder, die Frage, die seit Elis Tod immer wieder bei mir angeklopft hatte. Und die mir niemand so richtig hatte beantworten können. *Hämorrhagischer Schlaganfall. Missgebildete Hirngefäße. Klinisch stumm.* Ein Aneurysma spürt man erst, wenn es zu spät ist, das hatte die Ärtzin zu mir gesagt. Danach hatte ich das Internet durchpflügt und erfahren, dass »familiäre Häufungen bei Aneurysmen nicht ungewöhnlich seien«. Geschähe mir ganz recht, dachte ich und nahm einen großen Schluck.

Und mit einem Mal sah ich mich selbst dort sitzen, meine Dreads zu einer Art Knoten festgesteckt mit dieser Spange, die Eli einmal von ein paar Navajos in Arizona gekauft hatte. Die Spange war perlenbestickt und wurde von einem Holzspieß gehalten. Als sie mir die Spange schenkte, sagte sie, das Grün der Perlen passe so gut zum Grün meiner Augen. Was eine glatte Übertreibung war, denn die Perlen leuchteten jadegrün und meine Augenfarbe lag irgendwo zwischen Grün und Blau. Elis Augen waren grau gewesen.

Als die Musik verklang und die Flasche leer war, blieb ich einfach so sitzen, sah in den Raum hinein und lauschte in die Stille, auf die vereinzelten Tropfen, die gegen die Scheibe tippten. Der letzte Gedanke, bevor ich einschlief, galt dem Kassettenmann. Und der Frage, ob Eli das Häuschen gekauft hatte, um in seiner Nähe zu sein.

Wovon genau ich erwachte? Ich habe keine Ahnung. Jedenfalls schreckte ich hoch und sah mich orientierungslos um. Doch alles, was ich sah, waren Schemen und Schatten, die irgendwie kein Bild ergaben. Erst nach einer ganzen Weile begriff ich, dass ich bei Eli in Umbrien war. Die Kerze, die ich angezündet hatte, war fast heruntergebrannt. Vom Hof schien ein schwaches Licht durch die beiden vorderen Fenster, und da erst fiel mir ein, dass ich die Laternen ums Haus herum hatte brennen lassen.

Mit schweren Beinen stand ich auf. Wie hatte ich nur so dämlich sein können, bei brennender Kerze einzuschlafen! Ich beugte mich vor und wollte sie gerade ausblasen, als ich ein Geräusch hörte, eine Art Klappern hinterm Haus. Ich spitzte die Ohren, aber es kam nichts weiter, also nahm ich das Weinglas und pustete die Kerze aus. Doch da hörte ich plötzlich Schritte im Kies. Und fast zeitgleich schob sich ein Gesicht vor die Scheibe.

Ein Mann stand da draußen vor dem Fenster und sah zu mir herein. Keine Ahnung, wie ich es schaffte, *nicht* zu schreien und *nicht* tot umzufallen. Jedenfalls blieb ich einfach so stehen, im Schatten des Zimmers, das leere Glas in der Hand. Ich starrte durch die Scheibe, sah dunkel umschattete Augen, eine tief in die Stirn gezogene Mütze und bartstoppelige Wangen.

Und dann verschwand er, genauso plötzlich, wie er aufgetaucht war. Als die Schockstarre nachließ, schlich ich nach oben, ohne das Licht anzumachen. Im Dunkeln kam mir das Knarzen der Treppenstufen überlaut vor, und obwohl ich mir Mühe gab, so leise wie möglich aufzutreten, schien das Geräusch nicht nur durchs ganze Haus zu tönen, sondern auch durch Fenster und Türen und Mauerritzen nach außen zu dringen. Wer zur Hölle war dieser Mann?

Oben angekommen, spähte ich aus dem Fenster und entdeckte ihn beinahe sofort. Er stand im Regen, ein paar Schritte entfernt von der kleinen Sitzgruppe im Garten, das Gesicht dem Haus zugewandt. Langsam näherte ich mich der Scheibe, um besser sehen zu können. Die Gartenlaterne warf nur einen schwachen Lichtschein auf ihn, aber ich erkannte, dass er dünn war, geradezu mager. Seine Jacke hing an ihm wie an einer Vogelscheuche. Vielleicht war es der Anblick dieser Jacke, der mir die Angst nahm. Plötzlich hob er den Kopf und sah nach oben, genau in meine Richtung. Dann lief er davon. Er rannte über den Rasen, vorbei an den Rosensträuchern und dem Lavendel, am Schuppen vorbei. Kurz bevor er um die Ecke bog, warf er noch einen hastigen Blick über die Schulter. Erst als er schon längst verschwunden war, begriff ich, woran er mich erinnerte: an ein verschrecktes Tier, das vor dem Wolf flieht.

Elisabeth

Ich weiß nicht, ob ich es schon erwähnt habe, aber Giorgio war schön, auf eine klassische Weise. Ich bin im Leben vielen gut aussehenden Männern begegnet, den meisten davon in Rom, und doch habe ich nie mehr einen Mann gesehen, dessen Blick dunkler, dessen Haut goldener und dessen Haar schwärzer gewesen wäre. Doch das war es nicht allein. Es war die Art, wie er den Kopf hielt, die Ernsthaftigkeit, mit der er mich ansah, die Aufmerksamkeit, mit der er jedes meiner Worte aufzunehmen und abzuwägen schien. Natürlich war es leicht, mich zu beeindrucken, ich hatte ja damals kaum Vergleichsmöglichkeiten, denn die einzigen Männer, die ich kannte, waren die aus dem Dorf.

Die Spätsommertage, die nun folgten, gehören zu den glücklichsten, die ich je erlebt habe. Vielleicht lag das auch an dem Geheimnis, das unsere Liebe umgab, sie umgeben musste. Gestohlene Minuten nach der Schule, wenn ich, statt mit dem Zug zu fahren, neben Giorgio im Käfer saß und seine Hände, sein Lachen von der Seite betrachtete. Heimliche Umarmungen auf dem Waldparkplatz. Leise Küsse auf einer nach Wilder Möhre duftenden Wiese an Sonntagen, im Ohr das taumelnde Summen der Erdhummeln.

Dann kam der Herbst und durch die Scheiben des Käfers sah ich die Buchen rostrot und die Ahornbäume golden werden. An einem Sonntag schafften wir es irgendwie, uns *Winnetou* im Kino anzusehen. Als wir aus dem Dunkel des Kinosaals kamen und auf die Straße traten, segelten die Blätter wie schwerelos herab und ich glaubte wirklich, das alles würde unendlich so weitergehen: die geborgten Küsse, die gestohlenen Umarmungen. Das war mein Leben, das würde immer so sein. Doch dieser Traum fand bald ein Ende.

Es war im späten Herbst, am letzten Freitag im November. Ich stand an der üblichen Stelle am Hafenbahnhof und wartete auf Giorgio. Ein schräger Regen fuhr mir um die Beine und der Wind zerrte an meinem Schirm, während ich nach dem schiefergrauen Brezelkäfer Ausschau hielt. Die Autos zischten vorüber und es begann bereits zu dämmern. Wie immer erfasste mich in dem Moment, als ich den Wagen erblickte und Giorgio hinter dem Steuer erkannte, diese typische Mischung aus Vorfreude und Schuldgefühl. Die Angst, erwischt zu werden, war für mich damals allgegenwärtig. Bevor ich also die Wagentür öffnete, sah ich mich ein letztes Mal verstohlen um und stieg dann rasch ein.

Kaum dass ich saß, bemerkte ich Giorgios Anspannung. Er war so blass und hielt das Lenkrad fest umklammert. Als der Blinker klackerte und er sich wieder in den Verkehr einfädelte, fühlte ich eine klamme Kälte in mir aufsteigen.

Am Wald bog er links ab und fuhr zu unserem üblichen Platz, einer von dichtem Geäst abgeschirmten Höhlung, die vom Weg aus nur schwer zu sehen war. Er stellte den Motor ab und blieb reglos sitzen, ohne mich anzusehen. Das Kältegefühl in meinem Innern wurde stärker und ich weiß noch, dass ich an das Märchen von Hauff denken musste: *Das kalte Herz.*

»Devo dirti una cosa.« *Ich muss dir etwas sagen.*

Ich war unfähig, mich zu rühren, den Blick von ihm zu nehmen. Sah sein klares Profil, die im Schoß verkrampften Hände.

»Ich werde nach Italien fahren. Morgen schon.«

Eine schwammige Erleichterung überkam mich. Sonst war es nichts weiter: Er würde nach Italien fahren und dann zurückkommen. Durch die Scheibe beobachtete ich die Regenböen, die schräg übers Auto wischten, und die vereinzelten nassen Blätter, die der Herbst auf die Motorhaube warf.

Doch die Worte, die nun folgten, warfen mein Leben für immer aus der Bahn.

»Ho una moglie laggiù.«
Ich habe eine Frau da unten.

Der Wagen wurde von einer Böe erfasst, ein Schwall Regentropfen prasselte von einer Buche aufs Autodach, gefolgt von unzähligen Blättern, die auf der Windschutzscheibe landeten.

»Si chiama Livia.«

Eine Frau. Giorgio hatte eine Frau, die Livia hieß.

Und dann erzählte er den Rest. Dass sie seit zwei Jahren verheiratet waren. Dass seine Frau bei seinen Eltern lebte. Dass kein Geld da gewesen war und er deshalb nach Deutschland gegangen sei.

Der Wind rüttelte immer stärker am Wagen.

Und jetzt lag Livia im Krankenhaus. Plötzlich hatte ich Mühe, all diese italienischen Worte zu begreifen. Während ich wie betäubt zuhörte und mich zu konzentrieren versuchte, griff Giorgio nach meiner Hand und umklammerte sie. Und dann verstummte er.

Lange Zeit saßen wir so da und keiner sagte ein Wort, bis Giorgio das Schweigen brach. Mit einer Stimme, die gar nicht mehr seine war, so trocken und brüchig klang sie, sagte er: »Aber ich liebe nur dich.«

Hannah

Nach dem nächtlichen Intermezzo mit dem Mützenmann schlief ich furchtbar schlecht, und als endlich der Morgen graute, fühlte ich mich zerschlagen. Ich saß noch etwa eine geschlagene Stunde im Bett und versuchte mit Hilfe von Kaffee in den Tag zu finden. Ich sollte wirklich schauen, dass ich das Haus so schnell wie möglich loswerde, dachte ich, doch gleichzeitig bereitete mir die Vorstellung, in Elis Sachen herumzuwühlen und ihren Hausstand aufzulösen, ein fast körperliches Unbehagen. Und dann fiel mir die Kassette mit der Widmung ein und wieder überlegte ich, ob dieser Mann der Grund für Elis Aufenthalt in Castelnuovo sein konnte. Vielleicht ließe sich das irgendwie herausbekommen? Aber im Moment war ich einfach zu müde zum Nachdenken. Erst nach drei Bechern Kaffee war ich imstande, zum Einkaufen aufzubrechen.

In Città di Castello fand ich einen *Conad*, wo ich Wein, Obst und Käse, Brot und vieles andere in den Einkaufswagen lud. Als ich endlich an der Kasse stand und meine Brieftasche aufklappte, sah ich plötzlich in Martins Augen: Hinter einer schon etwas zerkratzten Klarsichtfolie steckte ein Foto von uns beiden, von Martin und mir. Im ersten Moment war ich versucht, das Bild auf der Stelle herauszurupfen und noch an der Kasse stehend zu einem kleinen Bällchen zusammenzuknüllen. Aber die Kassiererin streckte schon die Hand nach dem Geld aus. Als ich meine Einkäufe in den Kofferraum lud, malte ich mir aus, das Foto in einem feierlichen Akt in Elis Garten zu verbrennen – ich würde dabei zusehen, wie das Papier sich kräuselte und schließlich zu einem Häufchen Asche zerfiel. Doch auf der Rückfahrt kam mir dann ein noch besserer Gedanke, den ich gleich heute Nachmittag in die Tat umsetzen würde.

Ich bereitete mir ein frühes Mittagessen und machte mich ans Aufräumen und Saubermachen. Ich lud das Altglas und zwei Säcke Altpapier, die in der Speisekammer herumstanden, ins Auto, damit sie aus dem Weg waren und ich in Ruhe putzen konnte. Dann beschloss ich, mich von oben nach unten vorzuarbeiten.

Im Schlafzimmer entdeckte ich auf dem Nachttisch ein gerahmtes Foto von mir. Es war bei einer Schulaufführung entstanden, bei der ich die Pippi Langstrumpf gespielt hatte. Ich hob das Bild näher an die Augen. Ich war eine ziemlich gute Pippi gewesen, zumindest dem Äußeren nach: lang und schlaksig, mit breitem Lachen und kräftigen Zähnen, das rotblonde Haar zu Zöpfen geflochten, durch die Eli einen Draht gesteckt hatte. Ich wischte das Bild ab und zog die Nachttischschublade auf, in der ein abgegriffenes schwarzes Buch lag – eine altmodische Kladde, auf der Elis Name stand und *Vocaboli italiani*. Ich schlug es auf und musste lächeln über das erste Wort, *una stella*, und die runde Handschrift, die etwas Kindliches an sich hatte, aber die schwungvolle, nach rechts geneigte Schrift der Erwachsenen schon erahnen ließ. Lange stand ich dort und blätterte durch die Vokabeln. Als ich das Heft endlich weglegte, fühlte ich mich auf einmal verloren.

Später warf ich einen Blick in Elis Kleiderschrank, auf der Suche nach einer Regenjacke. Ich staunte nicht schlecht, als ich noch etwas anderes fand, hinter den Bügeln, auf denen Jacken und Mäntel und Hosen hingen: den Karabiner von Elis Opa. Sofort musste ich an den Mann hinter der Scheibe denken, der mir in der letzten Nacht so einen Schrecken eingejagt hatte. Ob die Knarre irgendwas damit zu tun hatte? Vielleicht hatte sich Eli von dem Typen bedroht gefühlt? Aber dann fiel mir wieder ein, wie ängstlich der Mann beim Weglaufen gewirkt hatte. Vielleicht hatte Eli der Karabiner nur ganz allgemein ein Gefühl von Sicherheit vermittelt, hier draußen allein auf dem Land, so weit weg von den Nachbarn?

Mit dieser Frage im Hinterkopf machte ich mich daran, im Arbeitszimmer die zugeschnittenen Stoffquadrate zu ordnen. Ich faltete die angefangene Decke und stapelte alles sorgfältig übereinander in ein Regal. Ich sortierte den Müll aus dem Papierkorb, trennte Altglas von Stofffetzen, die ich in einen Müllsack tat, und warf das Papier und jede Menge zusammengeknüllter Blätter, die Eli zum Anheizen in einem Korb mit Feuerholz neben dem Kamin stehen hatte, in einen Karton. Ich wollte das alles später noch mal durchsehen, um nicht aus Versehen etwas Wichtiges wegzuwerfen. Das Strickzeug legte ich in die Truhe zu den Nähmaschinen und suchte den Staubsauger. Ich arbeitete langsam, mit mechanischen Bewegungen. Doch erst als ich den Boden wischte, wurde mir klar, was mich so störte: Ich war einfach noch nicht bereit, diese Ja- oder Nein-Entscheidungen zu treffen. Ich war noch nicht bereit, Elis Leben in Kartons zu packen oder das Haus zu verkaufen. Ich wollte mehr erfahren über diese Eli, die ich offenbar weit weniger kannte, als ich geglaubt hatte. Diese Eli, der ein mir Unbekannter Kassetten mit Liebesworten widmete. Diese Eli, die ohne einen einsichtigen

Grund nach Umbrien gezogen war. Und warum sollte ich die Sache mit dem Haus übers Knie brechen? Wenn ich etwas hatte, dann war es ja wohl Zeit. Ich sollte eine Weile lang hierbleiben. Und wenigstens in Ruhe von Elis Haus Abschied nehmen, wenn ich es schon versäumt hatte, sie hier zu besuchen. Arbeiten konnte ich hier genauso gut wie anderswo. Ja, ich würde den ein oder anderen Artikel über Umbrien schreiben, mir Fotostrecken über ein paar noch nicht so abgenudelte Themen überlegen. Vage erinnerte ich mich an eine Bemerkung von Eli, dass irgendwo in der Nähe eine alte Salzstraße verlief und auch der Franziskusweg. Der Gedanke, erst einmal hier im Haus zu bleiben, erleichterte mich. Für wie lange das sein würde und ob ich in dieser Zeit noch etwas Näheres über sie in Erfahrung bringen könnte, würde sich zeigen.

Körperliche Arbeit heilt, das weiß ich, seitdem ich neun Jahre alt war und mit Eli das Fallobst sammelte. Nie fühle ich mich so zufrieden, wie wenn ich das Haus gewischt, den Dachboden aufgeräumt, die toten Kellerasseln weggesaugt und die Spinnweben entfernt habe.

Jedenfalls fühlte ich mich besser, als ich mich mit einem Kaffee an den Tisch setzte und Elis Landkarten und den Führer vor mir ausbreitete. Ich markierte mir einige Punkte, die ich nachher anfahren wollte, um mir einen ersten Überblick zu verschaffen, las die schön klingenden Namen – San Giustino und San Sepolcro, Anghiari und Citerna – und vertiefte mich in die Beschreibung, um zu sehen, was sich dahinter verbarg. Am Ende nahm ich mir die Karte noch einmal vor und suchte nach einem Ort, der für mein Vorhaben geeignet schien.

Nachdem ich das Altpapier in einem Container an der Straße losgeworden war, fuhr ich etwa eine Stunde durch die Gegend, über enge, gewundene Sträßchen, den Blick auf die dichten Wälder gerichtet, die kein Ende zu nehmen schienen. Das Grün der Blätter sah müde aus vom Sommer, so müde, wie ich mich fühlte. Einmal hielt ich an, ich wollte ein paar Fotos machen, stellte dann aber überrascht fest, dass ich die Kamera gar nicht dabeihatte. Das passierte mir selten. Dann aber wurde mir klar, dass ich für mein Vorhaben gar keine Kamera brauchte. Wenn man vorhat, etwas ein für alle Mal zu vergessen, sollte man die Erinnerung an das Abschiedsritual nicht mit Fotos festtackern.

Als ich das Kaff auf dem Hügel, das ich mir ausgeguckt hatte, endlich erreicht hatte, schnappte ich mir den Rucksack und begann zu gehen. Eine halbe Stunde folgte ich einer kleinen, mit Schlaglöchern übersäten Straße, die mich durch einen lichten Wald führte, so lange, bis ich auf einer baumlosen Anhöhe landete. Dort holte ich meine Brieftasche aus dem Rucksack und zog das Foto aus der Hülle. Eine Weile lang hielt ich es in der Hand und betrachtete es genau – das einzige Foto, das es von Martin und mir gab, aufgenommen auf einer Burg in der Pfalz während einer Geschäftsreise, die Martin unternommen hatte. Ich war ihm hinterhergereist und irgendwie waren wir auf dieser Burg gelandet. Ein Mann hatte das Foto mit meiner Kamera gemacht. Ich sah aus wie eine Tote. Aber keine, die jung gestorben war.

Ich zerriss das Foto in winzige Fetzen, drehte mich einmal um die eigene Achse und verstreute die Schnipsel. Noch in der Drehung fragte ich mich, ob wohl alle ehemaligen heimlichen Geliebten dermaßen zu Theatralik neigen.

Elisabeth

Der Dezember kam und es wurde still auf dem Einödhof und in meinem Herzen. Von einem Tag auf den anderen, von einem Satz auf den anderen war Giorgio aus meinem Leben verschwunden. Meine Mutter merkte wohl, dass ich mich verändert hatte, und sie betrachtete mich immer wieder forschend.

Die Arbeit auf dem Hof ging weiter, wobei sich alles im Haus und im Stall abspielte. Der Vater konzentrierte sich wie in jedem

Winter auf die Reparaturarbeiten, die sich angesammelt hatten, und ich war wie in jedem Winter seine Hilfskraft – eine undankbare Aufgabe, die mich dazu verdammte, Bretter zu halten, den Hammer zu reichen und dabei die volle Wucht seines Missmuts abzubekommen. Doch in diesem Jahr interessierte mich das alles weniger denn je. Wenn er herumbrüllte und Sachen durch die Gegend pfefferte, ging ich in Deckung, ohne mir viel daraus zu machen. Meine Gedanken waren bei Giorgio.

In meinem Schulatlas hatte ich Civitavecchia nachgeschlagen und so wusste ich, dass es nördlich von Rom direkt am Meer lag. In der Stunde vor dem Einschlafen stellte ich mir eine hübsche Hafenstadt vor und Giorgio, der mit seiner Frau am Strand spazieren ging, Hand in Hand. Dieses Bild wurde häufig abgelöst von einer Szene, die Giorgio an ihrem Krankenbett zeigte, wie er ihre Hand hielt und sie besorgt und voller Liebe betrachtete. Und es war dieses Bild, das im Laufe der Wochen wie Gift in mir wirkte, denn es verging bald kein Tag mehr, an dem ich ihr nicht den Tod wünschte. Vielleicht war es dieser Wunsch, der all das Unheil über mich brachte? Unsere Gedanken sind wie ein Bumerang, den wir in die Welt schleudern. Wenn wir Gutes denken, dann kommt von irgendwoher das Gute zu uns zurück. Und wenn wir Böses denken? Noch heute bin ich überzeugt, dass die Bilder und Gedanken, die ich damals nach Civitavecchia sandte, später auf andere Art zu mir zurückkehrten.

Dennoch hörte ich nicht auf, Italienisch zu büffeln. Mit einer geradezu verbissenen Beharrlichkeit pflügte ich mich nun auch durch das zweite Lehrbuch, ging einmal die Woche zu Schwester Arcangela, die meine Fortschritte begeistert kommentierte, und fing dann an, mein erstes italienisches Buch zu lesen – *Bàrnabo delle montagne*, das mir Schwester Arcangela geschenkt hatte. Wobei der Ausdruck »lesen« in diesem Fall wohl irreführend ist, denn vor allem war ich mit Nachschlagen beschäftigt, sodass sich das Buch zusehends mit Randnotizen füllte.

Die Italienisch-Bücher verwahrte ich mittlerweile unter der

Matratze und heute bin ich mir fast sicher, dass meine Mutter davon wusste. An manchen Tagen hatte ich das Gefühl, dass sie mich forschend betrachtete, mit einer stummen Frage im Blick. Eine Antwort wollte sie wohl nicht haben, aus Angst vor dem Vater oder auch aus Angst vor dem Wissen um mein Geheimnis. Einmal kehrte ich unerwartet früh von der Schule zurück und sah die Mutter mit eiligen Schritten aus meinem Zimmer kommen, und als ich später den Buzzati hervornahm, hätte ich schwören können, dass ich ihn am Abend vorher an eine andere Stelle gesteckt hatte.

Ansonsten ging ich in dieser Zeit spazieren, wann immer sich mir die Gelegenheit bot, was leider nicht oft der Fall war. Wenn es mir aber gelang, dem mürrischen Blick des Vaters zu entkommen, marschierte ich über die Felder und Streuobstwiesen, verzweifelt darum bemüht, meinen brütenden Fantasien über Giorgio und seine Frau zu entkommen und mir nicht zu sehr den Kopf zu zerbrechen über die Frage, ob er wohl jemals nach Deutschland zurückkehren würde. Doch die schwarzen Gedanken klebten an mir wie Pech, und so endete es meist damit, dass ich mir vorstellte, wie die »Tusnelda« ihrer Krankheit erlag und wie Giorgio im Käfer auf der Autostrada del Sole unterwegs zu mir war.

An einem föhnigen Tag im beginnenden Advent führte mich meine Runde am Haus der Kirchenschmiedin vorbei. Der Weg, den ich sonst meist ging, war matschig vom Regen der vergangenen Wochen, und da ich mir die Schuhe nicht ruinieren wollte, machte ich einen Umweg, der hinter der Kirche vorbei zurück zu unserem Hof führte.

Das Haus der Kirchenschmiedin lag am Rande des Dorfes in einem Garten mit dichtem Holundergehölz und übermannshohen Eiben, die jeden Blick an sich abprallen ließen. Und doch gab es am Weg eine Stelle, wo man die Büschel von getrockneten Kräutern an der Küchendecke hängen sehen konnte, wenn man sich streckte. Im Dorf war die Kirchenschmiedin dafür bekannt, dass sie dort half, wo niemand helfen konnte oder wollte. Ich selbst war schon als kleines Kind bei ihr gewesen, als meine Mutter mich wegen meiner Warzen zu ihr geschleppt hatte.

Die Kirchenschmiedin war eine dünne Frau mit hagerem Gesicht, und wenn ich nach all den Jahren an sie zurückdenke, dann sah sie wohl tatsächlich ein wenig so aus, wie man sich als Kind die böse Hexe vorstellt. Nur dass sie keine Schürze trug. Wann immer ich ihr begegnet war, hatte sie stets dasselbe schwarze Kleid getragen – heute lässt mich diese Art Kleid an sizilianische Frauen in alten Filmen des Neorealismus denken. Meine früheste Erinnerung an sie ist nebulös und unheimlich. Ich sehe sie vor mir, wie sie meine Hand hält, mit geschlossenen Augen, und etwas Unverständliches vor sich hin murmelt. Das Einzige, was mir klar im Gedächtnis geblieben ist, war der Moment, als sie abrupt verstummte, urplötzlich die geschlossenen Augen aufriss und mich direkt ansah. Meine Kinderwarzen waren in der Zeit danach jedenfalls verschwunden und seitdem besaß die Kirchenschmiedin für mich Zauberkräfte.

Als ich nun an jenem Sonntag an ihrem Haus vorbeiging, war es so milde, dass ich den Mantel auszog. Der Föhnwind bauschte die Holunderbüsche im Garten der Kirchenschmiedin und ich weiß noch, dass ich mir die Haarsträhnen aus dem Gesicht hielt und im Vorübergehen einen Blick durchs Fenster warf. Ein matter Lichtschein verriet, dass die Kirchenschmiedin zu Hause war. Auf einmal kam mir ein Gedanke und ich klopfte.

Im Nachhinein frage ich mich, ob nicht ein dunkler Teil meines Unterbewusstseins mich dorthin gelotst hatte, an jenem wüsten Dezembertag, oder ob nicht all das irgendwie vorherbestimmt gewesen war.

Während ich vor der Tür stand und mir einbildete, das Geräusch schlurfender Schritte zu hören, drang plötzlich etwas Seltsames in meine Nase, ein Geruch, den ich kannte, der aber nicht hierher gehörte. Und dann bog auch schon die Kirchenschmiedin um die Hausecke, ein Weihrauchfass in der Hand, wie es der Priester in der Kirche verwendete, und genau wie der Priester schwenkte auch sie das Fässchen an einer Kette hin und her. Ihre Augen blitzten unfreundlich, als sie mich entdeckte. Ich hatte sie wohl bei einer wichtigen Zeremonie gestört.

Unsicher sagte ich: »Grüß Gott, Kirchenschmiedin. Ich bräucht deine Hilfe bei einer Sach.«

Sie antwortete nicht gleich, sondern hängte das Fässchen an einen Haken vor dem Haus, wo es weiter vor sich hin qualmte. Dann drehte sie sich um und sagte: »So, so, bei einer Sach«, öffnete die Haustür, ging hinein und ließ sie hinter sich offen. Ich schaute mich noch einmal um, und als weit und breit niemand zu sehen war, schlüpfte ich hinter ihr ins Haus und zog die Tür zu.

Drinnen war es dunkel und unangenehm kalt. Ich zog den Mantel über und folgte ihrer Aufforderung, mich zu setzen. Die Kirchenschmiedin hantierte an der Spüle und ich beobachtete, wie sie das Kaffeepulver aus einem gebrauchten Papierfilter kratzte, um ihn, genau wie die Mutter das tat, ein zweites Mal verwenden zu können. Ich wandte den Blick ab und sah mich in dem Raum um. An einer Leiste über dem Herd baumelten Töpfe und Tiegel und von der Decke hing getrocknetes Grünzeug. Die Luft war geschwängert von würzigem Kräuterduft.

Nach einer Weile drehte sich die Kirchenschmiedin zu mir um.

»So«, sagte sie und sah mich mit ihren durchdringenden Augen an. »Was ist es also, das dich zu mir führt?«

Mein Unbehagen wuchs und einen Moment lang spielte ich mit dem Gedanken, etwas Harmloses, Unverfängliches zu nennen, vielleicht Probleme bei der Frauensach. Aber dann sah ich wieder ihren Blick und dachte, dass sie mir das ohnehin nicht glauben würde. Also hob ich an, wobei mir meine eigene Stimme fremd erschien: »Es gibt da einen, den ich mag.« Ich brach ab, schlug die Augen nieder und betrachtete die Hände in meinem Schoß. Es war seltsam, hier zu sitzen und ihr von Giorgio als »einem, den ich mag« zu erzählen.

»Und?« Nur dieses eine Wort.

Ich begutachtete weiterhin meine Hände. Sie waren bleich und sommersprossig und die Adern auf den Handrücken traten deutlich hervor.

»Also ... ich mag ihn halt und er mag mich auch ... Aber er ist nicht frei.«

So, jetzt war es heraus. Auf einmal fühlte ich eine heiße Scham, das Gefühl, etwas Ungeheuerliches gedacht und gesagt und getan zu haben. Ich wagte nicht aufzublicken. Da sagte die Kirchenschmiedin in einem Ton, der mich zusammenzucken ließ: »Wie dumm wir Weiber doch sind.«

Ich blickte auf und sah in ihren Augen etwas, das ich nicht deuten konnte, etwas, das beinah wie Enttäuschung aussah. Und dann sagte sie: »Hätt dich für klüger g'halten. Hast doch ein Hirn mitgekriegt, soweit ich weiß.«

Ich hielt ihrem Blick stand, ohne zu antworten.

Plötzlich seufzte sie. »Du glaubst also, einen Kerl zu mögen, der eine andere hat. Und was soll ich da tun?«

Ich überlegte fieberhaft, wie ich es sagen sollte. Irgendwann brach es aus mir heraus: »Er soll frei sein für mich. Das will ich.«

Die Kirchenschmiedin schien nachzudenken und eine Weile lang hörte ich dem Wind zu, wie er ums Haus fegte und an den Läden rüttelte. Als ich schon glaubte, das Schweigen nicht mehr zu ertragen, sagte sie plötzlich: »Du weißt, dass du für alles im Leben einen Preis bezahlst.«

Was kann ich sagen, das mich entlastet? Was kann ich vorbringen, das mich entschuldigt? Meine Jugend? Ich hatte damals nicht das Gefühl, jung zu sein. Ich hatte nicht das Gefühl, ein junges, weiches, unerfahrenes Herz zu haben. Ganz im Gegenteil. Wenn ich zurückblicke, weiß ich, dass ich alles getan hätte, um ihn zu besitzen. Dass ich besessen war von dem Gedanken an ihn und dass diese Besessenheit mich hart machte. Ja, ich glaubte damals tatsächlich, ich wäre bereit, jeden Preis dafür zu zahlen.

Die Kirchenschmiedin jedenfalls verlangte einen Gegenstand, einen Schal, einen Pulli, irgendetwas, das Giorgio gehörte oder das er einmal berührt hatte. Ich überreichte ihr eine leere Schachtel Juno, die Giorgio in meinem Beisein gekauft hatte. Dann wollte sie noch etwas von mir haben und mit einem Gefühl des Unbehagens gab ich ihr mein Halstuch. Ich wagte nicht zu fragen, was sie damit vorhatte. Als ich mich verabschiedete, schossen mir alberne Gedanken durch den Kopf und mit einem nervösen Kichern fragte ich mich, ob sie nun wie ein Spürhund Witterung aufnehmen würde.

Von nun an lebte ich in einer Art vibrierender Erwartung. Der Winter fraß sich fest und an manchen Tagen hatte ich den Eindruck, er würde uns nie wieder aus seinen Fängen lassen. Das Weihnachtsfest kam und ging, ich bekam ein Buch und ein paar Wollhandschuhe. Die Mutter saß in der Stube und strickte. Und der Vater versoff das Geld in der Wirtschaft.

Hannah

Wie man sieht, habe ich Sinn für Melodramatik. Allerdings fällt es mir schwer, dabei durchgängig ernst zu bleiben. Während ich zurück nach Castelnuovo fuhr, fühlte ich mich also weder erleichtert noch gestärkt, sondern einfach nur lächerlich. Ich war in Gedanken immer noch so sehr bei Martin und den Papierschnipseln, dass ich den Korb vor der Haustür erst im letzten Moment entdeckte.

Ich bin kein besonders schreckhafter Typ, aber die Erfahrung in der vergangenen Nacht hatte ihre Spuren hinterlassen. Jedenfalls blieb ich erst mal stehen und betrachtete das Ding argwöhnisch. Dann aber befand ich, dass es mit dem darübergebreiteten blau-weiß karierten Küchenhandtuch doch eher nach Rotkäppchenkorb aussah.

Vorsichtig lupfte ich eine Ecke des Tuches. Und da war ja auch schon der Wein, *Vin Santo*, wie auf dem handgeschriebenen Etikett stand, und dazu gab es eine Tüte Cantuccini, die ebenfalls selbst gemacht aussahen. Den Zettel musste jemand hier vor der Haustür geschrieben haben, vielleicht in Eile: *Benvenuta a Castelnuovo! Assunta Rossi, Vicolo dei Ciechi, 14.*

Assunta also. Die Frau, die Eli gefunden und den Krankenwagen gerufen hatte. Drinnen stand ich erst mal unschlüssig in der Küche herum und warf dann einen Blick auf die Uhr. Noch nicht einmal acht. Da konnte ich doch gleich vorbeischauen und mich bedanken. Und vielleicht würde diese Assunta mir mehr über Elis Leben hier erzählen. Womöglich wusste sie sogar etwas von dem Kassettenmann, Elis geheimnisvollem Liebsten?

Ich brachte den Korb nach drinnen und suchte dann nach der Kamera. Ich wollte nicht noch mal ohne sie losfahren. Doch sie war weder im Schlafzimmer noch in der Küche, und unten in Elis Werkstatt fand ich sie auch nicht. Am Ende hatte ich das ganze Haus durchkämmt und auch den Bus abgesucht. Sogar unter den Sitzen hatte ich nachgeschaut, obwohl die Kamera niemals daruntergepasst hätte. Und schließlich dämmerte es mir: Ich sah mich stolpern, auf der hohen Wiese mit der Wilden Möhre, sah den Rucksack, wie er mir aus der Hand glitt, und erinnerte mich dann daran, wie ich die Kamera im Laufen hineingestopft hatte, ohne sie vorher in die Kameratasche gepackt zu haben – und ohne den Rucksack richtig zuzumachen. Ja, dachte ich und spürte, wie ein unangenehmes Gefühl in mir hochstieg. So musste es gewesen sein. Ich hatte meine Kamera verloren. Ausgerechnet auf der Wiese des Touristenhassers. Sie lag jetzt schon die Nacht und einen ganzen Tag lang dort in der Feuchtigkeit – und würde eine weitere Nacht dort bleiben.

Ein trockener Wind wehte über das offene Gelände, als ich das Haus verließ und mich zum Vicolo dei Ciechi aufmachte. Als ich in die Gasse einbog, dämmerte es und in den Winkeln saßen schon die Schatten der Nacht. Vor der Nummer 14 machte ich Halt und stieg aus. Der Name am Klingelschild war im schwachen Licht der Straßenlaterne kaum zu entziffern, aber die Hausnummer stimmte, also klingelte ich trotzdem.

Die Frau, die mir die Tür öffnete, erinnerte mich an jemanden, doch ich wusste nicht auf Anhieb, an wen. Assunta Rossi war klein und rundlich, hatte tatkräftige Arme und strahlte diese Geschäftigkeit aus, die alle guten Hausfrauen ausstrahlen.

Erst später fiel mir ein, dass sie ein bisschen wie Klementine aus der Ariel-Werbung aussah.

Noch bevor ich mehr als *Buonasera* herausgebracht hatte, ergriff sie meine Hände und zog mich nach drinnen. Sie hieß mich auf einem Stuhl in ihrer Küche Platz nehmen, stellte ungefragt Limonade vor mich hin und einen Teller mit winzigen runden Pizzaschnecken und Oliven.

»Ich wollte mich für den Korb bedanken!«

»Ach«, sagte sie und wischte das Thema mit einer ungeduldigen Handbewegung beiseite. »Wann sind Sie denn angekommen? Ich habe schon gehört, dass Sie den Schlüssel nicht gefunden haben.«

Schon wieder eine Ähnlichkeit mit Mosisgreuth: die perfekt funktionierende Dorfpost. Die Wirtin hatte die Episode offenbar unverzüglich unter die Leute gebracht.

Assunta Rossi beäugte mich über den Rand ihres Limonadenglases hinweg. »Ich habe Ihre Tante sehr gemocht.« Sie verstummte und schien nach den passenden Worten zu suchen. Eine ganze Weile saßen wir so da, bis sie irgendwann sagte: »Sie war eine starke Frau. Dass so eine starke Frau ... einfach so sterben kann.« Sie schüttelte den Kopf und ich sah, wie sie blinzelte. Fast unwillig wischte sie sich mit dem Handrücken über die Augen. »Ich denke jeden Tag an sie. Sehe sie vor mir, wie sie da saß, so zusammengesackt.« Sie verstummte abrupt und stand dann auf, nestelte in einer Schublade herum. Ich presste die Lippen aufeinander und atmete tief durch. Ich wollte nicht zusammenklappen, im Haus dieser fremden Frau. Mit äußerster Selbstbeherrschung richtete ich meine Aufmerksamkeit auf die Umgebung. Ich sehe mir jetzt diese Küche an, dachte ich immer wieder und starrte erst auf einen Schrank, der ein Überbleibsel aus den fünfziger Jahren zu sein schien, dann wieder auf das verblasste Rosenmuster der Wachsdecke auf dem Tisch.

Assunta Rossi schob die Schublade wieder zu und trat zu mir an den Tisch. Sie hielt mir ein kleines Emaillekästchen mit einem hübschen Muster hin. »Das hat sie mir gemacht.«

Automatisch streckte ich die Hand aus und sie gab mir das Kästchen. Es war rot, mit gelben und blauen Blumen darauf, und erinnerte mich an eine Kette aus Muranoglas, die Eli mir mal in Venedig gekauft hatte. Ich schluckte.

»Ich wusste gar nicht, dass Eli das konnte.«

Signora Rossi musste gehört haben, wie rau meine Stimme klang, denn ihr Ton war auf einmal ganz sanft: »Eine Frau aus dem Ort hat es ihr beigebracht. Und dafür hat Eli ihr das Patchwork-Stricken gezeigt.«

»Ah ja.« Ich räusperte mich. »Ich erinnere mich ... Eli hat mir am Telefon erzählt, dass sie hier eine Art Kurs gibt ... gegeben hat.«

»Ja«, fuhr Assunta Rossi fort. »Mir hat sie es auch beigebracht, warten Sie!« Sie stand auf und ging ins Nebenzimmer und kam mit einer säuberlich gestrickten Decke in verschiedenen Grüntönen zurück.

»Die ist sehr hübsch«, sagte ich und meinte es auch so.

»Ich habe auch noch ein Kissen gemacht. Aber das habe ich verschenkt.«

Sie faltete die Decke zusammen und legte sie auf einen Stuhl. »Leider hat sich unsere kleine Gruppe dann aufgelöst ...« Wieder sah Assunta Rossi ein wenig wehmütig aus. »Auf jeden Fall wollte Eli kein Geld von uns. Lieber wollte sie selbst auch von uns etwas lernen. Ich zum Beispiel sollte ihr beibringen, wie man hier in der Gegend kocht.«

Das klang ganz nach Eli. Sie war immer auf der Suche nach Neuem gewesen, nach Dingen, die sie noch können und lernen wollte.

Plötzlich waren im Gang Schritte zu hören. Ein Klimpern, jemand, der einen Schlüsselbund aus der Hand legte, das Rascheln von Stoff. Die Tür ging auf und eine Frau mit krausen braunen Locken und Brille kam herein. Ich schätzte sie auf Ende dreißig.

Assunta richtete sich auf. »Das ist meine Tochter. – Du bist spät dran heute.« Und dann: »Stell dir vor, das ist Elis Nichte.«

Die Frau kam auf mich zu und gab mir die Hand. »Ich bin Roberta. Ich ... mein tief empfundenes Beileid«, sagte sie und hielt meine Hand einen Moment lang fest. Sie hatte schön geschwungene Brauen und wache braune Augen.

An ihre Mutter gewandt sagte Roberta: »Ich habe eine neue Lieferung bekommen, und du weißt ja, dass Andrea diese Woche Urlaub hat.«

»Roberta hat eine Buchhandlung in Città di Castello«, sagte Assunta und lächelte dabei irgendwie stolz. »Sie hat Literatur studiert.«

Roberta verzog das Gesicht zu einer komischen Grimasse. An mich gewandt sagte sie: »Und Sie sind Fotografin und schreiben.«

Wir beide mussten lachen, aber Assunta fuhr unbeirrt fort: »Eli hat alle Ihre Artikel gesammelt.«

Aus irgendeinem Grund wurde ich rot. Eilig griff ich nach einer Olive und steckte sie mir in den Mund. Ich wusste ja, dass Eli immer stolz auf mich gewesen war, auch wenn ich fand, dass ich ihr nie besonders viel Grund dafür gegeben hatte. Aber von einer Fremden zu hören, dass sie meine Arbeit so genau verfolgt hatte, überwältigte mich fast. Da hörte ich, wie Assunta sagte: »Roberta ist in der historischen Gesellschaft in Città di Castello. Sie könnte Ihnen sicher ein paar interessante Motive zeigen.«

»Mamma … vielleicht will die Signorina die Orte lieber alleine erkunden …«

»Mit dem Fotografieren wird es wohl erst mal nichts … ich habe meine Kamera verloren. Gestern auf einer Wanderung.«

Assunta schnalzte mit der Zunge. »Ach herrje!«

Ich erzählte ihnen von meinem Spaziergang und der Begegnung mit dem wütenden Mann. Einen Moment lang sahen mich beide ziemlich perplex an. Dann tauschten sie einen Blick und Roberta fragte ihre Mutter: »Das war doch bestimmt …«

»San Francesco?«

Ich sah von einer zur anderen. Was hatte Franz von Assisi damit zu tun?

Und dann lachten beide los. Ich wusste nicht, was ich sagen sollte, also wartete ich einfach ab. Irgendwann tupfte Roberta sich die Lachtränen aus den Augenwinkeln: »Wir … nein, eigentlich nicht ... manche nennen ihn auch den *pazzo delle mele*, den Verrückten mit den Äpfeln. Die Leute glauben, dass er sich für den Schutzpatron aller Apfel- und Birnbäume hält.«

»Auf mich wirkte er eher wie ein Rächer aus einem Westernfilm.«

Wieder zuckte es in Robertas Gesicht. »Er ist ungefährlich.«

»Der Kerl wollte seine Hunde auf mich hetzen!«

»Da hat er einen kleinen Scherz gemacht.«

»Aha«, sagte ich pikiert. »Und was soll ich jetzt machen? Zurückgehen und mich noch mal anbrüllen lassen?«

Roberta schüttelte nachdrücklich den Kopf. »Der tut Ihnen ganz sicher nichts, aber ich kann gerne mitkommen, wenn Sie das möchten.«

»Jetzt?«, fragte ich begriffsstutzig.

»Lieber morgen bei Tageslicht. Wer weiß, vielleicht müssen wir ja den ganzen Garten absuchen.«

»Ja, klar ...« Ich lachte unsicher, zugleich aber erleichtert, dass sie das für mich tun wollte.

»Wenn er erfährt, wer Sie sind, wird es ihm furchtbar unangenehm sein, dass er sich so aufgeführt hat.« Signora Rossi nickte und sah dabei patenter aus denn je.

»Ach ja?«

»Na, Eli hat ihm doch öfter geholfen.«

»Meine Tante dem ...?«

»... heiligen Franz, ja.«

Elisabeth

Jeden Abend sitze ich nun hier im Garten, habe den Tisch zwischen Lavendel und Rosen aufgestellt und schreibe, bis das Licht grau zu werden beginnt. Seit einigen Tagen, so kommt es mir vor, fließen die Worte leichter aus mir heraus. Ja, liebstes Kind, das

Schreiben beginnt sich zu verselbstständigen. Was nicht immer einfach ist, denn es überträgt sich auf die Gedanken, wie ich letzte Nacht erfahren musste. Und während ich da lag, in der schwärzesten Stunde kurz vorm Morgengrauen, fiel mir das Gedicht von dem Zauberlehrling wieder ein und ich habe gemerkt, dass ich es immer noch auswendig kann. Auch die Geister, die *ich* rief, wollen nun nicht mehr gehen, ist das zu fassen? Doch zurück zu der Geschichte, die ich dir erzählen will.

Vielleicht klingt es in deinen Ohren eigenartig, aber in jenen Monaten lernte ich, mein Bewusstsein zu teilen. Wenn ich im Stall stand und die Kühe molk und das beruhigende Mampfen und leise Klirren der Ketten um mich her hörte, dann irrten meine Gedanken zu Giorgio. Saß ich aber im Unterricht oder zu Hause über meinen Büchern, so war ich plötzlich Eli, die Schülerin, die für die Abschlussprüfungen lernte, englische Grammatik büffelte, Mathematikaufgaben löste und sich durch die Prüfungslektüre fraß. All das tat ich mit einer Konzentration, die etwas Besessenes an sich hatte, von der ich aber wusste, dass sie mir beim Überleben half.

Erst spätabends gestattete ich mir wieder, ihm nahe zu sein. Vor dem Einschlafen las ich in den italienischen Büchern, die Schwester Arcangela mir gegeben hatte, und ließ mich vom Klang der Sätze zu ihm tragen. Inzwischen war mein Wortschatz beträchtlich gewachsen und es kamen täglich neue Schätze hinzu. Immer noch sammelte ich die Wörter wie seltene Pflanzen und hegte sie mit einer Hingabe, die ich für nichts anderes aufbringen konnte. Und so verwundert es dich vielleicht nicht, zu hören, dass mein wertvollster Besitz damals mein italienisches Wörterheft war. Ich hatte mir ein schwarzes Leerbuch gekauft, eine teure Anschaffung, die mich zu diszipliniertem Sparen gezwungen hatte. Ich besitze das Buch noch heute, es liegt in meinem Nachttisch und manchmal ziehe ich es heraus und blättere darin. Und obwohl viele schmerzhafte Erinnerungen damit verknüpft sind, ist das Buch selbst rein und heiter, birgt es doch all meine Träume und Hoffnungen aus jener Zeit – alles, was ich mir damals so sehnlich gewünscht habe.

Dieses Buch war mein Schatzkästchen, die Wörter waren die Perlen oder Goldmünzen, die ich wie einen Piratenschatz im Geheimen aufbewahrte. Sophie konnte damit nichts anfangen und mich daher auch nicht verraten. Trotzdem wollte ich nicht, dass fremde Blicke darauf fielen.

Und dann kam der Januar.

Es war einer jener Wintertage, in denen es das Licht nicht schafft. Nach der Schule gingen Sigrid und ich wie immer zum Bahnhof. Kurioserweise erinnere ich mich noch genau daran, dass wir an einem Bärenmarke-Plakat vorbeikamen und dass Sigrid im Vorbeigehen den Arm nach dem Bären ausstreckte und wegen irgendetwas lachte. Da sah ich ihn. Er lehnte am Geländer, in einem dunklen Mantel, mit hochgezogenen Schultern, den Kragen gegen die Kälte hochgeschlagen, und blickte in meine Richtung. Auch Sigrid erkannte ihn sofort, sagte aber nichts, verlangsamte nur ihren Schritt. Ich ging weiter, auf ihn zu, und als wäre ich in einem Traum, sah ich, wie er sich vom Geländer abstieß und auf mich zukam. Sigrid hinter mir murmelte einen Abschiedsgruß. Und dann standen wir uns gegenüber und Giorgio sagte: »Ich habe jede Minute an dich gedacht.«

Wie viele Mädchen- und Frauenherzen mit diesen Worten wohl schon betört wurden? Warum hätte es bei mir anders sein sollen?

Wir umarmten uns, er hielt mich ganz fest und ich weiß nicht mehr, wie lange wir so dastanden und die Reisenden uns umflossen wie Wasser einen Felsen. Und genau so fühlte ich mich in diesem Moment: unverwundbar, ewig, wir würden für immer beieinander sein, nichts und niemand würde daran etwas ändern können, nicht meine Eltern, nicht diese Frau, die er geheiratet hatte, nicht die Leute, die mich vielleicht in diesem Moment erkannten und beschlossen, meinen Eltern zu sagen, was sie gesehen hatten. Mein größter, sehnlichster Wunsch war in Erfüllung gegangen: Giorgio war zurückgekehrt. Meine Welt drehte sich wieder. Erst später, als wir zusammen im Wagen saßen, erwähnte er kurz und nur ein einziges Mal seine Frau, als er sagte: »Livia hatte eine Fehlgeburt.«

Es dauerte Tage, bis ich an diesen Satz denken konnte, ohne das Gefühl zu haben, mich sofort übergeben zu müssen. Denn kaum hatte Giorgio ihn ausgesprochen, war mir klar, dass das meine Schuld war. Livias Fehlgeburt war das Ergebnis meines Hasses, die Kirchenschmiedin hatte einen Fluch auf sie geschleudert.

Doch das Glück über Giorgios Rückkehr leuchtete so hell, dass alle Schatten in seiner Gegenwart verschwanden.

Wir sahen uns nun regelmäßig, von Montag bis Freitag, zumindest in den Wochen, in denen er Frühschicht hatte. Dann gabelte er mich wie zuvor nach der Schule am üblichen Treffpunkt auf. Einmal wäre ich fast zu spät nach Hause gekommen, weil wir in eine Schneewehe gerieten und einen anderen Autofahrer bitten mussten, uns herauszuziehen. Danach überlegten wir, ob es nicht einen besseren Ort für uns geben könnte als den Wagen. Doch wir kamen auf nichts. An ein Treffen in seinem Zimmer war nicht zu denken, denn Giorgio wohnte bei Hansers im Nachbardorf und unsere Welt war so klein, dass die Vermieter mich natürlich kannten. Es waren Bauern wie wir, die sich ein Zubrot verdienten, indem sie Zimmerherren aufnahmen.

Nach und nach fraß die Sonne die ersten Löcher in den Schnee und irgendwann wurde alles anders. Die erste Veränderung war, dass ich morgens einfach nicht aus dem Bett kam, wo ich doch immer eine Frühaufsteherin gewesen war. Ich lag dann in der Dunkelheit da, lauschte Sophies ruhigen Atemzügen und fühlte mich unendlich müde. Ich war zwar wach, dennoch fiel es mir schwer, auch nur die Füße vors Bett zu stellen. In diesen Stunden schienen mich Bleigewichte auf die Matratze zu drücken, sie beschwerten auch meinen Magen und meinen Kopf. Ich schaffte es kaum, mich in den Stall zu schleppen und die Kühe zu melken, alles war auf einmal unendlich mühsam. Außerdem hatte ich kaum noch Appetit, das Essen war mir meist zuwider und ich musste mich zwingen, unter dem teils besorgten, teils unwilligen Blick der Mutter mein Frühstücksbrot hinunterzuwürgen. Nach und nach begann ich Gewicht zu verlieren. Ich war schon immer dünn gewesen, aber nun traten meine Hüftknochen deutlich hervor und irgendwann zeichneten sich sogar die Rippen ab. Und eines Morgens glaubte ich zu verstehen.

Es war noch früh und ich kam gerade vom Melken, als ich die Küche betrat und die Mutter gerade das Kalenderblatt abriss. »Wer Böses sät, wird Böses ernten«, murmelte sie und gab mir das alte Blatt, damit ich es in den Abfall werfen konnte. Wie betäubt starrte ich auf den Kalender. Das Böse. Der Tag der Ernte war gekommen. Oder um es mit den Worten der Kirchenschmiedin auszudrücken: Es war Zeit, den Preis zu bezahlen. Mit meiner Gesundheit.

Auch an diesem Tag traf ich Giorgio am Hafenbahnhof. Wie immer wartete ich vor der Plakatwand, doch dieses Mal war ich voller Anspannung, denn ich hatte mir vorgenommen, ihm endlich zu erzählen, wie schlecht es mir ging. Er bremste und blieb direkt vor mir stehen.

Schon beim Einsteigen sah ich, dass etwas passiert sein musste. Giorgio brannte darauf, mir etwas Wichtiges mitzuteilen. Immer wieder warf er mir einen Blick zu und er schien kaum stillsitzen zu können. Endlich hielt er an einem Feldweg, stellte den Motor ab und sagte in seinem stockenden Deutsch: »Ich habe ein Angebot bekommen. Ein Jahr bei der ZF in Brasilien.«

Ich starrte ihn ungläubig an. War das die Neuigkeit, die seine Augen so zum Leuchten brachte? Aber da sprach er schon weiter, diesmal auf Italienisch: »Ein Jahr, das ist schnell vorbei, und wenn ich zurückkomme, habe ich viel Geld! Ich kriege einen festen Arbeitsvertrag bei der ZF ... mit Betriebsrente und Urlaubs- und Weihnachtsgeld!« Er hatte immer schneller gesprochen, mit vor Freude übersprudelnder Stimme.

Doch ich konnte ihn nur ansehen. Er wollte nach Brasilien gehen, ein ganzes Jahr? Plötzlich nahm er meine Hände und drückte sie. Dann sah er mir fest, fast beschwörend in die Augen und sagte: »Ich habe Livia geschrieben. Ich habe ihr gesagt, dass ich mich scheiden lassen will.«

Ich saß da wie vom Donner gerührt. Er hatte ihr geschrieben. Er würde sich scheiden lassen. Aber nach Brasilien würde er trotzdem gehen. Meine Gedanken rasten hin und her, doch er sprach schon weiter: »Und wenn ich zurück bin …« Er nahm meine Hand und küsste sie. »Wenn ich zurück bin, in zwölf Monaten, kann ich eine Werkswohnung bekommen, und da ziehen wir dann ein, du und ich!«

Beim Abschied konnte ich nichts sagen. Ich spürte den Druck von Giorgios Umarmung und konnte nur mit äußerster Selbstbeherrschung verhindern, vor seinen Augen in Tränen auszubrechen. Wie mechanisch winkte ich dem Wagen hinterher, bis er um die Ecke bog. Dann erst schluchzte ich auf und drehte mich um. Warum hatte ich ihn nur belogen über mein Alter! Wie sollte ich ihm jetzt erklären, dass ich auch in einem Jahr – mit achtzehn – noch nicht mit ihm würde zusammenziehen können! Niemals würde mein Vater es dulden, dass ich in Friedrichshafen mit einem Mann zusammenlebte, noch dazu mit einem Gastarbeiter. Eher würde er mich totschlagen. Wenn Giorgio also mit mir zusammen sein wollte, dann gab es nur eine Möglichkeit: die Flucht. Sollte ich irgendwie versuchen, mit ihm nach Brasilien zu kommen? Aber wie sollte das gehen, ohne Pass? Außerdem wollte Giorgio nicht für immer in Brasilien bleiben. Sein Traum war es, sich eine solide Existenz aufzubauen, in Deutschland oder vielleicht noch lieber in Italien.

Plötzlich war ich fest davon überzeugt, dass dies alles nicht zufällig geschah. Es war ein Plan, Gottes Plan. Es war der Bumerang, der zu mir zurückkehrte. Ich überquerte die Straße und lief geradeaus. Erst nach einer Weile merkte ich, dass ich Richtung Kirche gelaufen war statt nach Hause. Ich verlangsamte meine Schritte und blieb vor dem Eingangsportal stehen.

Giorgio hatte mir vertraut, und auf der Grundlage dieses Vertrauens hatte er seiner Frau geschrieben. Doch wenn er in einem Jahr zurückkäme, würde er alleine in die neue Werkswohnung ziehen müssen. Die Heimlichkeiten würden weitergehen, aber er hätte dann für mich seine Frau verlassen.

Wie in Trance ging ich auf das Kirchenportal zu und zog die schwere Tür auf. Kurz zögerte ich und fragte mich, ob nun der

Moment gekommen wäre, an dem der Allmächtige mich strafen würde, ob mich seine Hand beim Betreten der Kirche noch auf der Schwelle niederstrecken würde. Doch nichts geschah, als ich ins schattige Innere des Kirchenschiffs eintauchte und den Mittelgang bis zum Altar entlangging. Vor dem Ständer mit den vielen Opferlichtern blieb ich stehen und betrachtete ihn eine Weile. Dann holte ich drei Münzen heraus. Ich griff nach einer Kerze und zündete sie an. Für Giorgio und mich, sagte ich leise und betete ein Vaterunser. Dann griff ich nach einer weiteren Kerze für Livia und betete auch für sie. Und schließlich zündete ich die dritte und letzte Kerze an, mit zitternden Händen. »Für Livias ungeborenes Kind«, murmelte ich und hob an, das Ave Maria zu beten. »Du bist gebenedeit unter den Frauen«, flüsterte ich und brach dann ab. Ich konnte nicht weitersprechen, denn mit einem Mal stand alles wieder unmittelbar vor mir: der Besuch bei der Kirchenschmiedin, die Schachtel Juno, mein Halstuch. Der böse Wunsch. Ja, dachte ich stumm und voller Schrecken, der Tag der Abrechnung mit Gott ist gekommen.

Was war ich für ein Einfaltspinsel damals! Ganz anders als die abgeklärten und selbstbewussten Mädchen heute. Wenn ich sie sehe, wie sie auf ihren Smartphones herumtippen und die Welt in ihren Händen halten, weiß ich, dass die Kluft zwischen ihnen heute und mir damals nicht größer sein könnte. Ich sehe mich noch dort stehen, vor dem schmiedeeisernen Kerzengestell, den schreckgeweiteten Blick auf die zuckenden Lichter gerichtet.

Der Abschied von Giorgio war wie ein Tod. Ich hatte es immer noch nicht gewagt, ihm mein wahres Alter zu beichten, auch sonst war kein Wort über meine Lippen gekommen. Starr und blass muss ich ausgesehen haben, denn er nahm mein Gesicht in beide Hände und versprach mir, jede Woche zu schreiben, an Enrico, der mir die Briefe dann über Sigrid zukommen lassen würde. Ich erinnere mich noch genau an das Abschiedslächeln auf seinen Lippen, an die Hand, die noch lange aus dem Zugfenster gewinkt hatte, und an meinen Wunsch, mir den Karabiner aus dem Schrank meines Vaters zu holen und meinem Elend ein Ende zu setzen.

Zwei Dinge waren es, die mir in jenen Wochen halfen, nicht verrückt zu werden: Jeden Tag betete ich ein Vaterunser in der Kirche, und wenn ich heimkam und die Kühe molk, machte ich mit *Marmor, Stein und Eisen bricht* weiter. Wenn der Vater nicht da war, sang ich so laut, dass die Braunen überrascht mit ihren Ketten klirrten. Ein paar Wochen später ging es mir tatsächlich besser.

Der erste Brief aus São Caetano do Sul traf ein und mit ihm wuchs meine Hoffnung, dass alles doch irgendwie gut werden würde. Auch die bleierne Müdigkeit ließ nach, ich konnte wieder essen und die spitzen Hüftknochen verschwanden. Die schriftlichen Prüfungen lagen inzwischen fast alle hinter uns und ich war zuversichtlich, dass mein Abschluss gut werden würde. Alles verlief in mehr oder weniger alltäglichen Bahnen, bis zu dem Tag, an dem Sophie mir beim Anziehen zusah.

Es war an einem Sonntag nach dem Melken, aber noch vor dem Kirchgang. Ich hängte meinen Arbeitskittel an den Haken im Bad, wusch mich und kehrte dann in Unterhose und Büstenhalter in unser Zimmer zurück. Sophie war dabei, ihr Bett zu machen, wobei sie die Decke mal auf der einen, mal auf der anderen Seite platt drückte. Ich sagte: »So geht das doch nicht, schau, du musst zuerst das untere Ende aufschütteln!«, und wollte ihr gerade das Federbett aus der Hand nehmen, als sie auf meinen Bauch zeigte und sagte: »Da ist ein Ball drin!«

Hannah

Was hätte ich dazu sagen sollen? Jedenfalls war ich von Assuntas Neuigkeit dermaßen verdattert, dass ich mich kurz darauf verabschiedete. Erst als ich im Dunkeln auf das Sommerhaus zusteu-

erte, fiel mir ein, dass ich die beiden ja nach dem Mann mit der Mütze hätte fragen können. Mit ziemlich gemischten Gefühlen schloss ich die Haustür auf und sah mich dabei nach allen Seiten um. Ach was, dachte ich, wenn hier ein gefährlicher Irrer durch die Gegend rennt, hätten die beiden mir das bestimmt gesagt.

Trotzdem zog ich drinnen gleich alle Vorhänge zu und ging nach oben. Im Bett versuchte ich mit meinem Laptop ins Internet zu kommen, gab aber nach ein paar erfolglosen Versuchen auf. Um Elis WLAN zu benutzen, würde ich wohl meinen Kumpel Levin um ein paar Tipps bitten müssen. Ich griff nach einem Paar dicker Socken, hockte eine Weile auf der Bettkante herum und überlegte, was ich noch tun konnte, um mich abzulenken. Irgendwann stand ich auf und kochte mir eine Tasse Baldriantee, den ich in Elis Vorratsschrank fand, und nahm mir den Karton mit den Papiersachen vor, die ich beiseitegestellt hatte, um sie noch einmal durchzusehen. Ich war gerade dabei, ein zusammengeknülltes Blatt Papier mit Elis Handschrift glattzustreichen, als ich draußen ein Klappern hörte. Sofort dachte ich an die vergangene Nacht und war mir so gut wie sicher, dass das wieder der Kerl von gestern sein musste. Ich holte die Taschenlampe aus der Nachttischschublade, löschte das Licht und öffnete so leise wie möglich das Fenster. Ja, dort unten beim Schuppen war jemand, ein dumpfes Scharren war zu hören und etwas anderes, Undefinierbares. Ich hielt die Taschenlampe aus dem Fenster und knipste sie an. Da, am Rande des Lichtkegels, bewegte sich etwas Großes, Dunkles, und jetzt verstand ich auch, was es war: ein Wildschwein, das in Elis Kompost wühlte. Ich musste beinahe lachen, als ich mich erinnerte, wie ich heute Vormittag zwei braune Bananen und ein von der Fahrt übrig gebliebenes Käsebrot dort hineingeworfen hatte.

Ich knipste die Taschenlampe aus und blieb so ein paar Minuten stehen. Die Dunkelheit um mich herum war undurchdringlich und die vollkommene Stille wurde nur vom gelegentlichen Grunzen des Wildschweins durchbrochen. Würde das jetzt jede Nacht so gehen? Würde ich jede Nacht Geräusche hören und mir dann die Quizfrage stellen, ob es sich a) um den Irren mit der Mütze handelte oder b) um ein Schwein? Ich fragte mich jetzt nicht mehr groß, warum Eli den Karabiner ihres Großvaters im Schrank gehabt hatte, auch wenn ich mir nicht vorstellen konnte, dass Eli in der Lage gewesen wäre, diesem Schwein eins auf den Pelz zu brennen. Ein Warnschuss, das vielleicht schon, aber mehr wäre für sie einfach nicht drin gewesen.

Ich zuckte mit den Achseln und machte Licht. An diese Nächte würde ich mich gewöhnen müssen. Ich kehrte zum Altpapier zurück, trank einen Schluck lauwarmen Baldriantee und nahm das erstbeste, zu einer Kugel zusammengeknüllte Blatt heraus. Nach dem Glattstreichen sah ich, dass tatsächlich die ganze Seite mit Elis Handschrift gefüllt war. Und es handelte sich nicht etwa um einen Entwurf für einen Behördenbrief oder eine langweilige To-do-Liste. Das hier musste Teil eines längeren Textes sein, an dem sie offenbar richtig gefeilt hatte. Vielleicht eine Geschichte? Manche Wörter oder auch ganze Sätze waren durchgestrichen und durch andere Begriffe ersetzt worden. Auf den ersten Blick kapierte ich nichts von dem, was da stand, nur dass darin die Rede war von einer Frau, die Eli »die Kirchenschmiedin« nannte, und dass diese Kirchenschmiedin behauptete, man hätte für alles im Leben einen Preis zu bezahlen. Ich nahm eine weitere Papierkugel und strich auch diese glatt. Hier schrieb sie von einer Sigrid, die in einem Labor zu arbeiten schien, und auf einem anderen Blatt ging es um eine Schwester Arcangela, die ihr Bücher brachte. Ein Jammer, dachte ich, dass diese Seiten nicht nummeriert sind. Wie sollte ich sie bloß in eine sinnvolle Reihenfolge bekommen?

Es war das letzte Blatt aus dem Korb, das mir den Boden unter den Füßen wegzog. In diesen Zeilen herrschte ein ganz anderer Ton. *Mein liebstes Kind*, las ich da plötzlich und dann war auf einmal die Rede davon, dass sie von einem italienischen Gastarbeiter schwanger war. Und dass die Dörfler sie davonjagen würden. Und erst als ich schon ein paar Zeilen weiter war, begriff ich, dass diese Seiten Teil eines Briefes sein mussten und dass dieser Brief offenbar an mich gerichtet war. Eli hatte mir geschrieben und eine Art Beichte über ihr Leben abgelegt!

Robertas mitleidiger Blick sprach Bände, als ich mich am nächsten Morgen zu ihr in den Wagen setzte – ich musste ziemlich schlecht aussehen. Allerdings war sie taktvoll genug, dies nicht laut auszusprechen und mich auch sonst in Ruhe zu lassen.

Ich hatte auch in der letzten Nacht nicht viel geschlafen, zu sehr hatten mich die Zeilen aufgewühlt, die ich zu Gesicht bekommen hatte. Den größten Teil der Nacht hatte ich damit zugebracht, das Haus von oben bis unten zu durchsuchen. Jeden Winkel hatte ich durchkämmt, war sogar mit einer Taschenlampe in den Schuppen geschlichen, um auch dort jeden Quadratzentimeter unter die Lupe zu nehmen, aber es hatte alles nichts gebracht. Auch jetzt, neben Roberta im Wagen, konnte ich an nichts anderes mehr denken als daran, dass Eli mir einen Brief geschrieben hatte.

Ein scharfes Bremsen holte mich in die Gegenwart zurück und ich warf einen Seitenblick auf Roberta. Ihr klares Profil und der kühne Schwung ihrer Augenbrauen ließen sie auf jeden Fall clever erscheinen, und sympathisch wirkte sie sowieso. Aber im Grunde kannte ich sie überhaupt nicht, deshalb beschloss ich, ihr nichts von meiner Entdeckung zu erzählen. Die Frage allerdings, was mit dem Brief an mich geschehen sein konnte, konnte ich einfach nicht abschütteln.

An einer Abzweigung setzte Roberta den Blinker und bog in ein Sträßchen ein, das eher wie ein besserer Feldweg aussah. Es ging jetzt steil bergauf, Roberta schaltete zurück und ein paar Steinchen spritzten gegen das Blech. Wir ruckelten den Berg hoch und kamen irgendwann an ein uraltes Holzschild, auf dem in verblichenen Buchstaben *Parrocchia di San Lorenzo di Castelnuovo* stand. An einem Marienbild bog Roberta scharf links ab und da sah ich es: ein hoch gebautes Steinhaus, das mich mehr an eine Festung als an ein Pfarrhaus erinnerte. Kurz musste ich an die Burg in der Pfalz denken und wie ich mit Martin oben auf der Mauer gestanden hatte.

Ich sah, dass das schmale Sträßchen in einer Schleife zum Haus hin- und wieder wegführte. Roberta hielt genau im Bogen der Schleife, vor einer steinernen Treppe. »Zu Fuß sind es von Elis Haus aus sicher nicht mehr als zehn Minuten. Mit dem Wagen muss man allerdings außen herum fahren.«

Zielstrebig stieg Roberta aus und rief laut: »Hallo?« Dann ging sie die hoch und klingelte. Nichts war zu hören.

Vor der Haustür stand ein Schaukelstuhl unter einer Loggia. Eine Katze lag zusammengerollt auf der Sitzfläche und beobachtete uns mit regungsloser Miene. Neben der Loggia befand sich eine Art offener Anbau, ein schräges Ziegeldach, unter dem allerlei Krimskrams herumstand, Gerätschaften, mit denen ich nichts anzufangen wusste. Ein durchlöchertes Schild, das an der Mauer lehnte, zeigte eine Kuh. An der Wand hing eine ganze Batterie alter Zahnräder, die so angebracht waren, dass sie ineinandergriffen, die aber trotzdem anscheinend keine Funktion hatten. An der Hausecke entdeckte ich noch ein seltsames Ding, etwas wie einen aus Eisenteilen zusammengeschweißten Baum. Dieser Bauer scheint ein Faible für moderne Kunst zu haben, dachte ich. Oder für Schrott. Auf der anderen Seite vom Hof standen neben einem kleinen Schuppen zwei riesige, offenbar recht neue weiße Plastiktanks, um deren Auslauf Schläuche gewickelt waren. An der Ecke parkte ein dreirädriger Transporter mit Stöcken auf der Ladefläche, der mir bekannt vorkam. Natürlich, meine Ankunft. Ich war diesem garstigen Bauern schon mal begegnet, es war der Typ, mit dem ich fast zusammengerauscht wäre.

Ich umrundete den Transporter, tat ein paar Schritte um die Ecke und erblickte ein kleines Gebäude mit einem Türmchen, das wie eine zum Geräteschuppen umfunktionierte Kapelle aussah. Aber auch hier war Di Lauro nicht zu sehen, also machte ich kehrt.

Roberta klingelte noch einmal. »Ich höre nichts. Die ist bestimmt kaputt.«

Eine weitere Minute verging, bis Roberta plötzlich sagte: »He, das könnte helfen«, und auf eine Glocke zusteuerte, die in dem offenen Unterstand hing. Ohne zu zögern zog sie an der Schnur und laute Glockentöne erklangen.

Fast im selben Moment hörte man Hundegebell und wenig später bogen die beiden Riesen von vorgestern um die Ecke. Im ersten Moment kriegte ich einen Schreck, doch dann verstand ich, was Roberta gemeint hatte: Der eine Hund, der das Kommando zu haben schien, bewegte sich steif und gichtig, und die Bewegungen des anderen, etwas kleineren, waren unfertig und irgendwie tollpatschig. Und ehe ich mich's versah, stupste der jüngere mich an und bedrängte mich mit seiner großen Schnauze. Ich streichelte sein Fell, das sich rau und hart anfühlte – oder versuchte es zumindest, wenn der Hund einmal Ruhe gab.

Kurz darauf hörte ich schwere Schritte und dann die barsche Stimme, die ich schon kannte und die nach den Hunden rief. Kaum dass der Mann um die Ecke gebogen war, blieb er auch schon abrupt stehen.

»Ancora Lei?« *Sie schon wieder.* Ich klopfte dem Hund auf den Rücken und überlegte gerade, wie ich es formulieren sollte, als mir Roberta zur Hilfe kam.

»Meine Freundin hat gestern hier auf dem Grundstück etwas verloren.«

Er musterte uns, ohne etwas zu sagen. Wie gestern hatte er einen blauen Overall an, seine Hände steckten in Arbeitshandschuhen und an den Füßen trug er schwere Stiefel, die mich an Bergschuhe denken ließen. Sein von grauen Strähnen durchzogener Bart sah wüst aus und das dunkle Haar stand wild um seinen Kopf. Einen kurzen Moment lang fragte ich mich, wie er wohl ohne diesen Bart aussehen würde.

Die Antwort, die er gab, wirkte wie ein Bellen. Ich verstand kein Wort – das musste tiefster umbrischer Dialekt sein. Hilfesuchend sah ich Roberta an, die etwas antwortete, das ich ebenfalls nicht verstand. Dann gab ein Wort das andere, ich glaubte, *Signora Christ* zu verstehen, und zu meiner Verwunderung schien sich seine Miene daraufhin tatsächlich aufzuhellen. Wenig später stieg er die Treppe zu seinem Haus hoch, nahm etwas, das oben auf dem gemauerten Treppengeländer lag, und kam wieder herunter. Verblüfft erkannte ich meine Kamera. Er drückte sie mir in die Hand; ich nahm sie entgegen, war aber zu verdattert, um etwas zu sagen. Noch einen Moment später hatte er sich sowieso schon von mir weggedreht, pfiff nach seinen Hunden und verschwand ohne ein weiteres Wort um die Hausecke.

Roberta und ich wechselten einen Blick, dann ging Roberta um den Wagen herum, nickte mir zu und stieg ein.

»Ich ... ich weiß gar nicht, was ich sagen soll!«, stammelte ich, während Roberta den Wagen um die Kurve lenkte.

Aber sie lächelte nur.

»Was haben Sie denn zu ihm gesagt?«

»Ich habe ihm erklärt, wer Sie sind. Und dann habe ich ihm Grüße von meiner Mutter ausgerichtet.«

»Von Ihrer Mutter?«

»Ja. Sie hat ihm mal einen Apfel geschenkt.«

Ich verstand immer weniger. Vielleicht war das ein umbrischer Brauch, so was wie »das Kriegsbeil begraben« oder »die weiße Fahne hissen«, was wusste ich schon. Roberta warf mir einen Seitenblick zu.

»Der heilige Franziskus ... ich meine natürlich Di Lauro ... hat eine Menge Obstbäume. Er – wie soll ich sagen – *sammelt* alte Obstsorten. Solche, die vom Aussterben bedroht sind. In unserem Garten stand ein *Melo Fiorentino* und Mamma hat ihm einen Reiser zum Aufpfropfen gegeben.«

»Ah.« Ich nickte und dachte eine Weile nach. »Hat ihm Eli beim Apfelpflücken geholfen, oder was?«

»Ja, schon ab und zu. Nachdem seine Frau ihn verlassen hatte, tat er ihr wohl leid. Und irgendwie hat Ihre Tante sich wohl ... nicht abschrecken lassen.«

Ich sah aus dem Fenster und dachte über Eli nach. Wie sie gewesen war und was sie alles für mich getan hatte. »Zu Hause haben wir auch Äpfel. Und einen Bauernhof.«

Roberta bremste und schaltete zurück. »Wissen Sie denn, was

Sie mit dem Haus machen werden? Nein? Na, am besten Sie schlafen ein paarmal drüber ...«

Ich gab ein unwilliges Geräusch von mir. »Wär ja toll, wenn man mich mal eine Nacht durchschlafen ließe.«

Aus dem Augenwinkel sah ich Robertas fragenden Blick.

»Letzte Nacht hatte ich Besuch von einem Wildschwein. Die Nacht davor von einem Mann, der zum Fenster reingeguckt hat.« Den Brief, der mich letzte Nacht nicht hatte schlafen lassen, erwähnte ich nicht.

»Wie hat der Mann denn ausgesehen?«

»Ziemlich dünn und ziemlich abgerissen, dunkle Augen, eine Mütze und ...«

»Hört sich wie Peppino an. Ein Typ, der hier in der Nähe in einer Baracke haust.«

»So eine Art Landstreicher?«

»Na ja, nur dass er nicht durch die Lande streicht. Di Lauro lässt ihn auf dem Gelände wohnen ...« Sie sah mich an, lächelte dann unvermittelt und winkte ab. »Der tut keiner Fliege was. Geht zu Fuß einkaufen, meilenweit, wie man so sagt. Ich seh ihn manchmal mit seinen Plastiktüten. Übrigens war er es, der Eli zuerst entdeckt hat und dann sofort zu meiner Mutter gerannt kam.«

»Wie bitte?«

»Aber ja. Sie gibt ihm manchmal was Warmes zu essen, genau wie Eli es getan hat. Ich denke, er mochte sie sehr. War jedenfalls vollkommen durch den Wind nach ihrem Tod.«

Unsere Blicke trafen sich und plötzlich drückte Roberta meine Hand. »So ist das Leben nun mal«, sagte sie. »Unberechenbar. Wir haben nichts im Griff. Auch wenn wir uns das natürlich einbilden.«

Ich hing Robertas Worten nach, als sie weitersprach: »Wir könnten uns ja vielleicht duzen.«

»Ja«, sagte ich, »das könnten wir.«

»Ich bin also Roberta.«

»Und ich Hannah.«

Sie lächelte. »Du gibst also eine Online-Zeitschrift heraus?«

»Na ja«, winkte ich ab, »das mache ich zusammen mit zwei Freunden, Becky und Levin ... ist mehr eine Art Hobby. Wenn wir Glück haben, kommen wir am Ende des Jahres plus/minus null raus.«

»Und wovon lebst du, wenn ich fragen darf?«

»Ach, ich mache ganz verschiedene Sachen: Übersetzungen zum Beispiel. Dann schreibe ich Reiseartikel, liefere die Fotos dazu ...« Ich wandte mich ihr zu. »Ich hab übrigens auch Literatur studiert, in Bologna. Aber nur vier Semester.«

»Daher dein Italienisch.«

»Ja. Draufgekommen bin ich durch Eli. Sie wollte unbedingt, dass ich Italienisch lerne, schon als ich noch klein war. Sie hat mich selbst unterrichtet.«

»Ja, Eli konnte wirklich gut Italienisch.«

Wir hatten den Fuß des Berges erreicht und Roberta schaltete krachend in den zweiten Gang. Durch das Laub der Esskastanien und Mittelmeereichen glänzte schräg die Morgensonne und ich freute mich auf den warmen Tag. Ich könnte an Elis Gartentisch sitzen, in der Morgensonne, Zeitung lesen und Kaffee trinken. Das hörte sich gar nicht so schlecht an.

»Und wie heißt sie?«

»Hm?« Etwas verwirrt drehte ich mich zu Roberta.

»Eure Zeitschrift.«

»Die? Ach so, das ist der *SpurenSucher*.«

»Klingt gut. Und über was schreibt ihr so?«

»Sagt dir *Urban Exploration* was?«

Roberta schüttelte den Kopf.

»Tja, ein Urban Explorer ist jemand, der ... vergessene Orte aufsucht und sie fotografiert. Gebäude, die keiner mehr benutzt, verlassene Kliniken, stillgelegte Fabriken, alte Kirchen. Das war auch der Grund, warum ich nach San Lorenzo gegangen bin. Ich hatte ein Kreuz auf der Karte gesehen und gehofft, dort die Ruine eines alten Klosters fotografieren zu können oder irgendwas in der Art.«

Roberta schien aufmerksam zuzuhören. Ich warf ihr einen Seitenblick zu und fuhr durch ihr Interesse ermutigt fort: »In der letzten Ausgabe ging es zum Beispiel um eine alte Papierfabrik. Manchmal stellen wir auch vergessene Berufe vor. Oder außergewöhnliche Menschen. Zum Beispiel zwei alte Frauen, die alleine ein Sägewerk betreiben. Solche Sachen eben. Alles in allem eine Zeitschrift von Freaks für Freaks.« Ich lachte.

»Und du lieferst die Fotos?«

»Wir fotografieren alle. So haben wir uns auch kennengelernt.«

Ich sah aus dem Fenster, bemerkte die ersten braunen Blätter, die vereinzelt durch die Luft wirbelten. In ein paar Wochen ist der Sommer vorbei, dachte ich, was soll ich dann tun?

Wir hatten die ersten Häuser von Castelnuovo erreicht, als Roberta plötzlich sagte: »Das wär doch eine gute Story für eure Zeitung. *San Francesco delle mele.*«

»Hm?«

»Na ja, einer, der versucht, die Vergangenheit zu erhalten. Und zwar die lebendige Vergangenheit. Nicht nur Steine und Mörtel, sondern Bäume. Darum geht es doch bei euch – oder nicht?«

Ich dachte eine Weile nach und sagte schließlich: »Ich glaube nicht, dass der freiwillig noch mal mit mir spricht.«

Roberta sah mich an, verzog das Gesicht zu einer komischen Grimasse und sagte: »Du könntest ihm ja bei der Ernte helfen. Er hat bestimmt immer noch Schwierigkeiten, jemanden zu finden.«

»Kein Wunder«, knurrte ich. »Würdest *du* bei dem arbeiten wollen?«

Roberta zuckte die Achseln. »Wenn ich einen guten Grund dafür hätte, dann schon.«

Elisabeth

Hatte ich es vorher wirklich nicht bemerkt? Heute ist das kaum mehr vorstellbar, nicht wahr, mein liebstes Kind? Ich weiß nur, dass ich zuerst aus allen Wolken fiel, und dann donnerte eine Gefühlslawine auf mich nieder: Verblüffung, Bestürzung, Angst. Eine alles verschlingende, eisige Angst, die mich vollständig erstarren ließ.

Den ganzen Tag konnte ich an nichts anderes mehr denken. Wie in Trance schlich ich zur Kirche, saß in der Bank und leierte die Gebete herunter. Kniete und erhob mich wieder, ohne etwas von dem wahrzunehmen, was um mich herum geschah. Der einzige Gedanke war und blieb mein Bauch. Fiel das Kleid locker herab? Hatten es auch schon andere bemerkt, zum Beispiel die Finkbeinerin mit ihren flinken Äuglein? Und schließlich die Frage: Wie lange würde ich es noch verbergen können?

Am Nachmittag lief ich alleine in den Apfelgärten herum. Ich ging, so schnell ich konnte, versuchte meinen Gedanken eine Reihenfolge zu geben. Eine Art Lösung heraufzubeschwören. Ein leichter Nieselregen fiel und ein böiger Wind bauschte die zartrosa Blüten der Apfelbäume. Hin und wieder flirrten Blütenblätter durch die Luft. Die Trauerweiden am Fluss leuchteten in einem hellen Grün und der Auwald war über und über mit Anemonen bedeckt. Das alles nahm ich wahr und es sah so schön aus, dass es schmerzte. Trotzdem, mein Verstand war wie ein wildes Tier im Käfig, das ein paar Schritte tut und sofort an die Gitterstäbe stößt: Ich erwartete ein Kind. Wie ein Wolkenbruch regneten die immer gleichen Bilder auf mich herab: die tuschelnden Gesichter der Hofer-Frauen, die verstohlenen Blicke der Finkbeinerin, die kichernden Münder meiner Mitschülerinnen, die strengen Augen der Nonnen, das Weinen meiner Mutter. Und der Vater. Was würde der Vater tun?

Ich umwanderte das Dorf in einem großen Bogen. Der Nieselregen hatte aufgehört, doch der Wind trieb dunkle Wolkentürme vor sich her, gerade so, als wollte er sie über dem Dorf sammeln. Ich war bereits eine gute Weile unterwegs, als mir bewusst wurde, dass ich genau auf das Haus der Kirchenschmiedin zusteuerte. Ich blieb stehen, sah mich um und beschloss, das Haus weiträumig zu umgehen. Nach dem, was im letzten Jahr passiert war, wollte ich sie nie wieder sehen.

Ich bog links ab, in einen wenig begangenen, zum Teil mit Brombeerranken überwucherten Waldweg und war so darauf konzentriert, nicht an den Ranken hängen zu bleiben, dass ich sie erst im allerletzten Moment entdeckte. Sie stand da, in ihrem Krähenkleid, und bückte sich, um irgendetwas zu pflücken. Ich blieb stehen und wandte mich langsam um, wollte unauffällig den Rückzug antreten. Aber da hatte sie mich schon entdeckt.

»Sieh an, die Eli!«, sagte sie und ihre Stimme klang ungewöhnlich klar in der Stille des Waldes.

»Ach, grüß Gott, Kirchenschmiedin«, antwortete ich und wollte weitergehen. Aber da kam sie schon auf mich zu.

»Was hat denn der damit zu tun?«

Ich wusste nicht, was ich erwidern sollte, also sagte ich gar nichts und überlegte nur, wie ich am schnellsten von ihr fortkommen könnte.

Sie aber ließ die Augen nicht von mir und auf einmal hatte ich das Gefühl, sie würde mich festhalten. Mit ihrem Blick und mit ihren Gedanken.

»Siehst ja aus wie's blühende Leben«, sagte sie, in ihrem Ton lag etwas, das mir das Blut in den Adern gefrieren ließ. Ich stand ganz still und fühlte auf einmal eine durchdringende Schwäche in den Knien, in allen Gelenken. Auch hatte ich an diesem Tag erst wenig gegessen und so sackte ich einfach zusammen. Seltsamerweise erinnere ich mich genau an dieses Bild: wie der Waldboden mir plötzlich entgegenkam, mit seiner dicken Laubschicht und all dem Moos und dem hellgrün und weiß leuchtenden Kuckucksklee, und dass ich in diesem Moment nur das eine dachte: was das für ein schönes Grab wäre.

Als ich zu mir kam, schmeckte ich etwas Scharfes auf der Zunge und im ersten Moment wusste ich nicht, wo ich war. Ich blinzelte in den Aprilhimmel und das Licht über mir schien zu flirren. Tausende und Abertausende winziger grüner Blattknospen und das Licht des Herrgotts, das sie durchdrang und mir zeigte, wie gut alles war. Erst als sich das Gesicht der Kirchenschmiedin vor den Himmel und Gottes Blattknospen schob, dämmerte mir, wo ich war und dass gar nichts gut war.

»Jetzt komm schon, Mädle, hoch mit dir. Im Boden steckt ja noch's Eis!«

Irgendwie schaffte ich es aufzustehen und mich von ihr führen zu lassen. Als wir zu ihrem Häuschen kamen und sie die Klinke der Haustür runterdrückte, wollte ich im ersten Moment einfach davongehen, aber die Schwäche in meinen Beinen und etwas anderes, Undefinierbares ließen mich eintreten.

Die Kirchenschmiedin setzte mich an den Tisch, räumte ein paar Sachen weg, die darauf herumlagen, und stellte einen Teller mit Brot und Käse und ein Glas Milch vor mich hin. Ich aß und trank schweigend – was gab es auch noch zu sagen? –, und als ich fertig war, blieb ich einfach sitzen. Mein Kopf war inzwischen völlig leer, ich wollte nur noch hier hocken, in der Küche der Kirchenschmiedin, zwischen Gläsern und Kräutern, und warten, dass alles vorüberginge. Dass die Jahre an mir vorüberzögen, zumindest die nächsten Monate. Bis sich das Ding, dieses Fremde in mir, in Nichts auflöste. Doch irgendwann fragte die Kirchenschmiedin: »Wie weit bist denn schon?«

Ich hob die Augen und zuckte die Achseln. »Weiß nicht.«

Und plötzlich kam mir ein Gedanke. War das nicht ein Zeichen, dass ich hier gelandet war? Ein Zeichen, dass der Herrgott, vielleicht war's ja auch der Teufel, mich hierher geführt hatte, ohne mein Zutun? Und so fragte ich, ohne weiter zu zögern: »Du kannst doch viel, Kirchenschmiedin. Kannst du nicht machen, dass es weggeht?«

Die Kirchenschmiedin sah mich einen Moment lang ausdruckslos an. Dann nickte sie kurz und knapp und so unmerklich, dass ich schon glaubte, mich getäuscht zu haben. Sie stand auf und ging zu einem großen Schrank mit unzähligen Schubfächern hinüber, zog eine Lade auf und holte eine Büchse heraus. Aus der Büchse schüttete sie etwas auf ein Papier – getrocknete Kräuter oder was auch immer. Dann faltete sie das Papier zusammen und legte das Päckchen vor mir auf den Tisch.

»'s ist nicht ung'fährlich. So wie du aussiehst, hättest du früher kommen müssen. Koch dir einen Sud draus und trink's am besten abends.«

An diesem Abend wartete ich, bis alles still war im Haus, und ging dann in die Küche, wo ich mir das Gebräu zubereitete. In meinem Zimmer setzte ich mich auf die Bettkante und trank die ganze Kanne leer, alles, bis auf den letzten Tropfen. Dann kehrte ich noch einmal in die Küche zurück und schloss die Fenster, die ich zuvor geöffnet hatte, weil das Gebräu einen irgendwie käsigen Geruch in der Küche hinterlassen hatte. Dann legte ich mich ins Bett und wartete.

Es sollte nicht lange dauern, bis die Wirkung einsetzte. Es zog und schmerzte in meinen Eingeweiden und ich schaffte es gerade noch auf die Toilette, wo ich den Rest der Nacht verbrachte und mich unter Höllenschmerzen wand. Als endlich der Morgen dämmerte, ließ jedoch nichts darauf schließen, dass ich etwas anderes erlitt als die schlimmste Diarrhöe meines Lebens.

Am nächsten Tag sagte ich es Sigrid. Wir saßen im Zug und hatten es irgendwie geschafft, ein Sechserabteil für uns zu ergattern.

Zuerst sah sie mich nur an, als würde sie gar nicht begreifen, was ich da von mir gab. Dann aber schlug sie die Hände vor den Mund und sah mich aus riesigen Augen an.

»Aber was wirst du nun tun?«, war ihre erste Frage, nachdem sie sich gefasst hatte. Gleich darauf fragte sie: »Und Giorgio? Hast du es ihm schon geschrieben?«

Stumm schüttelte ich den Kopf. Wie konnte ich ihr sagen, dass ich gerade noch gehofft hatte, das Problem mit dem Teufelszeug der Kirchenschmiedin aus dem Weg zu räumen?

»Aber ... er muss es doch erfahren«, rief sie halblaut und hielt sich dann vor Schreck selbst die Hand vor den Mund.

Sigrid. Noch heute habe ich Kontakt zu ihr. Sie lebt in München, war nie verheiratet und hat ihr Leben letztlich ganz ihrem Beruf gewidmet, was sie, wie sie manchmal sagt, niemals bereut hat. Wir schreiben uns ein paarmal im Jahr, altmodische Briefe auf richtigem Papier, oder auch Karten, die sie mit großer Sorgfalt aussucht. Sie sind immer etwas Besonderes, passen zur Jahreszeit oder stammen von einer Ausstellung, die sie besucht hat. Sie ist der wissenschaftliche Typ und hat ihr Leben in den verschiedensten Labors verbracht – manchmal sehe ich sie vor mir, in einem weißen Kittel und mit einem Reagenzglas in der Hand oder Glasplättchen unter ein Mikroskop schiebend.

An jenem Vormittag, nachdem ich es ihr gesagt hatte, war sie völlig erschüttert. Immer wenn ich wie zufällig in ihre Richtung schaute, lag ihr Blick auf mir, großäugig und ängstlich, aber auch ein wenig nachdenklich. Als wir nach dem Unterricht zum Bahnhof gingen, kam sie gleich wieder auf das Thema zurück. Ohne Umschweife sagte sie: »Ich weiß, dass man heiß baden kann. Man kann auch die Treppe runterspringen. Das habe ich mal in einem Buch gelesen.«

Ich nickte. »Wir baden nur Samstagabend. Und wenn ich reindarf, nach dem Vater und der Mutter, dann ist das eine lauwarme Brüh.«

»Und wenn du's heimlich tust, in der Nacht?«

Ich überlegte. Warum nicht? Was hatte ich schon zu verlieren?

Wie die Geschichte ausging? Ach, mein liebstes Kind, nun, da ich mich endlich entschlossen habe, sie für dich niederzuschreiben, wäre es wohl lächerlich, die Wahrheit zu verdrehen, sie zu beschönigen und zu meinen Gunsten zu verbiegen. Sprechen wir es doch einmal ganz klar aus: Ich war dabei, mein eigenes Kind zu töten.

Wenn ich etwas zu meiner Entlastung vorbringen kann, dann meine Jugend und die Umstände, die damals herrschten. Ein Kind ohne Vater zu bekommen? Ein Kind ohne einen Mann, ohne verheiratet zu sein? Das allein wäre schon Grund genug gewesen, mich davonzujagen. Aber ein Kind von einem italienischen Gastarbeiter – das war mehr, als die Dörfler verkraften konnten.

Die nächsten Tage verbrachte ich mit Mauern- und Treppenspringen, wann immer sich die Gelegenheit bot. Ich rannte, so schnell ich konnte, ich sprang in den noch eisigen Fluss. Mitten in der Nacht stieg ich in derart heißes Wasser, dass ich das Gefühl hatte, in Hühnersuppe zu kochen.

Waren das nur Tage? Meine Angst ließ sie zu Wochen, ja Monaten werden. Ich konnte an nichts anderes mehr denken. Ich saß und stand und ging in dieser Wolke aus Angst, ich atmete sie.

Am Ende war alles vergebens. Die Angst. Die Mordversuche. Die Himmels- oder sollte ich sagen die Höllenhoffnung? Und schließlich kam der Tag, an dem ich es nicht länger verbergen konnte.

Hannah

Im Haus war es kühl. Ich riss sämtliche Fenster auf, auch die Terrassentür, die hinters Haus führte, zu dem kleinen runden Tisch, an dem neulich nachts der Kerl mit der Mütze – wie hieß der noch mal, Peppino? – gestanden hatte. Die sonnenwarme Luft von draußen vermischte sich mit der Steinluft im Haus, und als ich nach oben ging, um Kaffeewasser aufzusetzen, dachte ich einen kurzen Moment lang voller Dankbarkeit an Roberta. Und dass sie mir geholfen hatte, meine Kamera wiederzubekommen. Ich war hier nicht so allein, wie ich mich fühlte. Vielleicht hätte ich Roberta ja doch von Elis Brief erzählen sollen?

Ich brühte Kaffee auf, und während ich am Küchentisch stand, nahm ich die Kamera und checkte sie durch. Sie schien keinen Schaden genommen zu haben, und so wie's aussah, hatte sich Franz von Assisi auch nicht an den Bildern des verbrannten Gartens vergriffen. Vielleicht war er ja doch gar nicht so übel, immerhin hatte Eli ihm bei der Apfelernte geholfen.

Als der Kaffee fertig war, legte ich die Kamera weg, schnappte mir stattdessen die paar Seiten von Elis Brief und ging hinaus. Als ich ein paar Minuten später im Garten, zwischen Lavendel und Rosen im Vormittagssonnenschein saß und die Papiere in meinem Schoß erneut glattstrich, hätte ich am liebsten geheult, spürte aber nur die übliche Enge im Hals. Wie kann das nur sein?, sagte ich zu den Rosenbüschen hin. Nun bin ich endlich da und du bist weg! Warum konntest du nicht warten? Ich weiß, ich weiß, ich hab da einen Fehler gemacht, ich hätte schon viel früher kommen sollen. Aber war das ein Grund, sich gleich ganz aus dem Staub zu machen? Und wo um alles in der Welt ist dein Brief abgeblieben? Hast du es dir am Ende doch anders überlegt?

Den restlichen Morgen sowie den halben Nachmittag verbrachte ich damit, noch einmal alles zu durchsuchen: das Haus, den Schuppen, Elis Wagen. Ich blätterte durch Elis Bücher, in der irren Hoffnung, dass irgendwo zwischen den Seiten noch etwas versteckt sein könnte. Am Ende nahm ich mir den Laptop vor, der natürlich nicht passwortgeschützt war, und suchte nach einer Datei, die ein Brief an mich hätte sein können. Bei nächster Gelegenheit würde ich Roberta fragen. Und Assunta. Vielleicht wussten die beiden ja irgendwas.

Es war weit nach Mitternacht und ich lag schon im Bett, als mir ein Gedanke kam. Sollte das, was ich suchte, etwa unter dem Altpapier gewesen sein, das ich gestern weggebracht hatte? Ich verfluchte meinen Übereifer, bis Erschöpfung und Übermüdung den Sieg davontrugen und ich in einen tiefen Schlaf sank.

Ich erwachte vom Piepen meines Handys. Schlaftrunken tastete ich danach und las die eingegangene SMS. Im allerersten Moment kapierte ich gar nichts. *Hey, Kleines, wo bist du? Ich denk immer an dich. Ruf an.* Wer war das und was sollte das?

Doch schon im nächsten war ich hellwach – es war, als hätte mir jemand einen Schwall kaltes Wasser über den Schädel gekippt. Und mit einem Mal packte mich eine so unglaubliche Wut, dass ich aufsprang, das Fenster aufriss, weit ausholte und das Handy irgendwo in die Landschaft pfefferte.

Der Kaffee, den ich mir wenig später kochte, war so stark, dass ich immer *noch* einen Schluck Milch dazuschütten musste, um die Farbe zu verändern. Alles in allem war ich letztlich doch recht zufrieden mit diesem Tagesbeginn. Martins SMS hatte drei Fliegen mit einer Klappe geschlagen: 1. Sie hatte mich früh genug geweckt, sodass ich zum Altpapiercontainer fahren konnte, bevor es zu spät war. 2. Ich hatte ein passendes Endlager für die SMS gefunden. Und 3. Es wäre die letzte SMS von Martin, die mich jemals erreichen würde.

Es war noch nicht ganz sieben, als ich in eine von Elis alten Gartenhosen stieg und mir ein mit Farbe bekleckstes Hemd überzog. Obwohl es nicht weit war, nahm ich den Wagen und parkte direkt hinter dem Altpapiercontainer. Ich stieg aus und sah mich um. Die Sonne hatte es noch nicht über den Hügel geschafft und eine große Stille lag über dem Tal. Ein Stück weiter zweigte das Sträßchen ab, das nach Castelnuovo hineinführte, aber auch aus dieser Richtung kam kein Laut, kein Motorengeräusch, keine Stimmen. Nur vereinzeltes Hundegebell war zu hören.

Ich holte einen leeren Karton aus dem Kofferraum und stellte ihn – gewissermaßen als Alibi, falls doch jemand vorbeikäme – vorne auf den Kasten vom Reserverad. Dann sah ich mich noch einmal um, und als immer noch niemand zu sehen war, kletterte ich kurzentschlossen in den Altpapiercontainer.

Der Container war inzwischen zu drei Vierteln gefüllt und natürlich fragte ich mich, ob diese Aktion überhaupt einen Sinn ergab. Nachdem ich eine Weile lang verbissen vor mich hingekramt und alles von einer Seite auf die andere umgeschichtet hatte, hörte ich plötzlich einen Wagen näher kommen. Ich ging in die Hocke, in der Erwartung, dass er vorbeifahren würde. Das

Motorengeräusch wurde lauter, doch statt mit Karacho vorbeizubrausen, kam der Wagen direkt hinter meinem zum Stehen. Ich hielt den Atem an. Was jetzt? Sollte ich in letzter Minute aus dem Container springen und so tun, als wäre ich gerade mein Papier losgeworden? Doch da hörte ich schon eine Autotür schlagen, ein Kofferraum wurde geöffnet. Und im nächsten Moment blickte ich in das überraschte Gesicht von Signora Bartoli. Ausgerechnet, dachte ich. Nach der Sache mit dem Schlüssel hielt mich diese Tante doch sowieso für nicht ganz dicht.

Ein paar Sekunden vergingen, bis sie sich gefasst hatte und mit einem maliziösen Lächeln sagte: »Die deutsche Gründlichkeit ... uns Italienern immer einen Schritt voraus.«

Halb aufgerichtet und mit knallrotem Gesicht stammelte ich: »Ich habe aus Versehen etwas weggeworfen ...«

»Sooo?«, fragte sie gedehnt. Offensichtlich genoss sie die Situation. Mit vor Ironie triefender Stimme fuhr sie fort: »Soll ich zusteigen und Ihnen suchen helfen?«

Ich ließ das Papier fallen, das ich in Händen hielt, und machte mich daran, aus dem Container zu steigen. Halblaut sagte ich dabei: »Hat sowieso keinen Zweck.«

So souverän wie möglich nahm ich den Karton, stellte ihn in den Kofferraum und kletterte hinters Steuer. Ich setzte den Blinker, winkte ihr betont lässig zu und fuhr davon. Im Rückspiegel sah ich, wie sie mir hinterherblickte.

Später saß ich im Bett, trank Baldriantee und musste immer wieder an den fast anzüglichen Gesichtsausdruck denken, mit dem mich diese Frau gemustert hatte. Hoffentlich war sie vor dem Altpapiercontainer versteinert! Irgendwann nahm ich mir Elis Handy und rief erst Becky, dann Levin an, um ihnen meine neue Nummer durchzugeben. Wir besprachen ein paar Einzelheiten zur neuen Ausgabe des *SpurenSuchers*, und erst da kam mir der Gedanke, die Bilder aus dem verbrannten Garten genauer anzusehen und zu schauen, ob ich die irgendwie für unsere Zeitschrift verwenden könnte. Ich zog die Fotos von der Kamera auf meinen Laptop und klickte auf Slideshow. Ich hatte ja beim Durchchecken der Kamera schon einen ersten Eindruck bekommen, aber sie nun in groß zu sehen, war etwas ganz anderes. Und so staunte ich nicht schlecht, während die ganze Szenerie noch einmal an mir vorüberzog: der angekokelte Turm; die Silhouette eines Baumstumpfes, der aussah wie ein sprungbereites Tier; die Wilde Möhre, die alles mit einem weißen Gespinst umwebte. Dieser Ort hatte wirklich etwas Mystisches! Ein weiteres Mal ließ ich Fotos hintereinander ablaufen und überlegte schon, wie ich sie bearbeiten würde, damit sie perfekt rüberkamen. Und plötzlich klangen mir Robertas Worte in den Ohren: *San Francesco delle mele. Eine gute Story.* Tja, dachte ich, einen Versuch wäre es wert. Wo ich schon mal hier im Ort gelandet war, könnte ich die Gelegenheit nutzen und schauen, was sich machen ließe. Vielleicht würde tatsächlich eine coole Story dabei herausspringen. Dieser Hof von San Lorenzo hatte etwas ziemlich Abgefahrenes. *Magic*, dachte ich, genau das war es. Könnte also doch nicht schaden, sich diesen Typen mit seinem Garten einmal näher anzuschauen. Und ihm meine Hilfe bei der Ernte anzubieten.

Elisabeth

Was gibt es sonst zu berichten von jener Zeit? Dass ich Giorgio inzwischen geschrieben hatte und verzweifelt auf eine Antwort wartete? Dass die Schule so gut wie vorüber war? Auch das war nichts Erfreuliches, denn die Schule hatte immer ein Stück Freiheit für mich bedeutet. Aber dass ich in allen Fächern hervorragende Zensuren bekommen hatte, das war gut. Mehr noch, es grenzte an ein Wunder, wenn man bedenkt, in welcher Situation ich war. Doch auch das änderte nichts daran: Was nun folgte, waren die schlimmsten Wochen meines Lebens.

Eigentlich wollte ich nie wieder daran denken, mir nie wieder den Tag in Erinnerung rufen, an dem die Mutter es ihm sagte. Ich saß dabei, stumm und dumpf wie ein Kalb. Nur dass er das Kalb nicht so geschlagen hätte, wie er mich dann schlug. Während sein Gürtel auf meinen Rücken niederpeitschte, konnte ich nur an eines denken: dass die Schläge des Vaters mein Problem vielleicht beseitigen würden.

Ab diesem Tag sperrten meine Eltern mich ein. Ich weiß nicht, was sie den Schulschwestern erzählten, warum ich nicht zu der Abschlussfeier erscheinen konnte. Sprachen sie von einer Erkrankung, die mich ans Bett fesselte? Etwas hochgradig Ansteckendes vielleicht, sodass niemand kommen und nach mir sehen durfte?

An einem Samstag erhielt ich ein Päckchen. Vorsichtig schnitt die Mutter das Packpapier auf und heraus kamen ein dickes Wörterbuch und mein Zeugnis. Lange hielt sie das Blatt in der Hand, und während sie las, rollten ihr plötzlich die Tränen übers Gesicht, so wie ich es bei ihr noch nie gesehen hatte.

Meine Mutter war eine tüchtige Landfrau und Bäuerin, Gefühlsaufwallungen erschienen ihr überflüssig. Sie hielt den Mund und tat ihre Arbeit. Vielleicht ist mir die Szene in der Küche deshalb bis heute in lebhafter Erinnerung geblieben: ihr bewegungsloses Gesicht, die stummen Tränen, die über ihre Wangen rollten, die abgearbeiteten Hände, die das Blatt hielten. Wortlos reichte sie mir mein Zeugnis. Wie aus weiter Ferne betrachtete ich die Zahlen, die dort in einer säuberlichen Kolonne aufgereiht standen, und am Ende der Zusatz »mit Auszeichnung abgeschlossen«.

Der elfte Juni war ein ungemütlicher Tag. Ich brauchte gar nicht erst aus dem Fenster zu sehen – die Regentropfen, die von einer Windbö gegen die Scheibe geschleudert wurden, hörte ich auch so.

Die Nacht über hatte ich mich unwohl gefühlt, hatte auf der Seite liegend einen Schmerz ausgehalten, der immer mal wieder auftauchte, dann aber auch wieder verschwand. Als der Morgen heranzog, hievte ich mich aus dem Bett und ging zum Fenster.

Ich sah den Wind, der durch die Blätter des Walnussbaums fuhr, und die Pfingstrosen, die grellrosa in den Morgen leuchteten. Das einzig Positive an meiner Situation war, dass ich das Zimmer nun mit niemandem mehr teilen musste. Wahrscheinlich hatten sie meiner Schwester dasselbe erzählt wie den Nonnen, denn sie machte keine Anstalten, zu mir hereinzukommen.

Ich hatte mich gerade wieder hingelegt, als ich Stimmen auf dem Hof hörte. Mein Vater hatte gedroht, mich totzuschlagen, falls ich mich am Fenster blicken ließe, also blieb ich hinter dem Vorhang stehen und versuchte durch die Ritze hinauszuspähen. Und da entdeckte ich Sigrid, die ein paar Meter von der Haustür entfernt stand und mit jemandem sprach, wahrscheinlich mit der Mutter. Ganz vorsichtig öffnete ich das Fenster einen Spaltbreit.

»… ist immer noch in dem Krankenhaus.«

»Wann kommt sie denn wieder?«

»Frühestens in einem Monat«, log meine Mutter und Sigrids Blick huschte zu meinem Fenster, wo ich mich inzwischen so hingestellt hatte, dass sie mich deutlich sehen konnte, die Mutter aber nicht. Einen winzigen Moment trafen sich unsere Blicke, dann sah ich, wie Sigrid nickte. Laut sagte sie: »Ich tät ihr gern schreiben. Wie ist denn die Adresse von dem Krankenhaus?«

»Am besten, du gibst mir den Brief mit.«

»Aber ich dacht, niemand darf zu ihr.«

»Manchmal besuchen wir sie trotzdem. Wir können sie hinter einer Glasscheibe sehen.«

Wie erfinderisch meine sonst doch so nüchterne Mutter sein konnte. Eine Glasscheibe. Wo hatte sie denn das her? Wohl kaum aus dem Kino, wo sie vielleicht zweimal im Leben gewesen war, und einen Fernseher besaßen wir nicht. Da kam mir ein Gedanke. Ich rannte los, holte ein Blatt Papier und einen Korb und hob beides deutlich sichtbar ans Fenster. Unten hörte ich Sigrid laut sagen: »Da ist ja Post umso wichtiger für sie. Dann hat sie *nachts*, wenn sie nicht schlafen kann, was zu lesen.«

Meine Mutter wusste wohl nicht recht, was sie darauf antworten sollte. Ich hörte sie etwas murmeln und dann sah ich, wie

Sigrid ihr Rad bestieg, einen Gruß rief und davonfuhr. Ich schaute ihr nach, bis sie nicht mehr zu sehen war.

Nachts, echote es in meinem Kopf herum. Hieß das, dass sie heute Nacht wiederkommen würde, um mir einen Brief zu bringen?

Das Warten erschien mir endlos. Zum ersten Mal wünschte ich mir, in den Tropen zu sein, an einem Ort, an dem es innerhalb von wenigen Minuten dunkel wird. Doch die Stunden schleppten sich dahin. Schließlich sah ich von meinem Fenster aus, dass das Licht in der Stube, die genau unter mir lag, ausging, und hörte wie jeden Abend wenig später Schritte auf der Treppe. Dann sah ich durch die Ritze unter der Tür, wie auch das Licht im Flur erlosch.

Als ich die Steinchen an die Scheibe tickern hörte, war es wohl gegen Mitternacht. Ich öffnete das Fenster, beugte mich hinaus, so gut es mit dem dicken Bauch ging, und ließ das Körbchen an einer Schnur herunter. Und wirklich, da stand Sigrid direkt unter mir, der helle Fleck musste ihr Gesicht sein. Ich spürte, wie das Gewicht am Seil nachließ. Sigrid hatte den Korb offenbar in die Hand genommen, dann ruckte sie kurz am Seil, was ich als Signal interpretierte, das Körbchen wieder nach oben zu ziehen. Kurz darauf hörte ich ein paar tapsende Schritte und dann die geflüsterten Worte: »In einer Woche komm ich wieder, um dieselbe Zeit. Vielleicht hab ich dann auch eine Nachricht für dich.«

Die nächsten Tage verbrachte ich in fiebernder Ungeduld. Ich konnte es kaum erwarten, Sigrid wiederzusehen, und dachte endlos darüber nach, welche Post sie wohl bringen würde. Durch Sigrid war wieder Hoffnung in mein Leben zurückgekehrt. Die Hoffnung, Giorgio möge kommen und mich hier herausholen. Was dann werden würde, wo wir leben würden und wie, darüber machte ich mir nicht allzu viele Gedanken. Wenn ich erst meinem Gefängnis entronnen wäre, würde sich schon alles fügen. Die Szenen, die ich mir ausmalte, waren wie aus einem Film: Giorgio und ich standen an einer Wiege in einem hübschen Zimmer mit geblümten Vorhängen. Oder wir lagen auf einer Wiese und Giorgio legte liebevoll mal die Hand, mal sein Ohr auf meinen Bauch. Und je mehr ich diese Bilder beschwor, desto fester glaubte ich daran: Ich würde es schaffen, hier herauszukommen. Giorgio würde kommen und mich retten. Wir würden eine kleine Familie sein, er und ich. Und das Kind.

Genau eine Woche später stellte ich mich wieder mit dem Körbchen ans Fenster. Ich hatte inzwischen selbst einen Brief geschrieben, und als Sigrid auftauchte, legte ich ihn in den Korb und ließ das Ganze hinunter. Sigrid nahm den Brief heraus, was ich mehr ahnte als sah, und legte ihrerseits etwas hinein. Aber was war das? Auf einmal flammte die Hofbeleuchtung auf und ich sah Sigrid wie erstarrt das Körbchen in der Hand halten. Wie bei einem Pantomimenspiel tauchte von irgendwoher völlig lautlos der Vater auf, riss ihr das Körbchen aus der Hand, genauso wie den Brief, den sie in der anderen hielt, und sagte mit unterdrückter Wut: »Das hätt ich mir denken können, dass du das bischt.«

Da löste sich Sigrids Erstarrung. Sie schnappte sich die beiden Briefe und rannte zu ihrem Rad. Doch der Vater war schneller. Er hielt das Rad fest und brüllte, dass es durch die Nacht hallte: »Du verdammte Hur, gib das Zeug her.« Doch Sigrid ließ nicht los – ich weiß noch, dass ich wie betäubt dastand und ihren Mut bewunderte. Dann hörte ich einen Ratsch, das Geräusch von zerreißendem Papier, und kurz darauf Reifen, die im Kies knirschten.

Hannah

Einen Beschluss zu fassen ist das eine, ihn umzusetzen etwas anderes. Für mich gilt das ganz besonders. Bis ich mich endlich hinters Steuer klemmte, dämmerte es fast. Ich bog also in dasselbe unbefestigte Sträßchen ein wie heute Morgen Roberta. Wieder knirschte beim Zurückschalten der Kies, wieder drehten die Reifen mal eben kurz durch, bevor sie griffen. Und da war auch schon das Marienbild. Ich bog scharf links ab und konnte gerade noch rechtzeitig bremsen: Entlang der Hofzufahrt hatte der Typ nun in einem langen Halbkreis Tische aufgestellt. Erst auf den zweiten Blick sah ich, dass es aufgebockte Bretter waren und dass darunter eine ganze Batterie von Holzkisten stand.

Mit dem Bus kam ich da nicht vorbei, also ließ ich ihn lieber stehen. Ich stieg aus, blieb aber kurz bei der halb geöffneten Autotür stehen, nur so zur Sicherheit. Doch die Hunde schienen mich nicht bemerkt zu haben; jedenfalls hörte ich sie weder bellen noch knurren. Überhaupt war das Auffälligste in diesem Moment das absolute Fehlen aller Geräusche. Nichts war zu hören: kein weit entferntes Verkehrsrauschen, kein Rufen, kein Bellen. Ich schwankte, ob ich das großartig oder unheimlich finden sollte. Jedenfalls wollte ich selbst auch nicht unbedingt rumpoltern. Sachte drückte ich die Wagentür zu und ging aufs Haus zu. Doch egal wie sehr ich mich bemühte, meine Schritte klangen im Kies viel zu laut. »Pst«, hätte Eli zu mir gesagt und den Finger vor die Lippen gelegt wie damals, vor über zwanzig Jahren, als wir das erste Mal zusammen im Wald waren. »Die Zwerge schlafen schon!«

Wie zu dick geratene Gespenster leuchteten die beiden Wassertanks in das Blau der Dämmerung. Ich musste schon wieder an den Tod denken und fragte mich, ob dieses Weiß ein böses Omen war. Dann aber hörte ich im Näherkommen plötzlich Klaviermusik und all meine Gedanken waren wie weggewischt. Ich ging unter den Bäumen vor dem Haus hindurch – es waren Esskastanien, wie ich sah – und entdeckte einen schwachen Lichtschein, der aus zwei Fenstern im Erdgeschoss drang. Also musste er zu Hause sein. Am Fuß der Treppe, neben den Hundenäpfen, die so groß wie Salatschüsseln waren, blieb ich stehen. Was, wenn dieser Grobian mich wieder mit ein paar barschen Worten abfertigte? Oder wenn ich ihn nicht verstand? Ich überlegte und kam zu dem Schluss, dass er mir doch irgendwie wohl gesonnen sein müsste, wenn meine Tante ihm schon geholfen hatte. Und dann zwang ich mich, an die Fotos zu denken, die bei dieser Aktion vielleicht herausspringen würden, und klingelte.

Ich hörte nichts. Wo waren die Hunde? Sollten sie dieses einsame Anwesen hier nicht irgendwie bewachen? Doch dann fiel mir ein, dass die Klingel ja schon heute Morgen keinen Ton von sich gegeben hatte. Also klopfte ich, vielleicht etwas zu zaghaft, denn die Musik war ziemlich laut. Vielleicht sollte ich einfach eintreten? Immerhin brannte Licht. Ich klopfte noch mal, jetzt energischer, und drückte dann die Klinke herunter. Und tatsächlich, die Tür war nicht abgeschlossen.

Das Bild, das sich mir beim Eintreten bot, überwältigte mich. Alles wirkte derart stimmig und vollkommen, dass ich den Eindruck hatte, in einem Bühnenbild zu stehen. Der »heilige Franz« saß mit dem Rücken zu mir im Lichtkegel einer Stehlampe an einem langen Tisch, der mitten im Raum stand. Dramatische Klaviermusik umtoste ihn und er starrte auf irgendwelche Papiere. Überhaupt war der ganze Tisch mit Papieren übersät – mit Papieren und Äpfeln und Birnen.

Der Raum war ungewöhnlich groß, er musste über die ganze Breite des Hauses gehen, und schien eine Kombination aus Wohnküche und Studierzimmer zu sein. Direkt gegenüber der Eingangstür – vor Di Lauros Tisch – befand sich ein offener Kamin, einer von diesen Steinkolossen, durch die sich im Winter garantiert die ganze Wärme davonmachte. An der Kaminumrandung hing jede Menge Zeugs, Leinen und Baumscheren und was weiß ich. Links von der Eingangstür war der Küchenbereich und vor dem Fenster, das meiner Orientierung nach Richtung Süden zeigte, stand eine Anrichte, die ebenfalls mit Obst bedeckt war. Ich räusperte mich.

Er fuhr herum, sein Blick verdunkelte sich, er stellte die Musik aus und herrschte mich an: »Können Sie nicht klingeln?«

Im selben Moment hörte ich von oben die Hunde bellen.

»Die Klingel ist kaputt. Aber ich habe geklopft. Zwei Mal.«

»Und warum habe ich es dann nicht gehört!«

Statt eine Bemerkung über Bohnen in den Ohren zu machen,

erwiderte ich seinen schwarz funkelnden Blick, der etwas Kriegerisches hatte, und auf einmal fiel mir ein, an wen er mich erinnerte: an einen der apokalyptischen Reiter, den ich mal in Gott weiß welcher Pinakothek gesehen hatte, nur dass ihm das Pferd fehlte. Sein polterndes »Und was wollen Sie noch?« passte bestens dazu.

Mit verbissener Freundlichkeit, die mich die Fäuste ballen ließ, erwiderte ich: »Ich möchte Ihnen meine Hilfe bei der Ernte anbieten.«

Er sah mich einen Augenblick schweigend an. Schweigend und mürrisch. Seine Augen streiften meine Military-Hose, das schwarze Shirt mit dem Kreuz auf der Brust, und blieben an meinen Haaren hängen.

»Nehmen Sie Drogen? Ich will keine Leute hier, die Drogen nehmen.«

Ich schnappte nach Luft, sagte dann aber so ruhig wie möglich: »Nein.« Etwas forscher fügte ich hinzu: »Ich nehme keine Drogen. Und im Knast war ich auch noch nie. Brauchen Sie ein polizeiliches Führungszeugnis?«

»Das ist kein Witz. Ich habe keine Lust, mich mit den Problemfällen der Gesellschaft zu befassen. Keine Lust und keine Zeit.« Sein Dialekt trat jetzt wieder stärker hervor und ich brauchte meine ganze Konzentration, um ihn zu verstehen. Was vielleicht gut war, sonst hätte ich mich bestimmt zu einer patzigen Antwort hinreißen lassen.

Stattdessen sagte ich so ruhig wie möglich: »Ich wollte Ihnen nur meine Hilfe anbieten. Weil meine Tante das ja anscheinend auch getan hat. Aber wenn Sie niemanden brauchen …«

Er musterte mich wieder mit scharfem Blick. Dann fragte er: »Haben Sie überhaupt schon mal einen Baum von Nahem gesehen?«

»Sie meinen, ob ich Erfahrung in der Landwirtschaft habe?« Ich war wild entschlossen, mich nicht provozieren zu lassen.

Erst schnaubte er nur kurz, doch dann sagte er: »Kommen Sie morgen um acht, wenn Sie helfen wollen. Aber viel bezahlen kann ich nicht.«

Elisabeth

Einen ganzen Tag lang hörte ich nichts von meinem Vater. Nach der Szene auf dem Hof wartete ich mit angehaltenem Atem. Ich stellte mir vor, wie er die Zimmertür aufreißen, hereinstürzen und mich noch einmal prügeln oder treten würde. Aber nichts von alldem geschah. Nur die Mutter kam herein, mit verweinten Augen, Brot und Milch auf einem Tablett vor sich her tragend. Als sie das Tablett abstellte und mir das Glas Milch reichte, sah ich, dass ihre Hände zitterten.

»Was ist denn?« Mehr brachte ich nicht heraus. Aber sie schüttelte nur stumm den Kopf, das Gesicht wie eingefroren. Und dann war sie auch schon wieder verschwunden.

Als sie mittags wiederkam, fasste ich sie am Arm. »Ich lass nicht eher los, bis du mir gesagt hast, was los ist.«

Sie holte tief Luft und ich merkte, dass sie um Fassung rang. Schließlich sagte sie mit einer Stimme, die rau war vor Angst und Tränen: »Der Vater. Er ist losgefahren. Den Italiener finden.«

Ich atmete erleichtert auf. Da konnte er lange suchen.

Doch die Mutter sprach weiter: »Er hat sich den Brief geschnappt, da stand eine Adresse drauf. Gleich morgens ist er los und seitdem hab ich nix von ihm g'hört.«

»Aber Giorgio ist doch in Brasilien«, entfuhr es mir.

Die Mutter sah mich an, eine ganze Weile lang, bis mir ganz anders wurde. Dann schüttelte sie langsam den Kopf.

»Er ist zurückgekommen und wohnt in einer Pension in Friedrichshafen. Die Sigrid hat ihm wohl einen Eilbrief geschickt. So stand's in dem Brief.«

Fassungslos erwiderte ich ihren Blick. Giorgio war zurück, er war gekommen, um mich hier rauszuholen. Und während ich an nichts mehr anderes denken konnte und nicht wusste, ob ich jubeln oder schreien sollte, hörte ich die Mutter wie von Ferne sagen: »... hab ich Angst, dass er sich versündigt. Und uns alle ins Unglück stürzt.«

Gegen Mitternacht hörte ich ihn zurückkommen. Er riss die Haustür auf und polterte zur Küche herein. Dass er vollkommen betrunken war, begriff ich erst später. Ich schlich zur Zimmertür, öffnete sie vorsichtig einen Spalt und lauschte. Aus der Küche drang ein Murmeln: meine Mutter, die beruhigend auf ihn einsprach, und immer wieder die Stimme meines Vaters, dröhnende Wortfetzen, die an mein Ohr drangen. »Kanake« und »gerichtet« und »Gosche«. Auf einmal spürte ich, wie von irgendwoher ein Kältestrom kam, eisige Hände, die nach mir griffen und nicht mehr losließen. Was hatte er mit Giorgio gemacht?

Was ich von dieser Nacht noch weiß? Nur dass ich mich aufs Bett legte, auf die Seite, dass mein schwerer Bauch mich niederdrückte, dass die Dunkelheit wie ein zusätzliches Gewicht auf mir lastete und mir die Angst das Atmen schwer machte.
Später erwachte ich von schweren Krämpfen. Doch als ich das Gefühl hatte, es nicht länger auszuhalten, hörten die Krämpfe plötzlich wieder auf und ich lag erschöpft und zittrig da, dankbar, dass die Schmerzen mich aus ihren Klauen gelassen hatten. Nach einer Weile dämmerte ich wieder ein und musste etwa eine gute Stunde geschlafen haben, als die Krämpfe zurückkamen. So ging es noch einige Male, bis ich es mit der Angst zu tun bekam, mich zur Tür schleppte und nach der Mutter rief. Als sie gleich darauf erschien, mit wehendem Nachthemd, wurde ihr Gesicht ganz grimmig. Sie presste die Lippen aufeinander, sagte, ich sollte mich wieder hinlegen, sie wäre gleich wieder da.
Es dauerte eine halbe Ewigkeit, bis sie zurückkehrte, einen Stapel Betttücher unter den Arm geklemmt, und unseren größten Kessel hereinschleppte. Mehr weiß ich nicht mehr von den Stunden vor der Geburt, nur dass die Schmerzwelle irgendwann zu einem einzigen großen Schmerz wurde, in dem ich mich völlig

auflöste. Dann hörte ich die Mutter schreien, ich sollte drücken, und ihre Stimme war ganz heiser und ihre Augen riesengroß. Ich versuchte zu tun, was sie von mir wollte, aber da war dieser unglaubliche Schmerz, der mir alle Sinne raubte. Und als ich meinte, ihn nun nicht länger aushalten zu können, war er plötzlich – ganz plötzlich – vorbei. Ich hob den Kopf – und da sah ich es: mein Kind, mein eigenes winziges Kind, dessen Haut ganz weiß war, wie von einer zähen Schicht bedeckt. Ich sah die Mutter an, die es im Arm hielt und es betrachtete, mit einem irgendwie eigenartigen Ausdruck, und wie sie dann begann, das Kind mit einem Handtuch abzureiben. Als sie damit fertig war, schnitt sie die Nabelschnur mit der Küchenschere durch, wickelte das Kind in ein Laken und legte es mir in den Arm. Ich konnte es nur anschauen, dieses winzig kleine, zerknitterte, uralt aussehende Gesicht, die geschlossenen Lider, das erstaunlich dichte schwarze Haar. Und dann hörte ich, wie die Mutter mit rauer Stimme sagte: »Ein Bub.« Und plötzlich stieg etwas in mir hoch, das völlig unerwartet und absurd war und gegen alles sprach, was ich in den letzten Wochen erlebt hatte. »Du bist mein kleines Büble«, sagte ich immer und immer wieder und betrachtete das Kind in meinen Armen.

Es war der 20. Juni 1966 und ich war mir sicher, dass nun alles gut werden würde.

Mein kleines Glück dauerte genau drei Tage. Tage, in denen ich meinem Baby einen Namen gab, Johannes, und es stillte, es im Arm hielt und leise mit ihm sprach oder es nur ansah. In diesen ersten Tagen lernte ich ein Gefühl kennen, das mir bis zu dem Zeitpunkt vollkommen unbekannt gewesen war, eine Art von Liebe, die ich nie für möglich gehalten hatte. Nur wenn mein Hannes in dem alten Korb lag und schlief, schlichen die Gedanken an Giorgio um mich herum und die Erinnerung an den Vater, der weggefahren und erst spät in der Nacht zurückgekehrt war. Und irgendwann sank ich in einen erschöpften Schlaf, der viele Stunden dauerte.

Am nächsten Morgen war Johannes fort.

Hannah

Nach einer unruhigen Nacht, in der ich zuerst von einer schwangeren Eli träumte und dann von einem Baby, erwachte ich spät, mit dröhnendem Schädel. Ich brauchte einen ganzen Pott Kaffee, um dieses Bild, das so fremd für mich war und mich verunsicherte, wieder loszuwerden. Was aus diesem Kind geworden sein mochte? Garantiert stand das in diesem langen Brief, den ich aber verdammt noch mal einfach nicht finden konnte. Ich stopfte eine Flasche Wasser, ein Stück Brot und Käse in meinen Rucksack und kletterte hinter das Steuer. Unterwegs zerbrach ich mir den Kopf, wo der Brief abgeblieben sein könnte. Die Vorstellung, er wäre im Altpapier gelandet, machte mich verrückt. Andererseits: Eli hätte etwas so Wichtiges doch mit Sicherheit nicht einfach weggeworfen? Was ich gefunden hatte, waren nur ein paar lose Blätter mit Notizen gewesen – irgendwo musste es doch eine Reinschrift geben!

Erst als wenig später die taufeuchten Wiesen an mir vorbeirauschten, lockerte sich der Krampf in meinen Hirnwindungen und ich war in der Lage, diesen Gedanken endlich loszulassen. Während der VW-Bus sich den steilen Weg hinauf nach San Lorenzo quälte, kehrte ich zurück in die Gegenwart. Als ich am Marienbild abbog, fragte ich mich, wie lange das gutgehen würde mit mir und diesem übellaunigen Typen. Vielleicht wäre ich schneller wieder auf dem Heimweg als erwartet.

Die beiden Hunde liefen auf den Wagen zu und ließen ein ungeschlachtes »Wuff« hören, als ich ausstieg. Mein neuer Arbeitgeber stand auf dem Hof, vor einer Obstkiste, und sah mir grimmig entgegen. Der Ausdruck »sich willkommen fühlen« schoss mir durch den Kopf und ich musste mir ein schiefes Grinsen verkneifen. Die Hunde allerdings schienen sich über meinen Besuch zu freuen – ich hatte nicht genug Hände, um ihre großen Köpfe gebührend zu tätscheln.

»Guten Morgen«, sagte ich und strengte mich an, besonders zupackend und arbeitsam zu klingen.

Er rang sich gerade mal ein Nicken ab und schon spürte ich den altbekannten Unwillen in mir hochsteigen. Als die Hunde davontrotteten, fiel mir ein, dass ich vergessen hatte, wie Franz von Assisi in Wirklichkeit hieß. Jedenfalls wandte er sich schon wieder der Obstkiste zu, die vor ihm auf einem der Behelfstische stand. Er schien es mit der Arbeitseinweisung nicht eilig zu haben. Ich sah ihm zu, wie er kleine, hässliche Äpfel, deren Schale komplett mit einer Art Rost überzogen war und die bei uns höchstens in der Mostpresse gelandet wären, herausnahm und behutsam nebeneinander aufreihte. Seine Bewegungen waren konzentriert und in seinen Augen lag eine beseelte Aufmerksamkeit, die in mir ein nervöses Kichern aufsteigen ließ, das ich aber gleich unterdrückte. Als kein Apfel mehr in der Kiste war, griff er hinein, holte einen handgeschriebenen Zettel vom Boden der Kiste und steckte ihn unter die Äpfel, die ich inzwischen »Schweineäpfel« getauft hatte. Ich linste unauffällig darauf, konnte die Schrift aber nicht lesen. Während ich immer noch versuchte, das Gekritzel zu entziffern, stellte er die leere Kiste unter den Tisch und wandte sich der nächsten zu.

Er beachtete mich immer noch nicht. Also räusperte ich mich und fragte: »Sind das Mostäpfel?«

Da blickte er auf, mit einem seltsamen Ausdruck in den Augen, den ich nur als Verachtung interpretieren konnte. Er sah mich eine Weile lang schweigend an, ohne eine Antwort zu geben, dann begann er, langsam den Kopf zu schütteln. Schließlich hob er an: »Das hier« – er machte eine Geste, als hätte er es mit einer besonders begriffsstutzigen Person zu tun –, »das hier sind …« Doch dann schien er es sich anders zu überlegen und verstummte abrupt. Er wirkte, als müsste er sich furchtbar beherrschen. Seine Augen funkelten wie schwarze Murmeln oder so, als würde das Höllenfeuer darin glimmen.

Ich wandte den Blick ab und heftete meine Augen ein zweites Mal auf die Äpfel, wegen denen er so in Rage geraten war. Auf jeden Fall war mir jetzt klar, dass er seinen Spitznamen nicht zu Unrecht trug: *il pazzo delle mele* – der Verrückte mit den Äpfeln. Auch auf die Gefahr hin, einen Wutausbruch auszulösen, konnte ich es mir nicht verkneifen, noch mal nachzufragen: »Werden die nun vermostet? Zu Hause in Deutschland haben wir auch Streuobst und im Herbst …«

Da hörte ich, wie er auf einmal etwas ausstieß, das sich wie eine Beleidigung oder wie ein Fluch anhörte, irgendetwas mit *brutta*. Hässlich. Im ersten Augenblick war ich völlig perplex, vielleicht hatte ich mich ja verhört? Aber nein, umbrischer Dialekt hin oder her, er hatte *hässlich* gesagt. Das war ja wohl allerhand! Ich war mir sicher, dass diese Bemerkung auf mich abzielte. Aber konnte das wirklich sein? Während ich noch darüber nachgrübelte, sprach er weiter, zeigte auf einen Stapel leerer Kisten und befahl mir, sie »nach unten« zu tragen.

Einen kurzen Moment zögerte ich. Mit schmalen Augen kreuzten wir die Klingen. Bis er zwei leere Kisten nahm und sie mir in den Arm drückte.

Als die Glocken von Santa Maria Tiberina zwölf Uhr läuteten, brannten mir Gesicht und Schultern und ich hatte das Gefühl, dass sich meine Sommersprossen mindestens verdoppelt hatten. Franz von Assisi nickte mir zu, sagte knapp »Pausa«, rief die Hunde, die offensichtlich Baldo und Elvis hießen, und verschwand im Haus. Die beiden Riesen trotteten träge hinter ihm her und rollten sich auf der Loggia zusammen. Ich stellte die letzte gefüllte Kiste auf den Behelfstisch, holte meinen Rucksack, den ich im Schatten hinter dem Auto stehen hatte, und setzte mich auf die Bank im Hof. Ich zog meine Schuhe aus und stellte sie zum Trocknen in die Sonne. Das nächste Mal würde ich die Gummistiefel mitbringen, die ich bei Eli gesehen hatte, denn das Gras war am Morgen ziemlich nass gewesen. Ich trank die halbe Flasche Wasser in einem Zug aus, lehnte mich zurück und sah eine Weile lang in das Blätterdach der Esskastanien über mir, betrachtete den Sonnenschein, der durch die Baumkronen blitzte, und hörte dem Rauschen des Windes zu. Weil mein Gesicht so sehr brannte, hielt ich mir die Flasche an die Backe und genoss für einen Moment die Kühle. Meine Schultermuskeln und mein Nacken kamen mir vor wie ein einziger Knoten. Schon lange hatte ich keine Äpfel mehr gepflückt. Das würde einen schönen Muskelkater geben. Dann packte ich Brot und Käse aus und aß mit großem Appetit. Als kein Brot mehr übrig war, aß ich noch zwei Äpfel hinterher. Dann blieb ich eine Weile einfach so sitzen.

Der Vormittag war ereignislos verlaufen, mein mürrischer Arbeitgeber hatte keine weiteren Flüche oder Verwünschungen ausgestoßen, ich selbst hatte gepflückt, stumm und beharrlich, eine Kiste nach der anderen, und ansonsten darüber nachgedacht, wie ich es anstellen könnte, unauffällig ein paar vernünftige Fotos zu schießen. Ob ich es wagen konnte, in einem unbeobachteten Moment meine Kamera auszupacken? Mir war klar, dass es richtiger wäre, zu erklären, was ich wollte, und um Erlaubnis zu fragen, aber so wie die Dinge lagen, hatte das wohl überhaupt keinen Sinn.

Ich scannte den Hof mit meinem Blick ab. Franz von Assisi war immer noch im Haus, da konnte ich es doch wagen, mich ein bisschen umzusehen.

Ich war noch nicht lange unterwegs, als ich in einen anderen Bereich des Apfelgartens kam. Die Bäume hier waren jünger und zierlicher und ich entdeckte kleine, handgeschriebene Schilder darunter: *Mela agostina, Mela cerata, Muso di bue. Culo d'asino. Mela rosona. August- und Wachsapfel, Ochsenmaul und Eselshintern, Rosenapfel.* Und da begriff ich: Ich war mitten in der franziskanischen Baumsammlung gelandet, hier standen sie alle, in Reih und Glied, in einem gigantischen Freilandarchiv. Ich hatte ja keine Ahnung gehabt, wie riesig dieser Mustergarten war! Es mussten Hunderte von Bäumen sein. Ich sah mich kurz um, und da weit und breit niemand zu sehen war, packte ich meine Kamera aus und begann drauflozuknipsen. Ich lief weiter, die Reihe entlang bis zum Ende, und fotografierte alle Bäume und Schilder. Dann schlug ich einen Bogen zur unmittelbar darunterliegenden Ebene und so fort.

So stromerte ich eine ganze Weile durch die Reihen. Am Ende ließ ich mich unter einem Baum nieder, breitete meine Jacke auf dem Boden aus und legte mich hin. Während ich schläfrig in die Sonne blinzelte, überlegte ich, wie der Typ wohl zu all diesen Äpfeln gekommen sein mochte. Ich drehte den Kopf nach links, sah das Haus über mir thronen, die grauen Mauern, von der Mittagssonne beschienen. Die zugeklappten grünen Fensterläden machten einen friedlichen Eindruck. Wie geschlossene Lider, dachte ich, und dass auch das Haus Siesta zu halten schien. Dann drehte ich mich auf die Seite und schlief ein.

Ich erwachte davon, dass mir jemand auf den Rücken tippte.

Ich fuhr hoch. Ein Mann mit einer schwarzen Mütze stand mit einer prall gefüllten Plastiktüte in der Hand da und starrte auf mich herunter. Ich erkannte ihn sofort. Die unrasierten Wangen, die Augen, dieser dunkle, stechende Blick. Es war der Mann, der in der Nacht zu mir hereingesehen hatte.

»Es ist verboten, hier zu liegen«, sagte er mit einer seltsam milden Stimme, die in krassem Gegensatz zu seinem wüsten Äußeren stand.

Ich war noch benommen vom Schlaf, sodass ich nicht gleich reagierte. Und weil er wohl annahm, ich hätte ihn nicht verstanden, wiederholte er seine Worte, langsamer und deutlicher nun. *Es ist verboten, hier zu liegen.*

Ich erhob mich ein wenig mühsam. »Ich arbeite hier.«

Er stutzte, sah über meinen Kopf hinweg nach oben, in Richtung Haus. Ich folgte seinem Blick. Zum Tal hin hatte das Haus drei Stockwerke und ich bemerkte, dass einer der Fensterläden im ersten Stock, der zuvor geschlossen gewesen war, nun weit offen stand.

Wie ein Spinner, der eine Invasion von Außerirdischen ankündigt, raunte er mir zu: »*Sie* hat *auch* hier gelegen.«

Einen Moment lang starrte er mich dermaßen intensiv an, dass mir ganz unbehaglich wurde. Ich musste an einen Turiner Freund und seine Theorien zum Volksglauben und dem »bösen Blick« denken. Dann drehte er sich um und ging davon, mit merkwürdig abgehackten Bewegungen, die Plastiktüte fest im Griff. Ich sah ihm nach, wie er an einer Stelle im Gebüsch verschwand, wo ein Pfad zu verlaufen schien. Für den Bruchteil einer Sekunde war ich versucht, ihm nachzurennen und ihn zu fragen, was er mit diesem seltsamen Satz gemeint hatte. Und warum er neulich nachts in Elis Garten gewesen war. Dann aber hörte ich die Kirchturmuhr von Santa Maria Tiberina ein Uhr schlagen. Wahrscheinlich war meine Mittagspause nun beendet.

Ich war noch nicht oben am Haus angelangt, als mir der Schweiß schon wieder den Rücken herunterlief. Ich staunte über den Temperaturunterschied, der schon jetzt – im Spätsommer – zwischen den Tagen und Nächten lag. Auf dem Hof trat ich an den steinernen Trog neben dem Eingang, drehte den Hahn auf und spritzte mir Wasser ins Gesicht, kühlte meine Arme und schüttelte das Wasser ab. Am liebsten hätte ich mich ausgezogen und in den Trog gesetzt. Ich ließ meine Haut trocknen und betrachtete das Gerümpel, das überall herumstand. Hier müsste dringend mal ausgemistet werden, dachte ich und bestellte im Geiste schon einen Müllcontainer. Vielleicht gäbe es dann noch Hoffnung für sein Karma. Ob es hier schon so ausgesehen hatte, als die Frau noch da war? Ich fragte mich, was sie wohl für ein Mensch war. Warum sie ihn verlassen hatte, konnte man sich ja denken.

Als er nach einer Weile immer noch nicht aufgetaucht war, ging ich auf das Haus zu. Ich wollte gerade klopfen, als ich von drinnen Geklapper hörte. Ich spähte hinein, was nur ging, indem ich mich ganz an den Rand des oberen Treppenabsatzes stellte, und auch dann noch einige Verrenkungen erforderte. Da sah ich ihn: mit einer karierten Schürze vor dem Bauch, einen Holzlöffel in der Hand.

Am Ende des Tages drückte er mir ein paar Scheine in die Hand und ich dachte schon, das wär's gewesen mit meinem neuen Arbeitsverhältnis. Doch dann sagte er knapp: »Morgen um sieben.« Ich konnte nur erleichtert nicken, war aber gleichzeitig auch irgendwie sauer wegen dieser Erleichterung. Schließlich konnte er froh sein, dass es überhaupt jemanden gab, der ihm seine ollen Äpfel vom Baum holte. Wobei das ja nicht ganz uneigennützig war: Ich hatte mir den ganzen Nachmittag Gedanken darüber gemacht, welche Ecken hier ein paar stimmungsvolle Fotos hergeben würden. Und hatte schon jetzt ohne sein Wissen jede Menge Bilder geschossen, von rustikal geformten Äpfeln und Birnen und sogar von Quitten. Und morgen wollte ich ihm ein paar Fragen zu seiner Arbeit stellen. Oder war es vielleicht besser, erst mal mit Assunta Rossi zu reden? Bestimmt konnte die ein gutes Wort für mich einlegen, dann konnte ich mir meine Heimlichtuerei sparen. Ich war schon fast bei meinem VW-Bus, als er mir über den Hof hinterherbellte: »Wo fahren Sie hin?«

Ich blieb stehen. Ich hatte wohl nicht recht gehört. Was sollte diese Frage denn, noch dazu in dem unverschämten Ton? Aufreizend langsam drehte ich mich um.

»Warum wollen Sie das wissen?«

»Können Sie etwas für mich nach Santa Maria Tiberina fahren?«

Ohne meine Antwort abzuwarten, bückte er sich und kam mit einem megagroßen Korb auf mich zu.

»Der muss in die Osteria.«

»In welche denn?«

»Gibt nur eine. Das Bella Vista.« Und dann drückte er mir den Korb mit den Schweineäpfeln in den Arm.

Elisabeth

Ich weiß nicht mehr, was ich dachte, als ich mich umschaute und Hannes' Korb fort war. Wahrscheinlich nicht viel, denn ich war noch benommen von dem schweren späten Schlaf. Mühsam rappelte ich mich auf und tappte aus dem Zimmer, die Treppe hinunter in die Küche. Aber ganz genau erinnere mich an den Moment, in dem ich die Küchentür aufriss und die Mutter mir entgegenblickte. Mit Augen, die alles verrieten.

»Wo ist der Hannes?«, schrie ich und hörte selbst, wie schrill meine Stimme klang.

»Der Vater hat ihn fortgebracht.«

»Wie, fort?«

Ich sah, wie sie ein- und wieder ausatmete. Ihre Augen waren riesig und ihr Gesicht unnatürlich blass.

»Der Hannes kommt jetzt in eine Familie, wo er's gut hat.«

»Was!«, kreischte ich und spürte, wie meine Knie nachgaben, wie ein ungeheures Elend mich hinwegzuschwemmen schien. »Das dürft ihr nicht machen, der Hannes ist mein Kind.« Und dann verstummte ich. Mir war klar, dass ich ihn suchen musste, sofort, und so lief ich zur Haustür hinaus, im Nachthemd und barfuß, wie ich war. Ich rannte den Zufahrtsweg entlang, ich rannte und rannte, und die spitzen Steine schienen mit einem Mal rund und gar nicht spitz zu sein, denn ich spürte sie nicht. Da war nichts als der Schmerz in meiner Brust und in meinem Kopf, der alles verschlingende Gedanke an mein Kind. Ich musste es finden.

Ich hatte das Ende des Weges, der zum Einödhof führt, fast erreicht, als ein Wagen um die Ecke bog und ich den Vater erkannte. Einen winzigen Moment lang wollte ich auf ihn zurennen, ihn aus dem Wagen zerren und ihn erschlagen. Ja, in diesem Moment hätte ich wohl versucht, ihn zu töten, hätte ich eine Waffe gehabt. Doch ich hatte keine und wusste schon, wie es ausgehen würde: Er würde stattdessen mich verprügeln. Also schlug ich einen Haken nach links und rannte über den Kartoffelacker. Ich weiß noch, wie ich Mühe hatte, in der Furche das Gleichgewicht zu halten, wie ich schief auftrat und fiel. Doch ich rappelte mich schnell wieder auf, denn er durfte mich auf keinen Fall erwischen. Sonst würde er verhindern, dass ich nach meinem Hannes suchte. So stolperte ich weiter, kam zu einer Obstplantage, schwang mich über den Drahtzaun, zerriss mir dabei das Nachthemd. Als ich auf der anderen Seite des Zauns ankam, hatten meine Kräfte schon so sehr nachgelassen, dass ich es fast nicht mehr über den Zaun nach draußen geschafft hätte. Ich warf einen hastigen Blick zurück. Den Vater schien ich jedenfalls abgehängt zu haben. Ich blieb kurz stehen, meine Kehle und mein Mund waren wie ausgedörrt und meine Lunge brannte wie Feuer. Eine unglaubliche Hitze stieg in mir auf und gleichzeitig wurden meine Knie mürbe. Ich wischte mir die Schweißperlen von der Stirn und wollte mich gerade wieder in Bewegung setzen, als der Vater um die Zaunecke bog. Einen winzigen Moment lang begegneten sich unsere Blicke. In seinen Augen lag blanker Hass. Ich rannte los, setzte über den Graben, lief über die Viehweide.

Da spürte ich einen Griff am Arm. Und wusste, dass nun alles zu spät war. Nun würde er mich töten. Die ersten Hiebe prasselten auf mich herab, es folgte ein Tritt und noch einer. Dann sank ich in die gnädige Umarmung einer Ohnmacht.

Den Rest weiß ich nur aus Erzählungen. Die Mutter war schließlich losgezogen, um mich zu suchen. Sie hatten mich in mein Zimmer verfrachtet und dort lag ich dann, wie lange, weiß ich nicht, nur dass die Mutter es irgendwann mit der Angst zu tun bekam, weil das Fieber stetig stieg und ich wohl insgesamt einen eher toten als lebendigen Eindruck machte. Das Einzige, woran ich mich aus dieser Zeit dunkel erinnere, sind die Schmerzen im Unterleib. Und dass irgendwann ein hageres Gesicht über mir auftauchte, das mich an unseren Landarzt, den Dr. Hefele, denken ließ.

Irgendwann ging es mir besser. Das Fieber hatte einer unglaublichen Mattigkeit Platz gemacht und der Bauch schmerzte fast nicht mehr. Ich erfuhr, dass ich eine massive Entzündung im Unterleib gehabt hatte, beide Eileiter, die Eierstöcke und die Gebärmutter.

An einem heißen Tag im Juli hörte ich jemanden die Treppe zu meiner Kammer hochkommen. Ich erkannte Dr. Hefeles federleichten Tritt, der sich vom Stampfen des Vaters und auch von den müden Schritten meiner Mutter unterschied. Außerdem klopfte er, was sonst niemand in diesem Haus tat.

Er setzte sich auf einen Stuhl, lächelte ein wenig und fragte: »Wie geht es dir?«

»Besser.«

»Was bin ich froh«, sagte er und öffnete seine große schwarze Tasche. »Du weißt, dass du fast gestorben wärst.«

Ich nickte, schüttelte aber kurz darauf den Kopf.

»Du hattest schlimme Verletzungen … und dann die Entzündung so kurz nach einer Niederkunft, das ist sehr gefährlich.«

Ich erwiderte seinen Blick, sagte aber nichts. Ich fühlte mich leer und stumpf. Dass ich lebte, war für mich kein Grund zur Freude. Hätte er mich doch sterben lassen. Er griff nach meinem Handgelenk und fühlte den Puls, schlug die Decke nach unten und tastete vorsichtig meinen Bauch ab. Es tat nicht weh und doch musste ich plötzlich weinen.

»Schmerzt das?«, fragte er.

Mit zusammengepressten Lippen schüttelte ich den Kopf, kniff die Augen zu und spürte, wie mir die Tränen durch die geschlossenen Lider rannen.

»Willst du mir nicht erzählen, wer das getan hat? Wer dich geschlagen und getreten hat?« Seine Stimme wurde eindringlicher und ich spürte, wie er sich vorbeugte. »Eli, ich gehe mit dir zur Polizei. Wir müssen das zur Anzeige bringen.«

Noch einmal schüttelte ich den Kopf und auf einmal brach es aus mir heraus: »Mein Kind. Mein Junge. Sie haben ihn mir fortgenommen.«

Er sah mich mitleidig an und sagte dann: »Eli, das ist alles sehr schwer für dich jetzt, aber glaub mir, es ist das Beste so. Für dich und auch für den Buben.« Er griff nach meiner Hand. »Eli. Wenn einem Mädle so was passiert, dann ist's schwer, eine gute Mutter zu sein. Du würdest den Buben anschauen und dabei an seinen Vater denken. Und daran, was er dir angetan hat.«

Die Tränen hörten auf zu fließen. Er sah mich nun ganz eindringlich an. »Du solltest ihn nicht so davonkommen lassen.«

Ich muss wohl verwirrt geschaut haben, denn er fuhr fort: »Eine Vergewaltigung ist schon eine ernste Sache, Eli, aber er hat dich auch noch halb totgeschlagen. Du wärst fast gestorben. Geh zur Polizei und erzähl denen alles. Es ist keine Schande, auch wenn du davor Angst hast.«

In dem Moment hörte ich schwere Schritte auf der Treppe und kurz darauf betrat erst der Vater den Raum, dann die Mutter. Dr. Hefele ließ meine Hand los und stand auf. Alle drei musterten mich. Der Arzt besorgt, die Mutter ängstlich. Und der Vater? Sein Mund lächelte jovial. Doch der Ausdruck in seinen Augen ließ mich frösteln. Und in dem Moment wusste ich, dass er mich wirklich zu Tode prügeln würde, wenn ich ihn verriet.

Hannah

Auf dem Weg nach Santa Maria Tiberina dachte ich über den Begriff »Fügung« nach. Ich weiß schon, das klingt übertrieben in diesem Zusammenhang, aber was soll's. Die Vorstellung, dieser zickigen Bartoli gegenüberzutreten, der ich zuletzt *im* Altpapiercontainer begegnet war, war mir jedenfalls zuwider. Erst recht so, wie ich aussah: mit sonnenverbranntem Gesicht, völlig verschwitzt, in einer Hose, die an einen zugebundenen Kartoffelsack erinnerte. Und was es noch schlimmer machte: Ausgerechnet diese Frau würde mitbekommen, dass ich direkt nach meiner

Ankunft unter die Erntehelfer gegangen war, und es garantiert überall rumerzählen. Unterwegs überlegte ich, kurz beim Sommerhaus abzubiegen. Mit ein bisschen Wasser und Seife und Wimperntusche könnte ich das Überbringen dieser Äpfel immerhin etwas würdevoller gestalten. Aber dann sah ich auf die Uhr und entschied mich dagegen. Ich war am Abend bei Assunta eingeladen und wollte vorher noch ein kleines Mitbringsel besorgen.

In Santa Maria Tiberina angekommen schob ich die Bustür auf und sah den riesigen Korb. Sollte ich dieses Teil wirklich über den ganzen Kirchhof schleppen, die Stufen runter und die Gasse entlang? Das war ätzend, keine Frage. Aber immer noch besser, als mich auf der Suche nach einem anderen Weg in den Nadelöhrgässchen zu verirren. Am Ende würde ich mit meinem VW-Bus vielleicht sogar stecken bleiben.

Also bugsierte ich den Korb am Ende doch die Treppen hinunter und spürte dabei die Wärme, die nach diesem Sonnentag in den Mauern und Winkeln saß. Als ich um die Ecke bog, war ich einen Moment lang geblendet von der Sonne, die sich über die Terrasse der Osteria ergoss. Ich blieb stehen. Wie aus einer anderen Welt hörte ich Stimmen und Lachen und sah die Silhouette einiger Gäste im Gegenlicht. Die Sonne blendete mich so stark, dass ich wie blind in die Richtung tappte, aus der die Stimmen kamen. Erst als ich in den Schatten des Gebäudes tauchte, erkannte ich sie: die Wirtin, mit einer Zigarette in der Hand, umgeben von ein paar Männern und einer blonden Frau. Ich überlegte, ob es nicht einen Hintereingang gab, aber sie hatte mich schon entdeckt. Sofort drehten sich auch alle anderen Köpfe zu mir um und für einen Augenblick fühlte ich mich wieder wie damals mit zehn, als ich oft träumte, ich würde nackt vor den Dorfkindern stehen.

Mit einem trägen Lächeln schaute die Bartoli mir entgegen, zog an ihrer Zigarette und machte keine Anstalten aufzustehen. Ich ging also weiter auf den Tisch zu. Im Näherkommen sah ich, dass die gesellige Runde gerade beim Aperitif war: Rot leuchtete der Aperol in den Gläsern, auf kleinen Tellern lagen Oliven und

Chips. Die Wirtin ließ die Augen nicht von mir und merkwürdigerweise hatte ich auf einmal das Gefühl, sie wäre irgendwie angespannt. Oder zumindest gespannt auf mich und meinen kleinen Auftritt mit den Äpfeln.

Ich nickte ihr kurz zu und ging an der Gesellschaft vorbei nach drinnen. Ein blasser Typ, kaum älter als ein Schuljunge, sah verdattert zu, wie ich den Korb mit einem Ächzen auf dem Tresen abstellte. Auf mein »Buonasera« hin legte er das Besteck beiseite, das er gerade in eine Serviette gewickelt hatte, und äugte in den Korb. Tja, dachte ich, ich verstehe deine Skepsis, Junge, ich finde ja auch, dass diese Äpfel eher in einen Schweinetrog gehören. Der Junge klappte den Mund auf, doch er kam nicht mehr dazu, etwas zu sagen, denn hinter mir verkündete die Bartoli laut und deutlich: »Eccola, la brutta e la buona!«

Im ersten Moment war ich so baff, dass ich sie nur anstarren konnte. Aber dann kochte eine heiße Wut in mir auf. Wie kam dieses Miststück dazu, mich *hässlich* zu nennen! Ich wollte diese Unverschämtheit schon mit etwas ähnlich Unverschämtem parieren, aber da machte es irgendwie *klick*. War das etwa … konnte das der Name dieses seltsamen Apfels sein?

Und ehe ich mich's versah, bückte sich Maddalena Bartoli, nahm einen der Äpfel heraus und sagte mit einem kehligen Lachen: »Da hat mir Matteo ja ein paar besonders hübsche Hässliche eingepackt.« Dann rief sie etwas in Richtung Küche und heraus kam der Koch, ein gemütlich aussehender Mann von vielleicht fünfzig Jahren. Auch er beugte sich über die Kiste, holte eine Frucht heraus und schnitt ein Stück davon ab, biss hinein und kaute mit geschlossenen Augen. Dann verzog sich sein Gesicht zu einem zufriedenen Lächeln.

»Endlich können wir sie wieder auf die Speisekarte setzen.« An mich gewandt sagte er: »Es gibt Leute hier, die warten darauf das ganze Jahr. Diese Birnen schmecken frisch genauso gut wie karamellisiert. Aber unsere Spezialität ist in Wein gekocht.«

Birnen. Es waren Birnen. Hatte der heilige Franz deshalb so säuerlich reagiert?

Ich war noch mit diesem Gedanken beschäftigt, als die Wirtin sich mir zuwandte und fragte: »Und Sie betreiben also Nachbarschaftshilfe, wie ich sehe?«

Sie schien ernsthaft auf meine Antwort zu warten, auf irgendeine Erklärung. Als ich nicht reagierte, nickte sie dem Jungen zu: »Bring die Kiste in den Keller, aber in den Naturkeller, verstehst du?«

Zu mir sagte sie: »Das sind die besten Birnen, die man finden kann. Sie müssen einmal kommen und sie bei mir versuchen.«

Ich murmelte etwas Unverständliches und fragte mich im Hinausgehen, warum mich diese Frau, die mich offensichtlich nicht besonders mochte, zum Birnenessen in ihr Restaurant einlud.

Von Assuntas Küchenfenster aus sah man über kleine Hügel und Täler und das letzte Dämmerlicht des Tages reichte, um in einiger Entfernung Elis Häuschen zu entdecken. Ich hatte das Außenlicht angelassen und nun staunte ich nicht schlecht. Eli und Assunta hatten sich buchstäblich zuwinken können.

Als ich ankam, saß Roberta auf dem winzigen, mit Terrakotta-Töpfen vollgestellten Balkon. In den Töpfen wucherten rote und rosafarbene Geranien, dicke fleischige Pflanzen, Farne und Petunien. Roberta saß im letzten Abendlicht an einem runden Tisch und blätterte in einem Buch. Sie stand auf, um mich zu begrüßen, und rückte dann einen Stuhl für mich zurecht.

»Nach deinem Anruf habe ich in den hintersten Winkeln meines Ladens gestöbert«, sagte sie und lächelte. »Und habe das hier für dich gefunden.«

Ich griff nach dem Buch, im Hintergrund rief Assunta Rossi: »Gleich komme ich mit den Bruschette, macht mal Platz.«

»*Storia di Monte Santa Maria Tiberina e dintorni*«, stand darauf. Roberta schlug eine Seite auf, die mit einem Lesezeichen markiert war. »Sieh dir das an.«

Abbruchreife Gebäude in der Wildnis, dachte ich und dann erst las ich die Bildunterschrift: »La vecchia parrocchia di San Lorenzo di Castelnuovo«.

»Aber ... das ist doch ...«

»Di Lauros Haus, ja.«

»*So* hat das Ganze also früher ausgesehen!«

Assunta trat auf den Balkon und stellte eine Platte mit Bruschette auf den Tisch. Sie drückte uns beiden einen Teller in die Hand und sagte: »Jetzt essen wir erst mal.«

Es gab dann auch noch frische Pasta, die Assunta *Cirioli* nannte, mit einer Art Ragù, und zum Nachtisch etwas, das *Strufoli* hieß. Und da ich den ganzen Tag geschuftet hatte, aß ich mehr als die beiden anderen zusammen, was Assunta mit Wohlgefallen registrierte. Als die Abendkühle einsetzte, zogen wir um und machten es uns, wie schon das letzte Mal, in der Küche bequem. Assunta füllte die kleine Kaffeekanne mit Espressopulver und setzte sich dann zu uns an den Tisch. »Sie waren heute also bei Signor Di Lauro und haben ihm bei der Ernte geholfen?«

Ich verzog das Gesicht. »Ich werde wohl einen ziemlichen Muskelkater bekommen.«

Assunta nickte. »Ach, wenn ich immer noch so könnte, wie ich wollte, würde ich auch helfen.« Dann drehte sie sich im Sitzen zum Herd um und stellte das Gas höher. »Er hat es nicht gerade leicht gehabt.«

Das wunderte mich nicht. Sein übellauniges Gesicht sprach Bände.

»Zuerst diese verfallenen Gebäude ... als er San Lorenzo gekauft hat, war es nur eine Ansammlung von Ruinen. In der Kirche haben die Mäuse getanzt, es gab noch keine richtige Straße damals, keinen Strom und kein Wasser, das muss man sich vorstellen!«

»Warum hat er diese Bruchbude überhaupt gekauft?«, fragte Roberta.

»Das hat mit seiner Familie zu tun. Einer seiner Vorfahren muss wohl dort gelebt haben ... als Pfarrer von San Lorenzo ... und dann stammt seine Mutter ja von hier.«

»Ach?«, fragte ich.
»Ja, ja, Maddalena Bartolis Tante.«
»Seine Mutter ist verwandt mit der Wirtin?«
»Na ja, um hundert Ecken sozusagen. Hier ist jeder mit jedem verwandt, wenn man's genau nimmt. Sie ist nicht direkt die Tante ... Auf jeden Fall hilft sie ab und zu in der Osteria.«
Die Alte mit dem stechenden Blick fiel mir ein, doch ehe ich nachfragen konnte, fuhr Assunta bereits fort: »Di Lauro baut jedenfalls die alten Sorten an und bewahrt sie so vor dem Aussterben. Ich weiß nicht, wie viele er inzwischen zusammengetragen hat, aber es muss eine Unmenge sein. Und das alles ohne Pflanzenschutzmittel! Das allein ist den Leuten ja schon suspekt. Wenn hier einer überhaupt noch Landwirtschaft macht, dann ist es Tabakanbau, eine Schande ist das.«
»So?«
»Das kann man wohl sagen«, sagte Roberta. »Der Tabakanbau ist eine üble Monokultur und dabei wird nicht an Spritzmitteln gespart.«
Assunta nickte. »Wenn sie mit ihren Spritzen über die Felder fahren, darfst du nicht in ihre Nähe kommen, eine wahre Pestilenz ist das! Und der Tabak verschlingt Unmengen von Wasser!«
Plötzlich musste ich an Robertas kurzes Gespräch mit dem Apfelsammler denken und grinste unwillkürlich. An Roberta gewandt sagte ich: »Ich habe so gut wie nichts von dem verstanden, was ihr geredet habt, du und ... San Francesco.«
Roberta grinste wissend. »*Il tifernate.*«
Ich blickte sie fragend an. »Das ist der Dialekt, den wir hier im oberen Tibertal sprechen. Ein Kapitel für sich.« Und dann lachte sie. »Deine Tante fand ihn übrigens fürchterlich.«
»Kann ich mir vorstellen. Mit Dialekten hat sie's insgesamt nicht so gehabt.«
Der Kaffee auf dem Herd begann zu brodeln. Assunta stand auf, drehte das Gas ab. War das ein günstiger Moment? In möglichst neutralem Ton sagte ich: »Ich wollte euch übrigens noch etwas fragen.«

Assunta hielt beim Einschenken inne, auch Roberta sah mich an.

»Tja, also, ich weiß nicht recht, wie ich's sagen soll. In Elis Altpapier hab ich so eine Art Brief an mich gefunden. Besser gesagt, den Entwurf für einen Brief.«

Assunta stellte die Kanne ab. »Ach ja?«

»Ja. Aber es sind nur einzelne Blätter mit Notizen. Und jetzt wollte ich euch fragen, ob ihr vielleicht eine Ahnung habt, wo der Brief sein könnte.«

Die beiden wechselten einen ratlosen Blick.

Roberta fragte: »Vielleicht hat sie dir den Brief nach Deutschland geschickt?«

Einen Moment lang glomm diese Möglichkeit vor mir auf. Ich sah Roberta verblüfft an, stutzte und sackte dann aber fast augenblicklich wieder zusammen: »Dann hätte ich ihn doch längst bekommen müssen.«

»Na ja, das stimmt wohl.«

Eine Weile brütete jede so vor sich hin. Bis ich mich spontan entschied, ihnen von dem italienischen Gastarbeiter zu erzählen, den Eli in ihrem Brief erwähnt hatte, und von der Widmung auf den Kassetten, die Eli immer noch gehört hatte. Am Ende formulierte ich sogar die Frage, die mich schon die ganze Zeit beschäftigte: »Was meint ihr, kann es sein, dass sie sich deswegen ausgerechnet hier ein Haus gekauft hat?«

»Wegen einem Mann?« Assunta sah verwundert aus. An Roberta gewandt sagte sie: »Hast du bei Eli je einen Mann gesehen?«

Roberta schüttelte den Kopf. »Die einzigen Männer, mit denen ich sie hier hab sprechen sehen, waren – mal überlegen – Michele, der Barmann, Santini, das ist der Nachbar, ja, und Di Lauro ...«

»Und Peppino natürlich«, sagte Assunta, was Roberta einen Seufzer entlockte und die Bemerkung: »Der ist's wohl kaum.«

Ich setzte die Tasse ab. »Ich hatte heute übrigens wieder eine Begegnung mit diesem Peppino.« Ich berichtete kurz, wie der Typ mich geweckt und behauptet hatte, man dürfe dort nicht liegen. »Und dann sagte er noch: *Sie hat auch hier gelegen.* Merkwürdig, nicht?«

Roberta und Assunta wechselten einen Blick, den ich nicht deuten konnte. Dann sagte Assunta: »Peppino ist ... wie soll ich sagen ... ein wenig verrückt ...«

»... aber harmlos«, fügte Roberta rasch hinzu.

»Ja, ja ... harmlos. Sonst würde Di Lauro ihn auch nicht auf seinem Gelände wohnen lassen.«

Plötzlich fragte Roberta: »Wie lang ist das jetzt eigentlich her, dass sie San Lorenzo gekauft haben?«

»Hm, lass mich nachdenken, bestimmt auch schon wieder zehn Jahre«, antwortete Assunta, und an mich gewandt fuhr sie fort: »Du hast ja die alten Bilder gesehen. Als Erstes haben sie damals den alten Weinberg gerodet ...«

»Sie?«

»Na, Di Lauro und Rose, seine Frau.«

»... Ja, und dort haben sie dann die Zwetschgen gepflanzt. Das waren die ersten Bäume.«

»Haben sie nicht erst das Wohnhaus restauriert?«

»Beides! Sie haben beides parallel gemacht. Er war ja wie besessen von diesen Bäumen, wollte so schnell wie möglich vorankommen.«

Dann musste ihm der Brand in seinem Obstgarten ganz schön zugesetzt haben, dachte ich plötzlich und überlegte gerade, ob ich Assunta danach fragen sollte. Doch sie sprach schon weiter: »Die haben das Ganze aus den Steinen der alten Kirchenruine wieder neu aufgebaut, das muss man sich mal vorstellen!«

»Dann existiert die Kirche selbst also nicht mehr?!«

»Nein, nur eine kleine Kapelle steht noch ... Na ja, auf jeden Fall wollte er alles selbst machen.«

»Ziemlich hart.«

Assunta schnaubte. »War ja auch nicht jedermanns Sache, wie man weiß.«

Roberta warf ihrer Mutter einen Blick zu und fragte: »Was meinst du damit?«

Aber Assunta schüttelte nur den Kopf. »Ach, vergesst es ... All das Gerede. Ich beteilige mich nicht daran. Hab's ja selbst erlebt, als ich damals mit deinem Vater hierherkam, vor vierzig Jahren.« Sie lupfte den Deckel der Espressokanne. »Ein bisschen Kaffee ist noch da, möchtet ihr noch?« Und damit war das Thema für sie erledigt.

Roberta warf mir einen Blick zu, den ich nicht deuten konnte. Assunta schenkte mir nach, ich löffelte Zucker in den Kaffee und trank und dachte darüber nach, was Assunta Rossi nicht hatte sagen wollen.

Elisabeth

So begann für mich die neue Zeitrechnung. Die hellen Tage sind vorbei, dachte ich in den folgenden Monaten immer wieder. Nichts würde je wieder gut werden. Die Erinnerung an Hannes' kleines Gesichtchen würde verblassen, bis es eines Tages ganz aus meinem Gedächtnis verschwinden würde.

Ich musste weiter im Bett bleiben. Noch einmal kam der Doktor und vergewisserte sich, dass die Entzündung nicht wiederaufgeflammt war. In den Stunden vor seinem Besuch grübelte ich, wie ich es anstellen sollte, ihm die Wahrheit zu sagen, doch als er das Zimmer dann betrat, folgte dicht hinter ihm der Vater wie ein Schatten und ließ uns keinen Moment aus den Augen. Am widerlichsten war, dass er diese Minuten nutzte, um vor Dr. Hefele den besorgten Vater zu mimen. Der einfache, aber rechtschaffene Landmann, der um das Wohl seiner Tochter bangt.

Während die Tage in einem immer gleichen Muster verstrichen, begann in mir ein Hass zu gären, der mich lange Zeit nicht mehr verlassen sollte. Auch begann ich wieder über Giorgio nachzudenken und irgendwann setzte sich eine Frage fest, die nach und nach zur Besessenheit wurde. Was hatte dieses Schwein mit

Giorgio gemacht? Denn dass Giorgio erst wegen mir von Brasilien zurückgekommen und dann einfach so wieder gegangen war, konnte und wollte ich nicht glauben. Ich nahm mir fest vor, herauszufinden, was mit ihm geschehen war. Natürlich musste ich vorsichtig sein, der Vater durfte auf keinen Fall etwas von meinen Nachforschungen mitbekommen. Aber erst einmal war da der Tag, an dem ich Besuch bekam – einen Besuch, der meinem Leben eine neue Richtung gab.

Wenn ich an jene dunklen Tage in meinem Zimmer zurückdenke, frage ich mich manchmal, was ich heute anders machen würde. Würde ich versuchen, jemandem davon zu erzählen? An manchen Tagen lässt mich diese Frage nicht zur Ruhe kommen. Dann krampft sich mir der Magen zusammen und ich bemerke meist erst nach einer Weile, wie ich die Hände zu Fäusten balle. Würde ich mich heute wehren?

Aber ich wollte dir von dem Besuch erzählen. An einem Freitagnachmittag hörte ich einen Wagen auf den Hof fahren. Ich kannte diesen Klang, es war eindeutig ein Käfer. Plötzlich fing mein Herz wie wild an zu schlagen. Kam er mich holen? Doch als ich aus dem Fenster spähte, hatte der Käfer da draußen kein Brezelfenster und auch die Farbe war anders. Außerdem glaubte ich eine Frauenstimme zu hören. Ich hielt den Atem an und lauschte. Doch ich verstand kein Wort und begriff auch nicht, wer das sein konnte.

Die Stimmen verschwanden im Haus. Ich kehrte ins Bett zurück und wartete. Denn ich war sicher, dass der Besuch mit mir zu tun hatte. Und tatsächlich hörte ich nach ein paar Minuten Schritte auf der Treppe. Kurz darauf klopfte es an meiner Kammertür und herein kam Schwester Arcangela.

Ich muss sie wie das Wunder von Lourdes angestarrt haben, denn sie lächelte breit und sagte: »Ja, ich bin's. Schon lange wollt ich dich besuchen, aber du warst ja so schlimm krank.«

Sie kam auf mich zu und sah sich im Zimmer um. Dieser ruhige, alles in sich aufnehmende Blick, wie hatte der mir gefehlt! Sie zog sich einen Stuhl heran und setzte sich neben das Bett.

»Ich freu mich, dass du nun bald wieder aufstehen darfst.«

Ich konnte nur nicken und sie anschauen. Sie nach all diesen Monaten wiederzusehen, nach allem, was geschehen war! Ein dicker Kloß steckte in meiner Kehle und ich musste mich bemühen, nicht loszuheulen.

»Du hast dich verändert«, meinte sie. »Siehst auf einmal so ... erwachsen aus.«

Alles, was mir darauf einfiel, war: »Sie haben sich überhaupt nicht verändert.«

Und in der Tat blickten ihre haselnussbraunen Augen noch genauso patent und ihr breiter Mund lächelte genauso herzlich, wie ich es in Erinnerung hatte.

Nach einer Weile griff sie nach ihrer Tasche, einem hässlichen Ding aus braunem Kunstleder, holte ein paar Bücher heraus und legte sie mir auf den Schoß.

»Die habe ich schon vor Wochen für dich herausgesucht. Aber es durfte ja niemand kommen.«

Ich blickte auf die Titel: Vittorini, Pavese, Buzzati. All die Bücher, über die wir gesprochen hatten.

»Danke.« Meine Stimme war nur noch ein Krächzen.

»Ich hoffe, du kannst jetzt ein wenig lesen und musst nicht gleich wieder an die Arbeit ...«

Sie sah mich aufmerksam an und plötzlich hatte ich das Gefühl, dass sie in mich hineinsehen konnte. Dass ich hier vor ihr saß als ein durchsichtiger Mensch, dem alles ins Gesicht geschrieben war. Die ganze Schmach, die ganze Sünde, die ich auf mich geladen hatte, den Schmerz und all die Tränen, die ich über meinen kleinen Hannes und Giorgio vergossen hatte. Und als ich schon glaubte, ihren Blick nicht länger auszuhalten, sagte sie plötzlich: »Mein Besuch hier hat aber noch einen ganz anderen Grund.« Sie strich sich über den Habit und fuhr fort: »Ich komme, um dir ein Stellenangebot zu übermitteln.«

Ich verstand nicht recht. Ein Angebot, was für ein Angebot konnte man mir schon machen?

»Immer wieder treten Firmen an uns heran, wenn sie Bedarf

an besonders guten und zuverlässigen Arbeitskräften haben. Zurzeit sucht die ZF eine Sekretärin, die schnell ist in Steno und Schreibmaschine.« Sie machte eine Pause und sah mich forschend an. »All diese Voraussetzungen bringst du mit, das weiß ich. Außerdem sprichst du ein gutes Deutsch, hast fast keinen Dialekt, anders als die meisten anderen hier ... Aber das Eigentliche ist: Sie suchen jemanden mit guten Fremdsprachenkenntnissen, auch und vor allem in Italienisch.«

Hannah

Morgens kam ich etwas früher als am Vortag auf Di Lauros Hof. Als hätte er die ganze Nacht dort gestanden, sah er mir entgegen und drückte mir als Erstes zwei leere Kisten in die Hand. Die Hunde umschwänzelten mich und ich hatte Mühe, nicht über sie zu stolpern, während ich Di Lauro folgte, der mich zu einer Reihe von Birnen am Ende des Geländes führte. Mit einer unwirschen Geste deutete er auf die letzten drei Bäume. Die solle ich pflücken, zwei Stunden lang, danach müsse ich wieder gehen. Als ich fragte, warum, antwortete er: »Die nächsten Früchte sind erst in ein paar Tagen so weit.« Außerdem müsse er noch etwas erledigen.

Na schön, dachte ich, und machte mich an die Arbeit. Ich beglückwünschte mich, diesmal an die Gummistiefel gedacht zu haben. Wenig später blitzte die Sonne hinter dem gegenüberliegenden Hügel hervor und tauchte alles in ein derart goldenes Licht, dass etwas in mir geschah, das mich unendlich überraschte: Für den Bruchteil einer Sekunde verstand ich, warum man sich für diesen Ort bereitwillig halb totarbeitete. Ich ließ die Arme sinken und atmete ein. Die Stille ringsherum war überirdisch, die Tautropfen glitzerten wie Glas. Auf einmal dachte ich an Eli und dass auch sie hier gestanden hatte und diese Arbeit erledigt hatte für einen Mann, hinter dessen Wut anscheinend eine tiefe, mir unerklärliche Trauer steckte.

Die Zeit verging so rasch, dass ich erstaunt aufsah, als ich seine Stimme hörte. Er rief irgendetwas, das ich erst nach ein paar Malen verstand: *Signorina*, rief er und dann auf einmal meinen Namen. *Signorina Hannah*. Aus seinem Mund und mit der italienischen Anrede klang das irgendwie so schräg, dass ich erst nach einigen Sekunden reagierte und in die Richtung lief, aus der seine Stimme kam. Als ich um die Ecke bog, wo die kleine Kapelle stand, sah ich ihn neben seinem Wagen stehen, was an sich nicht bemerkenswert gewesen wäre. Bemerkenswert allerdings war seine Aufmachung: Er hatte die Mechanikerkluft gegen einen Anzug getauscht und nun stand er dort, den Autoschlüssel in der Hand. Es war nicht so, dass der Anzug unmöglich gewesen wäre, er war sogar ziemlich elegant, dunkelgrau, mit einer Weste. Doch der Anblick war so unerwartet, dass ich mir vor lauter Überraschung am liebsten die Hand vor den Mund gehalten hätte.

»Sind Sie immer noch nicht fertig?«, herrschte er mich an.

Mit zusammengebissenen Zähnen antwortete ich: »Ein Baum fehlt noch.«

»Dann lassen Sie ihn sein. Ich muss jetzt weg.«

Ich betrachtete ihn immer noch gebannt. »Lassen Sie mich doch fertig pflücken. Ich muss ja nur wissen, wo die Kisten hinsollen.«

Er schien zu überlegen, öffnete dabei die Wagentür und schloss sie gleich wieder. »Also gut. Die fertigen Kisten hierhin.« Er deutete auf die Loggia. Dann stieg er ohne ein weiteres Wort in seinen Wagen und fuhr davon.

Ich jubelte innerlich. Sturmfreie Bude, was konnte mir Besseres passieren! Zwar hatte ich ihm an diesem Tag eigentlich ein paar Fragen stellen wollen, wenn sich die Gelegenheit ergab, aber das hier war viel besser. Es war gerade mal neun Uhr und das Licht war immer noch fantastisch. Ich rannte zu meinem Wagen, schnappte mir die Kamera und begann, all die Ecken und Winkel zu fotografieren, die ich auf meine imaginäre Liste gesetzt hatte. Natürlich war die Frage, wie lange er weg sein würde. So aufgebrezelt, wie er war, hatte er vielleicht einen Termin bei der Bank. Ein Kreditvergabegespräch oder so, vielleicht hatte das ja irgendwie mit dem Brand zu tun.

Als ich die Bilder im Kasten hatte, pflückte ich in aller Eile die restlichen Birnen, schleppte die Kisten im Schweinsgalopp auf die Loggia und sah auf die Uhr. Kurz nach zehn. Wie lange dauerte so ein Bankgespräch? Na ja, egal, ich würde trotzdem noch einmal rasch zu dem verbrannten Garten laufen. Ich lauschte einen Moment lang auf ein etwaiges Motorengeräusch und machte mich dann auf in die Richtung, in der ich den Garten vermutete.

Der alte Hund lag wie immer vor der kleinen Kapelle in der Sonne, direkt neben der Heckenrose. Ich ging vorüber, er hob den Kopf, klopfte mit seinem Schwanz den Staub auf. Ich bückte mich, streichelte sein drahtiges Fell und wollte mich gerade wieder aufrichten, als mein Blick auf einen dicken Stein fiel. Ein kleines Kreuz war darauf gemalt und darunter stand in schwarzen Buchstaben: *Sergio Leone*. Verdutzt stand ich auf. Es konnte wohl kaum der Regisseur sein, der hier seine letzte Ruhestätte gefunden hatte. War dieser Sergio vielleicht ein Hund gewesen?

Es dauerte eine Weile, bis ich den verbrannten Garten fand. Nachdem ich, wie es so meine Art ist, zuerst in die falsche Richtung gelaufen war und am Ende vor einem mit Brettern vernagelten Durchgang stand, kehrte ich um und kam in südlicher Richtung an ein uraltes doppelflügeliges Tor. Ich drückte daran. Es knarzte, gab dann nach. Mein Blick fiel auf allerlei eigenartige Geräte, rostiges Zeug, auch ein paar halb verwitterte Holzskulpturen, die eigenartig menschlich wirkten. Ich fotografierte alles, was mir vor die Linse kam, und mit der Zeit fand ich Gefallen an den traurigen oder wütenden Gesichtern, von denen die Farbe abblätterte.

Und da war ja auch der Turm. In Erinnerung an die Dornenranken hatte ich die Stiefel anbehalten. Mit vorsichtigen Schritten näherte ich mich der Rückseite. Ich kam nicht besonders schnell voran, denn die Dornen griffen immer wieder nach meiner Hose und verhakten sich in meinem Sweatshirt. (Ich gratulierte mir im Stillen, dass ich daran gedacht hatte, trotz der Wärme etwas Langärmliges anzuziehen.) Endlich stand ich in dem rußgeschwärzten Türrahmen. Ich stieg über ein paar Bretter, die vor dem Brand vielleicht einmal eine Tür gewesen waren, und stand im Turm. Die Wände drinnen waren frei von Ruß, das Feuer hatte also nur außen gewütet. Aus irgendeinem Grund hatte ich mir eingebildet, der Brand sei von diesem Turm hier ausgegangen, aber damit hatte ich offensichtlich falschgelegen. In einer Ecke standen irgendwelche Gerätschaften – ich erkannte einen Schutzschild, vielleicht für Schweißarbeiten, und einen Kompressor. Ich ging zur Treppe, setzte einen Fuß auf die unterste Stufe. Sie wirkte nicht besonders baufällig; sicher würde ich das überleben.

Im ersten Stock erwartete mich eine Überraschung. Zwei Strahler hingen an der Decke. Auf einem Tisch lagen jede Menge Werkzeuge. Feilen, Hobel, eine Bohrmaschine, alles mit einer dicken Dreckschicht überzogen. Das Ganze sah mehr nach Atelier aus als nach Werkstatt. War Di Lauro am Ende ein gescheiterter Künstler und deshalb dauernd frustriert?

Doch die viel größere Überraschung folgte ein Stockwerk höher. Die Sonne stand inzwischen hoch am Himmel und durch eine Art Schießscharte oben im Mauerwerk fiel ein Lichtstrahl wie ein dicker Finger vor mir auf den Boden. Der Raum wirkte wie eine Kemenate. Ein steinerner Kamin, ein Stuhl, ein Haken an der Wand, an dem ein weißes Hemd hing, ein Bett mit einem ebenfalls weißen Überwurf. Auf dem Boden vor dem Bett lag ein blau-weiß gestreifter Flickenteppich. Und auf dem Bett ein Strauß müder weißer Rosen.

Elisabeth

Eigentlich hätte mein Weg durch die Welt leicht sein müssen. So viele Heilige. Elisabeth, Franziskus, Antonius. Johannes der Täufer. Wo blieb ihr Segen in jenen Tagen? Wo blieb ihr Segen, als ich meinen kleinen Jungen im Arm hielt, das allerletzte Mal? Und der Herr? Was war mit ihm? Der Herr segne euch und behüte euch. Der Herr lasse sein Angesicht leuchten über euch und sei euch gnädig. Ich habe das nie vergessen. Dass in dieser Stunde keiner bei mir war. Kein Mensch vergisst so etwas. Keine Mutter.

Mehr aus Zerstreutheit denn aus Interesse habe ich im Kalender nachgesehen: Der 1. August 1966 war ein Montag. An diesem Tag tötete Charles Whitman bei seinem Amoklauf in Austin siebzehn Menschen. Und ich trat meine Stelle bei der ZF an.

Sicher wirst du dich fragen, warum mein Vater da überhaupt seine Zustimmung gab. Ich kann dir nur sagen: Er gab sie. Natürlich nicht, weil ich gerne dort arbeiten wollte. Es war wohl mehr die Geldgier, die ihn dazu antrieb. Ich durfte zwar arbeiten gehen, musste aber fast das ganze Gehalt an ihn abgeben. »Immerhin wohnst du noch bei uns. Außerdem tätst du eh nur alles verputzen!« Und es verstand sich von selbst, dass ich auch weiterhin »meine Pflichten« auf dem Hof hatte.

Am 17. November wurde ich achtzehn Jahre alt. Aber das Einzige, was mich wirklich interessierte, das waren mein Kind und Giorgio, und so begann ich, heimlich nach ihnen zu suchen. Natürlich schickte ich verzweifelte Briefe nach Brasilien, aber ich erhielt keine Antwort. Und Sigrid konnte mir nur sagen, dass sie Giorgio damals einen Express-Brief nach São Caetano do Sul geschrieben und – nach einem Anruf von ihm aus Brasilien – für ihn ein Zimmer in einer Pension in Friedrichshafen gebucht hatte. Doch sie wusste noch nicht einmal, ob er dort überhaupt angekommen war. Auch eine direkte Nachfrage bei der Pensionswirtin, einer säuerlichen Person mit stechenden Augen, ergab nichts, denn die Frau blickte mich nur argwöhnisch an und fragte, ob meine Eltern denn wüssten, was ich so treibe.

Auch die Suche nach Johannes' Adoptiveltern verlief erfolglos. Und an wen hätte ich mich auch wenden sollen? Wen hätte ich fragen können? Da der Vater auf keinen Fall etwas von meinen Recherchen mitbekommen durfte, war mein Wirkungskreis ziemlich eingeschränkt. Immer wieder rang ich mit mir, ob ich nicht wenigstens den Pfarrer oder vielleicht auch Dr. Hefele mit einbeziehen sollte, aber jedes Mal kam ich zu dem Schluss, dass die beiden sicher mit meinem Vater sprechen würden. Wahrscheinlich »im Guten«, oder »um zu helfen«, was aber nur dazu geführt hätte, dass er mit dem Verprügeln so lange gewartet hätte, bis sie außer Hörweite wären.

Stattdessen beobachtete ich den Vater. Ich begann darüber nachzugrübeln, wie weit er in seinem Jähzorn gehen würde. Immer wieder dachte ich daran, wie er mich halb totgetreten hatte, dort auf dem Acker, und nach und nach fraß sich der Verdacht in mir fest, er könnte dasselbe auch mit Giorgio getan haben. Und irgendwann keimte ein noch viel schlimmerer Gedanke in mir auf: Wo war er mit meinem Hannes hingefahren, an jenem Morgen im Juni? Hatte er ihn wirklich zu irgendwelchen ominösen Adoptiveltern gefahren oder vielleicht nur in den Wald?

In diesen Monaten spaltete sich meine Seele. Tagsüber erfüllte ich die mir anvertrauten Aufgaben im Büro und auf dem Hof mit einer Perfektion, die ihresgleichen sucht. Doch in den Nächten, wenn sich die Dunkelheit über den Hof legte, kehrte auch in mir Dunkelheit ein. Da meine verzweifelte Suche nach Giorgio und meinem Kind in einer dicken grauen Ungewissheit stecken geblieben war, nährte ich nun den Verdacht gegen meinen Vater, der Nacht um Nacht wuchs und sich in einem erstickenden Hass verdichtete. Und einmal mehr wünschte ich ihm den Tod.

Doch meine Rachegedanken blieben kindlich und naiv. So stellte ich mir vor, ihn mit den Einbeeren zu vergiften, die jetzt zuhauf am Fluss reiften, oder ihn von der Tenne zu stoßen. Oder ich dachte an Charles Whitman und daran, dass im Schlafzimmerschrank der Eltern der Karabiner vom Opa versteckt war. Weil dann der Verdacht aber gleich auf mich oder auf die Mutter gefallen wäre, überlegte ich stattdessen, ob ich ihn nicht, wenn er betrunken war, mit Autoabgasen in seinem eigenen Wagen umbringen könnte.

Daneben verfolgte ich aber noch ein anderes Ziel.

Ich war inzwischen gut vier Monate bei der ZF, derselben Firma, bei der auch Giorgio arbeitete, was nichts Ungewöhnliches war, weil sie der größte und wichtigste Arbeitgeber in unserer Region war und wohl auch heute noch ist. Mit der Zeit wurde ich mit einem Fräulein Bärbel aus der Personalabteilung gut bekannt. Die Bärbel war so ganz anders als ich, so sorglos und lustig. Ihr klares Hochdeutsch war Musik in meinen Ohren und ich versuchte, es ihr gleichzutun. Jeden Tag schaffte sie es, mich mit einem anderen Blödsinn zum Lachen zu bringen. Zum Beispiel sprach sie immer davon, »Cassius Clay« wieder »zurückzubekehren«, damit sie ihn heiraten könnte. Oder sie sagte, sie wollte »dem Breschnew mal gerne die Augenbrauen zupfen«. Jedenfalls hatte ich mir angewöhnt, zusammen mit ihr in die Mittagspause zu gehen. Irgendwann erzählte ich ihr vom Schicksal »einer Freundin«, die sich mit einem Italiener eingelassen habe, der ihr die Ehe versprochen und dann eines Tages einfach nach Brasilien abgehauen sei, wahrscheinlich in das dortige ZF-Werk. Bärbel war eine kämpferische Person und ich kannte sie inzwischen so gut, dass ich wusste, diese Geschichte würde sie nicht kaltlassen. Und so war es auch. Innerhalb kürzester Zeit entbrannte Bärbel für die Sache. Sie bot an, in ihrer Eigenschaft als Personalsachbearbeiterin beim ZF-Werk in São Caetano do Sul anzurufen und sich nach dem abtrünnigen Liebhaber zu erkundigen.

Es dauerte etwa eine Woche, bis Bärbel mir in der Mittagspause die Nachricht brachte, dass Giorgio bis Juni in São Caetano do Sul gearbeitet hatte, dann von einem Tag auf den anderen Urlaub genommen hatte, aber nicht mehr zurückgekehrt sei. Das Ganze sei merkwürdig, denn der Mann habe sogar versäumt, sich den ihm zustehenden restlichen Lohn auszahlen zu lassen. Eine Adresse in Italien hatte Bärbel leider nicht herausgefunden – der ZF war nur die Sammelstelle in Verona bekannt, über die alle arbeitssuchenden Italiener nach Deutschland kamen. Man konnte den Wortbrüchigen also nicht an seinem Heimatort ausfindig machen, was Bärbel sehr ärgerte. Die einzige Information, die sie sonst noch in Erfahrung gebracht hatte, war das Geburtsdatum: der 15. Januar 1945.

Ich war wohl ganz blass geworden, denn Bärbel betrachtete mich nun mit einem seltsamen Blick, einer Mischung aus Erkennen und Mitleid. Mit größter Selbstbeherrschung rang ich mir ein flüchtiges Lächeln ab, dankte ihr für die Mühe und hastete davon, fort von ihrem wissenden Blick. Giorgio war nie nach Brasilien zurückgekehrt. Wie aus weiter Ferne hörte ich das Echo von Bärbels Worten und konnte an nichts anderes mehr denken. Wo war Giorgio? Warum war er nicht nach São Caetano do Sul zurückgekehrt? Warum hatte er nicht noch einmal versucht, Kontakt mit mir aufzunehmen? All diese Fragen führten mich immer wieder zu jener Nacht vor Hannes' Geburt. Wo war der Vater hingefahren und was hatte er getan?

Hannah

Warum legen wir Blumen nieder? Um unserer Trauer Ausdruck zu verleihen? Zum Zeichen unserer Liebe? Diese und andere Fragen schwirrten mir im Kopf herum, als ich meine Kamera in den VW-Bus legte und den beiden Riesen zum Abschied die großen Köpfe tätschelte.

Nun hatte ich also ein paar Tage »frei«. Doch während ich in den Bus kletterte und den Zündschlüssel drehte, fragte ich mich plötzlich, ob Di Lauro mich nur loswerden wollte, auf eine für ihn untypisch elegante Weise. *Ich melde mich bei Ihnen*, hatte er zum Schluss noch gesagt. Was, wenn er das *nicht* täte? Im Geiste scrollte ich durch die Bilder, die ich inzwischen im Kasten hatte. Schon jetzt waren ein paar gelungene Shots dabei. Aber für eine wirklich ausgewogene Bildstrecke wäre es schön, das Ganze auch mal bei anderen Licht- und Witterungsverhältnissen vor die Linse zu bekommen. Ich dachte da an dramatische Himmel, Regen auf buntem Laub, Herbstwinde, die an den letzten Blättern zerrten. Und mit ganz viel Glück würde es mir vielleicht sogar gelingen, die Obstbaumblüte im nächsten Jahr abzulichten. Das wäre ein Traum. Wenn ich einen kompletten Jahreszyklus hinbekam, könnte ich vielleicht sogar etwas Größeres daraus machen, eine Ausstellung oder sogar ein Buch.

Erst unten in der Ebene wurde mir bewusst, dass ich gerade Pläne fürs Frühjahr gemacht hatte. Dabei hatte ich doch gar nicht vorgehabt, das Häuschen zu behalten. Denn wer sollte all die Renovierungsarbeiten machen oder – das wäre die bedeutend bessere Lösung – sie bezahlen?

Andererseits lief mir das alles ja nicht davon, die Entscheidung über das Sommerhaus konnte ich genauso gut in ein paar Wochen treffen. Das war definitiv einer der Vorteile meines Jobs. Vorher nicht genau zu wissen, wo der Wind mich und meine Kamera so hintrieb. Und jetzt war ich halt hier gelandet. Wegen Martin hatte ich das viel zu lange nicht mehr gemacht – ich war in der letzten Zeit erschreckend sesshaft geworden. Dabei war dieser schweifende Blick gerade eine meiner Stärken und außerdem etwas, das mir Eli beigebracht hatte: *Die Augen aufhalten und die Juwelen am Wegesrand entdecken*, so hatte sie das formuliert.

Ich bremste, fuhr rechts ran, stellte den Motor ab und trommelte auf das Lenkrad. Was hatte ich schon groß vorgehabt? Da war diese Übersetzung fürs Fremdenverkehrsamt, die ich spätestens im September abgeben musste. Aber übersetzen konnte ich nicht nur in meiner Konstanzer Wohnung, sondern überall. Und apropos Martin: Wäre ich hier nicht sozusagen sicherer? Hier lief ich jedenfalls nicht Gefahr, ihm unvermutet gegenüberzustehen und womöglich rückfällig zu werden. Darauf hatte ich im Moment absolut keinen Bock.

Ja, dachte ich, was sollte ich jetzt bitte schön in Konstanz herumhocken? Levin würde morgen zu einer Fototour nach Ungarn aufbrechen und Becky hätte vor lauter Jobs (sie hatte drei) sowieso keine Zeit. Da konnte ich genauso gut hierbleiben und weiter mit der Apfelsammler-Sache weitermachen. In ein paar Tagen würde ich zu Di Lauro zurückkehren und weiter Obst pflücken. Und inzwischen konnte ich die Zeit nutzen, mal ein bisschen herumzufragen. Sicher gab es neben Assunta und Roberta noch andere Leute, die mir etwas über ihn und seine Arbeit erzählen konnten. Und dann war da ja auch noch die Sache mit Elis Brief ...

Als ich den Wagen wieder startete, wusste ich, wo ich anfangen würde. Schließlich musste man mittags eine Kleinigkeit essen. Idealerweise in einer Bar, denn a) trafen sich in einem Nest wie diesem *alle* in der Bar, b) hechelten sie beim Caffè garantiert durch, was hier in der Gegend passierte, und c) entging den Augen und Ohren eines aufmerksamen Barmanns mit Sicherheit nichts.

Die Piazza in Castelnuovo hielt Siesta – oder war es Tiefschlaf? – und es hätte mich nicht weiter überrascht, im Hintergrund *Spiel mir das Lied vom Tod* oder *High Noon* zu hören. Ich parkte direkt vor der *Ferramenta Bar* im absoluten Halteverbot. Der Barmann stand in der geöffneten Tür und sah mir zu, wie ich aus dem Bus kletterte, und wirkte ziemlich angetan.

Ich bestellte zwei Tramezzini, und als er den Teller an meinen Tisch brachte, zwinkerte er mir übermütig zu. Das also war offenbar »Michele, der Barmann«, von dem Assunta gesprochen hatte. Wie alt mochte er sein, um die sechzig?

Nachdem ich aufgegessen hatte, trat er an meinen Tisch und stellte eine Tasse vor mich hin. »Ein doppelter Espresso«, sagte er und lächelte ein wenig schief. »Den hat Ihre Tante immer getrunken. *Sonst spüre ich ja nichts.* Das waren ihre Worte.«

Ich sah auf. »Klingt ganz nach ihr.«

»Ich bin übrigens Michele.«

»Hannah. Falls Sie das noch nicht wissen sollten.«

Er lehnte sich an den Tresen und grinste – ein bisschen verlegen, wie mir schien. »Ja, wir leben hier in einer überschaubaren Welt. Ich weiß auch schon, dass Sie bei der Apfelernte helfen.«

Und ich weiß auch, von wem du das weißt, dachte ich und schaffte es trotzdem, freundlich zu nicken. »Tja, Signor Di Lauro hat ja auch ziemlich viele Bäume.«

»Das glaube ich gern.« Oho, dachte ich, war das ein sarkastischer Unterton? Da würde ich doch gleich noch ein bisschen drauflegen. Und so sagte ich fast schwärmerisch: »Ein unglaubliches Projekt! All diese Äpfel vorm Aussterben zu retten! Und das ganz *allein*.«

Micheles Blick hätte nicht missmutiger sein können. »Er wäre vielleicht nicht ganz so allein, wenn er in seiner Kindheit gelernt hätte, Bitte und Danke zu sagen.«

Ich lachte ein wenig gekünstelt. »Stimmt, den Preis für die charmantesten Umgangsformen wird er nicht gewinnen. Aber er scheint ja auch wie ein Einsiedler zu leben ... Da wird man vielleicht so.« Vielleicht würde er mich für eine üble Tratschbase halten, aber das war mir egal.

Michele räusperte sich. »Aber so lange ist er ja noch gar nicht allein.«

Ich bemühte mich um einen überraschten Gesichtsausdruck, der das Gespräch in Gang halten sollte. Dabei war ich wirklich etwas erstaunt.

»Schwer vorstellbar, ich weiß ... Die beiden sind damals aus Mailand hierhergezogen. Haben einen auf Aussteiger gemacht. Dabei stammt seine Familie mütterlicherseits ja aus der Gegend.«

»Dann ist er also hier aufgewachsen?«

»Nein, nein, die Mutter ist als junge Frau von hier weggegangen. Sie ist erst vor ein paar Jahren zurückgekehrt, nachdem ihr

Mann gestorben war. Jedenfalls hat Di Lauro mit seiner Frau damals das ganze Land für ein Butterbrot gekriegt. Einschließlich der Bruchbude, die darauf stand. Sie haben dann angefangen, das Haus zu restaurieren und sich um die Bäume zu kümmern. Das heißt, *sie* war eigentlich Künstlerin, hat Skulpturen gemacht und so.«

»Ach.« Ich dachte an die Werkzeuge und all das, was ich in dem Garten gesehen hatte.

Michele nickte versonnen. »Sie war übrigens Amerikanerin. Alle im Dorf haben sich gewundert, was so eine hier wollte.«

Eine Stille trat ein, in der ich fieberhaft überlegte, wie ich das Gespräch in die gewünschte Richtung lenken könnte. Als mir nichts weiter einfiel, fragte ich einfach: »Dieses Feuer auf seinem Gelände ... Da hatte er wohl ziemliches Glück, dass nicht noch mehr abgebrannt ist.«

Der Barmann blickte auf: »Sie sind ja gut informiert.«

Betont lässig erwiderte ich: »Die verkokelten Bäume sind nicht zu übersehen, oder? Und dann der Turm.«

Michele räusperte sich. »Bin nie da gewesen. Angeblich hatte sie dort ihr Atelier. Oder soll man besser Werkstatt sagen? Ich meine, sie hat gearbeitet wie ein Mann. Mit dem Schweißgerät, das muss man sich mal vorstellen!«

In dem Moment betraten zwei Männer das Lokal und eine laute Begrüßungszeremonie begann. Eine Weile lang wartete ich. Aber es sah nicht so aus, als wollte Michele sich weiter mit mir unterhalten. Also legte ich das Geld auf den Tisch, winkte zum Abschied und ging.

Den Samstag verbummelte ich im Sommerhaus, wo ich mich mal wieder als WLAN-Flüsterer versuchte. Wie in Mosisgreuth hatte Eli nicht gezögert, auch hier für einen Internetzugang zu sorgen. Ab und zu hatten wir sogar geskypt, allerdings nicht, weil ich das so gewollt hätte. Ich hatte wenig übrig für diese Art Kommunikation. *Sie* hatte *mich* gebeten, mir das Programm auf den Rechner zu laden. Ich fläzte beim Telefonieren gerne auf dem Sofa herum, in verwaschenen Schlafanzughosen, alten Schafwollsocken und einem geflickten Norwegerpullover, der vielleicht einmal in der Steinzeit eine Form besessen hatte. Aber Eli hatte mich hin und wieder *sehen* wollen, wie sie sagte, was mir jedes Mal ein schlechtes Gewissen gemacht hatte.

Es kostete mich ein paar Telefonate mit Levin, bis ich es endlich schaffte, meinen Laptop an das WLAN zu gewöhnen. Als ich dann mein E-Mail-Postfach geöffnet hatte, bereute ich es sofort wieder: 126 Mails, drei davon von Martin, die ich ungelesen löschte.

Die übrige Zeit besah ich mir das Häuschen. Die bröckelnde Fassade, das marode Dach, die Fensterläden, die man wohl am besten in Ruhe ließ. Vielleicht war es die Stille hier, vielleicht aber auch nur ein mir angeborenes Misstrauen der Welt gegenüber, das mir mal wieder die Frage zuflüsterte: Was hatte Eli hier bloß gesucht? Denn Italienflair hin oder her: Diese Bude hier würde in nicht allzu ferner Zukunft eine Menge Zuspruch – und Euros – erfordern. Und ich konnte mir beim besten Willen nicht vorstellen, dass es hier in den kälteren Monaten besonders gemütlich war. Warum also war sie nicht einfach zu Hause auf dem Hof geblieben, in ihrer kuschligen Küche mit dem alten Holzherd, der den ganzen unteren Stock so warm machte, dass man im Winter im Unterhemd am Küchentisch sitzen konnte? Kurz tauchte wieder der Gedanke an den Kassettenmann auf, verschwand aber gleich wieder. Nein, mittlerweile war ich mir sicher, dass er der Vergangenheit angehörte und nichts mit diesem Haus zu tun hatte. Warum also Castelnuovo? Warum nicht ein Ort an der Küste, einer, der am Meer lag, wo sie hätte baden können? Sie hatte das Meer geliebt. Und hatte sie nicht mal von einem Haus in Ligurien gesprochen?

Am Nachmittag begann ich mit der Übersetzung fürs Fremdenverkehrsamt und den Abend verbrachte ich im Bett, ein Glas Wein auf dem Nachttisch und ein Kissen im Rücken, und schmökerte in der *Storia di Monte Santa Maria Tiberina*, dem alten Buch über Lokalgeschichte, das Roberta mir geliehen hatte. Das Kapitel über die Pfarrei von San Lorenzo studierte ich natürlich besonders genau. Immer wieder blätterte ich zu den historischen Schwarz-Weiß-Aufnahmen zurück und betrachtete die zerfallenden Gebäude, die Ruine der alten Kirche, aus deren Steinen das Pfarrhaus wiederaufgebaut worden war. Auf einem Foto war im Hintergrund der Turm zu sehen.

Gedankenverloren klappte ich das Buch zu, trank den letzten Schluck Wein und dachte an die weißen Rosen auf dem Bett.

Elisabeth

Der Vater fing eine Hühnerzucht an. Zusammen mit einem Maurer aus dem Ort baute er einen fensterlosen Betonklotz und sperrte dann so viele Hühner in den Bunker, dass meine Mutter das blanke Entsetzen packte und sie sich weigerte, das »Straflager« je wieder zu betreten. Eines Abends kam der Vater mal wieder schwankend aus dem Dorf. In dieser Nacht hörte ich ein noch lauteres Poltern als gewöhnlich. Am nächsten Tag hatte meine Mutter ein blaues Auge und von da an ging sie täglich in den neuen Stall, um wie gewohnt ihre Arbeit zu tun.

Ein Jahr verging, in dem ich arbeitete und der Verdacht gegen meinen Vater weiter vor sich hin schwelte. In diesem Jahr begann ich Pläne zu schmieden, Pläne für die Zeit nach meinem einundzwanzigsten Geburtstag. Wahrscheinlich waren es diese Pläne, die mich davon abhielten, entweder mich selbst oder meinen Vater umzubringen. Eines Tages wäre das alles hier vorbei, eines Tages würde ich fortgehen, an einen anderen Ort, ich würde in die Welt gehen und nie wieder zurückkehren. Mit einundzwanzig wäre ich frei!

Mein Chef bei der ZF war ein gutmütiger Mensch, Familienvater und politisch interessiert, und so kam ich das erste Mal im Leben in den Genuss einer überregionalen Tageszeitung. Seit er gemerkt hatte, dass ich immer wieder interessierte Blicke auf die Titelseite warf, gab er mir die gelesenen Exemplare und dachte sogar daran, mir montags die Wochenendausgabe mitzubringen. Und so begann ich, an den Abenden Zeitung zu lesen.

Wie vieles im Leben doch vom Zufall abhängt. Ob ich auch ohne Herrn Kronau auf die Stellenanzeige des Auswärtigen Amts gestoßen wäre? Wer weiß das schon. Auf jeden Fall erinnere ich mich noch genau an die Aufregung, die mich erfasste, als ich an einem Septemberabend die Anzeige las. *Fremdsprachenassistentinnen gesucht. Weltweiter Einsatz, uneingeschränkte Versetzungsbereitschaft, 250 Anschläge/Min. Stenotypie 120 Silben/Min. Gute englische und französische Sprachkenntnisse oder Sprachkenntnisse in einer anderen Sprache. Tropentauglichkeit.*

In dieser Nacht schlief ich so gut wie nicht. Stattdessen nahm ich meinen Schulatlas zur Hand und blätterte darin herum. *Uneingeschränkte Versetzungsbereitschaft.* Die Worte spukten in meinem Kopf herum und klangen für mich nach Musik. Nach Freiheit und Abenteuer, nach weiter Welt und Grenzenlosigkeit. Als ich gegen Morgen endlich in einen unruhigen Schlaf sank, sah ich mich selbst mit einem Koffer am Bahnhof stehen.

Ein paar Wochen später traf ich mich mit Sigrid. Sie war vom Gymnasium, das sie inzwischen besuchte, den ganzen Weg zur Fabrik gerannt, damit wir so viel wie möglich Zeit zum Reden hätten.

»*Wo* hast du dich beworben? Beim Auswärtigen Amt?«

Ich nickte nur und Sigrid betrachtete mich mit wachsamem Blick.

»Aber kannst du das denn machen? Ich meine, du bist doch noch gar nicht volljährig.«

»Ich hab da angerufen. Man kann auch vorher eingestellt werden.« Ich drehte mich um und holte einen Umschlag aus der Schultasche. »Tropentauglich bin ich jedenfalls.«

»Wie bitte? Was bist du?«

Ich öffnete den Umschlag und wedelte vor ihren Augen mit dem Blatt herum.

»Vom Amtsarzt. Attest über Tropentauglichkeit. Gestern bekommen.«

»Aber ...« Sigrid nahm mir das Blatt aus der Hand und blickte dann auf.

»Wahrscheinlich kriege ich die Stelle eh nicht.«

»Und wenn du zu einem Vorstellungsgespräch eingeladen wirst?«

»Tja«, sagte ich. »Genau das ist mein Problem.«

Jetzt starrte Sigrid mich mit offenem Mund an. Ich nahm ihre Hand und drückte sie. Mit einem schiefen Grinsen sagte ich: »Und hier hoffe ich auf eine Idee von dir!«

»Von mir?«

»Na ja. Wozu schickt man dich sonst auf die teure Schul!«

Sigrid lachte nicht. Sie wusste nur zu gut, wie gern auch ich weitergelernt hätte. Stattdessen fragte sie: »Wie lange fährt man denn bis Bonn?«

»Bestimmt sechs Stunden.«

»Musst du immer noch morgens die Kühe melken?«

Ich zuckte die Achseln. »Was dachtest du? Dass ich mir ›einen faulen Lenz‹ mache, nur weil ich die ganze Woche arbeite?«

»Kannst du nicht Urlaub nehmen und zu Hause erzählen, dass du eine Geschäftsreise machen musst oder so?«

Ich schnaubte.

»Das also nicht.«

Auf einmal kam mir ein Gedanke. Zuerst schien er völlig abwegig, aber vielleicht war er es doch nicht.

Sigrid sah mich aufmerksam an. »Nun sag schon. Ich seh doch, dass du an was Bestimmtes denkst.«

»Ich hab dir doch vom Vater erzählt. Und dass das mit der Sauferei immer schlimmer wird.«

Sie nickte nur und fixierte mich gespannt.

»Es ist so ...«

Ich sah Sigrid nicken, während ich meinen Plan vor ihr ausbreitete, ungläubig zunächst, doch dann immer entschlossener.

»Ja«, sagte sie schließlich. »Das könnte funktionieren.«

Ein zerrüttetes Familienleben mit einem saufenden Vater und einer abgestumpften Mutter hat auch Vorteile. Und solange ich meine »Sach« ordentlich erledigte, ließ man mich weitgehend in Ruhe. Solange ich die Kühe molk und den Stall sauber hielt, sprach keiner der beiden viel mir mir, und an den Abenden sah ich die Mutter gewöhnlich das letzte Mal um die Vesperzeit, wenn sie in der Küche stand und sich ein Brot strich. Der Vater war um diese Zeit längst auf dem Weg zum *Adler*, der Wirtschaft im Dorf. Als die Mutter wie immer wortlos in der Stube verschwand, machte auch ich mir Brote und stieg die Stufen zu meinem Zimmer hoch. Ab diesem Zeitpunkt sah ich normalerweise bis zum nächsten Abend niemanden mehr aus der Familie, denn der Vater schlief jetzt immer lange, Sophie hatte inzwischen ein eigenes Zimmer und die Mutter war morgens im Hühnerstall beschäftigt.

Natürlich war mir längst klar, dass der Hof dabei war, vor die Hunde zu gehen. Unser hellblauer Eicher-Traktor war kaputt. Das Unkraut schoss in die Höhe, wo immer man hinsah, so viel, dass die Mutter das unmöglich alleine schaffen konnte. Der Anton, unser Hilfsknecht, war schon lange nicht mehr bei uns gewesen, denn es war kein Geld mehr da, für nichts und niemanden, weil der Vater jeden Pfennig in das Hühnerlager gesteckt hatte. Die Sauferei hielt ihn auch davon ab, das Scheunentor zu reparieren, die kaputten Zäune zu ersetzen, die Obstbäume zu beschneiden und den holprigen Zufahrtsweg zu richten.

Oben im Zimmer aß ich eins von den Broten und packte mir den Rest für den nächsten Tag als Vesper zusammen. Als das Licht im Elternschlafzimmer erlosch, schlich ich aus dem Haus und machte mich auf Richtung Bahnhof. Den letzten Zug nach Bonn würde ich gerade noch erwischen. Morgen in aller Frühe würde Sigrid kommen und die Kühe für mich melken. Und ich hoffte einfach, dass ich bis zum Abend aus Bonn zurück sein würde.

Schon allein die Fahrt überwältigte mich. Vom Zug aus sah ich das erste Mal den Rhein, ein breites schwarzes Gewässer, an dessen gegenüberliegendem Ufer die Lichter wie kleine Sterne funkelten.

Es war das erste Mal überhaupt, dass ich mich weiter als hundert Kilometer von zu Hause entfernte. Alles kam mir aufregend vor, meine Mitreisenden weltgewandt und routiniert, erfahrene Kosmopoliten, die jede Nacht den Rhein entlang in die Hauptstadt fuhren und wichtige Akten in ihren Koffern mit sich führten.

Erstaunlicherweise habe ich in den letzten Nächten davon geträumt, die Adenauerallee entlangzugehen, vorbei an dem Lux-Plakat mit Nadja Tiller, und das große helle Gebäude zu betreten und damit ein neues Leben. Vielleicht, weil ich spüre, dass mir auch jetzt eine große Veränderung bevorsteht. Denn ich weiß, dass alles anders sein wird, wenn du diesen Brief gelesen hast. Natürlich ängstigt mich der Gedanke, nach all diesen Jahren meine Geschichte ans Licht zu zerren und nicht zu wissen, wie du reagieren wirst. Wirst du mich verstehen? Wirst du mir vergeben? Ich hoffe so sehr, dass meine Worte dich nicht verstören werden. In den letzten Tagen habe ich Zweifel bekommen, ob du diesen Brief überhaupt lesen solltest. Vielleicht wäre es besser, alles unter dem Deckel zu halten, es auf sich beruhen zu lassen und keine Verstörung mehr in die Welt zu bringen. Vielleicht.

Jedenfalls hatte ich am nächsten Morgen das Gefühl, einem netten Menschen gegenüberzusitzen, in diesem Amtszimmer mit den schlichten Möbeln, und ich weiß noch, dass sich eine große Erleichterung in mir breitmachte. Das Büro, in dem ich nun saß und die Gründe für meine Bewerbung darlegte, war so ganz anders als alles, was sich in meiner Fantasie vor mir aufgetürmt hatte. Ich hatte geträumt, ich müsste ein Diktat von Minister Schröder persönlich aufnehmen, in einem prachtvollen Saal voller Spiegel, was meine Nervenkraft völlig überfordert hatte.

Die drei Sprachprüfungen – das erfuhr ich unmittelbar – bestand ich, wobei die italienische wohl regelrecht Beifall auslöste, die englische gut verlief und ich die französische gerade so schaffte. Als ich in das Büro des Personalbeamten zurückkehrte, dauerte es nicht lange, da klappte er meine Bewerbungsunterlagen zu, lehnte sich zurück und sagte: »Tja, Sie haben das alles ja nun gesehen und gehört. Wenn Sie wollen, dann können Sie hier anfangen.«

Ich muss ihn wohl völlig verdattert angesehen haben, denn er grinste schief und fragte: »Oder hat's Ihnen bei uns nicht gefallen? Sie werden ja auch nicht lange hier sein, sondern bald rausgeschickt werden. Und im Ausland ist sowieso alles ganz anders. Das werden Sie noch schnell genug merken. Das Einzige, was wir jetzt noch brauchen, ist die Einverständniserklärung Ihrer Eltern.«

Ist es zu fassen, dass zwei Stunden ein ganzes Leben auf den Kopf stellen können? Im Zug zurück konnte ich fast nicht stillsitzen. Ich fühlte mich wie frisch verliebt, euphorisch, und am liebsten hätte ich der Dame gegenüber zugejubelt: »Auch ich werde bald ein Kostüm tragen und *Constanze* lesen!«

Die Unterschrift meiner Eltern fälschte ich, was mir nicht schwerfiel. Und das Einzige, was es jetzt noch zu tun gab, war warten. In den Nächten suchten mich die Erinnerungen wie böse Engel heim: Giorgios Lachen, das Gesicht von Hannes, das Gefühl, seinen kleinen Körper im Arm zu halten, und je mehr Zeit verging, desto klarer wurde mir, dass ich fortmusste von hier, um jeden Preis. Bald zählte ich die Tage und irgendwann die Stunden bis zu meinem Abschied von zu Hause. Und dann kam tatsächlich der Augenblick, in dem der gepackte Koffer unter dem Bett lag, der Abschiedsbrief an meine Mutter geschrieben war und ich Sigrid Lebewohl gesagt hatte. Alles war bereit. Am nächsten Morgen würde ich nach Bonn reisen und niemand außer Sigrid würde wissen, wo ich mich aufhielt.

Ist es normalerweise nicht so, dass einen in der Stunde des Abschieds die Wehmut überkommt? Dass man weich wird in dem Wissen, einen bestimmten Menschen das letzte Mal gesehen zu haben? Das letzte Mal einen Weg gegangen zu sein, eine Stiege erklommen, einen Fensterladen geschlossen zu haben? So war es nicht bei mir. Das Gefühl, mit dem ich an jenem Morgen mit dem Koffer die Treppe herunterschlich, war einzig und allein Genugtuung. Welches Gesicht würde mein Vater machen, wenn er entdeckte, dass ich fort war? Dass die verhasste Tochter, der er das Kind und die Liebe genommen hatte, nicht krepiert war, nicht eingegangen vor lauter Trauer und Elend. Sondern dass diese Tochter einfach fort war: herausgetreten aus dem Bannkreis von Brutalität und Tumbheit, von Alkoholdunst und Hass.

Ein letztes Mal überquerte ich den Einödhof, stellte den Koffer hinter der Hausecke ab, betrat das von meinem Vater eingerichtete Hühnerlager, ging durch die Reihen und öffnete die Käfigtüren eine um die andere. Die Hühner waren so verdattert, dass sie nicht gleich reagierten. Doch als ich zur Tür hinaustrat und sie hinter mir offen stehen ließ, sah ich, dass mir das erste Huhn bereits folgte.

Die Unheilbaren

Hannah

Schon am Montag hatte ich die ganze Zeit auf einen Anruf von Di Lauro gewartet. Als er sich zwei Tage später immer noch nicht gemeldet hatte, wurde ich so unruhig, dass ich mich kurzerhand in den Wagen setzte und nach San Lorenzo fuhr. Was er sagen würde, wenn ich unaufgefordert bei ihm aufkreuzte, wollte ich mir jetzt lieber erst mal nicht vorstellen.

Ein paar Minuten später jagte ich den VW-Bus schon den Berg hoch, und ich war kaum um die Ecke gebogen, da sah ich schon sein verärgertes Gesicht: Er guckte genau so, wie ich mir das vorgestellt hatte. Wenigstens die Hunde freuten sich.

»Ich habe Ihnen doch gesagt, ich melde mich, wenn es wieder was zu pflücken gibt«, schnauzte er zur Begrüßung.

Flüchtig fiel mir das Turmzimmer wieder ein und das, was der Barmann mir erzählt hatte. Also sagte ich ungewöhnlich sanft: »Ich dachte, ein Tag hin oder her ändert vielleicht nichts.«

»Sie haben noch weniger Ahnung von der Natur, als ich dachte.« Die Sanftmut in meiner Stimme hätte ich mir sparen können.

Trotzig erwiderte ich: »In Deutschland besitze ich einen Bauernhof.«

»Den Sie von Ihrer Tante geerbt haben.«

Offensichtlich wusste er mehr, als mir lieb war. Wie gut hatte Eli diesen selbst ernannten Obst- und Weltenretter eigentlich gekannt? Ich funkelte ihn an und fragte mich wieder einmal, was Eli nur dazu bewogen haben mochte, ihm zu helfen. Gut, bei ihrer großen Abneigung gegenüber intensiver Landwirtschaft war es naheliegend, dass ihr sein Projekt gefiel. Seit ich denken konnte, hatte sie Fleisch aus Massentierhaltung boykottiert, Eier aus, wie sie es nannte, »Hühnerlagern« verabscheut und niemals Gemüse gekauft, das »in Herbizid eingelegt ist«. Aber war das Grund genug?

Ein paar Sekunden musterten wir uns grimmig. Dann drehte Di Lauro sich um und knurrte: »Na, also schön. Wo sie schon einmal da sind.«

Er führte mich in einen Teil des Gartens, der sich gleich hinter der Zufahrt befand, und drückte mir ein paar flache Steigen in die Hand, wie ich sie vom Erdbeerpflücken her kannte. Dann zeigte er auf eine Packung Papiermanschetten, die darin lag. »So«, sagte er und machte eine Bewegung mit dem Kinn. »Diese Feigen müssen sehr vorsichtig gehandhabt werden, sie sind empfindlich.«

Da erst sah ich, was er meinte. Wir standen vor einem Feigenbaum mit gigantischen Früchten. Einen kurzen Moment kam mir das Märchen vom kleinen Muck in den Sinn, und ich fragte mich, ob man von *diesen* Feigen wohl auch lange Nasen und große Ohren bekäme. Prachtvoll genug waren sie jedenfalls.

»Das ist der *Fico gigante degli Zoccolanti*«, schnitt Di Lauro meine Überlegungen ab. »Der Mutterbaum steht in einem Klostergarten in Gualdo Tadino.« Er brach eine Feige und setzte sie in eine Manschette. Die Feige war fast so groß wie seine Hand. »Auf *keinen* Fall drücken und nur *eine* Lage«, sagte er mit einem Blick, der mich an ein Gewitter erinnerte.

Unter diesem Blick griff ich nur zaghaft nach der ersten Frucht.

»Na, so zimperlich brauchen Sie nun auch nicht zu sein.« Und dann nahm er meine Hand und führte sie an den Stengel der Feige. »*So* geht das.« Beherzt brach er die Frucht und zog dann seine Hand rasch zurück.

Kühl und samtig und unglaublich schwer lag die Feige in meiner Hand und ich konnte nicht anders, als begeistert aufzulachen und ein ziemlich albernes »Wow!« loszulassen.

»Das sagen meinen Hunde auch immer«, brummte er und sah mir zu, wie ich die Feige mit der Papiermanschette umhüllte und sie neben die andere in die Kiste setzte. Ich war noch immer ganz fasziniert von der schieren Größe, als ich Di Lauro im Weggehen sagen hörte: »Und lassen Sie es sich nicht einfallen, eine davon zu essen. Ich habe sie gezählt.«

Am Donnerstag hatte ich ein Déjà-vu. Wie in der Woche zuvor stand Di Lauro um Punkt neun Uhr in seinem Anzug da und eröffnete mir, er habe einen Termin. Schon wieder die Bank? Als er abfuhr, kamen mir Zweifel. Vielleicht hatte der Anzug einen ganz anderen Grund? Ich beschloss, Roberta bei nächster Gelegenheit zu fragen, vielleicht wusste sie etwas über diese seltsamen Termine.

Den Nachmittag schlug ich mich mit meiner Übersetzung herum und war froh, abends den Laptop endlich zuklappen zu können. Nach einem schlichten Abendessen – Bruschetta und ein Stück Käse – wurde ich aus irgendeinem Grund unruhig. Vielleicht lag das an dem langweiligen Text, vielleicht war ich auch die stundenlange Rumhockerei nicht mehr gewöhnt. Nach einem heißen Bad beschloss ich, Roberta anzurufen, doch sie nahm nicht ab und so schenkte ich mir ein Glas Chianti ein und strich, immer noch rastlos, durchs Haus. Am Ende zog ich mir ein Fotoalbum aus dem Bücherregal und setzte mich damit aufs Sofa.

Da war Eli als junges Mädchen, in einem hellen Tupfenkleid mit Pferdeschwanz. Und dort lächelte sie mir entgegen, vor einer altmodischen Schreibmaschine stehend. Was für ein mausgrauer Rock, dachte ich, und dass ihr Lächeln irgendwie ernst aussah und so gar nicht zu dem fröhlichen Sonnengelb ihres Pullis passte. Der war allerdings, im Gegensatz zum Rock, so ganz und gar nicht züchtig und erinnerte mit dem spitzen BH, den Eli offenbar darunter trug, eher an Brigitte Bardot oder wen auch immer.

Ich hatte das Album schon halb durchgeblättert, als mir auffiel, dass immer wieder Bilder fehlten. Ich lehnte mich zurück, trank einen Schluck Wein und fragte mich, was Eli dazu bewogen haben mochte, die Fotos herauszunehmen. Das passte nämlich kein bisschen zu ihr. So etwas war eher meine Domäne –

sie hatte es immer gehasst, wenn ich als Kind und auch später als Teenie Fotoalben geplündert hatte. Jedes Mal schimpfte sie mich und verlangte, dass ich die Fotos gleich wieder zurücktat. »Du verlierst sie doch nur und dann haben wir in unserem Leben lauter Lücken!«

Tja, dachte ich und stand auf, um mir die Zähne zu putzen. Die Lücken im Fotoalbum waren leider nicht die einzigen, mit denen ich es nun zu tun hatte. Ich hatte gerade das Licht im Bad angeknipst, als das Telefon klingelte. Das Display zeigte *Roberta*.

»Ciao! Ich hab gesehen, dass du angerufen hast.«

»Hey!«

»Hab ich dich etwa geweckt, das tut mir leid!«

»Nein, nein, ich war noch wach.«

»Du klingst ... irgendwie müde.«

»Ach ...«, sagte ich und schob den Gedanken an Eli und die fehlenden Bilder beiseite. Mir war nämlich wieder eingefallen, warum ich Roberta hatte sprechen wollen.

»Du ... mal was anderes. Ich hab dir doch von Di Lauro erzählt. Als er neulich in diesem schicken Anzug auftauchte. Heute hatte er ihn wieder an.«

»So?« Aus irgendeinem Grund klang Roberta amüsiert.

»Na ja, ich frage mich, ob er irgendwie in Schwierigkeiten steckt.«

»Schwierigkeiten.« Sie schien das Wort noch nie gehört zu haben.

»Ja, also ... du weißt schon, der Anzug und so ... er sah aus, als wollte er zu einem Kreditvergabegespräch.«

Zu meiner Überraschung lachte Roberta. »Ich glaube nicht, dass er Geld braucht.«

»Nein? Warum bist du dir da so sicher?«

Eine Pause entstand, und als Roberta schließlich antwortete, bemerkte ich eine Nuance in ihrem Tonfall, die vorher nicht da gewesen war.

»Sicher bin ich mir natürlich nicht. Wie kommst du übrigens voran mit deiner Recherche?«

»So lala«, antwortete ich. Wir redeten noch eine Weile, aber als ich den Hörer auflegte, wusste ich, was ich am nächsten Donnerstag tun würde.

Elisabeth

Was soll ich sagen? Dass mein Leben nun begann? Dass ich die Trauer um mein Kind zu Hause zurückließ, genauso wie den Gedanken an den verlorenen Geliebten? Als ob mir Mosisgreuth, der Ort, an dem mein Vater lebte, je ein Zuhause hätte sein können!

Die Tage in Bonn waren angefüllt mit Arbeit. So viele neue Eindrücke stürmten auf mich ein und die Einarbeitung forderte meine volle Konzentration, zumal ich wie besessen war von dem Gedanken, es besonders gut zu machen. Und an den Abenden sah ich fern.

In dem möblierten Zimmer, das ich in der Bonner Südstadt gemietet hatte, gab es einen Schwarz-Weiß-Fernseher, und ich weiß noch, dass mir das wie der größte Luxus überhaupt vorkam. Das erste Mal im Leben hatte ich einen Feierabend und ich kann dir gar nicht sagen, wie ich es genoss, ein Butterbrot zu essen und *Mit Schirm, Charme und Melone* zu gucken oder *Bonanza*, oder mich von Heinrich Harrer an all die Orte bringen zu lassen, die ich irgendwann einmal, das wusste ich, besuchen würde. Erst in der Nacht, wenn ich in meinem Bett am Fenster lag und in die Kronen der alten Kastanienbäume auf dem Grundstück nebenan schaute, kehrte die Vergangenheit zurück. In diesen Minuten vor dem Einschlafen, die manchmal zu Stunden wurden, sah ich das Gesichtchen von Hannes vor mir. Wo er nun wohl sein mochte, bei welcher Familie? Welche Frau würde ihn im Arm halten? Oder hatte ihn der Vater doch unter irgendeinem Baum verscharrt?

In jenen Wochen wurde ich zu einer jener Nachtwandlerinnen, die die dunklen Stunden mit Lesen und Handarbeiten, mit Aufräumen und Putzen beiseiteschieben. Und noch heute sitze ich vor allem nachts an meiner Nähmaschine.

Tagsüber war die Welt jedoch bunt. Die Bäume am Rheinufer leuchteten rot und gelb, der Himmel über dem Fluss war so blau, dass er unwirklich aussah, wie der Himmel eines Sonntagsmalers. Und dann das neue Miteinander. Wie höflich man hier miteinander umging, die Kollegen sagten »Bitte« und »Danke« und »Wie geht es Ihnen heute?«.

Aber ist das die Geschichte, die ich erzählen wollte? Wie ich nach einem Jahr in Bonn nach Delhi versetzt wurde, auf meinen allerersten Auslandsposten? Von meinem Leben, das so anders geworden war, dass es mir manchmal vorkam, als sei ich auf einen anderen Planeten gezogen? Für diesen Bericht soll es genügen, zu sagen: Ich fühlte mich wohl. Ich war mit dieser Existenz in eine andere Haut geschlüpft. Meine Arbeit beim Auswärtigen Amt – so sehe ich das heute – machte es überhaupt erst möglich für mich, weiterzuleben nach alldem, was geschehen war.

Der Gedanke an Hannes und Giorgio streifte auch weiterhin mein Bewusstsein, aber mit der Zeit immer seltener, und irgendwann kam es mir fast so vor, als sei all das einer anderen geschehen, einer Frau, die ich flüchtig kannte, die aber wie der Rest meines Lebens in einem gottverdammten Kaff in Süddeutschland zurückgeblieben war. Nur das Schlafen vor Mitternacht habe ich nie wieder gelernt.

Nach Delhi folgte Panama, wo ich die Molas der Kuna-Indianer für mich entdeckte und nach und nach lernte, diese leuchtend bunten Nähkunstwerke selbst anzufertigen. Nach Panama schließlich wurde ich nach Kapstadt versetzt. Dort erreichte mich dann Sigrids Anruf.

Wir hatten in all den Jahren Kontakt gehalten, schrieben uns regelmäßig lange Briefe, doch telefoniert hatten wir noch nie. Ich war inzwischen neun Jahre aus Deutschland fort, zehn aus Mosisgreuth, doch als ich am Telefon die Stimme hörte, wusste ich sofort, dass sie es war.

»Dein Vater ist tot. Ich dachte, das solltest du wissen.«

Im Oktober 1977 flog ich nach Deutschland. Ich hatte Heimaturlaub für die Beerdigung bekommen, auch wenn ich eigentlich gar nicht vorhatte, daran teilzunehmen. Als ich in München aus dem Flugzeug stieg, kam mir alles ganz unwirklich vor. Unter meinen Lidern lag noch der Frühling.

Auch sonst war Deutschland mir fremd geworden, und während ich im Zug saß und erst die Häuser, dann Felder und Wiesen an mir vorüberzogen, dachte ich immer nur, dass das hier nicht wirklich war, nicht wirklich sein konnte, sondern dass ich in einer Spielzeugeisenbahn saß und durch eine Spielzeugeisenbahnlandschaft fuhr.

Im Hotel holte mich die Wirklichkeit wieder ein, als ich den Fernseher anschaltete, die Wiederholung der *Tagesschau* vom Vortag. Völlig entgeistert hörte ich den Nachrichtensprecher von der Entführung der Landshut berichten und starrte auf eine Karte mit Dubai und Aden darauf. Erst als ich den Fernseher wieder ausschaltete, wurde mir klar, dass mir die Entführung dieses Flugzeugs nähergegangen war als der Tod meines eigenen Vaters.

Im Hotelzimmer wartete ich, bis die Beerdigung vorüber war, und fuhr dann, am späten Nachmittag, in meinem Mietwagen nach Mosisgreuth. Fast orange leuchteten die Blätter der Hainbuchen im schwindenden Licht des Herbstnachmittags, und als ich vor dem Friedhof parkte, rieselten die Birkenblätter wie schwerelose Goldtaler auf die Windschutzscheibe.

Es dämmerte, als ich das Friedhofstor aufschob und den breiten Mittelgang entlangging, der den Friedhof in zwei Teile teilte. Ich weiß noch – eigenartig, dass ich das nicht vergessen habe –, wie laut der Kies unter meinen Füßen knirschte. Irgendwie hatte ich das Gefühl, leiser auftreten zu müssen, um die Toten nicht in ihrer Ruhe zu stören.

Ich fand das Grab im hinteren Teil, in der Nähe der Pumpe. Ein schlichtes Kreuz aus hellem Holz, *Franz Anton Christ* stand darauf, und ein schwarzer Schleier hing reglos links und rechts davon herunter. Kein Wind ging, nicht der kleinste Hauch, es war, als wäre der Herbst zu einem Bild erstarrt. Auf dem Grab türmten sich die

Kränze, vom Maschinenring, den Landfrauen, den alteingesessenen Bauernfamilien. Ich musste an mich halten, um nicht höhnisch aufzulachen. Der Tod bedeutete noch etwas in Mosisgreuth.

Ich weiß nicht mehr, wie lange ich dort stand, den Blick auf den Namenszug gerichtet, die schwarzen Buchstaben, die nichts zu tun hatten mit dem Mann, der mein Vater gewesen war. Allein das Grauen, das ich in diesen ersten Minuten empfand, ist mir noch gegenwärtig, dieses Entsetzen beim Gedanken daran, wie er gestorben war. Ersoffen in der eigenen Güllegrube, was für ein Tod. War es Mitleid, was ich fühlte? Oder immer noch Hass? Oder vielleicht so etwas wie Genugtuung? Ich erinnere mich nicht. Vielleicht ist es einfach zu lange her. Vielleicht sind all diese Gefühle längst durch die Sanduhr gelaufen, zusammen mit der Zeit.

Erst als ich den Feldweg nach Mosisgreuth entlangrumpelte, kam die Erinnerung zurück. Ich sah den Schuppen, wo ich auf Giorgio und die anderen gewartet hatte, in meinem getupften Tanzkleid, und da unten lag ein Stück weg das Haus der Kirchenschmiedin. Und dort der Acker, über den ich gerannt war an jenem letzten Nachmittag, als er mir das Kind genommen hatte. Und dann dachte ich an die Tritte von schweren Schuhen, an denen die Erde klebte.

Ich musste im Schritttempo fahren, denn der Weg war von Schlaglöchern übersät, und als ich um die letzte Biegung kam, trat ich noch ein Stück weg vom Haus unwillkürlich auf die Bremse und hielt an. Der ganze Hof war mit Gerätschaften übersät, neben dem Scheunentor stand der alte Eicher-Traktor, ohne Nummernschild und ohne Räder. In einer Ecke türmten sich prall gefüllte Plastiksäcke, die Gott weiß was enthielten, und rechts neben der Stalltür stand eine ganze Parade heruntergekommener blauer Fässer, von denen ich lieber nicht wissen wollte, was sie enthielten. Ich stellte den Wagen hinter einem gelben K 70 mit Friedrichshafener Kennzeichen ab und fragte mich kurz, wer wohl zu Besuch war.

In dem Moment öffnete sich die Haustür und eine blonde junge Frau in Schlaghosen trat heraus. Eine Weile stand sie dort auf der Schwelle und sah zu mir herüber. Ich erwiderte ihren Blick und versuchte in ihrem Gesicht die Schwester zu erkennen, die ich zehn Jahre zuvor verlassen hatte. Aber es gelang mir nicht. Da stieg ich aus und ging zu ihr hinüber. Hinter Sophie erschien meine Mutter und auch sie hätte ich fast nicht wiedererkannt, mit ihrem schlohweißen Haar. Und während sie sich langsam an meiner Schwester vorbeischob und mir entgegenblickte, spürte ich, wie ich durch die Jahre fiel. Eine Welle der Übelkeit stieg in mir hoch, ein übermächtiges Gefühl, das aus meiner Vergangenheit stammte, in Verrat und Misshandlung wurzelte. Die Kraft dieses Gefühls reichte bis in die Gegenwart und griff nach mir, in einem schwindelerregenden Anfall von schlechtem Gewissen meiner Mutter und dieser jungen Frau gegenüber. Ich hatte sie sich selbst überlassen. Und tatsächlich lag ein stummer Vorwurf in dem ausgemergelten Gesicht und den eingefallenen Wangen meiner Mutter, die erst fünfzig Jahre alt war und doch aussah wie eine Greisin.

»Grüß dich Gott, Mutter. Hallo, Sophie!«

Als keine der beiden antwortete, stieg ich die Stufen zur Haustür hoch und blieb vor ihnen stehen. Da bemerkte ich ein Zucken im Gesicht der Mutter. Und dann sagte sie so leise, dass ich es kaum verstand: »Jetzt kommst du.«

Ich folgte den beiden in die Küche, die eigenartig fremd aussah mit all den Prilblumen, die auf den Schranktüren klebten. Die Mutter setzte Wasser auf und begann Kaffee zu brühen. Sophie stand schweigend dabei und beäugte mich misstrauisch. Sie hatte den kräftigen Körperbau und das energische Kinn des Vaters geerbt, nur ihre Haare waren wie die von der Mutter und mir, rotblond und kräftig, und ihr Gesicht war wie meines übersät mit Sommersprossen.

»Ich habe hinter dem gelben K 70 geparkt, soll ich den Wagen umstellen?«, fragte ich, nur um irgendwas zu sagen.

»Wieso denn?«, fragte die Mutter und stellte die Kaffeepackung in den Schrank zurück. Immer noch Onko, dachte ich flüchtig und dass manches sich niemals ändert. »Wir müssen grad nicht weg.«

»Dann ist das eurer?«, fragte ich verwundert. »Aber die FN-Nummer ...«

»TT gibt's nicht mehr«, fiel mir die Sophie ins Wort und sah mich so giftig an, dass ich den Blick abwandte.

Beim Kaffee erzählte die Mutter. Dass der Vater in den letzten Monaten, ja, in den letzten zwei bis drei Jahren eigentlich nur noch gesoffen hatte. Wie auf dem Hof alles immer mehr den Bach runtergegangen sei. Wie er in seinem Irrsinn alle Rindviecher hatte keulen lassen, um an die Kompensationszahlungen der Tierseuchenkasse zu kommen. Wie er die Hühner immer mehr vernachlässigt hatte. Und wie am Ende nur noch die Mutter und Sophie gearbeitet hatten. Wie sie versucht hatten, den Untergang abzuwenden.

»Vor einem Monat hat er dann angefangen, die hintere Wies zu roden. Weil er da mit dem allerletzten Geld noch ein Hühnerlager errichten wollt.« Meine Mutter knetete die Hände im Schoß.

»Aber das hat ja nun nicht mehr sein sollen«, warf Sophie ein und legte ihre Hand auf die der Mutter. An mich gewandt, sagte sie plötzlich: »Du hast uns mit diesem Schwein einfach im Stich gelassen. Was willst du jetzt von uns? Dein Erbteil?«

Im ersten Moment war ich so perplex, dass ich sie nur ansehen konnte. Dann blickte ich hinüber zur Mutter, hob die Augenbrauen und schüttelte fassungslos den Kopf. Als Sophie das bemerkte, stand sie so abrupt auf, dass der Stuhl beinahe umgekippt wäre. Ohne ein weiteres Wort verließ sie den Raum.

»Hast du ihr denn nicht erzählt, was damals war?«, fragte ich leise.

Wie apathisch starrte die Mutter vor sich hin und sagte nichts. Irgendwann schloss sie die Augen, und als ich schon glaubte, sie wäre eingeschlafen, begann sie plötzlich wieder zu sprechen: »Die Nächte, die waren das Schlimmste. Ich war immer froh, wenn er so besoffen war, dass er nimmer gradaus laufen konnt. Jedes Mal, wenn ich das Auto g'hört hab, hab ich den Atem ang'halten.

Und jedes Mal hab ich gebetet, dass er mich in Ruh lässt. Und dann ...«, sie blickte auf, »ist mein Gebet erhört worden. Ich hab g'hört, wie er ausg'stiegen ist, er ist ja immer besoffen g'fahren. Weil er ja im *Adler* nix mehr gekriegt hat, musst er zum *Ranken* hinüber nach Herrgottsweiler. Er hat die Autotür zug'schlagen und meist hab ich am Schlagen erkennen können, wie's um ihn stand. Doch an dem Abend war alles anders. An dem Abend ist er über den Hof gelaufen, statt gleich ins Haus zu kommen.«

Eine dumpfe Stille legte sich über alles, ein Schweigen, das auch ich nicht brach. Ich sah in meine leere Tasse und lauschte auf die Geräusche, die mir früher so vertraut gewesen waren. Jetzt kamen sie mir wie das Beiwerk zu einem schrecklichen Theaterstück vor: das Ticken der Küchenuhr, das Summen einer vom Tod vergessenen Fliege, das elektrische Sirren des Kühlschranks. Plötzlich stand die Mutter auf und begann den Tisch abzudecken. Ich stand ebenfalls auf und hielt meine Tasse unter dem Hahn. Dann blieb ich unschlüssig im Raum stehen und sah sie an.

»Was hat er mit meinem Kind gemacht?«

Die Mutter hielt in ihrer Bewegung inne, wie eingefroren umklammerte sie die Kanne, als müsste sie sich daran festhalten. Eine Ewigkeit verging, und als ich schon glaubte, sie würde nie mehr antworten, hörte ich sie mit zittriger Stimme sagen: »Ich weiß es nicht.«

Auf einmal ertrug ich es nicht mehr, hier zu sein. Ich stand auf und ging zur Haustür. Da hörte ich ihre Schritte hinter mir und ihre Stimme: »Ich hab g'hört, wie er hineingefallen ist.«

Langsam drehte ich mich um. Ihre Pupillen waren riesig im Halbdunkel der Diele. Und dann flüsterte sie so leise, dass ich sie kaum verstand: »Ich hab es gehört. Und dann hab ich gebetet.«

Hannah

An diesem Donnerstag war ich bereit. Ich hatte Vorkehrungen getroffen, trug unter meinem Overall Shorts und ein T-Shirt. Die Schuhe mit Klettverschluss hatte ich im Wagen bereitgelegt. Damit es schnell ging, wenn es denn sein musste.

Ich trug gerade die Kisten über den Hof, als ich ihn aus dem Haus kommen sah. Punkt neun. Genau wie die beiden letzten Male. Und genau wie die letzten Male hatte er seine Arbeitskleidung gegen einen Anzug – diesmal einen dunkelblauen – eingetauscht. Ich verschwand hinter der Schuppentür und linste durch einen Spalt nach draußen. Ich sah, wie er zu seinem Wagen ging, startete und losfuhr. Als er außer Sichtweite war, rannte ich los. In den Gummistiefeln kam ich nur mühsam voran und ich verfluchte die Idee, die Sneakers im Auto deponiert zu haben.

Ich hatte Elis blauen PT Cruiser unten an der Wegbiegung hinter ein paar Büschen geparkt. Ich brauchte also nur die Abkürzung durch den Wald zu nehmen und dort zu warten, bis er vorüberkäme. Ich saß in der geöffneten Wagentür und schleuderte gerade die Stiefel von den Füßen, als ich das Motorengeräusch hörte. Keine Zeit mehr, die Schuhe anzuziehen. In Socken startete ich den Wagen und da brauste der Landrover auch schon vorüber. Als er um die Kurve verschwunden war, wartete ich noch ein paar Sekunden und schoss dann aus meiner Parkbucht, um die Verfolgung aufzunehmen.

Nach fünf Minuten fühlte ich mich wie gerädert. Ich durfte ihm nicht zu nahe kommen, denn er sollte mich ja nicht erkennen. Aber der Abstand zwischen uns durfte auch nicht zu groß werden, denn ich kannte die Strecke nicht gut genug, um zu wissen, wo Kreuzungen oder Abzweiger kamen, an denen er mir entwischen könnte.

Während wir so fuhren, er dort vorne in seinem Landrover, ich mal mehr, mal weniger dicht hinter ihm, fiel mir auf einmal eine Freundin ein, Susanna, mit der ich einmal einen von ihren Typen beschattet hatte. Ich hatte ihr gesagt: Ich helfe dir. Aber wenn sich rausstellt, dass er eine andere hat, muss Schluss sein. Dann vergisst du den Typen. Wir hatten auf dem Marktplatz auf ihn gewartet, wo er einen Käsestand hatte. Als er endlich alle verdammten Käsesorten verpackt hatte und die Klappe von seinem Wagen herunterließ, fuhren wir ihm in meinem Auto, das er ja nicht kannte, hinterher. Wir fuhren und fuhren, und während der Fahrt hörte ich zum x-ten Mal Susannas Geschichten von diesem Mann an. Irgendwann hielt er vor einem Einfamilienhaus mit Spielzeug und Fahrrädern in der Einfahrt. Er stieg aus, wir fuhren langsam vorbei und parkten in einiger Entfernung schräg gegenüber. Und dann sahen wir, wie eine Frau herauskam und ihn küsste. Damals hatte ich Susanna für nicht ganz dicht gehalten.

Auf der Superstrada entspannte ich mich ein wenig. Hier war mehr Verkehr – die Gefahr, dass ich ihm auffiel, war nicht mehr so groß. Wir fuhren nach Süden, und als wir eine gute halbe Stunde unterwegs waren, legte ich meine Bankkredit-Theorie endgültig ad acta. Es dauerte noch weitere zwanzig Minuten, bis er den Blinker setzte und die Superstrada in Perugia verließ.

Nun musste ich mich wieder enorm konzentrieren, um ihn nicht zu verlieren. Di Lauro fuhr ziemlich flott, bog nach links ab, nach rechts, rauschte durch einen Tunnel, bog vor dem alten Stadttor scharf links ab. Plötzlich waren eine Menge Leute auf der Straße unterwegs, junge Menschen mit Rucksäcken, die unvermittelt die Straße überquerten, sodass ich fast übersehen hätte, dass Di Lauro in einen Parkplatz einbog. Ich bremste, wartete am Straßenrand, sah, wie er den Wagen abstellte und ausstieg. Nun musste ich mich beeilen. Schwungvoll bog ich ebenfalls um die Ecke, nur um festzustellen, dass eine Schranke mir den Weg versperrte: Der Parkplatz war nicht öffentlich. Ungeduldig schaltete ich in den Rückwärtsgang und versuchte gleichzeitig, Di Lauro nicht aus den Augen zu verlieren. Ich sah, wie er auf einen Torbogen zuhielt und verschwand. Hektisch schaute ich mich um. Überall standen Autos herum und es war auch nicht die kleinste Parkbucht zu entdecken. Kurzentschlossen fuhr ich auf den Bürgersteig und quetschte den Wagen dicht an die Mauer. In fieberhafter Eile stieg ich in meine Schuhe und rannte über die Straße in Richtung Torbogen.

Aber es war zu spät. Di Lauro war verschwunden. Ein paar Sekunden stand ich hilflos da und sah mich um. Ich befand mich in einem uralten Innenhof, der wie der Klostergang eines Konvents aussah. Allerdings war dieses Kloster mit Sicherheit nicht mehr in Betrieb, denn überall standen oder gingen junge Leute mit Taschen herum und diskutierten. Das hier musste eine Schule oder Uni sein. Und dann entdeckte ich das Schild: *Facoltà di Agricoltura, Università di Perugia.*

Was in aller Welt hatte Di Lauro an der Uni zu schaffen? Ich sah mich um. Auf einmal leerte sich der Innenhof und die Studenten zerstreuten sich in verschiedene Richtungen. Ich folgte der größten Gruppe, nicht ohne mich ständig nach allen Seiten umzusehen. Wo könnte er abgeblieben sein? Die Gruppe, der ich folgte, steuerte auf eine geöffnete Tür zu und verschwand im Vorlesungssaal 6. Bevor der Letzte die Tür hinter sich zuziehen konnte, rannte ich hinterher, eine Studentin hielt mir die Tür auf. Ich spähte in den Saal. Und da sah ich ihn, Di Lauro, nur ein paar Meter von mir entfernt, wie er mit einem jungen Mann in einer karierten Jacke sprach.

Ich beeilte mich, den Saal zu verlassen, bevor er mich entdeckte. Ich lief durch den Korridor zurück, an allerhand schwarzen Brettern und Infotafeln vorbei. Vor einem Glaskasten, in dem das Vorlesungsverzeichnis aushing, machte ich Halt. Da stand es tatsächlich, schwarz auf weiß: *Professore Matteo Di Lauro, Frutticoltura Sostenibile, Giovedì, ore 10.15.*

Der Mann, den ich anfangs für einen Bauerndepp gehalten hatte, hielt Vorlesungen über nachhaltigen Obstbau.

Elisabeth

Ich habe im Leben viele Träume gehabt. Ein paar davon sind wahr geworden.

Am ersten Februar 1980 zog ich nach Rom und einer meiner Herzenswünsche erfüllte sich. Manchmal frage ich mich, ob ich so viel von der Welt gesehen und all das erlebt hätte, wenn mein Vater verständnisvoll und meine Mutter liebevoll gewesen wären. Hätte ich dann so einfach gehen können? Alles hinter mir lassen, den Hof, die Heimat, das alte Leben? Das Zurücklassen war ein Segen, war meine Rettung. Denn auch ein großer Teil meines Schmerzes, das Elend und die Verzweiflung waren in Mosisgreuth geblieben. Erst ein gutes Jahr später, an einem Sommertag am Strand von Fregene, holte mich ein Teil von alldem wieder ein. Aber ich will der Reihe nach erzählen.

Sigrids Briefe kamen regelmäßig und waren eine Mischung aus Infos und Klatsch. So erzählte sie, dass die Mosisgreuther sie bei ihren seltenen Besuchen zu Hause nun nicht mehr grüßten, weil sie auf Friedensdemos ging, im *Adler* die Wiedereinführung der Sommerzeit gelobt und, was wohl am schlimmsten war, auch gesagt hatte, diese neue Partei, »die Grünen«, würde ihnen schon noch den Pestizidhahn zudrehen. Weiter berichtete sie von meiner Mutter und dass diese inzwischen einen Großteil des Landes verpachtet und den Rest verkauft hatte. Dass sie die Hühnerzucht aufgelöst und einen Mann von auswärts eingestellt hatte, der zusammen mit meiner Schwester den Hof wieder auf Vordermann brachte: Sie hatten Erdbeerfelder und einen Himbeer- und Blaubeergarten angelegt.

Das alles nahm ich ohne große Bewegung zur Kenntnis. Doch dann, an einem Dienstag im Juni, kam eine Nachricht, die mich aufwühlte. Ich weiß den Zeitpunkt deshalb noch so genau, weil es die Zeit von Hannes' Geburtstag war und die Botschaftspost immer dienstags ankam.

Daher saß ich jeden Dienstagabend nach der Arbeit auf meiner Terrasse in der Via Giulia, einen Stapel Briefe und eine Flasche Weißwein vor mir. Meist waren es Briefe von Kollegen, die zu Freunden geworden waren. An diesem Abend jedoch war ein Brief aus Mosisgreuth dabei.

Beim Entgegennehmen der Post am Nachmittag hatte ich nicht weiter darauf geachtet, der Bote hatte mir die Briefe auf den Aktenbock gelegt, und weil an diesem Tag so viel zu tun war, hatte ich mir den Stapel unbesehen in die Tasche gesteckt. Und so saß ich nun auf der Terrasse und starrte auf den Absender. Meine Mutter. Sie hatte mir noch nie geschrieben. Mit zittrigen Fingern riss ich den Umschlag auf und fummelte den Brief heraus. Die Mutter teilte mir mit, dass die Sophie geheiratet und in diesem Mai ein Kind bekommen hatte.

An diesem Abend ließ ich die anderen Umschläge ungeöffnet. Ich blieb einfach sitzen, das aufgefaltete Blatt vor mir auf dem Tisch, und schüttete den Wein in mich hinein, während die Erinnerungen heraufkrochen wie Schlangen. In kürzester Zeit war die Flasche leer und ich holte eine neue.

Groll und Bitterkeit nahmen mir fast den Atem an diesem heißen Juniabend. Die Sophie hatte also ein Kind. *Sie* durfte eine Mutter sein. *Sie* bekam nun das, was *mir* weggenommen worden war. All das, was ich nie erfahren hatte, war für sie selbstverständlich: das seidenweiche Babyhaar, die ersten Worte, die ersten tapsigen Schritte. Familie. Und die Mutter war Großmutter geworden! Auch sie würde das Kind, ihre Enkelin, heranwachsen sehen. Warum hatte sie sich damals nicht gegen den Vater gewehrt? Mich nicht beschützt? Doch dann trat mir ihr Bild vor Augen, ihr müdes Gesicht, das schlohweiße Haar. Und mein Groll auf sie verpuffte. Stattdessen tauchte der Vater vor mir auf, und nach der zweiten Flasche Wein musste ich beinahe lachen bei der Vorstellung, dass es am Ende die Kühe geregelt hatten. Die Rache der Kühe, dachte ich grimmig. Und dass das die passende Überschrift für seinen Tod wäre. Die Vorstellung, wie er an den Exkrementen der Tiere erstickt war, die er kurz zuvor in seiner versoffenen Profitgier hatte keulen lassen, war ebenso entsetzlich wie passend. War das eine archaische Strafe für das, was er mir angetan hatte? Mir, aber auch der Mutter, den Kühen und den Hühnern? Wieder dachte ich an die Mutter, wie sie in die Nacht hinausgelauscht hatte. Und wie sie sich zur Wand gedreht und das Vaterunser gebetet hatte.

Eine Weile lang verfolgte mich dieser Gedanke, aber nach einiger Zeit versank auch er in meinem römischen Leben, das so gar nichts mit dem fernen Mosisgreuth zu tun hatte.

Hannah

Nach meiner Entdeckung in Perugia fuhr ich auf der Stelle nach San Lorenzo zurück und erntete die mir für diesen Vormittag aufgetragenen restlichen Feigen. Aber ich war nicht bei der Sache. Die ganze Zeit über schwirrte mir Di Lauro im Kopf herum, der Mann, dem es gelungen war, ein ganzes Dorf jahrelang in dem Glauben zu lassen, er sei ein ungeschlachter Grobian und könne nicht bis drei zählen.

Ich hatte mich noch eine Weile vor der Tür des Hörsaals herumgedrückt und zugehört. Wie weggeblasen war die hinterwäldlerische Mundart und von Einsilbigkeit konnte auch keine Rede mehr sein. Natürlich hatte er mir in den vergangenen Tagen so einiges über seine Arbeit verraten. Aber das Gespräch war nie mehr als eine Art Frage-und-Antwort-Spiel gewesen, ich hatte ihm jeden Satz einzeln aus der Nase ziehen müssen. Trotzdem waren mir seine knappen Auskünfte für seine Verhältnisse schon regelrecht eloquent erschienen!

Um kurz nach eins hatte ich die Nase voll vom Warten. Also stapelte ich die Kisten mit den Feigen in der Scheune und schrieb ihm einen Zettel, dass ich am nächsten Morgen um die übliche Zeit kommen würde.

An diesem Nachmittag fühlte ich mich irgendwie verloren. Becky rief an und fragte, wie es mit meiner Reportage voranginge – ich hatte ihr gemailt, dass ich an einer wirklich starken Geschichte dran war. Ich machte mich gleich daran, mein Recherchematerial zu sichten, merkte aber, dass ich unkonzentriert und unruhig war. Immer wieder dachte ich an Perugia und dass Di Lauro dort einmal in der Woche hinfuhr, um eine Vorlesung zu halten. Und dass das niemand aus diesem Kaff zu wissen schien, auch Roberta nicht. Was hatte Di Lauro davon, alle Welt glauben zu lassen, er wäre das hinterletzte Landei? Warum tat er das?

Am frühen Abend traf ich mich mit Roberta vor der Bar. Sie hatte ein paar antiquarische Bücher über Obstbau dabei, die sie mir leihen wollte. Nachdem Michele zwei Bellini vor uns hingestellt und uns und den Büchern einen schamlos neugierigen Blick zugeworfen hatte, erzählte ich Roberta von Di Lauro. »Ich wusste doch, dass er kein Geld von der Bank braucht«, sagte sie prompt, hatte dann aber auch keinen Schimmer, warum er so ein Geheimnis aus seiner Dozententätigkeit machte.

»Und schau dir mal die Bücher näher an. Du wirst staunen, was da alles zu finden ist.«

Ich nahm das oberste, blätterte ein bisschen darin herum.

»Danke! Das ist wirklich nett.«

»Ja, so bin ich«, sagte Roberta und grinste schief. »Aber du kannst mir, besser gesagt meiner Mutter, auch einen Gefallen tun. Sie hatte Eli vor einer Weile eine Rezeptsammlung ihrer Großmutter geliehen. Kannst du mal schauen, ob du sie findest?«

Ich versprach, noch heute nachzusehen, dann verabschiedeten wir uns unter den Röntgenblicken der anderen Gäste. Auf dem Heimweg bemerkte ich wieder die vollkommene Stille der Landschaft, und als ich nach oben in die Sterne sah, meinte ich plötzlich, Elis Nähe zu spüren. Sie hatte mir einmal gesagt, für jede Seele, die auf Erden erlischt, würde am Himmel ein Stern aufgehen. Und von nun an würden da oben meine Eltern für mich leuchten.

Zurück im Sommerhaus duschte ich erst, dann suchte ich in Elis bunten Morgenrock gehüllt bei den Kochbüchern in der Küche nach etwas, das wie eine großmütterliche Rezeptesammlung aussah, aber ohne Erfolg. Als ich auch beim Schreibtisch und in den Bücherregalen nichts fand, fiel mein Blick auf Elis Skizzenmappe. Vielleicht hatte sie das Büchlein dort hineingesteckt?

Ich klappte die Mappe auf und in der Tat, da waren sie, die Rezepte, in sorgfältiger Handschrift notiert. Ich legte die Blätter beiseite und wollte die Mappe schon wieder zuschlagen, als mein Blick auf das andere Zeug darin fiel. Zu meiner Überraschung waren da nicht die großformatigen Entwürfe, die Eli normalerweise für ihre Wandbehänge und Decken anfertigte. Nein, dies war ein Sammelsurium von unterschiedlichsten Dingen: ein auf eine Speisekarte gekritzelter Straßenname; der Immobilienteil einer römischen Tageszeitung; ein Streichholzheft, ebenfalls von einem Immobilienmakler in Rom. Hatte Eli vorgehabt, das Sommerhaus wieder loszuwerden und stattdessen eine Wohnung in Rom zu kaufen? Unter der Zeitung lagen dann doch noch ein paar Patchwork-Entwürfe. Einer davon sah aus wie der für meine Jacke. Aber als ich die Beschriftung der Skizzen betrachtete, sah ich, dass das gar nicht Elis Handschrift war. Ich weiß nicht mehr, wie lange ich dort stand, über die Mappe gebeugt, mit zusammengezogenen Augenbrauen und gerunzelter Stirn. Als ich den Deckel wieder zuklappte, war ich nicht unbedingt schlauer. Nur eines wusste ich sicher: Diese Skizzen konnten nicht Eli gehört haben.

In dieser Nacht träumte ich von Eli. Sie stand im Petersdom, dicht neben mir, und hielt meine Hand. Nach dem Aufwachen blieb ich noch eine ganze Weile mit geschlossenen Augen liegen, krampfhaft darum bemüht, diesen Traum – und Eli – noch eine Weile festzuhalten. Es war unsere erste gemeinsame Reise gewesen, meine erste Reise überhaupt, ich war zehn oder elf, als Eli mich gefragt hatte, ob ich wisse, was das Kolosseum sei. Und ob ich Lust hätte, die große Kirche zu sehen, die dem Papst gehört. Als der Traum und das Wohlgefühl, das er mit sich gebracht hatte, unwiderbringlich verflogen waren, stand ich auf und kochte Kaffee, doch erst nach der zweiten Tasse fiel mir ein, wieso ich nach all den Jahren wieder an diese Reise gedacht hatte. Ich lief nach unten und kramte noch einmal die Immobilienanzeigen und das Streichholzheftchen des Immobilienbüros *Randolfo* hervor. Und plötzlich war ich fest davon überzeugt, dass dieser Traum mir etwas hatte sagen wollen. Wie ferngesteuert lief ich zum Telefon und wählte die Nummer des Immobilienmaklers. Er meldete sich nach dem ersten Klingeln, doch als ich ihm mein Anliegen erklärte und nach Eli fragte, verebbte sein Interesse sofort. Nein, eine Kundin dieses Namens habe er nicht.

Eine Stunde später war ich auf dem Weg nach San Lorenzo. Während der Fahrt wandte ich meine Gedanken wieder dem anderen Thema zu: Di Lauro und meinem Vorsatz, das Katz-und-Maus-Spiel zu beenden und Tacheles mit ihm zu reden. Mir war schon länger klar, dass ich mit ihm über den geplanten Artikel reden musste. Nach der Entdeckung in Perugia kam mir meine bisherige Scheu ziemlich überflüssig vor. Ich wollte ihm ganz offen sagen, dass ich vorhatte, eine ausführliche Reportage über ihn und seine Arbeit zu schreiben. Vielleicht würde er sich dann mehr öffnen und auch von seiner Dozententätigkeit erzählen – schließlich lag ihm ja offenbar daran, seine Kenntnisse weiterzugeben.

An diesem Tag zeigte Di Lauro mir ein paar Bäume, deren Früchte er »Pera Volpina«, Fuchsbirne, nannte. Nebeneinander standen wir unter dem ersten von drei ziemlich großen Bäumen. Mit einem paradiesischen Lächeln auf den Lippen, das er für mich noch nie hervorgekramt hatte, sah er hinauf in die Krone und deutete auf kleine, gar nicht paradiesisch aussehende grün-rostige Früchte, die mir wie zu groß geratene Walnüsse vorkamen. Ich sah ihn an und überlegte, ob das der richtige Moment war, um die Karten auf den Tisch zu legen. Aber da sprach er schon weiter, wieder in tiefstem Umbrisch, sodass ich mich konzentrieren musste, ihn zu verstehen.

»Man weiß nicht genau, woher der Name stammt. Die einen sagen, von der Farbe der Schale, die an einen Fuchspelz erinnert. Vielleicht kommt er aber auch daher, weil Füchse diese Birnen gerne essen.«

Ich musste ihn irgendwie bohrend angesehen haben, denn plötzlich wandte er sich mir zu und fragte: »Warum gucken Sie mich so komisch an?«

Am liebsten hätte ich gesagt: »Ein Wunder ist geschehen. Sie können sprechen!« Aber es hatte keinen Sinn, patzig zu werden, auf die Art würde ich es mir nur mit ihm verscherzen und dann war es aus mit dem Artikel. Also schaute ich von den Schrumpfbirnen hin zu den Kisten und wieder zurück und sagte: »Ich frage mich, wie ich dort raufkommen soll.«

Er warf mir einen unfreundlichen Blick zu, murmelte etwas in seinen Bart hinein, das ich mal wieder nicht verstand, und war auch schon verschwunden.

Missmutig ging ich hinüber zu den Kisten, holte mir eine und begann, die Birnen an den unteren Ästen zu pflücken. Als die erste Kiste voll war und mir die Birnen in Reichweite ausgingen, fragte ich mich, wo Di Lauro blieb. Ich war davon ausgegangen, dass er eine Leiter oder irgendetwas in der Art hatte holen wollen. Er würde ja wohl kaum von mir erwarten, dass ich auf den Baum hochkletterte. In der Ferne hörte ich die beiden Hunde bellen, irgendetwas hatte sie wohl in Aufregung versetzt. Wahrscheinlich hatte Di Lauro Besuch bekommen. Das mit der Leiter würde also wohl dauern. Ich lauschte noch kurz und fing dann schon mal beim Nachbarbaum an. Als die dritte Kiste voll war, reichte es mir. Dann würde ich mir diese verdammte Leiter eben selbst holen.

Als ich mich dem Hof näherte, liefen mir die Hunde mit aufgeregtem Bellen entgegen. Weder Di Lauro noch irgendein Besucher waren zu sehen. Halbherzig rief ich seinen Namen, dann ging ich hinüber zu dem kleinen Schuppen an der Ecke, umrundete eine Anhäufung Brennholz, spähte hinter die Wassertanks nach einer Leiter. Weil ich keine fand, rief ich noch mal nach ihm und steuerte dann auf das Haus zu. Die beiden Hunde wichen nicht von meiner Seite. Wahrscheinlich ist er mit dem Besuch ins Haus gegangen und hat mich mal wieder komplett vergessen, dachte ich grimmig. Ich klopfte an die Haustür und spähte durch das Fenster der Wohnküche. Aber der große Raum war dunkel und es sah nicht so aus, als würde dort gerade Kaffee oder Tee für einen Besucher gekocht. Ich gab es auf und beschloss, stattdessen in der Scheune nach einer Leiter zu suchen.

In dem Durcheinander, das dort herrschte, sah ich Di Lauros blauen Arbeitsanzug erst auf den zweiten Blick. Er lag auf dem Boden, seine Beine ragten verkrümmt unter irgendwelchem Krempel hervor. Und dann entdeckte ich die Blutlache. Di Lauro hatte wohl versucht, einen Bock hervorzuzerren, dabei musste das Regal umgekippt sein und ihm war offenbar eine Gasflasche auf den Kopf gefallen.

Die Hunde fiepten und ich kämpfte beim Anblick der blutenden Kopfwunde gegen die aufkommende Panik. Mein Erste-Hilfe-Kurs war Ewigkeiten her, von der stabilen Seitenlage wusste ich nicht mehr als den Namen. Ich hatte wahnsinnige Angst davor, alles nur noch schlimmer zu machen. Ich griff nach seinem Handgelenk, fand aber keinen Puls. Um zu prüfen, ob er noch atmete, hielt ich einen angefeuchteten Finger vor seine Nase. Und da, ganz leise, spürte ich einen Hauch.

Mein Handy lag zu Hause in der Küche und so rannte ich zum Haus, um von dort zu telefonieren, aber die Haustür war abgeschlossen. Da fiel mir ein, dass er den Schlüssel immer in seine Brusttasche steckte, also lief ich wieder zurück in die Scheune. Ich griff in seine Brusttasche – und da regte er sich. Er blinzelte, starrte mich an, als wüsste er nicht, wo er mich einordnen sollte, und machte dann Anstalten, sich aufzurichten. Ich packte seinen Arm und versuchte ihm aufzuhelfen, doch bei dem Versuch, auf die Füße zu kommen, jaulte er sofort auf. Vielleicht hatte er ja auch noch etwas gebrochen? Die Kopfwunde machte mir im Moment aber viel größere Sorgen. Das Blut wollte nicht aufhören zu fließen, Bart und Hemd waren schon ganz rot. »Ich brauche den Hausschlüssel«, brachte ich hervor.

»Was wollen Sie in meinem Haus?«, knurrte er mit zusammengebissenen Zähnen.

»Ein Telefon?«

»Haben heute nicht alle so ein Ding dabei?«

»Wenn Sie ein Handy meinen – ich hab keins dabei. Kann ich also endlich den Schlüssel haben?« Was war nur los mit diesem Typen? Sogar kurz vorm Abkratzen konnte er noch grantig sein.

Auf einmal ächzte er und sackte in sich zusammen. »Wegen mir ... nicht telefonieren.«

»Sie sind verletzt. Sie müssen in ein Krankenhaus.«

»Ich gehe ... nirgendwohin.«

»Wie bitte?«

Die Geschichte endete damit, dass ich es irgendwie schaffte, ihn in den VW-Bus zu verfrachten und die beiden Hunde an eine ziemlich verrostete Laufkette zu legen. Um sie würde ich mich später kümmern. Während der Fahrt brütete Di Lauro eine Weile still vor sich hin. Ab und zu warf ich ihm einen unauffälligen Blick zu und bemerkte, dass er immer blasser wurde. Als wir die ersten Häuser von Città di Castello erreicht hatten, bekam ich es ernsthaft mit der Angst zu tun, denn mit jeder Kurve schien er noch mehr in sich zusammenzusacken. Auf meine Fragen, wo das verdammte Krankenhaus sei, reagierte er zuerst noch mit einem Murmeln, dann gar nicht mehr. Am Ende fragte ich einen mageren Alten, der am Straßenrand auf einem Klappstuhl saß, nach dem Weg. Di Lauro war inzwischen bewusstlos. Der Gebäudekomplex, der nach langem Suchen doch noch auftauchte, sah zwar wie eine Zementfabrik aus, war aber tatsächlich das Krankenhaus.

Panisch rannte ich zum Eingang, wo zwei Männer in Sanitäterkluft herumstanden und rauchten. Träge sahen sie mir entgegen, schnippten nach ein, zwei Sätzen von mir ihre Kippen jedoch sofort weg. Di Lauro wurde auf eine Trage verfrachtet und in ein Untersuchungszimmer gekarrt.

Ich setzte mich in den Gang und lauschte auf die Geräusche hinter der geschlossenen Tür. Irgendwann kam eine Ärztin heraus und erklärte – zuerst mit detailreichen medizinischen Worten, dann, als sie meinen Gesichtsausdruck sah, mit einfacheren –, dass »mein Mann« bis auf Weiteres hierbleiben müsse, denn er habe eine schwere Gehirnerschütterung erlitten; ich solle ihm doch baldmöglichst ein paar Sachen hierher ins Krankenhaus bringen. Ehe ich dazu kam, die Sache klarzustellen, war sie schon wieder verschwunden. Und während ich den langen Korridor entlang in Richtung Ausgang ging, überlegte ich, was Di Lauro wohl davon halten würde, wenn ich in seinem Bad nach Toilettensachen kramte.

Elisabeth

Ob die Jungfrau Maria ihre Hände im Spiel hatte bei dem, was im Sommer 1981 geschah? Jedenfalls fällt es mir schwer, es als Zufall anzusehen. Es muss eine Art Vorsehung gewesen sein – und es passierte genau am 15. August, an Mariä Himmelfahrt.

Rom an Ferragosto. Du weißt ja, was das bedeutet. Die Stadt gleicht einem Goldgräberort, in dem nichts mehr zu holen ist. Jeder dritte, vielleicht sogar jeder zweite Laden bleibt geschlossen, der Exodus ans Meer hat die Straßen leergefegt. Das Leben verlagert sich an die Strände von Ostia und Fregene, und wer es sich leisten kann, kehrt nicht vor dem ersten September zurück. Einzig im Quirinalspalast, in dem Staatspräsident Pertini in jenem Sommer die Krieger von Riace ausstellen ließ, herrschte so etwas wie Gedränge.

Auch ich fuhr an diesem Tag nach einer Besichtigung der Bronzestatuen mit ein paar Botschaftskollegen nach Fregene, wo wir es nicht ganz so schlimm fanden wie in Ostia, wohl weil Fregene doch ein Stück weiter von Rom entfernt liegt.

In den Achtzigerjahren wurde an den Botschaften noch ausgiebig gelebt, und so saßen wir zu zwölft in einem Strandrestaurant neben der Badeanstalt und tafelten. An diesem Tag gab es einen besonderen Grund für unser Treffen: die Verabschiedung von Margret, einer Kollegin, die völlig überraschend und gegen ihren Willen an die Moskauer Botschaft versetzt worden war. Die offizielle Version war »dringender Personalbedarf«, aber von der Kanzlersekretärin wusste ich, dass Margrets Chef, der Leiter der Kulturabteilung, in Bonn alle Hebel in Bewegung gesetzt hatte, um sie aus Rom wegzubekommen, weil sie seit Monaten ein Verhältnis mit einem hochrangigen, aber leider verheirateten Beamten aus dem italienischen Außenministerium hatte. Den größten Teil des Tages hatte ich mit dem Versuch zugebracht, die untröstliche Margret zu trösten. Am frühen Nachmittag wurde mit zunehmendem Weißweingenuss immer deutlicher, dass alle meine Mühe zum Scheitern verurteilt war. Als ich aufstand, um auf die Toilette zu gehen, spürte auch ich den Alkohol. Ich knüpfte mir meinen Sarong um die Hüften, nahm die Handtasche und machte mich auf den Weg nach drinnen. Trotz Margrets Elend – vielleicht auch gerade deshalb, denn sie konnte recht schnippisch sein und hatte mit ihren Befindlichkeiten die Stimmung in der Botschaft nicht eben positiv beeinflusst – fühlte ich mich frei und beschwingt und war mit meinen Gedanken bei einem Kollegen des Militärattachéstabs, der mir von der anderen Seite des Tisches schon die ganze Zeit über intensive Blicke zugeworfen hatte. Ich überlegte gerade, mit wem ich meinen Platz neben Margret eintauschen konnte, ohne dass es allzu auffällig wäre, als ich aus dem Augenwinkel einen Mann bemerkte, der an der Bar stand und etwas zu dem Mann hinter der Theke sagte. Er redete ziemlich laut, um Lucio Battistis Gesang aus dem Radio zu übertönen. Irgendetwas an dieser Stimme kam mir bekannt vor, also wandte ich meinen Blick irritiert in seine Richtung. Eine Espressotasse klapperte, der Mann stand immer noch mit dem Rücken zu mir und ich war fast an ihm vorüber, als er sich plötzlich umdrehte, die Tasse in der Hand. Es war Giorgio.

An das, was dann folgte, erinnere ich mich wie aus weiter Ferne. Wie die Tasse in der Luft stehen blieb. Wie Battisti *E come stai? Domanda inutile* sang. Wie Giorgios Augen sich einen Moment weiteten. Wie er mich anstarrte, als wäre ich eine Erscheinung. Dann war der Moment vorbei, eine Gruppe Italiener gesellte sich zu ihm, lärmend und lachend, ein Mann klopfte ihm auf die Schulter und er war meinem Blick entzogen. Wie im Traum setzte ich meinen Weg fort, ohne mich umzudrehen. Wie im Traum drückte ich die Tür auf und betrat die Toilette. Wie im Traum schloss ich hinter mir ab und trat ans Waschbecken. Dort blieb ich stehen und versank in mir selbst. Ein einziger Gedanke beherrschte mich: dass er lebte. Dass Giorgio lebte. Dass der grausige Verdacht gegen den Vater nur ein Hirngespinst gewesen war.

Langsam, ganz langsam kehrte die Gegenwart zu mir zurück. Battistis Stimme. *Ma non dovevamo vederci più.* Das Waschbecken, der Wasserhahn, der Spiegel. Und die Leute da draußen, die auf mich warteten. Ich drehte das Wasser auf und ließ es über meine Hände laufen, ewig lang. Ich schöpfte mir Wasser ins Gesicht, immer und immer wieder, bis ich das Gefühl hatte, wieder halbwegs bei Verstand zu sein. Ich zog Taschentücher aus meiner Handtasche, wischte meinem Spiegelbild den verlaufenen Kajal weg, trug neuen auf, färbte mir die Lippen rosa und kämmte mir die Haare. Dann blickte ich mir in die Augen und dachte: Das bin ich. Und bin es doch nicht mehr. Alles fühlte sich falsch an. Er war nicht tot – und das konnte letztlich nur eines heißen: Er war damals einfach abgehauen.

Hannah

Kann man die Reaktionszeit eines Menschen durch eine mathematische Formel ausdrücken? Wenn ja, sähe ich wohl alt aus. Jedenfalls war ich, im Gegensatz zu Eli, nie der zupackende Typ gewesen. Bis ich in die Gänge kam, war die Gelegenheit zum Handeln meist vorüber. Wenn zum Beispiel ein Kind auf der Straße hinfiel und sich das Knie blutig schlug, zauberte Eli gleich eine sterile Wundauflage aus ihrer Handtasche, während ich noch herumstand und nach den Eltern Ausschau hielt. Wenn auf einer Party die Gläser ausgingen oder das Salatbesteck fehlte, lief Eli los und besorgte die Sachen, während ich überlegte, wo die Gastgeberin war, um ihr Bescheid zu sagen, dass etwas fehlte. Warum hätte es mir diesmal anders gehen sollen?

Jedenfalls wurde mir erst auf der Rückfahrt vom Krankenhaus klar, was zu tun war: Auch wenn es mir nicht gefiel, schon wieder mit dieser zickigen Wirtin zu tun zu haben – ich musste Maddalena Bartoli Bescheid geben. Sollte *sie* Di Lauro die Klamotten ins Krankenhaus bringen, schließlich war sie mit ihm verwandt, um wie viele Ecken auch immer. Doch ausgerechnet an diesem Tag war die Osteria geschlossen. Eine ganze Weile drückte ich mich davor herum, klopfte und wartete, aber weder Maddalena Bartoli noch die alte Frau, die sich bei meinem Anblick bekreuzigt hatte, tauchten auf. Also blieb mir nichts anderes übrig, als mir vom Barmann die Nummer der Wirtin geben zu lassen und ihr auf den Anrufbeantworter zu sprechen.

Elisabeth

In den Jahren meiner Kindheit habe ich eines gründlich gelernt: mich am Riemen zu reißen. Die Kunst, der Welt das Gesicht zu zeigen, das sie sehen wollte, beherrschte ich perfekt – ich konnte eine sorglose, neutrale, strebsame oder fleißige Miene aufsetzen, je nachdem, was gerade nötig war. Und so kehrte ich an unseren Tisch zurück – Giorgio und seine Gesellschaft waren inzwischen verschwunden –, setzte mich und hätte beinahe selbst glauben können, dass alles wie vorher war. Ein Trugbild war vorübergezogen, weiter nichts.

Ich tauchte ein in die immer weinseligeren Gespräche, ließ mich einlullen von den summenden Stimmen, parierte leichthin die Scherze der Kollegen. Irgendwann kam die Rechnung, die wir wie immer *alla romana*, also zu gleichen Teilen – bezahlten. Danach hakte sich Lieselotte aus der Kulturabteilung bei mir unter und wir spazierten zu unseren Liegestühlen zurück. Und da sah ich ihn wieder.

Er saß ein Stück weit entfernt, dort, wo die *Spiaggia pubblica* begann, umringt von derselben Traube, die zuvor an der Bar zu ihm gestoßen war. Nur dass jetzt ein kleines Mädchen kam und lachend von hinten an ihm zerrte. Ein etwas älteres Mädchen rief: »Ma lasciatelo in pace!«, doch ein Junge warf ihm bereits einen gelben Delial-Ball zu und die Frau neben ihm stupste ihn in die Seite, um ihn zum Ballspielen mit den Kindern zu animieren. Wie gebannt starrte ich auf diese Familienszene. Ich konnte nicht fassen, was ich da sah.

Als Lieselotte etwas zu mir sagte, wandte ich mich ab, wir gingen weiter und setzten uns ein Stück entfernt in unsere Liegestühle. Während um mich herum die Gespräche der Kollegen weitergingen, verschanzte ich mich hinter meinem Buch, Erica Jongs

Angst vorm Fliegen. In mir tobte ein Sturm. Dort drüben war der Mann, der für mich die Liebe meines Lebens gewesen war, und spielte mit seinen Kindern Wasserball. Er hatte mich geschwängert und war dann abgehauen. Was mit mir und dem Kind passiert war, schien ihm vollkommen egal gewesen zu sein. Was hinderte mich eigentlich daran, aufzustehen, zu ihm zu gehen und sein ganzes verdammtes Leben in die Luft zu jagen?

Aber ich tat nichts in der Art und irgendwann war er verschwunden. Auch unsere Clique geriet in Aufbruchstimmung. Ich packte mechanisch meine Sachen zusammen, schulterte meine Tasche und machte mich mit den anderen auf den Weg zum Ausgang. Ich fühlte mich wie tot. Ich weiß noch, wie Lieselotte auf mich einredete und wie ich nickte und es irgendwie schaffte, an den richtigen Stellen eine Bemerkung zu machen. Lieselotte öffnete den Kofferraum ihres moosgrünen Simca, wir taten unsere Taschen hinein und ich setzte mich benommen neben sie auf den Beifahrersitz. Beim Losfahren wirbelte Staub auf, und als Lieselotte von dem unbefestigten Parkplatz auf die Straße bog, sah ich ihn noch einmal: Er stand neben dem Eingang der Badeanstalt und starrte zu mir herüber. Ich drehte mich zu ihm um und unsere Blicke verhakten sich einander, bis der Simca um die letzte Kurve bog und ich ihn endgültig aus den Augen verlor.

Hannah

Es war früher Nachmittag, als ich zurück nach San Lorenzo fuhr.

Nachdem ich die Hunde von der Kette gelassen und ihnen Wasser und Futter hingestellt hatte, stromerte ich noch ein bisschen auf dem Gelände herum. Der Hof kam mir jetzt noch stiller vor als sonst. Die langen Tische mit dem zu sortierenden Obst lagen im Halbschatten der beiden Eichen wie für ein Stillleben arrangiert; die Äpfel, stellenweise von der Sonne beschienen, leuchteten in Rot und Gelb um die Wette. Die Schönheit dieses Augenblicks berührte mich. Ich ließ ihn wirken, ohne meine Kamera zu holen.

Als ich mich wieder dem Haus zuwandte, sah ich Baldo und Elvis ratlos an der Treppe herumstehen. Jeder blickte in eine andere Richtung und ihr Futter hatten sie kaum angerührt. Die sehen so aus, wie ich mich fühle, dachte ich und richtete meinen Blick wieder auf die Tische. All das Obst, das darauf wartete, sortiert zu werden. Wie lange konnte das dort herumliegen, ohne zu vergammeln? Ich könnte das Zeug ja wenigstens in den Schuppen schaffen, fragte sich nur, wo das Obstlager war. Sortieren musste er dann halt selber, wenn er wieder fit war, denn wenn ich eines verstanden hatte, dann, dass ich es hier mit zig Sorten zu tun hatte, von denen ich noch nicht einmal ansatzweise gehört hatte: Da waren knotige kleine Früchte, die unglaublich retro aussahen, und andere, die an alte Weibchen und langnasige Zwerge denken ließen; andere, die platt waren wie Weinbergpfirsiche. Doch dann entdeckte ich in ein paar schon gefüllten Kisten Zettel, auf denen jeweils ein Name und eine Telefonnummer standen. Sollten diese Leute benachrichtigt werden und holten das Zeug dann hier ab? Gut, dachte ich, das würde ich übernehmen, aber erst später. Zuerst nun doch die Klamotten fürs Krankenhaus, denn die Wirtin war immer noch nicht aufgekreuzt. Vielleicht war sie den ganzen Tag oder noch länger unterwegs, da konnte ich Di Lauro schlecht ohne alles im Krankenhaus liegen lassen.

Es war das zweite Mal, dass ich das Haus betrat. Diesmal war abgeschlossen, aber ich hatte den Schlüssel aus Di Lauros Brusttasche. Auf dem Tisch lagen immer noch jede Menge Bücher und Papiere herum, aber das Zimmer wirkte irgendwie verwaist, als wüsste es, dass sein Bewohner es verlassen hatte. Im Korridor hinter der Wohnküche sah ich mich nach einem Lichtschalter um und fand ihn schließlich hinter einem Bündel Jacken an der Garderobe. Ich sollte das doch der Bartoli überlassen, dachte ich plötzlich, verwarf den Gedanken aber gleich wieder. Meine

Güte, was war denn schon dabei, ich würde ein paar Sachen zusammenpacken und fertig.

Im Obergeschoss sah ich einen weiteren düsteren Korridor vor mir, von dem etliche Türen abgingen. Hinter der ersten lag eine Art »Zimmer für alles« mit zusammengestöpselten Möbeln und einem Bügelbrett in der Mitte. Irgendetwas an dem Anblick rührte mich irgendwie, was absurd war, schließlich muss sich jeder Mensch, der keinen Kammerdiener hat, selbst um seine Wäsche kümmern. Aber da war noch etwas anderes. Irgendwie machte es bei mir klick und ich begriff, was für ein Eremitendasein dieser Typ eigentlich führte, hier am Ende der Welt. Keine Frau, keine Freunde, noch nicht mal ein Nachbar in der Nähe. War das der Grund dafür gewesen, dass Eli ihm geholfen hatte? Weil da sonst niemand war?

Hinter der nächsten Tür lag das Bad, ein großer Raum mit einem Ziegelboden. Die Wände hatte jemand mit Ornamenten verziert, sicher die Amerikanerin. Ich langte nach der einsamen Zahnbürste, die auf dem Waschbeckenrand lag, wickelte sie mitsamt der Zahnpasta und der Seife in ein Handtuch und ging ins nächste Zimmer.

Das Erste, was mir auffiel, war der Apfelduft, der mich schier umwarf. Ansonsten glich das Zimmer einer Mönchszelle. Ein schmales, sorgfältig gemachtes Bett, ein Schrank, ein Nachttisch mit einem kleinen Emaillekästchen darauf, das war alles. Ich plierte in den Schrank, in der Erwartung, dort ein Apfellager vorzufinden, entdeckte aber nur penibel gefaltete Klamotten, was mich ziemlich überraschte, wenn ich an seinen eher verwilderten Look dachte. Also kam nur noch das Bett selbst infrage. Und tatsächlich, darunter standen zwei flache Kisten, bis zum Rand mit Äpfeln gefüllt. Ich versuchte, mir Di Lauro schlafend in diesem Bett vorzustellen, aber es ging nicht. Das Bild war zu friedlich. Es biss sich mit dem grantigen Typen, den ich kannte und den ich, wenn ich's mir recht überlegte, auch immer nur in Bewegung gesehen hatte. Ein Leben für die Arbeit. Ob er auch ständig so geschuftet hatte, als die Frau noch da war? Irgendwie schräg, dachte ich plötzlich, hier mitten in Di Lauros Privatsphäre herumzustehen und mir solche Sachen zu überlegen.

Auf einmal hatte ich es eilig und kramte rasch zwei Schlafanzüge, etwas Unterwäsche und auch eine Garnitur Kleidung aus dem Schrank und machte dann, dass ich rauskam. Vor der Haustür winselten die Hunde.

Elisabeth

Ich habe die Mutter nie wiedergesehen. Sie starb im September 1981 an Bauchspeicheldrüsenkrebs, der einen Monat zuvor diagnostiziert worden war. Ich erinnere mich genau an jenen Tag, als ich das zweite Mal nach all den Jahren das Friedhofstor öffnete und durch die Reihen der toten Dorfbewohner ging, von denen ich die meisten beim Namen kannte. Als ich jedoch den mir bekannten Weg einschlug und in die zweite Reihe beim Brunnen einbog, hielt ich erstaunt inne. Hier waren kein frisch ausgehobenes Grab, keine Kranzorgie, kein Holzkreuz mit wehendem Schleier. Hatte ich mich in der Reihe geirrt? Mit zögernden Schritten ging ich weiter und stand schließlich am Grab des Vaters, das eigentlich nur aus einer Grabplatte bestand, in die sein Name eingraviert war. Sonst nichts. Kein Datum, kein »geliebter Vater«, wie das sonst üblich war in Mosisgreuth, wo die Familien die zärtlichen Worte füreinander erst nach dem Tod finden.

Ratlos stand ich vor dem Grab herum, als ich plötzlich auf der anderen Seite des Friedhofs eine Frau mit Lady-Di-Frisur bei einem frischen Grab stehen sah, die ein Kind an der Hand hielt: meine Schwester. Erst als ich sie fast erreicht hatte, sagte ich: »Grüß dich Gott, Sophie.«

Sie fuhr herum und starrte mich an. »Du?«

Das Kind, ein winziges blondes Ding mit einer »Palme« auf dem Kopf, sah mit großen Augen zu mir hoch, schwankte ein wenig und plumpste auf seinen dicken Windelpo. Die Kleine verzog keine Miene, Sophie bückte sich und stellte sie wieder auf die Füße.

»Das ist also die Hannah?«, fragte ich und bückte mich, um das runde Gesichtchen, das daunenweiche, fast weiße Haar und das gesmokte rosa Hängerchen zu betrachten. Dann richtete ich mich wieder auf und blickte Sophie an.

Ich sah, wie es in ihr arbeitete. Die Knöchel ihrer linken Hand, in der sie eine Gießkanne hielt, traten weiß hervor.

»Woher weißt du ihren Namen?«

Ich erwiderte ihren Blick, ohne mit der Wimper zu zucken.

»Die Mutter hat's mir geschrieben.«

Ein überraschter Ausdruck flackerte über ihr Gesicht und schließlich sagte ich: »Du hast es also nicht für nötig befunden, mich zu benachrichtigen.«

»Dich *benachrichtigen*?!«, stieß sie aus. »Warum hätt ich das tun sollen? Du hast dich doch nie für uns interessiert!«

»Hör mal, Sophie. Du weißt nicht mal die Hälfte von dem, was ich hier erlebt habe. Also solltest du vielleicht nicht so eine dicke Lippe riskieren.«

Einen stummen Augenblick lang kreuzten wir die Klingen, bis ich in etwas versöhnlicherem Ton fragte: »Und die Mutter? Warum liegt sie *hier*?«

Sophies Gesichtsausdruck erschlaffte. Sie wandte sich zur Seite und blickte auf den Hügel mit den Kränzen. Als ich schon glaubte, sie würde mir nicht antworten, stieß sie verächtlich die Luft durch die Nase aus und sagte: »Als die Mutter gehört hat, dass sie krank ist, war ihre größte Sorg, dass sie nicht zu dem da hineinkommt.« Sie machte eine Bewegung mit dem Kinn in die Richtung, aus der ich gerade gekommen war. »Und ich hab dafür gesorgt, dass ihr Wunsch erfüllt worden ist.« Sie richtete sich auf, mit vorgerecktem Kinn. Einen Moment lang erkannte ich mich in ihr wieder. Diesen Trotz, die hilflose Wut, den Hass. Was mochte *sie* erlebt haben, was *ich* nicht wusste? Wann hatte sie aufgehört, das »Schätzle« für meinen Vater zu sein?

Plötzlich fing das kleine Mädchen an zu jammern, und bald steigerte sich das Jammern zu einem Weinen. Auf einmal fühlte ich mich elend. Ich räusperte mich und sagte laut, über das Heulen hinweg: »Hör mal, Sophie, du und ich, wir sind doch Schwestern. Und alles, was …« Weiter kam ich nicht. Denn in dem Moment quietschte die Friedhofspforte und Sophie wandte den Blick von mir ab hin zu der Person, die mit eiligen und energischen Schritten näher kam. Eine dunkle Stimme hinter mir sagte: »Gibt's ein Problem, Sophie?«

Ich drehte mich um und sah einen jungen Mann in Jeansjacke dort stehen, kaum älter als Sophie, der mich mit wachsamen Augen musterte. Sophie antwortete: »Jetzt ist sie da, die Dame. Wo's ums Erben geht.«

Ich blickte von Sophie zu dem Mann und schüttelte den Kopf. Dann drehte ich mich um und verließ den Friedhof und Mosisgreuth. Es war das letzte Mal, dass ich Sophie sah.

Hannah

Ich sei ein liebes Kind gewesen, hat Eli früher immer gesagt. Und so pflichtbewusst. Sicher war es dieser Charakterzug, der mich kurz darauf in das als Zementfabrik getarnte Krankenhaus aufbrechen ließ. Vorher hatte ich die Trinknäpfe der Hunde noch mal mit frischem Wasser gefüllt.

Im Krankenhaus hieß es, man habe inzwischen eine Computertomografie durchgeführt, um Hirnblutungen auszuschließen. »Mein Mann« sei leider immer noch ohne Bewusstsein. Ich klärte die Schwester über unser tatsächliches Verhältnis auf, gab ihr die Sachen, die sie mit einem professionellen und nicht allzu freundlichen Lächeln entgegennahm, und nannte ihr schließlich Maddalena Bartolis Telefonnummer. Als sie kurz darauf wieder im Schwesternzimmer verschwand, stand ich noch einen Augenblick auf dem Gang herum, dann machte ich mich auf den Weg Richtung Ausgang.

Auf der Rückfahrt probierte ich mal wieder vergeblich, die Bartoli zu erreichen, und überlegte, ob ich noch mal bei der Osteria vorbeifahren sollte. Aber ich hatte absolut keine Lust auf eine persönliche Begegnung mit dieser schnippischen Person, daher fuhr ich direkt nach San Lorenzo, um mich um Baldo und Elvis zu kümmern. Und dann waren da ja auch noch die Telefonnummern aus den Obstkisten. Noch im Auto hörte ich die beiden Herren jaulen. Ihr ratloser Blick und die Unruhe, mit der sie um mich herumscharwenzelten, kaum dass ich ausgestiegen war, rührten mich so, dass ich ihnen den staubigen Rücken klopfte und mit möglichst viel Zuversicht in der Stimme versicherte: »Euer Herrchen kommt ja bald wieder.« Doch als sie daraufhin mit ihren braunen, vertrauensvollen Hundeaugen ernst zu mir hochlugten, kam ich mir wie ein Scharlatan vor.

Jedenfalls war es sicher gut, dass ich ihnen noch ein bisschen Gesellschaft leisten würde. Als Erstes schaffte ich die Kisten mit den Lieferzetteln in den VW-Bus. Als das erledigt war, überlegte ich, wo ich die übrigen Äpfel unterbringen sollte. Vielleicht hatte Di Lauro ein CA-Lager wie die Bauern in Mosisgreuth?

Ich schob das Scheunentor weit auf, um drinnen besser sehen zu können. An einem Stützbalken fand ich einen wenig vertrauenerweckenden Drehschalter, der ein funzeliges Licht in den hinteren Bereich zauberte. Ich schlängelte mich zwischen einem rostigen Ding, das wie eine alte Mostpresse aussah, und dem Fahrgestell eines wohl aus dem Neolithikum stammenden Anhängers durch. Hinter einer übermannshohen Rolle Maschendraht und ein paar Zaunpfählen kam dann tatsächlich eine Tür zum Vorschein. Unwahrscheinlich, dass er sich jedes Mal mit seinen Kisten hier hindurchwürgte, aber ich war neugierig und öffnete sie.

Der Raum war vollgestopft mit Krempel: rohe Holzblöcke, eine unfertige Skulptur, ein paar Leinwände und große Tafeln aus Holz oder Pressspan. Das Zeug musste Di Lauros Frau gehört haben. Und was war das für ein kleiner Ofen? In der rechten Ecke stand ein hübscher antiker Schrank mit Intarsienarbeiten, eigentlich viel zu schade, um im Schuppen zu vergammeln. Ich klappte die Holztafeln und Leinwände um, aber sie waren alle leer. Und diese komische Skulptur, was sollte die darstellen? Eine dicke Frau, die sich den Bauch hielt. Nicht gerade mein Ding, aber vielleicht wäre noch was draus geworden. Ich trat an den Schrank und zog die Doppeltür auf. Er war voller Klamotten, die alle nach Farben sortiert waren. Meine Güte, dachte ich, man sollte ihm mal die Adresse vom Roten Kreuz geben. Von Eli hatte ich gelernt, dass man von zu viel Krempel ein schlechtes Karma bekommt.

Am Ende fand ich den Zugang zum Obstlager auf der Rückseite der Scheune. Zwar war ich mir nicht sicher, ob diese Äpfel und Birnen alle auf dieselbe Weise gelagert werden sollten, aber es erschien mir auf jeden Fall das Beste, sie erst mal in eine kühle Atmosphäre zu stecken.

Ich war gerade dabei, die Tür des Kühllagers zu verriegeln, als ich die Herren bellen hörte, und kurz darauf erklang das Brummen eines Motors. Es kam näher und verstummte. Eine Wagentür wurde zugeschlagen. Das Hundegebell hörte auf. Einen absurden Moment lang fragte ich mich, ob Di Lauro schon entlassen worden war.

Ich bog um die Ecke. Und da stand sie, Maddalena Bartoli, in einem weißen Kleid und Stöckelschuhen, und starrte, die Hände an der Scheibe, in meinen Wagen.

Sie fuhr herum, als sie mich kommen hörte. »Was tun Sie hier?«

»Was tun *Sie* hier?«

Mit einer ungeduldigen Kopfbewegung schüttelte sie sich die Haare aus dem Gesicht. »Ich habe Ihren Anruf abgehört. Wie geht es Matteo?«

»Wie's einem halt so geht, wenn einem eine Gasflasche auf den Kopf gefallen ist«, antwortete ich und dachte, dass das also sein Name war: Matteo.

»Wie bitte?«

»Das ist der Stand. Sind Sie auf dem Weg ins Krankenhaus?«

Sie machte sich nicht die Mühe zu reagieren. Stattdessen fragte sie ihrerseits: »Haben Sie ihm die Sachen schon gebracht?«

Ich zuckte die Achseln. »Klar. Ich wusste ja nicht, wann Sie wieder auftauchen.«

Etwas freundlicher sagte sie nun: »Gut. Dann mach ich mich mal auf den Weg.«

»Als ich vorhin dort war, war er noch nicht ansprechbar. Man hat mich nach Angehörigen gefragt und ich habe Ihre Telefonnummer hinterlassen. Die Nummer seiner Mutter konnte ich nicht in Erfahrung bringen ... auch nicht die seiner Frau.«

Das war eine Finte, denn ich hatte weder das eine noch das andere versucht. Für den Bruchteil einer Sekunde flackerte etwas in Maddalena Bartolis Blick auf. Unsicherheit oder Irritation?

»Matteos Frau wohnt nicht mehr in dieser Gegend.«

»Aber ein Telefon wird sie doch trotzdem haben!« Irgendwie wollte ich sie provozieren. Ich betrachtete sie genau: ihren rot geschminkten Mund, das wallende schwarze Haar auf dem hellen Grau ihrer Lederjacke, die roten Fingernägel. Sie sieht schön aus, dachte ich plötzlich, mit diesen Schneewittchen-Farben. Und mit einem Mal kam ich mir ungepflegt vor in meiner Latzhose, meinen nachlässig hochgesteckten Dreads und der sommersprossigen Haut.

Sie sagte: »Rose Bennett wird hier kaum von Nutzen sein.«

Ihrem verkniffenen Gesichtsausdruck nach waren Rose Bennett und sie nicht gerade *best friends* gewesen.

Aber dann fügte Maddalena Bartoli mit einem nachsichtigen Lächeln hinzu: »Rose Bennett interessiert sich nicht mehr für die Belange ihres Mannes.«

»Sie werden's schon wissen ...« Betont gleichgültig zuckte ich die Achseln und schloss das Scheunentor.

Sie schien verblüfft und musterte mich nun schweigend. Dann kam sie ein paar Schritte auf mich zu und fragte: »Was haben Sie denn da drin gemacht?«

Ohne sie zu beachten, ging ich zum Tisch, holte die restlichen leeren Kisten und begann sie unter dem Vordach übereinanderzustapeln.

»Was wollen Sie überhaupt hier?«

Ich lachte auf. »Wollen? Das ist wohl kaum der richtige Begriff.«

Plötzlich trat sie mir in den Weg und fixierte mich. »Wir brauchen Sie hier nicht.«

»Ach nein?«, sagte ich und drückte ihr zwei staubige Kisten in den Arm. »Dann werden *Sie* das hier also übernehmen.«

Elisabeth

Rom war eine Stadt der Gegensätze. Die Beiläufigkeit, mit der man sich hier inmitten genialster Kulturschätze bewegte, raubte mir immer wieder den Atem. In der ersten Zeit hier hatte ich nicht genug bekommen können von all der Pracht, war von Kirche zu Kirche und von Museum zu Museum gezogen. Rom war aber auch eine verruchte Stadt, schmutzig und leidenschaftlich und irgendwo auch verlogen. In Rom lebt der Papst und nach Einbruch der Dunkelheit standen die Huren vor der Botschaft in der Via Po.

An einem Tag Anfang Oktober hatten wir wieder einmal länger Dienst: Ein deutscher Reisebus war auf dem Grande Raccordo in die Leitplanken gedonnert und wir hatten alle Hände voll zu tun, die verunglückten Jugendlichen zu betreuen und die Anrufe ihrer Angehörigen entgegenzunehmen. Es war schon dunkel, als ich das Botschaftsgelände verließ und auf die Straße hinaustrat.

Die Via Po und somit die Botschaft grenzten unmittelbar an die Villa Borghese, den nach der Villa Doria Pamphilj größten Park der Stadt. Dort gingen wir in den Mittagspausen manchmal spazieren oder setzten uns auf eine Bank in die Sonne. Nach Einbruch der Dunkelheit war es allerdings schon damals nicht mehr ratsam, den Park zu betreten, denn das Geschäft mit den Drogen und den Huren blühte.

Wegen des Straßenstrichs direkt vor dem Botschaftsgebäude ignorierte ich die Gestalt auf der anderen Straßenseite ganz bewusst und beeilte mich, zu meinem Spider-Cabrio zu kommen, das um die Ecke ein paar Meter entfernt vom Tor der Villa Borghese geparkt war.

Ich war an diesem Abend in Trastevere zum Essen verabredet, mit einem Kulturattaché der britischen Botschaft. Vorher wollte ich unbedingt zu Hause noch rasch duschen und die Kleider wechseln.

Noch im Gehen kramte ich in meiner Tasche nach dem Schlüssel und war so in meine Suche vertieft, dass ich die Schritte hinter mir erst hörte, als ich den Schlüssel in die Autotür stecken wollte. Ich fuhr herum und sah einen Mann auf mich zukommen. Ich wich zurück, starrte auf die dunkle Silhouette, die nur von hinten beleuchtet wurde, und überlegte, ob ich schreien oder davonlaufen sollte. Doch dann sagte der Mann: »Sono io.« Ich bin's.

Im ersten Moment war ich wie gelähmt. Es war mir nicht möglich, beides zusammenzubringen – die fremde Silhouette und die vertraute Stimme. Ich taumelte rückwärts gegen meinen Wagen, was mich wohl daran hinderte, einfach umzufallen. Der Mann tat einen Schritt auf mich zu, er stand jetzt ganz dicht vor mir und im Licht der einzig heilen Laterne erkannte ich sein Gesicht: Es war Giorgio.

Es dauerte eine Weile, bis ich in der Lage war zu sprechen. Doch alles, was ich herausbrachte, war: »Wie hast du mich gefunden?«

Er antwortete nicht gleich, und als er sprach, klang seine Stimme ganz rau: »Die vielen Autos mit Diplomatenkennzeichen in Fregene? Da musste ich nicht viel kombinieren …«

»Und warum bist du gekommen?«

Er blickte mich unverwandt an. »Das fragst du? Nach allem, was war?«

Dann stieß er ein Lachen aus, das kein bisschen zu der selbstgerechten Empörung passte, die ich empfand. In dem Moment hörten wir Schritte von hochhackigen Schuhen, und zwei Frauen in Miniröcken stolzierten mit argwöhnischer Miene an uns vorbei. Benommen schloss ich den Wagen auf und setzte mich hinters Steuer. Einen Augenblick war ich versucht, einfach wegzufahren, mit quietschenden Reifen und aufjaulendem Motor, aber dann zog ich doch den Knopf an der Beifahrerseite hoch und Giorgio stieg ein. Eine halbe Ewigkeit verging, in der keiner ein Wort sagte. Schließlich fiel mir nichts anderes ein als die Frage von vorhin zu wiederholen. Gerade als Giorgio zu einer Antwort anhob, hörten wir plötzlich einen Wagen heranrauschen, Giorgios Profil flammte auf und wenig später klopfte ein Carabiniere an meine Scheibe. Ich kurbelte das Fenster herunter und fragte wenig freundlich, was los sei.

Die Begegnung endete damit, dass ich ihm meine *Tessera*, das Ausweisdokument des Außenministeriums, unter die Nase hielt und schließlich doch noch mit quietschenden Reifen davonfuhr. Die Carabinieri hatten mich für eine Prostituierte gehalten und Giorgio für meinen Freier. Und während ich auf dem Weg durchs nächtliche Parioli in der Viale delle Belle Arti an den jungen Männern vorbeifuhr, die aus der Dunkelheit des Parks auftauchten, auch sie auf der Suche nach Freiern, stieß ich hervor: »Ich sollte dich hier rauswerfen.«

Doch da hörte ich ihn plötzlich sagen: »Ich habe doch so lange gar nichts gewusst. Dass du schwanger warst, habe ich von deiner Freundin erfahren. Wieso hast du mir das nicht selbst erzählt?«

Ich umkrampfte das Steuer fester.

»Warum hast du nicht versucht, mich da rauszuholen?« Ich hatte Mühe, meine Stimme unter Kontrolle zu halten. Am liebsten hätte ich ihm ins Gesicht geschlagen. Ich atmete tief durch und konnte nicht verhindern, dass mein Atem zitterte. Gleich würde ich in Tränen ausbrechen. All die Jahre hatte ich Angst gehabt, er sei tot, der Vater hätte ihn erschlagen. Vielleicht hatte ich diese Angst unbewusst sogar geschürt, weil die Alternative noch schwerer zu ertragen war: dass er erst wegen mir aus Brasilien zurückgekehrt war, mich dann aber einfach so in meinem Elend zurückgelassen hatte. Jahre hatte es gedauert, bis ich nicht mehr jede Nacht sein Bild vor Augen gehabt hatte, sein Gesicht und das Babygesicht von Hannes. Doch dann begann er zu erzählen, mit dumpfer, leiser Stimme. »Ich habe damals alles verloren. Von einem Tag auf den andern. Vor der Pension hat er auf mich gewartet. Er hat gedroht, mich anzuzeigen, wenn ich nicht sofort – auf der Stelle – verschwinde.«

Wir waren inzwischen am Lungotevere angekommen und es war nicht mehr weit bis zu meiner Wohnung. Ich fuhr rechts ran und stellte den Motor aus.

»Was willst du denn damit sagen? Wer wollte dich anzeigen?«

Er fuhr herum. Seine Augen funkelten im Scheinwerferlicht des vorüberrauschenden Verkehrs.

»Dein verdammter Vater, wer denn sonst! Er wollte mich anzeigen, weil ich mich mit einem – wie er sagte – *Kind* eingelassen hatte. Er sagte, er würde dafür sorgen, dass ich ins Gefängnis käme. Er hat mich gezwungen, noch am selben Abend zu verschwinden.«

Er verstummte und ich sah, wie er die Hände zu Fäusten ballte. Dann sagte er: »Ich konnte nicht zurück nach Brasilien. Ich hatte das ganze Geld für das Flugticket ausgegeben. Also bin ich zurück nach Italien. Ein Jahr hat es gedauert, bis ich eine neue Arbeit gefunden hatte.«

Ich starrte ihn an, sah sein Gesicht, die aufgerissenen Augen. Mein Herz klopfte wie wild und wollte sich so gar nicht beruhigen. Da saßen wir nun, zwei ehemals Liebende in einem roten Alfa Spider in Rom. Nach all den Jahren hatte ich ihn tatsächlich wiedergefunden. Er war nicht tot, der Vater hatte ihn nicht erschlagen. Und Giorgio hatte mich auch nicht verraten. Keine Sekunde zweifelte ich an seiner Geschichte. Schließlich wusste ich, zu was der Vater fähig gewesen war.

Plötzlich spürte ich Giorgios Hand auf meiner. Ich blickte auf und sah sein Gesicht näher kommen, sah die Tränen in seinen

Augen. Und dann zog er mich zu sich und küsste mich und alles um mich her versank in einem Rausch.

Was bleibt mir noch zu sagen von diesem Wiedersehen im Oktober? Mir war, als wäre ein Engel gekommen und hätte ein Wunder geschehen lassen. Aber vielleicht waren es auch Hexen, die ihre Hände im Spiel hatten in dieser dunklen Nacht des Jahres 1981.

Hannah

Ich kapierte absolut nicht, warum die Bartoli mir gegenüber immer so zickig und abwehrend war. Ihre ganze Art forderte meinen Widerstand heraus. Auch wenn das vielleicht lächerlich war: Ich hatte nach dieser verunglückten Begegnung keinen anderen Gedanken mehr als: Jetzt erst recht. Wenn die Bartoli sich dermaßen abfällig über Rose Bennett äußerte, würde ich alles daransetzen, Di Lauros Noch-Ehefrau über den Unfall zu informieren. Sie konnte dann ja daraus machen, was sie wollte.

Nachdem Maddalena Bartoli davongefahren war (nicht ohne sich verärgert den Staub vom ansonsten blütenweißen Kleid geklopft zu haben) und ich die Scheune verriegelt hatte, fiel mein Blick auf die beiden Herren. In schönster Vorstehhundmanier hatten sie vor der Haustür Stellung bezogen und verfolgten jeden meiner Schritte. »Was mache ich jetzt bloß mit euch?«, murmelte ich. Einen Moment lang spielte ich mit dem Gedanken, sie über Nacht ins Haus zu sperren. Aber dann fragte ich mich, ob sie vielleicht die Möbel annagen würden, so wie das Beckys Hund immer tat, wenn ihm irgendetwas nicht passte. Ich wäre gerne einfach nach Hause gefahren, ohne weitere Verpflichtung, aber mit dem nächsten treuherzigen Blick der beiden war die Sache entschieden. »Also gut«, sagte ich zu ihnen und suchte das Hundefutter, die Näpfe und die Leinen zusammen.

Im Sommerhaus verrührte ich die Getreideflocken wie auf der Packung beschrieben mit etwas Wasser und dem Dosenfutter zu einem unappetitlichen Mix. Die beiden schienen das Gericht aber zu goutieren, denn sie machten sich gleich darüber her und hatten im Nullkommanichts alles weggefressen, sodass ich gleich noch mal dieselbe Menge anrührte. Nachdem sie auch die zweite Portion im Handumdrehen vertilgt hatten, musste ich an den Ausdruck »die Haare vom Kopf fressen« denken. Der Schöpfer dieser Redewendung musste die beiden hier gekannt haben. Als nichts nachkam, soffen sie noch ihre Näpfe leer und hinterließen eine lange Tropfspur auf dem Küchenboden. Morgen würde ich die Raubtierfütterung draußen vornehmen.

Die Sonne war inzwischen hinter dem Hügel verschwunden und ich schlüpfte in meine Patchwork-Strickjacke. Als ich mir die Leinen schnappte, sprang der Jüngere vor Freude an mir hoch, wobei er mich fast an die Wand warf, während der Ältere zur Tür trottete und ein ungeschlachtes Bellen hören ließ. Ich folgte ihnen nach draußen, und als ich sie anleinte, musste ich noch einmal kurz an die Bartoli denken – daran, wie sie geguckt hatte, als ich ihr die Kisten in die Hand gedrückt hatte, und an das Kleiderausklopfen. Garantiert hätte sie wahnsinnig gerne die Hunde ausgeführt.

Anfangs behielt ich die beiden an der Leine, aber der »Kleine« hatte wohl noch keine Erziehung genossen und der »Alte« schien sie schon wieder vergessen zu haben. Jedenfalls zogen und zerrten sie mich durch die Gegend, sodass ich ziemlich bald den dringenden Wunsch hatte, sie einfach loszumachen. Ich überlegte, wo ich sie gefahrlos laufen lassen konnte, und da kam mir natürlich gleich San Lorenzo in den Sinn. Immerhin war das ihr Revier, und falls sie irgendwelchen Schaden anrichteten, dann wenigstens auf ihrem eigenen Grund und Boden. Und so ging ich dieselbe Runde, die ich an meinem ersten Abend in Castelnuovo gegangen war: vorbei an der alten Steinmauer und dem vom Blitz gespaltenen Birnbaum, bis ich in einiger Entfernung den verbrannten Garten sah.

Baldo und Elvis rasten in einer irren Geschwindigkeit an den verkohlten Obstbäumen entlang, was ulkig aussah, aber auch ein bisschen psychopathisch wirkte. Irgendwas schien die beiden hier zu verstören – was ich durchaus verstehen konnte, denn ich fand die Gegend auch unheimlich und war froh, als wir durch waren. Dahinter bog ich links ab und folgte dem Weg talwärts.

Auf dem Rückweg nahm ich die beiden wieder an die Leine, was etwas besser funktionierte, nachdem sie sich ausgetobt hatten. Die letzten Obstbäume lagen schon hinter uns und wir liefen gerade an einer Art Baugrube vorbei, wo Di Lauro angefangen hatte, das Gelände mit einem Minibagger zu durchwühlen, als die beiden knurrten und wie zu Stein erstarrt stehen blieben. Ich suchte angestrengt das Unterholz ab, sah aber nichts. »Was ist denn los?«, raunzte ich und wollte sie weiterziehen. Da trat ein Mann aus dem Gebüsch, den ich sofort als Peppino erkannte. Er stutzte und schien im ersten Moment wegrennen zu wollen, doch dann überlegte er es sich anders, was mich unglaublich erleichterte, denn ich war mir nicht sicher, ob ich die beiden Wahnsinnigen hätte halten können.

Beruhigend redete ich auf die Hunde ein: »He, he, lasst gut sein, den kennt ihr doch«, und tatsächlich hörten sie bald auf zu bellen und wedelten sogar mit dem Schwanz.

Peppino aber starrte immer noch entgeistert in unsere Richtung. Und da erst dämmerte es mir: Es waren nicht Baldo und Elvis, die ihn so in Angst und Schrecken versetzten, sondern ich.

Kaum hatte ich das kapiert, schüttelte er den Kopf und begann unverständliches Zeugs vor sich hin zu murmeln, wobei er mich nicht aus den Augen ließ. Dann steuerte er zielstrebig das Gebüsch an, aus dem er gekommen war. Bevor er im Grün verschwand, glaubte ich das Wort »demonio« zu verstehen. Was in aller Welt sollte das denn heißen: Dämon?

Ich habe schon immer Bammel gehabt vor Leuten, die nicht richtig ticken. Man weiß schließlich nie, wann sie komplett ausrasten. Darum war ich wirklich dankbar, dass ich Peppino diesmal nicht alleine begegnet war. Zurück im Sommerhaus suchte ich meinen neuen Freunden ein paar alte Decken, die ich vor dem Kamin ausbreitete. Anscheinend gefiel ihnen das, denn sie nahmen sofort Platz.

Nach dem Abendessen kochte ich mir einen Tee und machte es mir mit dem Laptop auf dem Schoß im Samtsessel bequem. An der Teetasse nippend tat ich dann etwas, was mir seit dem Zusammenstoß mit der Bartoli im Kopf herumgespukt war: Ich googelte den Namen, den ich heute zum ersten Mal gehört hatte – Rose Bennett. Ein paar Tausend Ergebnisse in Google, darunter jede Menge Eintragungen in Facebook. Ich klickte hinein und fand Dutzende verschiedener Fotos. Da war eine Rose Bennett beim Volleyballspielen, eine mit einem dicken Hund, eine andere hatte sich gleich fünfmal verewigt, mit den typischen Schnuten-Bildern, wie junge Mädchen sie gerne einstellten. Außerdem gab es noch Bilder einer streng in die Welt schauenden Rose Bennett, die vor gut hundert Jahren gelebt haben musste. Aber dann stieß ich auf ein Foto, das mich aufmerken ließ: Es musste auf einer Vernissage aufgenommen worden sein und zeigte eine blonde Frau, umgeben von zwei Männern und zwei Frauen, von denen die jüngere auf eine Skulptur deutete, die mir vage bekannt vorkam. Die anderen hielten Sektgläser in der Hand und prosteten in die Kamera. Ich klickte auf das Bild, um es zu vergrößern, und hielt verdutzt inne.

Die Frau neben Rose Bennett war Eli.

Eli war also auf einer Vernissage von Di Lauros Frau gewesen. Warum mich das so plättete? Es war doch schön zu sehen, dass Eli hier Anschluss gefunden und ihre Unternehmungslust nicht verloren hatte. Schließlich war sie ihr Leben lang in Museen und Ausstellungen gegangen. Ich klickte noch ein wenig herum und fand heraus, dass das Foto von der Website einer Galerie in Rom stammte und dass die Ausstellung im Juli 2010 eröffnet worden war. Ich scrollte auf der Website hoch und wieder runter, aber es gab sonst keine Fotos, auf denen Leute abgebildet waren, auch der Text gab nicht allzu viel her. Unter einem zweiten Bild, das eine andere Skulptur von Rose Bennett zeigte, stand der Titel des Werks, *Enigma*. Ich betrachtete die beiden Skulpturen noch einmal genauer. Ja, dachte ich, die sahen so aus wie die Dinger in Di Lauros Garten. Im Juli 2010 hatte Di Lauros Frau also ihre Arbeiten in Rom gezeigt. Und Eli hatte sie begleitet. Di Lauro war nicht mit auf dem Foto – hieß das, er war nicht dabei gewesen? Und dann gab ich spaßeshalber »Matteo Di Lauro« ein und scrollte durch die Bilder der Männer dieses Namens. Aber keiner hatte auch nur im Entferntesten Ähnlichkeit mit dem Apfelsammler. Ich klickte zurück zu der Galerieseite und sah mir noch einmal das Foto mit Rose und Eli an. Gerne hätte ich es noch größer gemacht. Aber eines erkannte ich auch so: Rose Bennett war eine außergewöhnlich schöne Frau.

Elisabeth

In diesen Wochen wurde meine Wohnung zu einer Insel der Glückseligkeit, und wenn ich die Uhr zurückdrehen und etwas noch einmal erleben dürfte, so wäre es immer dieser Herbst. In den wenigen Stunden, die wir einander hatten, redeten wir meist nicht viel. »Stella, Stellina«, flüsterte Giorgio und strich zärtlich über das Mal auf meinem Oberschenkel. Dann musste ich jedes Mal an jenen Sonntag am Bodensee denken und daran, dass *stella* mein erstes italienisches Wort gewesen war.

Später erweiterten wir unsere Kreise und trafen uns in einfachen Lokalen ohne Speisekarte, auf verschwiegenen Plätzen in Trastevere, in einem kleinen Kino in Ostiense, in dem wir uns fünfmal Rossellinis *Roma, città aperta* anschauten. Wir fuhren auf den Gianicolo, wo sich alle römischen Liebespaare treffen, und wenn wir sehr verwegen waren, aßen wir warm eingepackt ein Eis im *Zodiaco* und blickten vom Monte Mario aus hinunter auf die nächtlichen Lichter Roms. Aus den Lautsprechern drang das *Nessun Dorma* und alles war wie in einem schönen Traum.

Zaghaft tasteten wir uns auch mit Worten aneinander heran. Ich erzählte von meiner Arbeit in der Presseabteilung der Botschaft, Giorgio von seiner Tätigkeit als Handlungsreisender – er hatte sich in einer Firma für Elektroartikel hochgearbeitet und leitete nun eine Gruppe von fünf Untervertretern. Wir sprachen auch über die Mafia, über das Attentat auf den Papst und über die P2. Wir sprachen über *Dallas*, das ich jeden Mittwochabend anschaute und das er fürchterlich fand. Wir sprachen über Pastarezepte, den Obstladen um die Ecke und die Leute in der näheren Nachbarschaft, zum Beispiel die Witwe eines von den Brigate Rosse vor wenigen Jahren ermordeten Politikers, die im Nebenhaus unter Polizeischutz lebte. Über alles sprachen wir, nur nicht über das Eigentliche: Livia und seine Familie. In diesen Wochen gab ich mich der Illusion hin, alles sei gut und richtig so, wie es war. Ich redete mir ein, auch ich würde unser Verhältnis vor den Kollegen in der Botschaft geheim halten wollen, damit es mir nicht so erginge wie Margret, auch wenn ich natürlich wusste, dass »mein Fall« völlig anders lag.

Muss das so sein? Ist dieser ewige Kreislauf ein Gesetz des Lebens? Oder folgen manche Menschen einem geheimen Zwang zur Wiederholung? Jedenfalls wurden die Heimlichkeiten auch jetzt wieder zum Treibstoff unserer Liebe.

Hannah

Es war nach acht, als ich die Gasse zu Assuntas Haus entlangging. Meine Schritte hallten auf dem Kopfsteinpflaster und hier und da plärrten Fernsehstimmen aus den Häusern.

Als Assunta die Tür öffnete, drang auch aus ihrem Wohnzimmer das nervtötende Gezeter einer italienischen Fernsehmoderatorin.

»Hier habe ich was für dich«, sagte ich und überreichte Assunta die handgeschriebenen Rezeptblätter, die ich schon eine Weile bei mir herumliegen gehabt hatte. Sie streckte freudig die Hand danach aus und ich unterdrückte einen Anflug von schlechtem Gewissen ihr gegenüber. Vorwände dieser Art waren sonst nicht meine Sache.

»Ich wünschte, ich hätte es unter anderen Umständen zurückbekommen«, sagte Assunta mit einem traurigen kleinen Lächeln und hielt mir die Tür auf.

Wie ich feststellte, war Roberta nicht da, und als Assunta ein paar Minuten später mit einem Tablett voller Snacks, zwei Gläsern und einer Flasche Cynar aus der Küche zurückkehrte, musste ich sofort an Eli denken. Sie hatte Cynar sehr gemocht. Überhaupt hatte sie gegen einen guten Tropfen nie etwas einzuwenden gehabt. Nur Bier hat sie gehasst.

Ein paar Minuten später saßen wir auf dem Balkon und ich erzählte Assunta die Geschichte von dem Unfall, der Fahrt ins Krankenhaus und meinen Versuchen, die Bartoli aufzutreiben. Schließlich kam ich auf den eigentlichen Grund meines Besuchs zu sprechen: das Foto aus der Galerie.

»Aber das habe ich dir doch erzählt, dass die beiden befreundet waren.« Ohne weitere Erklärung waren Assunta und ich beim Du angelangt, was mir gut passte, trotzdem wunderte mich ihre Bemerkung, und viel mehr noch der leicht vorwurfsvolle Ton. Ich war mir sicher, dass sie eine Freundschaft zwischen Eli und dieser Rose Bennett nie erwähnt hatte.

»Aber erinnerst du dich denn nicht? Die Patchwork-Frauen? Eli hat uns das Patchwork-Stricken beigebracht. Wir waren eine nette Clique ... ein paar Frauen aus dem Ort.«

»Ach.« Mehr konnte ich dazu nicht sagen.

»Und Rose hat Eli dafür gezeigt, wie man Emaillearbeiten macht.«

Ich dachte an das Kästchen in Elis Haus. Und dann fiel mir plötzlich auch der kleine Brennofen ein, den ich hinten in Di Lauros Scheune gesehen hatte.

»Und ab und zu gab's dann auch mal ein Likörchen.«

»Wie bitte?«

Assunta grinste. »Ja. Wenn wir uns getroffen und gearbeitet haben. Dann gab's hinterher meist noch einen kleinen Limoncello.«

Ich stellte mir vor, wie die Frauen in Elis Werkstatt um den Tisch herum saßen, ihre Näharbeiten im Schoß und ein Gläschen mit dem zitronengelben Likör in der Hand. Und wie die Stimmung immer ausgelassener wurde. Dann fiel mir etwas ein.

»Wie ist das eigentlich mit Di Lauros Angehörigen? Im Krankenhaus haben sie mich gefragt, aber ich konnte ihnen nur Maddalena Bartoli nennen.«

»Hm, ja.« Assunta schenkte Cynar ein. »Da ist die Mutter, die ja ab und zu in der Osteria aushilft. Sie wohnt aber nicht immer hier. Soweit ich weiß, hat sie irgendwo noch eine Tochter, auf deren Kinder sie aufpasst. Sicher hat Maddalena sie schon benachrichtigt.«

»Und diese Rose, was ist mit ihr? Immerhin ist sie noch seine Frau, da sollte man ihr doch auch Bescheid sagen?«

Assunta zuckte die Achseln. »Ich hab gehört, sie ist endgültig zurück in die USA gegangen.«

»War das nach dem Brand?«, entfuhr es mir und ich hätte mir am liebsten auf die Zunge gebissen. Auf keinen Fall wollte ich allzu gut informiert klingen.

»Hm?«, fragte Assunta, schien aber an meinem Interesse nichts seltsam zu finden. Sie schüttelte den Kopf: »Du meinst das Feuer im Obstgarten? Nein, nein ... gebrannt hat es schon im Sommer.«

»Wie ist das Feuer denn überhaupt ausgebrochen?«

»Wenn es so trocken ist, gibt es hier in der Gegend immer wieder Waldbrände. Ein Jammer war das, all die schönen alten Sorten. Sogar ein Kastanienapfel war dabei.«

Ich hatte keine Ahnung, was das für ein Apfel war, sagte aber: »Das muss ja ein herber Verlust für ihn gewesen sein.«

Assunta nickte. »Ja, das war es. Und im November darauf ist Rose dann gegangen.«

Ich redete ins Blaue hinein: »War wohl ein ziemlicher Schock für ihn?«

Assunta zuckte die Achseln. »Na ja, sie war wohl schon öfter mal weg ... Aber bis dahin ist sie immer wieder zurückgekommen. Diese ganze Beziehung war, soweit man da als Außenstehender überhaupt eine Meinung haben kann, unglaublich ... kompliziert.«

Ich verkniff mir eine Bemerkung und fragte stattdessen ganz harmlos: »Ah ja?«

Assunta warf mir einen schrägen Blick zu. »Gegen die beiden waren Liz Taylor und Richard Burton harmoniesüchtig. Aber nun greif doch zu.«

Ich nahm eine Olive, ein bisschen Käse und sah sie erwartungsvoll an. Ich wollte, dass sie weitererzählte. Und das tat sie auch.

»Es gab da immer mal wieder ... Meinungsverschiedenheiten. Jedenfalls habe ich Rose ein paar Tage vor ihrer Abreise noch in der Stadt getroffen. Sie war überdreht, was bei ihr ja öfter vorkam, aber trotzdem ... Irgendwas war anders, wie soll ich sagen ... geheimnisvoll. Als wüsste sie etwas ... ach, ich weiß auch nicht.«

»Und er?«

Assunta brummte. »Er trägt sein Herz ja nicht gerade auf der Zunge. Aber rein äußerlich hat er sich danach sehr verändert. Er hat nicht immer so verwahrlost ausgesehen, weißt du? Für ihn muss eine Welt zusammengebrochen sein.«

Ich dachte an Di Lauro, wie sie ihn im Krankenhaus weggerollt hatten. An das Bügelbrett und an die Mönchszelle in San Lorenzo. Er hatte einfach weitergemacht, nachdem seine Frau ihn verlassen hatte, hatte Äpfel geerntet und Bäume beschnitten. Der Gedanke stimmte mich irgendwie traurig.

»Er muss sie immer noch sehr lieben.« Bevor ich mich bremsen konnte, waren die Worte schon heraus.

Assunta blickte auf, irgendwie überrascht.

»Na ja«, sagte ich und überlegte fieberhaft, wie ich wieder zurückrudern könnte. Sollte ich ihr verraten, dass ich in dem Turm gewesen war und dort auf dem Bett diesen Strauß mit weißen Rosen gefunden hatte? Aber weil Assunta und Maddalena einander bestimmt gut kannten – in einem derartig kleinen Kaff konnte das wohl kaum anders sein –, wollte ich das Risiko nicht eingehen. Wer weiß, vielleicht würde die Wirtin die Sache an Di Lauro weitertratschen. Und so sagte ich ausweichend: »Weil er so einen verbitterten Eindruck macht.«

Assunta nickte versonnen und ich war erleichtert, dass sie mir die Erklärung einfach so abkaufte.

Elisabeth

Meine Illusionen hielten allerdings nicht lange: Der erste Adventssonntag 1981 bereitete ihnen ein jähes Ende. Noch heute entlockt mir die Erinnerung an diesen Tag ein bitteres Lachen, das mir jedes Mal bald in der Kehle stecken bleibt.

Obwohl der Tag ziemlich verregnet war, war ich hinaus auf meine Terrasse gegangen, um in der kleinen Birke eine Lichterkette aufzuhängen. Als das Telefon klingelte, ließ ich die Kette sinken und lief nach drinnen.

»Ich bin's, Liese. Auf der Piazza Navona ist *Mercatino di Natale*. Hast du Lust?«

Ich zögerte. In den vergangenen Wochen hatte ich kaum mehr etwas unternommen mit Lieselotte und den anderen, meist in der Hoffnung, Giorgio würde überraschend bei mir auftauchen. Doch heute war Sonntag und an Sonntagen kam er höchstens am späten Abend.

»Komm schon, du bist ja ein richtiger Stubenhocker geworden. Auch die ewigste Stadt der Welt wartet nicht ewig auf dich.

Irgendwann wirst du wieder versetzt und hast nichts gesehen außer der Botschaft!«

Eigentlich hatte ich vorgehabt, ein bisschen zu lesen oder fernzusehen und dann etwas Leckeres zu kochen. Vielleicht käme Giorgio ja doch, und dann wäre es schön, gemeinsam mit ihm zu essen. Doch auf einmal ärgerte mich die Vorstellung, noch einen Sonntagnachmittag mit der hundertsten Wiederholung von *Perry Mason* oder *Detektiv Rockford* zu verbringen, und so sagte ich spontan zu.

Wir verabredeten uns zu einem späten Mittagessen und machten uns dann zu Fuß auf den Weg zum Weihnachtsmarkt. Der Regen hatte eine Pause eingelegt, als wir auf der Piazza ankamen, und ich weiß noch, wie ich mich in diesem Moment, beim Anblick der Lichterketten, nach Giorgio sehnte. Danach, mit *ihm* hier entlangzuschlendern, seine Hand in meiner zu spüren und mich an dem Gedanken zu wärmen, dass er zu mir gehörte, und sei es nur in diesem Moment.

Ich weiß nicht, wie der *Mercatino* heute ist. Sicher gibt es inzwischen deutlich mehr Buden und bestimmt ist es auch voller. Damals war der Platz recht überschaubar und es wurde kaum mehr angeboten als Süßigkeiten und Kunststoffkrippen. Ich war ein bisschen enttäuscht von dem dürftigen Angebot, doch Lieselotte liebäugelte mit einer Befana-Marionette, einer italienischen Weihnachtshexe mit gepunktetem Kleid. Die Puppe war eigentlich ganz hübsch, aber sie erinnerte mich an die Fasnet in Mosisgreuth, daher wollte ich auf keinen Fall so eine mit nach Hause nehmen. Lieselotte war gerade dabei, sich noch andere Puppen zeigen zu lassen, als ich sie sah: Sie standen vor einer Krippenbude, beladen mit Tüten und Taschen. Wie alle anderen hatten auch sie sich sonntagsfein gemacht, und während ich zu ihnen hinüberstarrte, unfähig, den Blick von ihnen abzuwenden, dachte ich gegen meinen Willen, was für ein schönes Paar sie doch waren: Er mit seinem wie gemeißelten Profil, im hellbraunen Mantel und mit dem blauen Schal, der so gut zu seinen tiefschwarzen Haaren passte. Und Livia, im schwarzen Rock und kurzen Pelzjäckchen, auf hohen schwarzen Stiefeln. Ich hatte nicht geahnt, wie elegant sie war.

Im ersten Moment hatte ich nur einen Gedanken: dass Giorgio mich nicht, auf gar keinen Fall und unter keinen Umständen, sehen sollte. Doch bereits im nächsten Augenblick stieg etwas anderes in mir hoch, eine Art Trotz, gepaart mit Abenteuerlust. Jedenfalls ging dann alles sehr schnell. Ich entschuldigte mich bei Lieselotte, die mit dem Händler über die verschiedenen Puppen diskutierte, und steuerte direkt auf Giorgio zu. Noch hatte er mich nicht entdeckt, doch in dem Moment, als ich den Stand fast erreicht hatte, wandten sich die beiden ab und kamen direkt auf mich zu. Für den Bruchteil einer Sekunde schien die Welt stillzustehen. Ich sah, wie Giorgios Augen sich weiteten, wie es auf seinem Gesicht zuckte. Doch dann glitten seine Augen weiter, sein Gesicht wurde zu Stein und er ging an mir vorüber wie ein Fremder. Verstört drehte ich mich um und sah ihm hinterher. Aber er bummelte davon, mit seiner Frau, mit seinen Tüten, in denen vermutlich Weihnachtsgeschenke für seine Kinder waren.

Ich weiß nicht mehr, wie ich es schaffte, zu Lieselotte an den Stand zurückzukehren und mir ein Lächeln abzuringen, als sie mir ihren Kauf unter die Nase hielt. Benommen glotzte ich auf die Puppe, die Befana, die mich aus Tollkirschenaugen und mit hexenhaftem Grinsen anstierte.

Hannah

Rose, amerikanisch ausgesprochen. Es gibt wohl keinen Namen, der besser zu ihrem Engelsgesicht gepasst hätte. Als ich später zum Sommerhaus zurückkehrte, fand ich noch ein weiteres Foto von ihr im Internet.

Es war eine Schwarz-Weiß-Aufnahme, der man auf den ersten Blick ansah, dass hier ein Profi am Werk gewesen war. Rose stand vor einer Wand, hatte eine Schweißerbrille in die Stirn geschoben und sah direkt in die Kamera. Ihre weichen, blonden Locken umrahmten das Gesicht und bildeten einen bezaubernden Kontrast zu der männlichen Härte dieser Brille. Und dann war da ihr Blick – er hatte etwas Merkwürdiges an sich, eine provozierende Direktheit, aber zugleich auch eine Distanz. Er schien zu sagen: bis hierher und nicht weiter.

Wieder musste ich an die Rosen im Turm denken. Und plötzlich fiel mir ein, dass Eli immer gesagt hatte, Rosen seien im November am schönsten, denn dann wisse man um ihren Wert. Wenn sie erst verblüht wären, käme eine karge Zeit.

Er sei über den Berg, teilte mir die Schwester am nächsten Vormittag auf dem Gang mit, ein Blutdruckmessgerät in der einen Hand und ein Fieberthermometer in der anderen. Allerdings habe man ihn aufgrund des Schädel-Hirn-Traumas in ein künstliches Koma versetzt. Ehe ich sie fragen konnte, wie lange das wohl noch andauern würde, hatte sie mir schon den Rücken zugekehrt und war davongeeilt. Ich rief ihr nach und sie antwortete, ohne richtig hinzuhören: »È sempre la 233.« Immer noch Zimmer Nummer 233.

Leise drückte ich die Klinke herunter und wollte schon den Raum betreten, als ich nach einem kurzen Blick bemerkte, dass ich mich in der Tür geirrt haben musste. Irritiert blickte ich auf die Nummer, stellte fest, dass dies sehr wohl die 233 war. Aber an Di Lauros Platz am Fenster lag nun ein anderer Mann und schlief. Das zweite Bett war leer und ziemlich zerwühlt. Wenn sie ihn in ein Koma versetzt hatten, so war wohl sogar er kaum in der Lage, mal eben zur Toilette zu gehen, dachte ich ein wenig bissig. Außerdem lagen diverse Autozeitschriften und die bonbonrosa *Gazzetta dello Sport* auf dem Nachttisch, und das war definitiv nicht seine Welt. Etwas unschlüssig blickte ich mich um. Der Mann am Fenster regte sich nicht. Der würde mir keine Auskunft geben können, so wie der dalag, den Mund halb offen und mit schleifendem Atem. Ein großes Pflaster klebte auf seiner Wange und ein dramatischer weißer Verband war wie ein Turban um seinen Kopf gewickelt. Ja, dieser Raum war eindeutig für die reserviert, die's am Kopf hatten. Ich wollte mich schon umdrehen und gehen, als mir etwas auffiel: der Schlafanzug, rot-blau kariert. Das war doch der Pyjama, den ich Di Lauro ins Krankenhaus gebracht hatte. Ich spurtete zum Fenster und starrte den Mann im Bett ungläubig an. Es dauerte, bis ich alles auseinandersortiert hatte. Aber dann gab es keinen Zweifel mehr. Dieser wirklich attraktive Mann hier war Di Lauro. Di Lauro ohne Bart.

Später sprach ich mit der Ärztin. Wie ich schon bei meinen vorherigen Gesprächen mit dem Krankenhauspersonal gemerkt hatte, gab es hier, wie's aussah, keine Berührungsängste gegenüber Leuten, die mit dem Patienten *nicht* verwandt waren. Und so erfuhr ich diesmal, dass Di Lauro wegen seines Schädel-Hirn-Traumas auf jeden Fall noch mindestens eine Woche im Krankenhaus bleiben müsse. Wie lang das künstliche Koma noch andauern sollte, so die Ärztin, könne sie im Moment allerdings nicht sagen. Gegen Ende des Gesprächs war ich versucht, sie zu fragen, ob Di Lauro vielleicht schon anderen Besuch erhalten hätte, verkniff mir die Frage aber, weil sie als Ärztin darüber bestimmt sowieso nichts wusste und ich sie außerdem nicht mit der Nase darauf stoßen wollte, dass ich gar nicht mit ihm verwandt war.
Im Auto telefonierte ich mit Assunta. Wir redeten ein bisschen und schließlich fragte sie, was denn jetzt aus Di Lauros Ernte werden sollte. Man könne, so ihr Vorschlag, die »Tommasa« um Hilfe bitten, eine alte Bäuerin aus dem Ort, und zusammen mit ihr eine Art Bestandsaufnahme machen. Das klang gut und wir beschlossen, diese Idee weiterzuverfolgen. Nachdem sie aufgelegt hatte, überlegte ich, ob ich Maddalena Bartoli nicht Bescheid geben müsste. Aber dazu hatte ich nicht die geringste Lust, also ließ ich es einfach bleiben.

Am Nachmittag warteten Assunta und die Tommasa vor der Kirche auf mich. Nach einigem Hin und Her stiegen sie zu mir in den Bulli, beide auf den Rücksitz, und als ich sie bat, sich anzuschnallen, lachten sie nur und sagten: »Ach was, das kurze Stück!«

In San Lorenzo gingen wir als Erstes in den Mustergarten mit den jungen Bäumen, die noch nicht allzu viele Früchte trugen. Die Hunde rasten die Baumreihen entlang und mir wurde klar, dass sie viel zu lange eingesperrt gewesen waren. Ich hatte vorsorglich rotes Band dabei, das ich im Schuppen gefunden hatte, außerdem kleine Plastiketiketten und einen wasserfesten Filzstift, damit ich die Bäume markieren und das Erntedatum vermerken konnte.

Als die Tommasa die Namensschilder an den Bäumen sah, entspannte sie sich ein wenig. Assunta und ich ließen sie eine Weile in Ruhe und sahen von Weitem zu, wie sie von Baum zu Baum ging, die Schilder las und dann die Äpfel anschaute. Fast hatte ich das Gefühl, dass ein wenig Ehrfurcht in ihrer Haltung lag.

»Als ich das letzte Mal hier war, war das ein Weinberg.« Sie machte eine vage Handbewegung die Baumreihe entlang. Dann ging sie weiter. Als sie uns nach ein paar Minuten herbeiwinkte, war es das Winken eines jungen Mädchens, eifrig und ungeduldig, und im Näherkommen sahen wir das Blitzen in ihrem Blick.

»Guarda, la mela panaio!«, sagte sie zu Assunta und machte eine fast triumphierende Handbewegung. »Diesen Apfel habe ich damals, als ich hierherkam, als Brautgeschenk mitgebracht, den und noch ein paar andere. Ich bin ja aus der Gegend um Norcia, da haben wir früher diesen Apfel immer bis in den Frühling hinein gelagert.«

Sie sieht so glücklich aus, dachte ich und musste sie die ganze Zeit ansehen. Alle Unsicherheit war aus ihrem Blick verschwunden.

»Zu Hause haben wir Zucker in die Kuhle beim Stängel gestreut und ihn dann im Ofen gebacken. Das war eine Leckerei, kann ich euch sagen. Oder mit etwas Weißwein in der Backform!« Mit drei Fingern deutete sie einen Kuss an.

»Das hört sich wirklich fein an«, sagte Assunta lächelnd.

»Aber deswegen sind wir nicht da«, sagte die Tommasa. »Wo sind die Bäume, um die es geht?«

Ich ging voraus und wenig später hatten wir den Teil des Obstgartens erreicht, in dem die größeren Bäume standen. Etwa die Hälfte von ihnen war noch nicht abgeerntet.

Nach einer Viertelstunde hatte ich schon jede Menge Etiketten verteilt und darauf notiert, wann die Äpfel oder Birnen oder gar Mispeln zu ernten seien. Je länger wir uns dort aufhielten, desto lebhafter wurde Tommasa. Bei einem besonders knorrigen Birnbaum blieb sie stehen, schlug die Hände über dem Kopf zusammen und murmelte etwas, das sich wie »miracolo« anhörte.

Als wir am Ende unserer Runde wieder oben ankamen und einen letzten Blick auf die baumbestandenen Terrassen warfen, sagte Tommasa leise und mit zitternder Stimme: »Dieser Mann hat mir einen Teil meiner Kindheit wiedergegeben.«

In den zwei Tagen, die nun folgten, hatte ich alle Hände voll zu tun. Am ersten Tag holten die Leute, die ich angerufen hatte, ihre Äpfel ab. Roberta kam in ihrer Mittagspause und half zwei Stunden bei der Ernte, aber ansonsten waren meine einzige Gesellschaft die beiden Herren, die immer wieder unruhig über den Hof liefen, während ich die Apfelstiegen im Hof herumwuchtete. Am Ende des zweiten Tages besuchte ich Di Lauro im Krankenhaus, einen frischen Schlafanzug im Gepäck. Es war das erste Mal, dass ich ihn wach antraf.

Er sah blass aus und furchtbar ungewohnt. Ohne den Bart wirkte er viel jünger. Mit Bart hatte ich ihn schwer einordnen können, aber nun, wo das Gestrüpp ab war, schätzte ich ihn auf Ende vierzig.

Das Oberteil seines Bettes war leicht hochgestellt und unter seinem Kopf steckte ein Kissen. Die linke Hand steckte in einer Art Schiene oder Gips und mir fiel auf, dass er einen anderen Schlafanzug trug, einen blau-weiß gestreiften, den *ich* ihm jedenfalls nicht ins Krankenhaus gebracht hatte – das Ding wirkte irgendwie lächerlich, vielleicht weil es schief geknöpft war. Auch wenn der ganze Di Lauro äußerlich vollkommen verändert sein mochte, sein Blick war wie immer: voller Ablehnung und unterdrückter Wut.

»Warum haben Sie mich hierhergebracht?«

Ich schnappte nach Luft. Mit einem lieblichen Lächeln sagte ich: »Ein einfaches Dankeschön hätte vollkommen genügt!«

Da packte er mein Handgelenk. »Sie müssen mich hier rausholen.«

Ich entrang mich seinem Griff, der auffallend kraftlos war. »Es scheint Ihnen entgangen zu sein: Sie haben eine schwere Gehirnerschütterung.«

Wieder versuchte er nach meiner Hand zu greifen, aber ich trat schnell einen Schritt zurück. Zornig funkelte er mich an.

»*Sie* haben mir das hier eingebrockt. Also holen *Sie* mich hier auch wieder raus.«

»Nicht im Traum.«

Er sackte auf sein Kissen zurück. Plötzlich schien ihn alle Kraft zu verlassen. »Ich muss mich um die Hunde kümmern.«

Etwas milder sagte ich: »Das habe ich im Griff. Machen Sie sich mal keine Sorgen.«

Er drehte den Kopf zur Seite und sah aus dem Fenster. Mit einem Mal wirkte er verloren und ich überlegte fieberhaft, was ich sagen könnte, um ihn ein bisschen aufzuheitern, aber da kam schon die Schwester herein. Ich erwiderte ihren Gruß und machte Platz.

»Und, wie geht es Ihnen heute?«, fragte sie mit professioneller Munterkeit.

Ich sah, wie sie nach seiner unverletzten Hand griff und die Manschette des Blutdruckmessgeräts um seinen Arm legte.

Das Letzte, was ich hörte, bevor ich das Zimmer verließ, war seine Stimme, die inzwischen eher resigniert als wütend klang: »Lassen Sie mich hier raus, dann geht's mir wieder gut.«

Elisabeth

Habe ich je einen schlimmeren ersten Advent erlebt?

Zurück in meiner Wohnung zog ich die schicken Kleider aus und schlüpfte stattdessen in meine Heim-und-Herd-Latzhose, in der Giorgio mich noch nie gesehen hatte und auch nie sehen sollte. Ich löschte das Licht, setzte mich im Dunkeln aufs Sofa und starrte in den Abend hinaus. Draußen auf der Terrasse glitzerten die Lichtlein in der kleinen Birke, aber ich sah sie nicht wirklich. Stattdessen lief immer wieder dieselbe Szene vor meinem geistigen Auge ab: Giorgio, der den Blick abwandte und mit versteinertem Gesicht an mir vorbeiging.

Es war spät in der Nacht, als es an der Haustür klingelte, aber ich öffnete nicht. Ich blieb sitzen, lauschte dem Schrillen der Türglocke, das immer und immer wieder einsetzte, bis es irgendwann endgültig verstummte.

Am Montag ging ich zur Arbeit, aber nichts war mehr, wie es vorher gewesen war. Die Stadt hatte ihren Zauber für mich verloren. All die Orte, die ich so geliebt hatte, bedeuteten mir nichts mehr. Die Spanische Treppe war nun einfach eine Treppe und die »Hochzeitstorte«, die ich als atemberaubend und kitschig zugleich empfunden hatte, lag immer noch weiß und prächtig da, hatte für mich aber allen Glanz verloren.

Als es in dieser Nacht und in der nächsten und überhaupt in allen Nächten der folgenden Woche klingelte, drehte ich schließlich die Sicherung heraus.

Der Regen peitschte gegen die Scheiben an jenem Freitagabend, als es plötzlich an meiner Wohnungstür klopfte. Ich weiß nicht, wen ich erwartet hatte, vielleicht die Nachbarin, denn die Sicherung war immer noch herausgedreht. Doch als ich in meiner

Latzhose, ungeschminkt und mit wirrem Haar, die Tür öffnete, stand da Giorgio.

»Du«, war alles, was ich herausbrachte, und als ich weiter nichts sagte, fragte er: »Kann ich reinkommen?«

Ich musterte ihn betont kühl – sein vom Regen durchnässtes Haar, den feuchten Mantel. »Wozu?«

»Ich muss mit dir reden. *Bitte*.«

Widerwillig trat ich zur Seite, verschränkte die Arme vor der Latzhose und schloss die Tür hinter ihm.

»Das ... auf dem Markt. Es tut mir so leid. Aber was hätte ich denn tun können?«

Ich atmete tief durch und wartete einen Augenblick. Als nichts mehr kam, sagte ich sehr leise und sehr deutlich: »Ich werde so nicht weitermachen. Entweder du trennst dich von ihr ...«, ich legte eine Pause ein, durchbohrte ihn mit meinem Blick, »... oder du wirst mich nicht wiedersehen.«

Verzeih, wenn ich an dieser Stelle eine Pause eingelegt habe, aber beim Schreiben merke ich, wie nah mir das alles immer noch geht. Wie traurig es mich immer noch macht, wenn auch jetzt aus einem anderen Grund. Vielleicht ist das alles nichts anderes als pures Selbstmitleid. Ja, ich bemitleide mich selbst, auch wenn es mir ein bisschen so vorkommt, als sähe ich durch die Kluft der Jahre eine fremde junge Frau vor mir, einen anderen Menschen, dessen Wunsch nach Liebe so groß war, dass sie immer weiterhoffte und alles andere ausblendete. Ich sehe sie vor mir, wie die Hauptdarstellerin eines Films, den ich so oft gesehen habe, dass ich ihn in- und auswendig kenne. Und dann überkommt mich ein solches Mitleid angesichts ihrer Naivität, ihrer Arglosigkeit und ihrer Bereitschaft, an »das gute Ende« zu glauben. An den Mann, den sie liebte. Und der sie dann doch auf so ungeheuerliche Weise belog. Aber ist es eigentlich eine Lüge, wenn man die Wahrheit verschweigt? Wenn ich es so auslege, dann hat er mich niemals belogen. Geschwiegen, das hat er, aber direkt belogen hat er mich nicht.

Hannah

Am dritten Erntetag lag eine brütende Hitze über dem Tal. Schon morgens um zehn hatte ich riesige Flecken unter den Achseln und spürte, wie mir der Schweiß zwischen den Brüsten und an der Wirbelsäule herunterrann. Während ich stoisch einen Apfel nach dem anderen griff, fragte ich mich nicht zum ersten Mal in diesen Tagen, wann ich mal wieder Gelegenheit zum Fotografieren bekäme und was eigentlich aus meinem Artikel wurde, der sich ja nicht von alleine schrieb. Nach einer weiteren halben Stunde wischte ich mir mit dem Unterarm über die Stirn und beschloss, dass es Zeit war, eine Pause zu machen.

Ich überquerte den Hof, trat an den steinernen Waschtrog neben der Scheunentür und zog mir die verschwitzten Sachen aus: Elis Shirt und ihre alte Latzhose, BH, Unterhose, alles. Dort stand ich einen Augenblick wie befreit in der Sonne, spürte einen Windhauch auf der Haut, der mir nun kühl vorkam. Dann drehte ich den Hahn auf und das Wasser schoss in einem dicken Strahl in das Becken. Ich beugte mich vor und spritzte mir Wasser ins Gesicht und auf den Oberkörper, unter die Achseln. Das Wasser war eiskalt, und obwohl ich eben noch geschwitzt hatte, fühlte ich jetzt eine Gänsehaut über meinen Körper kriechen.

Ich beeilte mich, wieder in die Kleider zu kommen, aber das durchgeschwitzte Zeug fühlte sich unangenehm an. Ich war schon drauf und dran, mich ins Auto zu setzen, um zu Hause Wechselklamotten zu holen, als mir der Kleiderschrank in der Scheune einfiel. Genauso gut könnte ich etwas von dort nehmen.

Ich suchte ein rosa Top und eine leichte Baumwollhose in derselben Farbe heraus. Offenbar hatte Di Lauros Frau ein Faible für Rosa gehabt. Die Hose war mir ein wenig zu kurz, dafür aber auch etwas zu weit. Also wühlte ich weiter im Schrank herum und zurrte die Hose schließlich mit einem dünnen Ledergürtel zurecht. Dann machte ich mich wieder an die Arbeit.

In der Mittagspause kamen Assunta und Roberta mit einem Korb und fragten mit einem irritierten Blick auf die rosa Klamotten und den Gürtel, wo ich denn diese Sachen herhätte. Während ich mit Assunta ein belegtes Brötchen aß, ließ Roberta es sich nicht nehmen, eine Stunde lang zu pflücken. Als ich sagte, sie sollte sich wenigstens zum Essen kurz zu uns setzen, nickte sie zwar, arbeitete aber trotzdem weiter. Nachdem die beiden wieder fort waren, machte ich mich am nächsten Baum zu schaffen. Am späten Nachmittag war es endlich so weit: Was zu pflücken gewesen war, war gepflückt. In den kommenden Tagen wäre hier nichts weiter zu tun. Die Butterbirne und der Rosenapfel waren als Nächstes an der Reihe, aber erst Anfang Oktober. Besonders auf den Rosenapfel freute ich mich, denn Tommasa hatte mir gesagt, er müsse bei abnehmendem Mond geerntet werden, und zwar am Nachmittag, was schön geheimnisvoll klang.

Ich war fast wehmütig, als ich die Kisten verstaute. Gerade als ich um die Ecke bog, hörte ich ein Motorengeräusch, zuerst ganz vage, dann deutlicher. Ich fragte mich, ob Roberta etwas liegen gelassen hatte, ging ein paar Schritte in Richtung Marienstandbild und rechnete damit, den beigen Cinquecento auftauchen zu sehen. Stattdessen schnurrte da ein gelber Wagen heran, den ich sofort als Taxi identifizierte. Mit der Kiste im Arm stand ich da und plierte durch die Frontscheibe, konnte aber nichts erkennen, weil sich das Licht darin spiegelte.

Baldo und Elvis liefen bellend heran, das Taxi bremste und der Fahrer stellte den Motor ab. Ich versuchte die Hunde zu beruhigen und rief ziemlich laut: »Die tun nichts.« Da stieg der Fahrer aus und auch die Beifahrertür öffnete sich, aber nur einen Spalt. Zögerlich ging der Fahrer um den Wagen herum, wobei sein Blick an den großen Hunden klebte, was ich ihm nicht verdenken konnte. Dann zog er die Beifahrertür ganz auf und beugte sich zu jemandem herunter. Ein weißer Kopfverband tauchte auf, und darunter ein dunkles Augenpaar, das mich durchbohrte.

Di Lauro war zurückgekehrt.

Als das Taxi verschwunden war und die Hunde sich wieder eingekriegt hatten, setzte er sich langsam in Bewegung. Ich sah, wie er schwankte, und beeilte mich, an seine Seite zu kommen.

»Sind Sie denn schon entlassen worden?«, fragte ich ihn.

Aber er antwortete nicht, brauchte anscheinend seine ganze Kraft dafür, sich auf meinen Arm zu stützen. Ich sah, wie er kurz die Augen schloss. Offenbar schaffte er es nur gerade eben so, sich auf den Beinen zu halten.

Während ich Di Lauro Richtung Haustür führte, versuchte ich mit der freien Hand Baldo zu verscheuchen, der sein Herrchen unentwegt umschwänzelte. Mit der Linken drückte ich die Haustürklinke herunter.

»Sie müssen sich hinlegen. Ich bring Sie hoch ins Bett.«

Während ich ihn mehr schlecht als recht die Treppe raufhievte, fragte ich mich, wie er es verdammt noch mal geschafft hatte, sich aus der Zementfabrik zu verabschieden, ohne dass jemand was gemerkt hatte. Denn dass die ihn in diesem abgewrackten Zustand entlassen hatten, war mehr als unwahrscheinlich. Im Schlafzimmer sackte er aufs Bett und blieb einfach so sitzen. Einen kurzen Moment spürte ich Panik aufkommen. Am liebsten wäre ich sofort zum Telefon gerannt, um das Krankenhaus, ach was, besser gleich die Ambulanz zu rufen. Aber dann fiel mir ein, dass er während meiner Abwesenheit vom Bett kippen könnte, also zog ich ihm stattdessen die schweren Schuhe von den Füßen, brachte seine Beine in die Horizontale, breitete die Decke über ihm aus und wartete. Ein paar Minuten vergingen. Ich betrachtete sein blasses Gesicht, die flackernden Lider, die immer wieder versuchten, sich zu öffnen. Und wie schon im Krankenhaus staunte ich über seine ebenmäßigen Gesichtszüge und konnte kaum fassen, wie gut und wie jung er aussah ohne den Bart. Plötzlich riss er die Augen auf, starrte mich an und schnarrte: »Woher haben Sie diese Sachen?«

Im ersten Moment kapierte ich die Frage gar nicht. Erst als er mich durch halb geschlossene Lider fixierte, dämmerte mir, dass ich ja die Klamotten aus der Scheune trug. Ich zupfte ein wenig daran herum. Auf einmal war es mir unangenehm, dass ich in diesen fremden Kleidern steckte. Wahrscheinlich dachte er jetzt, ich hätte in seiner Abwesenheit nach Herzenslust überall in Haus und Scheune herumgestöbert. Aber dann fiel mir wieder ein, warum ich eigentlich hier war – und dass ich mich tagelang mit seinen verdammten Äpfeln abgemüht hatte. Da konnten ein paar alte Klamotten ja wohl nicht das Thema sein.

»Jetzt geben Sie mal Ruhe, sonst steigt Ihr Hirndruck noch.«

Zu meiner Überraschung schwieg er tatsächlich, aber nur für einen Moment. Dann stemmte er sich im Bett hoch und presste heraus: »Verschwinden Sie.«

Stattdessen ging ich in die Küche und stellte den Hunden ihr Futter hin, in irgendwelchen Schüsseln, weil ihre Näpfe noch bei mir zu Hause waren. Dann kochte ich Tee, tat eines von Assuntas belegten Brötchen, das vom Mittagessen übrig geblieben war, auf ein Tablett und stellte es Di Lauro auf den Nachttisch. Zum Schluss kritzelte ich meine Nummer auf einen Zettel und legte das Telefon daneben.

»Ich geh dann mal. Rufen Sie an, wenn Sie einen Gehirnschlag bekommen.«

Elisabeth

Ich setzte Giorgio also unter Druck. Am Anfang ging er auch auf alles ein. Er werde Livia von mir erzählen. Er werde sich von ihr trennen. Und, ja, ich hätte vollkommen recht, so könne man nicht weiterleben. Es folgten Monate, in denen meine Geduld auf eine harte Probe gestellt wurde und ich ihn regelmäßig in die Mangel nahm, doch er wand sich mit der Geschicklichkeit eines Schlangenmenschen immer wieder heraus. Im Nachhinein wundere ich mich natürlich. Darüber, dass ich dieses Hin und Her so lange mitmachte und mich immer wieder vertrösten ließ. Das Überraschendste für mich ist aber der schier unerschöpfliche Vorrat an Energie und Hoffnung, aus dem ich schöpfte, mit vollen Händen. Und wenn ich, was oft vorkam, vollkommen ermattet auf meinem Bett lag und glaubte, endgültig am Ende zu sein und nie mehr aufstehen zu können, dann stand er auf einmal wieder vor meiner Tür, mit liebevollen Gesten, mit Beteuerungen, mit seiner Liebe – und wieder rappelte ich mich auf, bereit, an ihn zu glauben. Wie oft ich in jenen Jahren die Beziehung »beendete«? Es muss so an die sieben Mal gewesen sein, nein, eigentlich weiß ich es genau, denn ich erinnere mich an jedes einzelne Mal so überdeutlich, als hätte ich all das gefilmt und mir diese Filme immer wieder angesehen. Jener Aprilsonntag am Telefon, an dem draußen vor meinem Fenster ein grauer Regen rauschte, als Giorgio sich für die Ostertage von mir verabschiedete und ich es nicht mehr aushielt. Jener Abend im Mai, als er mich in einen Hauseingang drängte, weil er auf der Straße gegenüber einen Bekannten entdeckt hatte, und ich ihn daraufhin anschrie, er solle sich für immer zum Teufel scheren. Jene heiße Sommernacht, als er mir nach dem Beischlaf mitteilte, nun für vier Wochen ans Meer zu verschwinden, mit sämtlichen Nonni und Bambini und natürlich der Frau, woraufhin ich ihn vor die Tür gesetzt und seine Klamotten über die Terrassenbrüstung geschmissen hatte. Es waren die elendesten vier Wochen meines Lebens, vier Wochen, in denen ich jede Minute eines jeden Tages und einer jeden Nacht auf das Klingeln des Telefons, auf das Läuten der Türglocke wartete.

Jetzt, wo ich alt bin und alles unwiederbringlich vorüber ist, Leidenschaft und Schmerz, Himmelshoffnung und Höllenqualen, sehe ich das Kranke an dieser Liebe und weiß doch gleichzeitig, dass ich es immer wieder tun würde. Manchmal denke ich sogar, dass diese Liebe nur deshalb so groß, so alles verschlingend war, weil sie *nicht sein sollte*. Weil ich ihn nicht bekommen sollte. Niemals ganz, und dass es dieser Rest war, das Fehlen dieses letzten Teils, das mich niemals hat satt werden lassen. Und bei ihm? Vielleicht war seine Liebe einfach nicht groß genug.

Abgesehen von den Zeiten großen Dramas verloren wir kaum ein Wort über das, was schwierig war zwischen uns. In selektivem Schweigen waren wir geübt, Giorgio und ich. Die reinsten Perfektionisten waren wir. Einen großen Teil der Realität blendeten wir gekonnt aus und lebten meist unter einer Glasglocke, wenn wir uns trafen. Nie sprachen wir über seine Kinder und nie über Livia. Über seine häuslichen Verhältnisse wusste ich kaum Bescheid, nur dass er mit seiner Familie im Haus der Eltern lebte. Ich hatte nicht einmal seine Telefonnummer. Er seinerseits wusste, dass ich nicht für immer in Rom bleiben würde: Das Auswärtige Amt schickte seine Leute nach spätestens fünf Jahren weiter an einen anderen Ort. Nie länger als fünf Jahre, das war Gesetz. Ich weiß nicht, ob Giorgio die Jahre mitzählte, denn auch über dieses Thema sprachen wir nie. Wir »vergaßen« die Zeit. Doch die Zeit erinnerte sich an uns.
Im November 1984 erhielt ich einen Anruf aus Bonn. Ob ich einen Wunschort für meine nächste Versetzung hätte.

Ich wusste damals nie im Voraus, wann ich Giorgio wiedersehen würde. Manchmal vergingen nur ein paar Tage, bis er plötzlich wieder vor der Tür stand. Dann konnte es geschehen, dass ich drei Wochen nichts von ihm hörte und mich in dieser Zeit fast zu fragen begann, ob ich das Ganze nicht vielleicht nur geträumt hatte.
Diesmal dauerte es noch länger als sonst, und nach dreieinhalb Wochen des Wartens wurde mir klar, dass ich etwas unternehmen musste. Die Personalabteilung hatte wieder angerufen und mir einen Vorschlag gemacht, den ich stumm angehört hatte. Am Ende hatte ich mich zwar herauswinden können, indem ich behauptete, es gehe mir nicht gut, ich hätte die Grippe, aber lange würde das nicht mehr so weitergehen.

Als ich an diesem Abend merkte, dass der Film, den ich anzuschauen versuchte, schon längst vorbei war, ging ich zum Telefon, ließ mir von der Auskunft Giorgios Nummer geben und wählte sofort durch, damit ich es mir nicht noch anders überlegte.

»Pronto«, hörte ich eine, wie ich fand, schneidende Frauenstimme. Ich hielt den Atem an. Dann sagte ich in meinem schnoddrigsten Italienisch: »Zentrallager Nord in Rom. Ich hätte gern Ihren Mann gesprochen.« Und die ganze Zeit dachte ich nur: Das ist sie. Das ist sie.

»Der ist nicht da.« Und, plötzlich misstrauisch, fügte sie hinzu: »Ist er denn nicht im Büro zu erreichen?«

Darauf fiel mir nichts ein und ich sagte nur: »Bitte sagen Sie ihm, dass die Teile da sind, die er bestellt hat.«

Und dann saß ich wieder da, an meinem Küchentisch, mit wild klopfendem Herzen.

Mitten in der Nacht wurde ich vom Schrillen des Telefons geweckt.

»Warst du das, die bei mir zu Hause angerufen hat?«, flüsterte Giorgio.

»Ja«, sagte ich schwach und fühlte auf einmal eine derartige Welle der Erleichterung auf mich zurollen, dass mir die Knie weich wurden und ich dort, wo ich stand, auf den Boden sackte.

Aber dann hörte ich ihn zischen: »Was hast du dir dabei gedacht?«

Mit dieser Reaktion hatte ich nicht gerechnet und plötzlich überrollte mich eine rasende Wut. Ich war kurz davor, ihn in Grund und Boden zu brüllen oder gleich den Hörer auf die Gabel zu knallen und morgen meiner Versetzung nach Sambia oder sonst wohin zuzustimmen.

Doch dann schien er sich zu besinnen und fragte in deutlich milderem Ton: »Ist denn irgendwas passiert, sag schon?«

»Ja«, antwortete ich krächzend. Und dann legte ich einfach auf.

Es dauerte keine halbe Stunde, bis es an der Haustür klingelte. Ohne nachzufragen, drückte ich auf den Türöffner und wenig später standen wir uns im Hausflur gegenüber, ich im Morgenmantel, mit ungekämmten Haaren, er herausgeputzt, mit blank gewienerten Schuhen und in einem schwarzen Anzug. Fast tonlos sagte er: »Ich komme von einer Betriebsfeier.«

Ich ließ ihn herein und schloss die Tür.

»In zwei Wochen bin ich hier weg.«

»Was?« Seine Augen weiteten sich und er wurde blass.

»Ich soll nach Lusaka. Zunächst sechs Wochen auf Abordnung. Dann komme ich noch mal zurück, um meinen Umzug zu planen. Und das war's dann.«

Meine Stimme kam mir selbst matt und schlaff vor. In den vergangenen Wochen hatte ich so viel über das Thema nachgedacht, dass mir alles, was man darüber sagen konnte, abgenutzt erschien.

Giorgio starrte mich immer ungläubiger an.

»Wie: Das war's dann?«

»Dann bin ich weg. Finito. Verstehst du? Dann kannst du dich wieder voll auf deine Familie konzentrieren. Ist doch schön, oder?« Und dann begann ich zu lachen, ein hysterisches, schrilles Lachen, und hätte mich am liebsten aus dem Fenster gestürzt.

Giorgio legte seine Arme um mich und führte mich ins Wohnzimmer und drückte mich ins Sofa und setzte sich neben mich. Auf einmal fragte er: »Und was ist, wenn du Nein sagst? Wenn du nach den sechs Wochen sagst: Nein, da geh ich nicht hin?«

»Dann schicken sie mich nach Teheran.«

Abrupt stand er auf und begann im Zimmer auf und ab zu gehen. So ging das eine Weile, bis er stehen blieb, mir fest in die Augen sah und mich fragte: »Und wenn du dir eine andere Arbeit suchst, hier in Rom?«

Ich sah noch nicht einmal auf. Was hatte ich diesen Gedanken hin- und hergeschoben in den vergangenen Wochen, hatte sogar einen Blick in die Stellenanzeigen geworfen. Ich hatte mit mir gerungen und gegrübelt, und übrig geblieben war nur eine große Müdigkeit und die Frage: Wozu? Warum sollte ich das alles tun, warum alles aufgeben? Für einen Mann, der es sich in seinem Familiennest gemütlich gemacht hatte, um es ab und zu zu verlassen und zu mir zu flattern? Und plötzlich brach es aus mir heraus, brach alles aus mir heraus, was sich in den letzten drei Jahren angestaut hatte, und ich schrie, sodass sich meine Stimme zu überschlagen drohte.

»Was bildest du dir eigentlich ein? Ist dir überhaupt klar, dass ich diesen Mist mit dir jetzt schon drei Jahre mitmache? *Drei ganze Jahre!*«

Er sah mich nur an und schwieg. Für den Bruchteil einer Sekunde wollte ich ihn ins Gesicht schlagen, mitten hinein, ihn erschüttern in seiner Reglosigkeit. Doch dann, auf einmal, zerbrach etwas in mir. Ich ließ die Hände sinken, drehte mich weg und sagte ganz ruhig: »Ich will das alles nicht mehr. Bitte geh jetzt.«

Noch immer sehe ich ihn vor mir, wie er mich fassungslos ansah, zu sprechen anhob und doch keinen Ton herausbrachte. Auch er schien zu spüren, dass sich etwas verändert hatte. Von einer Sekunde auf die andere. Er ging hinaus. Leise schloss ich die Tür hinter ihm.

Hannah

Mein Ärger über Di Lauro hielt an und trieb mich direkt an den Laptop. In den letzten Tagen hatte ich mich immer mal wieder bei dem Wunsch ertappt, Di Lauro möglichst bald reinen Wein über meine Absichten einzuschenken, aber das war jetzt vorbei. Das musste man sich mal vorstellen: Tagelang hatte ich in seinem dämlichen Obstgarten gestanden und treudoof Kiste um Kiste gepflückt! Und dann machte er wegen ein paar alter Klamotten so einen Aufstand.

Bis tief in die Nacht hinein arbeitete ich an meinem Artikel für den *SpurenSucher*. Ich schrieb flüssig und konzentriert, offensichtlich verlieh der Ärger mir Flügel. In meinem Schaffensrausch stand ich am nächsten Morgen schon um sechs Uhr auf und kochte mir einen starken Kaffee, dann suchte ich die stimmungsvollsten Bilder der alten Pfarrei heraus und textete die Bildunterschriften. Später las ich die Übersetzung fürs Fremdenverkehrsamt noch einmal durch und schickte sie endlich ab. Nach dem Mittagessen legte ich mich hin, fand aber keine Ruhe. Um mich auf andere Gedanken zu bringen, begann ich mit der Recherchearbeit für einen Artikel über die Volterrana, die alte Salzstraße, aber auch darauf konnte ich mich kaum konzentrieren.

Es war spät am Nachmittag, als mein Gewissen sich immer deutlicher zu regen begann. Statt über die Volterrana dachte ich über Di Lauro nach und las bei Wikipedia zum hundertsten Mal durch, was es mit Aneurysmen auf sich hatte. Was war, wenn am Ende auch Di Lauro an einer Hirnblutung starb? Einen zweiten Tod dieser Art würde ich nicht verkraften, erst recht nicht, wo ich ihn hätte verhindern können.

Irgendwann knallte ich den Deckel meines Laptops zu und schlüpfte in meine Laufschuhe. Noch während ich die Schnürsenkel band, verfluchte ich mein weiches Gemüt, machte mich dann aber unverzüglich auf den Weg.

Ich hörte die Musik schon von Weitem, lange bevor die beiden Herren, die vor der Haustür lagen, mich bemerkten und mit ihren langen Gliedern herangetrottet kamen. Ich fuhr mit meiner Hand über ihr raues Fell, tätschelte ihnen die großen Köpfe und sah dann einen Augenblick zum Haus hin. Ich war unendlich erleichtert, denn jetzt wusste ich zumindest, dass er noch lebte und wahrscheinlich schon wieder über seinen Büchern hockte wie an dem Abend, als ich mich bei ihm vorgestellt hatte. Auch da hatte er laute Klaviermusik gehört – ob es Chopin war, so wie jetzt, konnte ich nicht sagen, jedenfalls hatte es ähnlich dramatisch geklungen. Einen Moment lang ließ ich mich auf der Bank unter den Eichen nieder und hörte der Musik zu. Als ich wenig später durch den Apfelgarten zurück zum Sommerhaus lief, war ich beruhigt. Auch wenn das irrational sein mochte: Ich war mir plötzlich ganz sicher, dass ihm kein Leid geschehen würde.

Die nächsten Tage verbrachte ich als Workaholic, eine eher ungewöhnliche Rolle für mich. Ich schrieb und recherchierte, fuhr an mehrere Orte, die in meinem Artikel über die Volterrana vorkommen sollten, und machte Fotos. Im Dommuseum in Città di Castello kaufte ich eine Postkarte mit einem Engelsfresko – die Ähnlichkeit des Engels mit Rose Bennett entdeckte ich erst zu Hause. Ich löschte mehrere ungelesene Mails von Martin, telefonierte mit Roberta und ärgerte mich über einen Anrufer, der sich beharrlich auf dem AB ausschwieg. Und schließlich meldete sich Becky, die meinen Artikel über Di Lauro gelesen hatte. Sie fand ihn so toll, dass sie ihn bereits für die nächste Ausgabe des *SpurenSuchers* vorgesehen hatte. Ich wollte ihren Enthusiasmus nicht dämpfen und so verdrängte ich die Gewissensbisse, die sich in den letzten paar Tagen bei mir breitgemacht hatten.

An den Abenden, wenn meine Augen vom Starren auf den Bildschirm müde waren, vertrat ich mir die Beine – und wie durch göttliche Fügung lenkten meine Schritte mich jedes Mal den Hügel hoch nach San Lorenzo. Und so wurde es mir zur Gewohnheit, dort eine Weile auf der Bank unter der Eiche zu sitzen und auf die Musik zu lauschen, die vom Haus herüberwehte und mich auf angenehme Art melancholisch machte.

Doch eines Abends war alles anders. Den ganzen Tag über hatte ich nichts Rechtes zustande gebracht, und als ich endlich zu meinem Spaziergang aufbrach, regnete es. Wie immer lief ich an seinem Haus vorbei, doch diesmal lagen die Hunde nicht in der Loggia und die Bank unter den Eichen war so nass, dass ich nicht wie gewohnt Platz nehmen konnte. Nur die Klaviermusik spielte unbeirrt wie jeden Abend. Ich weiß nicht mehr, was mich dazu brachte, auf das Haus zuzugehen. Wie magisch angezogen warf ich einen Blick durchs Küchenfenster in den großen Raum, doch der Platz an dem langen Tisch war leer. Auch wurde mir in dem Moment klar, dass die Musik gar nicht von hierher kam. Auf einmal wurde mir mulmig. Seit bestimmt einer Woche hörte ich jeden Abend dieselbe Klaviermusik. Wenn er den CD-Spieler auf Repeat gestellt hatte, hatte die Musik vielleicht tagelang vor sich hingedudelt, während er selbst irgendwo auf dem Boden lag. Vielleicht war er schon längst tot?

Nervös ging ich um das Haus herum zur Rückseite, wo ich noch nie gewesen war. Und da sah ich ihn. Er saß an einem Flügel und spielte, und seine Finger glitten wie von selbst über die Tasten, mit einer Leichtigkeit wie in einem Traum.

Elisabeth

Zwei Tage später kehrte Giorgio zurück und verkündete mir, er habe Livia verlassen.

Erst konnte ich es kaum glauben und fragte tausendmal nach. Als er mir sagte, dass er ausgezogen war und vorübergehend bei einem Freund wohnte, war ich außer mir vor Glück. Nach all den Jahren sollte es also doch noch wahr werden? Giorgio und ich würden ein Paar sein, wir würden ohne Heimlichkeiten und vor den Augen aller hier in Rom miteinander leben.

Gleich am nächsten Tag begann ich herumzutelefonieren, rief alle Leute an, die ich kannte, und fand schließlich eine Sprachenschule an der Piazza Barberini, die jemanden für den Deutsch-Unterricht suchte. Die Bezahlung war miserabel, noch dazu auf Stundenbasis, aber ich betrachtete es als einen Anfang und rechnete fest damit, in den nächsten Tagen einen zusätzlichen Job zu finden. Und tatsächlich hatte ich bald Erfolg: Ein kleines Reisebüro, dessen Dienste ich selbst schon öfters in Anspruch genommen hatte, bot mir einen Job an den Vormittagen an.

Die Wochen, die nun folgten, fuhr ich kreuz und quer in der Stadt herum, auf der Suche nach einer Wohnung für uns, denn mein Appartment in der Via Giulia würden wir uns ohne meine Stelle bei der Botschaft nicht mehr leisten können. Ich studierte Wohnungsanzeigen, rief Bekannte an, hielt bei jedem *Affittasi*-Schild und notierte mir die Telefonnummern. Ich fuhr in Viertel, in denen ich in all den Jahren nie gewesen war, sah mir Apartments in lärmenden Mietskasernen an und liebäugelte sogar kurz mit dem *Palazzo Corviale*, den die Römer auch *Serpentone* nannten – einem ambitionierten Wohnprojekt fürs Volk, aus dem am Ende ein fast ein Kilometer langer Betonbunker mit 1200 Wohnungen geworden war.

Wahrscheinlich lag es am *Corviale*, dass mir Prenestino, wenn auch nicht schön, so doch einigermaßen akzeptabel erschien und ich dort eine Wohnung anmietete. Sie lag im Erdgeschoss und hatte zwei Zimmer. Durch eines der Fenster guckte man in einen Schacht, und im Bad gab es nur eine Sitzbadewanne, mit einer grünen Spur am Wassereinlauf. Doch der Preis war akzeptabel und mir war klar, dass diese Behausung nur einen Übergang für uns darstellte. Wenn Giorgio seine Angelegenheiten geregelt und ich eine bessere Arbeit gefunden hätte, würden wir hier wegziehen, vielleicht nach Trevignano, wo wir einmal einen wunderschönen Tag am See verbracht hatten.

Und so kündigte ich.

Ich feierte meinen Abschied von der Botschaft und es kam der Tag, an dem ich die leer geräumte Wohnung in der Via Giulia ein letztes Mal betreten sollte. Wie ferngesteuert fuhr ich mit dem Wischer über den Terrazzoboden. Viereinhalb Jahre meines Lebens, dachte ich und streifte noch einmal durch die Wohnung und schloss die Fenster.

Ob das so etwas wie eine Vorahnung war? Ich weiß es nicht und will es auch nicht wissen.

Ich ging hinaus auf die Terrasse und blickte über die Dächer Roms, während mir der eisige Dezemberwind übers Gesicht strich. Erst als ich noch einmal – ein letztes Mal – das Knacken des Funkgeräts der Carabinieri von nebenan hörte, wurde mir richtig bewusst, dass es vorbei war mit dieser Wohnung, diesem Leben. Dass ich nie wieder in lauen Nächten hier sitzen und in den Himmel schauen würde, dass ich nie wieder in meinem Alimentari zwei Häuser weiter einkaufen und das Gemüse in meinen Adlerhorst hinaufschleppen würde, um hier vor dem Fernseher zu sitzen, an meinen Decken zu nähen und an Giorgio zu denken.

Ich straffte die Schultern. Nein, dachte ich. Dem allem würde ich nicht hinterhertrauern. Die Zeit des Wartens und des Sehnens war vorbei. Was nun kam, war unendlich viel schöner. Wie lange hatte ich darauf gewartet! Endlich waren wir ein Paar und jeder durfte uns sehen, jeder durfte es wissen. Keine Hauseingänge mehr, in die er mich ziehen würde, kein wochenlanges Warten, keine Ungewissheit. Die ganze Süße des Lebens lag nun vor uns.

Das war es, was ich dachte, während ich die Terrassentür schloss, das Wohnzimmer durchquerte und meine Schritte als Echo von den Wänden widerhallten. Die Zukunft lag vor uns als ein unbeschriebenes Blatt. Und wir beide, Giorgio und ich, würden das Blatt mit unserer gemeinsamen Geschichte beschreiben.

Hannah

Am nächsten Tag, an einem Samstag, rang ich mich endlich dazu durch, Elis Kleider zu sichten und das, was ich weggeben wollte, in Säcke zu packen. Roberta würde später vorbeikommen und mit mir zum Roten Kreuz nach Città di Castello fahren, wo ich die Sachen abgeben wollte. Danach würde ich sie zu einer Pizza einladen, als Dankeschön für ihren seelischen Beistand.

Bei jedem Kleidungsstück rätselte ich lange, jede Entscheidung wurde zu einer Überlebensfrage. Irgendwann stopfte ich die Pullis und Röcke einfach blind in den Sack und brachte sie auf der Stelle zum Auto, weil ich sonst wahrscheinlich alles wieder ausgepackt hätte. Mir war elend zumute. An diesen Sachen hingen so viele Erinnerungen. Eli hatte sich nicht oft neue Kleider gekauft, sie hatte sie eine lange Zeit getragen, mit einigen Stücken war sie regelrecht verwachsen gewesen. Zum Beispiel mit ihrer Latzhose – so ein Teil aus den Achtzigerjahren –, in der sie gern gearbeitet hatte. »Die Hose gibt mir die Beinfreiheit, die ich brauche.« Noch heute sehe ich sie vor mir, die Stecknadeln zwischen die Lippen geklemmt, wie sie sich vorbeugte und die kleinen Patchwork-Quadrate zusammensteckte. Eine Zeitlang hatte sie versucht, mir das Nähen beizubringen. Aber ich hatte nicht genug Geduld dafür und wollte immer gleich drauflosnähen, mich nicht mit Versäubern oder Abstecken oder gar Heften aufhalten.

Die ganze Aktion hatte mich so fertiggemacht, dass ich mich in die Badewanne legte – ein bisschen auch als Trost. Als es um kurz vor vier klingelte, war ich noch nicht wieder angezogen. Ich öffnete das Fenster einen Spalt und rief hinunter: »Komm einfach rein, ich brauch noch ein paar Minuten.« Ich hörte, wie die Haustür aufging und sich wieder schloss, dann lief ich ins Schlafzimmer und schlüpfte in die bereitgelegten Klamotten. Strumpfsockig tippelte ich die Stiege hinunter und wäre fast umgekippt: Dort, am Fuß der Treppe, stand Di Lauro und sah zu mir hoch.

»Sie?« Etwas Originelleres fiel mir nicht ein. Zu meiner Verwunderung grüßte er freundlich und trat einen Schritt zurück. Im Gegensatz zu sonst trug er Jeans und ein graues Hemd und ich musste mich regelrecht zwingen, ihn nicht allzu penetrant anzustarren.

»Ich«, sagte er, und was da in seinen Mundwinkeln zuckte, wirkte fast wie die Andeutung eines Lächelns. »Ich ... ich wollte mich bei Ihnen bedanken.«

Ich ging hinüber zum Schuhregal und griff nach meinen Cowboyboots. Auf gar keinen Fall wollte ich mir meine Verblüffung anmerken lassen.

Ich stieg in die Boots und richtete mich wieder auf. Ich war nun so groß wie er und unsere Blicke begegneten sich auf Augenhöhe. So standen wir uns einen Moment lang gegenüber. Ich bemerkte, wie es in seinem Gesicht arbeitete, die Muskeln an seinem Kinn traten deutlich hervor. »Sie haben das ganze Obst gepflückt und ...«

Ich sah ihn weiter an und schwieg. Sollte ruhig *er* sich mal unwohl fühlen.

»Warum haben Sie mir geholfen?«

Am liebsten hätte ich ihm entgegengeschleudert: *Vielleicht weil Sie mir leidgetan haben und ich etwas für Sie tun wollte?!* Aber dann fiel mir mein Artikel ein, und in dem fiesen Gefühl, eine Betrügerin zu sein, zuckte ich nur verlegen mit den Achseln.

»Tja ... was soll ich sagen. Ich stehe in Ihrer Schuld.«

Innerlich zog ich den Kopf ein und dachte, dass jetzt die perfekte Gelegenheit wäre, um ihm reinen Wein einzuschenken. Aber ich hatte einfach nicht genug Mumm. Und so brachte ich nicht mehr zustande als eine wegwerfende Geste und ein dahingenuscheltes: »Ach, vergessen Sie's!«

Ohne darauf einzugehen, fragte er: »Was schulde ich Ihnen?«

»Was Sie mir *schulden*?«

»Die Stunden. Haben Sie Ihre Stunden aufgeschrieben?«

Ich winkte ab. »Lassen Sie's gut sein. Sie waren krank und ich habe ein wenig ausgeholfen.«

»Aber ... ich muss mich bei Ihnen revanchieren.«

»Sie müssen gar nichts.«

»Ich *möchte* mich revanchieren. Wenn Sie schon kein Geld wollen. Gibt es nicht etwas, was ich für Sie tun kann?«

Du kannst ja richtig charmant sein, dachte ich, halb bissig, halb beeindruckt. Und dann kam mir ein Gedanke.

»Es gäbe da vielleicht was ...«

»Dann sagen Sie's.«

»Diese ganzen Äpfel- und Birnensorten. Was man daraus alles machen kann, das würde mich interessieren.«

Er sah mich an, als würde er nicht recht verstehen.

»Na, die werden ja nicht alle einfach nur so gegessen. Ich hab gehört, da gibt's viele verschiedene Zubereitungsmöglichkeiten ... Birnen in Wein eingelegt, süßsauer Eingemachtes, Bratäpfel und so weiter. Sie könnten mir ein paar alte Rezepte geben ... Sie haben doch bestimmt welche?« Und noch während ich das sagte, merkte ich, dass es mich *tatsächlich* interessierte, nicht wegen des Artikels, der sowieso mehr oder weniger fertig war, sondern einfach so.

»Tja ...« Er schien mit sich zu ringen. Doch dann sagte er mit großer Bestimmtheit: »Kommen Sie morgen Abend zu mir. Dann werden wir sehen.«

Elisabeth

Es war noch nicht spät, vielleicht halb acht, als ich in Prenestino ankam und den Wagen eine Straße weiter parkte. Auf dem Weg zur Wohnung kaufte ich rasch noch ein bisschen Käse, Brot und Wein und auch einen bunten Blumenstrauß. Ich war spät dran und vermutete, dass Giorgio schon ungeduldig auf mich warten würde. Doch als ich die Haustür aufschloss und die Wohnung betrat, war alles still. Ein wenig freute ich mich, die Erste zu sein, denn so konnte ich noch den Tisch decken und alles so vorbereiten, wie es sich für den ersten Abend in unserem neuen Zuhause gehörte. Ich stellte die Astern in eine Vase, drehte die Heizung auf die höchste Stufe, öffnete den Rotwein, hobelte Parmesan und bereitete einen Teller mit Oliven vor. Ich hatte sogar noch Zeit zu duschen und mich umzuziehen. Alles sollte perfekt sein für den Auftakt unserer gemeinsamen Zukunft.

Um zehn wurde ich ungeduldig und vermutete, dass Giorgio von einem Kunden aufgehalten worden war. Um elf bekam ich einen Wutanfall und aß alles alleine auf, schenkte mir Wein ein und trank das erste Glas und auch ein zweites. Um Mitternacht begann ich, mir Sorgen zu machen. Wie ein eingesperrtes Tier lief ich durch die Wohnung und versuchte verzweifelt, die Bilder aus meinem Kopf zu kriegen: Giorgio mit verrenkten Gliedern in einem Straßengraben, blutend in einem Hinterhof in Prenestino.

Er kam um fünf. Hohlgesichtig stand er plötzlich vor dem Sofa, wo ich irgendwann vor lauter Erschöpfung eingeschlafen war. Ich starrte ihn an wie eine Erscheinung.

»Sie hat versucht, sich umzubringen«, sagte er so leise, dass ich ihn kaum verstand. Und dann: »Ich kann das nicht tun. Ich muss zurückgehen.«

Sie hatte den Kopf in den Backofen gesteckt und das Gas aufgedreht. Ihr Sohn hatte sie gefunden und den Notruf gewählt. Nun lag sie im Krankenhaus. Aber sie war gerettet.

Sie ist gerettet und ich muss sterben. Diese Worte dachte ich, als er mir einen Kuss auf die Stirn drückte und ging. Er werde sich melden, sagte er zum Abschied, dann war er auch schon zur Tür hinaus.

Die gesamte nächste Woche verbrachte ich im Liegen. Ich lag auf dem Sofa und ließ die Zeit an mir vorüberziehen. Durch das Fenster zum Schacht sah ich, wie das Licht sich veränderte, irgendwo über mir, dort, wo Helligkeit war und Leben, wo der Himmel vielleicht blau war und wo vielleicht die Sonne schien. Doch für mich würde sie nicht mehr scheinen. Ein paarmal hörte ich es klingeln – vier, fünf Mal, vielleicht auch öfter. Doch das Klingeln war fern, es gehörte nicht in meine Welt, die still war, eine Wattewelt, die nur aus diesem Sofa und diesem Raum bestand.

Am achten Tag fanden sie mich. Das zumindest erzählte mir Lieselotte später, nachdem der Hausmeister ihr die Wohnungstür aufgeschlossen hatte. Eigentlich hatte sie das Liebespaar auf seiner Flitterwochen-Insel in Prenestino in Ruhe lassen wollen, doch dann hatte sie so eine Ahnung beschlichen, ein ungutes Gefühl, dem sie gefolgt war.

Ich weiß nicht mehr, wie Lieselotte mich vom Sofa bekam, wie sie es schaffte, mir Essen einzuflößen, und nach dem Essen einen starken Kaffee mit extra viel Zucker, das alle erzählte sie mir viel später. Wie sie mich in die Sitzbadewanne beförderte, die Brause auf kalt stellte und sie mir über den Kopf hielt. Wie ich aufschrie, aus der Wanne steigen wollte, wie sie mich abseifte, mir das Haar

wusch und mich schließlich anbrüllte, ich solle mich zusammenreißen, das sei ja wohl nicht der erste Italiener, der ein Mädchen hatte sitzen lassen. Ob ich wegen einem, der mich nicht genug liebte, mein Leben wegwerfen wolle?
Einer, der mich nicht genug liebte.
Nach diesen Worten, so erzählte sie mir später, hätte ich mich aufgerichtet, das Kinn gehoben, so als lauschte ich auf irgendetwas. Und dann hätte ich den Kopf geschüttelt, immer und immer wieder, und Worte vor mich hin gemurmelt.

Lieselotte war es auch, die schließlich meine Zukunft in die Hand nahm und meinen Personalsachbearbeiter in Bonn anrief. Ich weiß nicht, was sie ihm erzählte, nur dass in den Akten des Auswärtigen Amts letztlich nie eine Kündigung von Elisabeth Christ auftauchte. Die Personalabteilung gab mir eine Stelle in Damaskus, die ich sofort antrat. Und Lieselotte kontaktierte eine Spedition und sorgte dafür, dass meine ganze Habe aus der Erdgeschosswohnung in Prenestino in Container gepackt und auf ein Schiff verladen wurde.
Als ich ein paar Tage vor Weihnachten in Damaskus ankam und im dortigen Diplomatenviertel eine Wohnung bezog, gehörte das Kapitel Giorgio der Vergangenheit an – endgültig, wie ich glaubte.

Hannah

Ich stand wohl eine halbe Stunde lang ratlos vor dem Kleiderschrank herum. Ich besaß nicht viele Kleider und hatte sowieso nur zwei davon mitgebracht, was die Sache eigentlich hätte vereinfachen müssen. Trotzdem hatte ich an diesem Abend Mühe, mich zu entscheiden und dann auch noch die richtigen Schuhe und passenden Ohrringe auszusuchen.

Am Ende wählte ich das Missoni-Kleid, ein im typischen Wellenmuster und in Grüntönen gehaltenes schmales Strickkleid, das ich einmal für wenig Geld in einem Second-Hand-Shop in London ergattert hatte und das gut zu diesem Septemberabend und zu meinen Haaren passte. Als ich den Wagenschlüssel aus der Schale nahm und vor die Haustür trat, spürte ich zum ersten Mal ganz deutlich, dass der Herbst das Regiment übernommen hatte. Die Luft war feucht und über den Hügeln lag ein milchiger Schimmer, der alles wie mit einem Geheimnis bedeckte. Während ich in den Wagen stieg, fragte ich mich, wie es hier wohl im Winter wäre. Als ich wenig später in die kleine Straße nach San Lorenzo einbog, steigerte sich die Unruhe, die mich den ganzen Tag lang begleitet hatte, zu einer kribbeligen Aufregung. Das irritierte mich so sehr, dass ich mir am liebsten selbst in den Hintern getreten hätte. Aus irgendeinem Grund, über den ich lieber nicht näher nachdenken wollte, hatte ich den ganzen Tag immer wieder an Di Lauro denken müssen, an die Art, wie er mir gegenübergestanden und mich angesehen hatte, mit diesem unergründlichen Blick.

Der Nebel wurde dichter, als sich mein Wagen das letzte Stück den steilen Hügel hinaufquälte. Gleich musste das Marienstandbild kommen, dachte ich und hielt das Steuer fest umklammert. Da tauchte auf einmal eine Gestalt auf, mitten im Weg. Ruckartig riss ich das Lenkrad herum und trat reflexartig auf die Bremse. Der Wagen rutschte ein Stück nach links ab und kam dann zum Stehen. Das konnte doch nur Peppino sein, der um diese Zeit in dieser Einsamkeit herumlief, dachte ich und starrte durch die Windschutzscheibe. Aber die Gestalt war so plötzlich verschwunden, wie sie aufgetaucht war.

Ich parkte den Wagen vor dem Haus. Aus den Fenstern drang ein warmer Lichtschein, der mit dem Nebel verschmolz. Als ich ausstieg, fiel mir wieder einmal die Stille auf, das Fehlen jeglichen Geräuschs, und als ich mich noch einmal zu dem Marienbild umwandte, war es längst hinter einer Wand aus Watte verschwunden.

Auf mein Klopfen hin ging sofort die Tür auf und Di Lauro erschien, wie das letzte Mal in Jeans und einem Hemd. Diesmal war es hellblau und stand in schönem Kontrast zu seinen dunklen Augen und Haaren.

»Die teutonische Pünktlichkeit.« Er grinste ironisch.

Ich zuckte die Achseln und steckte die Hände in die Manteltaschen. Das ging ja schon wieder gut los, dachte ich und sah mich im Raum um.

In dem großen steinernen Kamin brannte ein Feuer, das schon fast zu einer dicken Glut zusammengesackt war und eine angenehme Wärme verbreitete. Zu meiner Verwunderung war der ganze Tisch vollgestellt mit Töpfen und Schüsselchen, Einmachgläsern und einem riesigen Laib Brot, von dem ein verführerischer Duft ausging. Hatte Di Lauro etwa für mich gekocht?

Wie schon das letzte Mal in Elis Wohnzimmer standen wir eine Weile herum und keiner schien so recht zu wissen, was er sagen sollte. Ich hatte nicht vor, es ihm leichter zu machen. Immerhin war er derjenige gewesen, der sich wie ein wütender Elefant aufgeführt hatte. Da sagte er: »Es dauert noch einen Augenblick. Gehen Sie schon mal nach nebenan. Die erste Tür rechts.«

Ich durchquerte die Diele, die ich ja schon kannte, und kam in einen Raum, der mich entfernt an einen Rittersaal denken ließ, mit weiß getünchten Wänden und einem übergroßen offenen Kamin, vor dem ein mit weißem Leinen und Porzellan gedeckter Tisch stand. Also würde ich tatsächlich mit ihm essen.

Ich zog den Mantel aus und hängte ihn über einen Stuhl. Auch hier brannte ein stattliches Feuer, aber der Raum war zu groß und die Decke zu hoch, die Wärme drang nicht bis in die Winkel. So stand ich eine Weile am Kamin herum, bis mein Gesicht sich ganz warm anfühlte. Dann drehte ich mich um und mein Blick fiel auf die gegenüberliegende Wand, die vom Boden bis zur Decke von einem gigantischen Bücherregal bedeckt war. Der Clou daran war, dass die Bücher nach Farben sortiert waren, was einen zauberhaften Eindruck machte. Ganz besonders gefiel mir eine Reihe von chinesischen Notizbüchern, die nach dem Regenbogenprinzip angeordnet waren. Am liebsten hätte ich diese Bücherwand sofort mit der Kamera festgehalten. Stattdessen schlenderte ich das Regal entlang, las den einen oder anderen Titel und bemerkte, dass da eine Menge herumstand, was ich selbst auch schon gelesen hatte: Carlo Ginzburg, Primo Levi und wohl alles, was Pavese je geschrieben hatte. Diese Bücherwand hätte auch Eli gefallen. Ob sie sie wohl je zu Gesicht bekommen hatte? Ich blätterte ein wenig in *La bella estate* und sah plötzlich nicht Eli, sondern Rose vor mir, Di Lauros wunderschöne Frau – wie sie hier stand, das blonde Haar zurückgebunden, und die Bücher in die ihr natürlich erscheinende Ordnung brachte. Denn das hier, da war ich ganz sicher, trug ihre Handschrift. Ich stellte das Buch wieder zurück, drehte mich um – und entdeckte den Flügel.

Er stand ganz hinten im Raum, schwarzglänzend und perfekt, und wirkte ein wenig fremd in diesem fast mittelalterlich erscheinenden Gemäuer. Auf diesem Instrument hatte er gespielt an all den Abenden, an denen ich draußen auf der Bank unter den Eichen gesessen hatte. Ich stellte meine Tasche ab und näherte mich langsam, ehrfürchtig, umstrich den Flügel, wie man ein schreckhaftes Tier umstreicht. Dann setzte ich mich auf den Hocker und legte meine Hände darauf, ganz vorsichtig. Die Tasten unter meinen Fingern fühlten sich kühl an und fremd, und in dem Moment wünschte ich mir nichts sehnlicher, als dem Instrument die gleichen Töne entlocken zu können wie Di Lauro an jenen Abenden. Aber ich hatte es nie gelernt.

Als ich Schritte auf dem Gang hörte, stand ich rasch auf. Er sollte mich nicht dort sitzen sehen. Mir fiel der Satz wieder ein, den ich mir als Eröffnung in der vergangenen Nacht zurechtgelegt hatte und der mir wie der einzig mögliche Anfang vorgekommen war. Doch als ich ihn ins Zimmer kommen sah, ein Tablett vor sich her balancierend, fragte ich stattdessen: »Ist es hier oft neblig im Herbst?«

»Hin und wieder«, sagte er schlicht und stellte das Tablett ab. Ich sah ihm zu, wie er zwei geröstete Weißbrotscheiben mit

Knoblauch abrieb, mit Öl beträufelte, sie mit ein wenig Salz bestreute und etwas Goldgelbes aus einem Glas darübergab. Seine Bewegungen waren effizient und ich ertappte mich dabei, wie ich auf die aufgerollten Hemdsärmel starrte und auf seine Hände, die kräftig waren und braun gebrannt.

»Setzen Sie sich«, sagte er in meine Richtung, aber ohne mich anzusehen. Jetzt musste ich es tun, jetzt musste ich es mit lässiger Beiläufigkeit und mit einem kecken Gesichtsausdruck fallen lassen: *Wenn das Essen gut ist, werde ich einen Artikel darüber schreiben. Ich bin übrigens Journalistin.* Doch dann legte er eines der Brote auf meinen Teller und der Moment war vorbei. Voller Ärger darüber, es wieder nicht hingekriegt zu haben, ließ ich mich auf den Stuhl ihm gegenüber nieder. Im Ton eines Oberkellners verkündete er: »Wir haben hier eine Bruschetta al melangolo«, und setzte auf meinen verständnislosen Blick hin hinzu: »Bitterorange. Die gab es hier früher in jedem Garten.«

Ich sah ihn an und einen Moment lang zögerte ich, ob ich es wagen konnte. Dann aber holte ich meine Kamera aus der Tasche und fotografierte das Ganze. Ich bemerkte wohl, dass er irritiert die Brauen runzelte. Doch er schwieg.

Dann biss ich in das Brot, das eigenartig schmeckte, völlig unerwartet, süß und salzig und bitter zugleich. Er nahm ein gefülltes Glas vom Tablett und stellte es vor mich hin. »Probieren Sie den dazu.«

Es folgten lauter Gerichte, die ich nicht kannte, alle nur in kleinen Portionen: zuerst ein Eintopf aus Monteleoner Buchweizen und Esskastanien, beides aus eigenem Anbau, wie er betonte, dann Würste, die er in einer Art Klemmrost im Kamin in der Küche gegrillt hatte (wohl nicht aus eigenem Anbau, dachte ich und musste ein nervöses Kichern unterdrücken). Zu den Würsten gab es gebackene Rosenäpfel und danach einen ziemlich bitteren Salat, was aber gut passte. Und zu jedem Gericht servierte er einen eigenen Wein. Während des Essens erkundigte ich mich immer wieder nach seiner Arbeit, wobei ich darauf achtete, nicht allzu neugierig zu klingen.

Ich schob gerade den letzten Bissen Bratapfel in den Mund, als er fragte: »Warum interessiert Sie das alles so?«

Jetzt, dachte ich, jetzt wäre die Gelegenheit, es ihm zu sagen. Ihm reinen Wein einzuschenken und ihm zu gestehen, womit ich meine Brötchen verdiente. Und ganz lässig, in einem Nebensatz, fallen zu lassen, dass ich *doch einen Artikel über das hier schreiben könnte.* (Den bereits abgelieferten Text würde ich vorerst verschweigen.) Doch auch diesmal zögerte ich zu lange, und er erklärte, statt auf eine Antwort zu warten: »Morgen Nachmittag fahre ich zu einem Bauern nach Pietralunga. Er hat einen seltenen Apfel, den auch ich einmal in meinem Garten hatte.«

Roberta wollte mich am folgenden Tag mit nach Florenz nehmen, sie hatte dort irgendwas zu tun, und danach wollten wir einen Stadtbummel machen. Doch im Bruchteil einer Sekunde entschied ich mich um. Florenz konnte warten. Diese Chance käme nicht wieder. »Ist das eine Einladung mitzufahren?«

»Ja.«

»Dann gerne.« Ich jubelte innerlich. Roberta würde das sicher verstehen – ich würde sie gleich nachher anrufen, wenn er wieder mal etwas aus der Küche holte, und es ihr erklären. Ich bemerkte, wie er mir einen Blick zuwarf. Konnte er Gedanken lesen? Möglichst unbekümmert sagte ich: »Es ist warm hier.« Das Feuer hatte es inzwischen doch geschafft.

»Ja«, antwortete er wieder und sah mich immer noch an.

»Obwohl es bestimmt nicht einfach ist, so ein altes Gebäude zu heizen.«

»Nicht einfach, ja.«

»Zu Hause in Deutschland haben wir auch einen Hof ... ein altes Bauernhaus von 1850. Meine Eltern haben es grundsaniert, neues Dach, neue Heizung, das war in dem Jahr, bevor sie ...« Ich verstummte.

»Bevor sie was?«, wollte er wissen.

Ich merkte, wie ich rot wurde. Ich hatte nicht vorgehabt, ihm das zu erzählen. Aber nun konnte ich schlecht zurück, und es gab ja auch keinen Grund, es ihm zu verschweigen. Und so sagte ich so ruhig wie möglich: »Bevor sie ... gestorben sind.«

»Alle beide sind ... gestorben?« Einen Moment lang schien er verwirrt über die Gleichzeitigkeit dieser Tode. Aber ich wollte in diesem Moment auf keinen Fall in die Tiefe gehen, deswegen sagte ich nur: »Ein Autounfall.«

Er sah mich aufmerksam an. Auf einmal kam es mir vor, als hätte ich dem Gespräch eine völlig unangemessene Wendung gegeben, und vor lauter Nervosität sagte ich fast ruppig: »Ich dachte, Sie wüssten, dass ich bei Eli aufgewachsen bin.«

»Auf dem Hof Ihrer Eltern?«

»Ja ...«

Widerwillig beantwortete ich nun seine Fragen – nach Eli, nach unserem Leben, nach den letzten Jahren, wie eng wir miteinander verbunden waren. Irgendwann fragte er: »Haben Sie sie denn hier mal besucht?«

Beinahe hätte ich *Bingo!* gerufen. Der Mann hatte wirklich einen guten Riecher. Mit seiner Frage hatte er genau ins Schwarze getroffen, in diese üble Mischung aus Schuldkomplexen und Versagensgefühlen, die an mir klebte wie Pech. »Ich ... ich bin einfach nicht dazu gekommen«, stotterte ich und merkte selbst, wie mickrig sich diese Erklärung anhörte. Plötzlich fragte ich mich, warum ich mich überhaupt auf dieses Gespräch einließ, warum ich dieser Frage und allen anderen zuvor nicht einfach ausgewichen war. Ich hätte doch lügen, ihm irgendeinen Quatsch erzählen können. Alles war genau andersherum, als ich es mir vorgestellt hatte, denn eigentlich hatte ich doch ihn ausfragen wollen.

Er sah mich immer noch an, mit diesem aufmerksamen, konzentrierten Blick, als wüsste er sowieso schon alles. Dieser Mann hypnotisierte mich. Auf einmal drängte es mich, ihm alles über mich zu erzählen, endlich jemandem alles zu erzählen, von Eli und meiner Schuld und von Martin und mir. Und dabei hatte ich dieses irrwitzige Gefühl, in eine Falle zu tappen, in ein Netz, das er ausgelegt hatte, mit seinem roten Wein, den fremden Gerich-

ten, dem Prasseln des Feuers. Trotzdem hörte ich mich sagen: »Es hatte mit einem Mann zu tun. Deshalb konnte ich nicht weg.«
»Sie hätten ihn doch mitbringen können?«
Ich senkte den Blick. »Das wäre nicht gegangen.«
»So? Warum denn nicht?«
»Weil er verheiratet war ... ist.«
Etwas in seinem Blick veränderte sich, wurde starr. »Ein verheirater Mann also.«
Ich schwieg, starrte auf meinen leeren Teller. Irgendetwas war anders geworden, irgendetwas Ungutes lag in der Luft.
»Dann sind Sie also eine Ehebrecherin?«
Ich schnappte nach Luft und begegnete seinem Blick. Er verzog keine Miene, sondern sah mich nur herausfordernd an, herausfordernd, mit diesen Augen, die so dunkel waren, dass sie keine Pupille zu haben schienen. Langsam legte ich meine Serviette auf den Tisch. Langsam rückte ich den Stuhl vom Tisch ab. Langsam stand ich auf und sah auf ihn herunter. Die Nervosität, die ganze Fahrigkeit, alles war mit einem Schlag von mir abgefallen. Ich holte den Mantel, nahm meine Handtasche von der Stuhllehne und hängte sie mir über die Schulter.
»Ich bin vielleicht eine Ehebrecherin. Aber was sind Sie?«
Ohne mich umzusehen, verließ ich den Raum, durchquerte Korridor und Diele. Ich war schon an der Haustür, als ich seine Schritte hinter mir hörte und seine Hand an meinem Handgelenk spürte.
»Bitte bleiben Sie. Ich entschuldige mich, ich hätte das nicht sagen dürfen ...«
Wie in Zeitlupe drehte ich mich um und durchbohrte ihn mit meinem Blick wie eine Voodoopuppe mit einer Nadel. Er ließ die Hand sinken und schien in sich zusammenzusacken. Leise sagte er: »Es tut mir wirklich leid. Bitte nehmen Sie meine Entschuldigung an. Es ist nur so, dass ich ... ich bin Gesellschaft nicht mehr gewöhnt. Schon gar nicht die einer schönen Frau.«
Ich sah ihn an und auf einmal kam mir die Situation so unwirklich vor wie in einem Film oder einem Theaterstück. Mit

beinahe schüchterner Stimme fuhr er fort: »Und dann gibt es ja auch noch Nachtisch. Den müssen Sie unbedingt probieren.« Schließlich gab ich nach.

Elisabeth

In der Botschaft in Damaskus gab es zwei Parteien, die miteinander im Clinch lagen. Auf der einen Seite des Boxrings hatte der Verwaltungschef, der *Kanzler*, mit seiner Anhängerschaft Aufstellung genommen, auf der anderen sein Vize und dessen Truppe. Jeder Neuankömmling wurde von beiden Seiten so lange umworben, bis er sich für eine entschied. Was dann die Kampfansage für die andere war.

Nachdem Rom und das, was es für mich bedeutet hatte, untergegangen war, reagierte ich auf das werbende Interesse beider Seiten mit freundlicher Gleichgültigkeit und erwarb mit der Zeit tatsächlich so etwas wie eine neutrale Position. Und meine innere Gleichgültigkeit machte mit der Zeit einer Art von Dankbarkeit Platz. Ich hatte meinen Vater und Mosisgreuth überlebt und war mit dem Verlust meines Kindes und meines Geliebten fertiggeworden. Den Geliebten hatte ich ein zweites Mal verloren und dazu beinahe meine Arbeitsstelle, aber auch das hatte ich am Ende überlebt.

Ich hatte alles überstanden und war immer noch da.

So eine Botschaft ist ein Mikrokosmos, eine Welt in klein, und je exotischer der Dienstort, desto wichtiger sind die Kollegen, von denen einige zu Freunden werden. Natürlich wusste ich, dass meine neutrale Position auf Dauer nicht zu halten war – früher oder später müsste ich mich für eine der beiden Seiten entscheiden. Doch momentan genoss ich einen Gleichmut, der an Stumpfsinn grenzte, eine Trägheit wie im Morphiumrausch. Die Gewissheit, dass ich nie tiefer hinabsteigen würde als in den letzten Tagen in Rom, trug mich durch Tage und Nächte. In dieser Betäubung genoss ich die Ausflüge nach Palmyra – ich liebte es, zwei Stunden durchs Nichts zu fahren und bestenfalls eine Kamelherde beim Überqueren der Straße zu beobachten. Ich verbrachte ganze Tage im Souk, wo ich Tee trank und mich mit raubkopierten Kassetten eindeckte. Ich genoss die Abendessen und Brunches, die »zu meinen Ehren« veranstaltet wurden, mal von der Seite des Verwaltungschefs, mal von der Fraktion des Vizechefs und seiner Geliebten. Ich fuhr gerne nach Homs, in die Stadt, wo sich Jahre später dann die Rebellen verschanzt haben, und genoss den Blick von den Golanhöhen hinab auf eine weite, weite Steinwüste, hinter der irgendwo Israel lag. All das gefiel mir und tat mir wohl. Und dann kamen die Briefe.

Es war ein ganzer Packen, zusammengeschnürt mit einer Kordel, und er steckte in einem Umschlag mit Lieselottes schwungvoller Handschrift. Sie hatte ein kleines Blatt dazugelegt, auf dem stand: *Liebste Eli, diese Briefe kamen in den letzten Wochen in der Botschaft an. Ich habe sie abgefangen und gesammelt und lange wusste ich nicht, ob ich sie* überhaupt *an dich weiterleiten soll. Meine erste Reaktion war, sie wegzuwerfen. Aber darf ich das? Entscheide du, was mit ihnen geschehen soll. LieseL*
Die Briefe waren von Giorgio. Im ersten schrieb er, dass er mich liebte, und beschwor mich, ihn anzurufen. In den folgenden wiederholte er seine Liebesschwüre und im letzten teilte er mir mit, dass er nun endgültig ausgezogen sei, in einem Zimmer in Ostia lebe und sehr verzweifelt sei.
Ich ließ den letzten Brief sinken und starrte aus dem Fenster meines Büros, hinüber zum Turm der Moschee. Im ersten Moment war ich wie betäubt, dann spürte ich, von ganz tief unten, eine Art Glucksen hochsteigen und einen Augenblick später lachte ich laut los. Und gleich darauf liefen mir Tränen übers Gesicht. Petra Gercke, die Sekretärin und Geliebte des Vizekanzlers, kam herein und stutzte. Mit dem geübten Blick der zweiten Frau er-

fasste sie sofort, worum es ging. Sie schloss die Tür und nahm mich in den Arm – und so war zumindest die Frage geklärt, zu welchem Lager ich die nächsten Jahre gehören würde.

Es dauerte einige Wochen, bis ich antwortete, und der Brief, der darauf mit dem nächsten Kurier kam, klang noch unglücklicher als der, in dem er mir von seinem Auszug berichtet hatte. Wie es denn dazu gekommen sei, hatte ich wissen wollen, und dann hatte ich – ziemlich brutal, aber ich konnte nicht anders – gefragt, warum sie diesmal den Weg in den Backofen nicht gefunden habe. Ich war gnadenlos. Alles Mitgefühl, das ich unter anderen Umständen aufgebracht hätte, war verschwunden unter einer dicken Kruste von Hass und Eifersucht, erlittenen Verletzungen und Demütigungen.

Ich will dich nicht langweilen und werde selbst bei solchen Geschichten leicht ungeduldig, vielleicht weil ich sie so gut kenne. Es steckt zu viel Gejammer in ihnen und deshalb werde ich das Ganze jetzt abkürzen und nur das Wichtigste berichten. Das, was für dich von Belang sein dürfte, um mich zu verstehen. Denn einzig und allein darum geht es mir: dass du mich verstehst. Vor nichts habe ich mehr Angst als davor, von dir verurteilt zu werden.

Natürlich endete es damit, dass wir uns weiter schrieben. Und nicht nur das. Er schickte mir selbst bespielte Kassetten mit unseren Liedern – all jenen Stücken, die wir zusammen gehört hatten, bei denen wir uns geliebt hatten und von denen er wusste, dass sie mich sentimental machten.

Trotzdem war es jetzt anders. Zwar freute ich mich, wenn ich Post von ihm bekam. Doch es war eine Freude hinter vorgehaltener Hand, eine Freude, der ich nicht recht traute. Fast verwundert beobachtete ich mich selbst und staunte darüber, dass es mich in keinster Weise drängte, an unserer Situation etwas zu ändern. Noch vor wenigen Monaten wäre ich sofort ins nächste Flugzeug gestiegen, um bei ihm zu sein. Aber weil Giorgio mir diese Musik schickte und auf die Kassettenhüllen *Un bel dì vedremo* schrieb, riss das Band, das uns aneinanderfesselte, trotz meiner Zurückhaltung nicht ab. Lange Jahre glaubte ich, dieses Band hätte in erster Linie mit seinem Aussehen oder jedenfalls mit einer körperlichen Anziehung zu tun. Mit seinem Blick und der Verführung, die für mich in all seinen Gesten und Bewegungen lag, und zum Teil war es wohl wirklich so. Und wer weiß, vielleicht ging es ihm da ähnlich. Aber da war noch etwas anderes, das ich erst Jahre später begriff. Wir konnten nicht voneinander lassen; sobald wir im gleichen Raum waren, wurden alle, die sonst noch da waren, zu bloßen Statisten. Sie waren für uns unsichtbar. Und es war letztlich genau dieses Phänomen, das alles erneut auf den Kopf stellte.

.

Hannah

Später, während des Nachtischs – es gab *Rocciata*, **eine Art umbrischen Apfelstrudel –, spürte ich seinen Blick wie ein Gewicht auf mir. Vom Wein und der Hitze des Feuers schwirrte mir der Schädel. Ich senkte die Lider und kam mir lächerlich vor, wie eine verschämte Jungfer aus einer Klamotte. Und plötzlich wurde mir die ganze Situation überdeutlich bewusst: das prasselnde Feuer in dem monströsen Kamin, die Hitze, die meine linke Körperhälfte weichzukochen schien, das weiße Porzellan, die langen Stiele der Weingläser, all das war in diesem Moment einfach mein Leben. Es lohnte nicht, darüber nachzugrübeln, es war real. Genauso real wie das Begehren, das von irgendwoher gekommen war. Nach einem weiteren Glas Wein fühlte ich mich mutig genug und fragte: »Spielen Sie mir etwas vor?«**

Nur ein Wimpernschlag, ein Zucken auf seinem Gesicht verriet, was er von der Frage hielt. Und erst viel später, am nächsten Tag, wurde mir die Doppeldeutigkeit meiner Frage bewusst. Vielleicht dauerte es deshalb eine ganze Weile, bis er endlich antwortete: »Ich spiele nicht besonders gut.«

Fast hätte ich mich verplappert und ihm verraten, dass ich ihn ja schon spielen gehört hatte und dass er für meinen Geschmack geradezu berauschend Klavier spielte. Doch ganz so betrunken war ich doch nicht, also sagte ich nur:
»Bitte. Spielen Sie für mich. Nur dieses eine Mal.« Meine Stimme klang fremd, allzu süß und irgendwie geziert.

Sein Blick verriet, dass er überrascht war und mit sich rang. Anscheinend gehörte auch er zu der Sorte Männer, die der schmeichlerischen Bitte einer Frau nichts entgegenzusetzen haben.

Und tatsächlich stand er nun auf, ging hinüber zu dem schwarzglänzenden Instrument und setzte sich. Ich folgte ihm langsam, sah, wie er einen Moment lang die Lider schloss und seine Wimpern sich auf die Wangen legten, als würde er schlafen. Doch dann hob er die Hände und begann zu spielen. Kurz blieb mir die Luft weg und ich wagte nicht, ihn anzusehen. Doch als ich merkte, dass ihn die Musik mehr und mehr vereinnahmte, beäugte ich ihn immer eingehender, bis ich ihn völlig ungeniert anstarrte: sein kantiges Kinn, die geschwungenen Lippen, das kurze dunkle Haar.

Die Töne umflossen mich und mir wurde immer klarer, wohin ich da steuerte. Ich durfte mich auf keinen Fall ganz in diesem Hinschauen verlieren. Also löste ich meinen Blick bewusst von ihm und sah zum Fenster links von mir. Und da sah ich es: das Gesicht, dunkle Augen, die dicht an der Scheibe erschienen, und ein Blick, der mich regelrecht durchbohrte. Vor Schreck schlug ich die Hände vors Gesicht. Ich muss wohl laut aufgeschrien haben, denn das Klavierspiel verstummte und Di Lauro stand ruckzuck neben mir. Ich rechnete damit, dass er ironisch reagieren würde, aber er fragte nur in angespanntem Tonfall: »Was ist los?«

Ich lief zum Fenster und legte mein Gesicht an die Scheibe, beschattete die Augen mit den Händen. Aber alles, was ich sah, war Dunkelheit und mein eigener Atem, der sich an der Scheibe niederschlug.

Ich drehte mich zu ihm um und sagte so gelassen wie möglich: »Ein Gesicht. Wahrscheinlich dieser Peppino. Der hat mich schon mal ziemlich erschreckt.« Ich verstummte und fragte mich im selben Moment, warum ich das gesagt hatte. Denn das Gesicht am Fenster hatte überhaupt nicht nach Peppino ausgesehen.

Di Lauro schenkte mir noch einmal Wein nach, aber der Zauber war dahin und so stand ich auf, das Glas noch halb voll.

»Ich werd dann mal«, sagte ich und fühlte mich auf einmal ziemlich wackelig. Ich hatte den Überblick verloren, über die Zeit und die Menge des Weins, die ich intus hatte – aber auch darüber, was ich hier eigentlich tat, in diesem komischen Rittersaal, der gar keiner war. Ich machte ein paar vorsichtige Schritte. Er stellte sich mir in den Weg, lächelte und sagte etwas, das ich nicht verstand, weil in meinen Ohren auf einmal so eine Art Rauschen zu hören war. Ich musste ihn ansehen. Mich konzentrieren.

Da legte er seine Hand auf meinen Arm. Sie fühlte sich warm und schwer an. Ich wollte etwas sagen, wollte protestieren, aber auf einmal brauchte ich meine ganze Kraft fürs Gehen. Im vorderen Zimmer stellte er mich neben dem Kamin ab. Wie aus dem Off hörte ich, dass er den Raum verließ. Ich schloss die Augen, öffnete sie aber gleich wieder, weil sich alles zu drehen begann. Mit beiden Händen umklammerte ich die Kaminumrandung, den Blick nach unten gerichtet. Dort lag ein Stapel Briefe und durch den Nebel las ich einen Namen. Tastete mich an den Buchstaben entlang, die seltsam klar erschienen, scharfkantig und spitz. Aber irgendetwas stimmte nicht.

In dem Moment kam von hinter mir ein Rascheln, das Klimpern eines Schlüsselbunds und Di Lauros Stimme.

»So. Hier entlang.«

An die Fahrt erinnere ich mich nur dunkel. Ich weiß bloß noch, dass alles schwankte, als wäre ich auf hoher See, bei starkem Seegang. Jedenfalls strengte ich mich ungeheuer an, nicht in den Wagen zu kotzen, und schaffte das auch irgendwie. Als ich später mit bleischweren Gliedern und einem Sausen im Kopf im Bett lag, glaubte ich aus weiter Ferne das Knarzen der Treppenstufen zu hören und kurz darauf die Haustür, die von außen zugezogen wurde.

War das ein Klopfen, oder was? Ich bekam die Augen kaum auf, und als ich wenig später zu erkennen versuchte, woher das verdammte Geräusch kam, erinnerte ich mich wieder, wo ich war und wie ich den vergangenen Abend verbracht hatte.

Das Klopfen verstummte, aber ich stand trotzdem auf und schlich nach unten, immer noch in meinem Missoni-Kleid. Als ich die Tür erreicht hatte, setzte auch das Klopfen wieder ein. Missmutig riss ich die Tür auf.

Ich weiß nicht, was ich erwartet hatte. Jedenfalls schaute ich in Robertas kluge Augen, die bei meinem Anblick immer größer wurden. Sie hob eine Hand vor den Mund und fing an zu lachen. Etwa im selben Moment dämmerte es auch mir wieder. Sie war gekommen, um mich nach Florenz mitzunehmen.

»Entschuldige, aber du siehst aus wie dieser Rocksänger ...«

Mir war nicht nach Humor zumute.

»Hoffentlich meinst du nicht Alice Cooper«, brummte ich, öffnete die Tür weit und ging ins Haus zurück. »Das Morgenlicht ist nichts für mich.«

Roberta kam herein und schloss die Tür. »Licht ist gut! Bei dem Regen hat man den Eindruck, der Jüngste Tag ist nicht mehr fern.« Mit einem interessierten Grinsen fügte sie hinzu: »Aber was hast du *gemacht*?«

Ich hatte keine Lust, ihr zu erzählen, dass ich so dämlich gewesen war, mich im Beisein von Di Lauro volllaufen zu lassen. Deswegen murmelte ich nur: »Ein bisschen zu viel Wein.«

»Ah«, sagte sie und nickte vielsagend.

Ich nickte ebenfalls. Dann sagte Roberta: »Nimm's mir nicht übel, aber du siehst nicht so aus, als würde es dich nach Florenz drängen ...«

»Nett, dass du mir eine Brücke baust.«

Roberta winkte ab. »Ich habe schon eine andere Idee. Wie wär's, wenn wir uns morgen Abend zum Aperitif bei Michele treffen?«

»Bei dem Wetter?«

»Morgen soll's wieder schön werden.«

Ich grinste zerknirscht. »Ja«, sagte ich und hoffte, dass Roberta meinen horrormäßigen Anblick schnell wieder vergessen würde.

Ich stellte die Heizung an und ließ Wasser in die Wanne. Im Spiegel sah ich, dass mein Make-up tatsächlich an das eines Rockstars erinnerte – wohlgemerkt nach dem Auftritt. In der Badewanne dachte ich an den vergangenen Abend. Dunkel erinnerte ich mich an Di Lauros Einladung, mit nach Pietralunga zu fahren. Als mir klar wurde, dass das ja *heute* wäre, wünschte ich mir nur noch, dass er genauso betrunken gewesen war und es nicht ernst gemeint hatte. Mehr noch, ich wünschte mir, ihm nie wieder unter die Augen treten zu müssen. Mit einem Riesenbecher Kaffee ging ich ins Bett zurück. Nachdem ich eine Weile lang den Regentropfen zugehört hatte, beschloss ich, auf Nummer sicher zu gehen und abzusagen. Mit fahrigen Bewegungen begann ich, seine Nummer zu tippen, drückte dann aber die rote Taste und umklammerte das Ding mit der Hand, als wollte ich es auspressen. Als ich um kurz nach eins aufstand und aufzuräumen begann, fühlte ich mich noch immer total elend. Trotz alldem sickerte langsam die befremdliche Gewissheit in mich ein, dass ich mich von diesem Mann angezogen fühlte und dass ich, wenn er nicht käme, bei aller Erleichterung wahnsinnig enttäuscht wäre.

Um kurz vor zwei hörte ich, wie ein Wagen die kleine Straße entlangkam und zum Haus abbog. Das Motorengeräusch verstummte und wenig später klopfte es. Ich schnappte mir den Wäschekorb – aus irgendeinem Grund wollte ich geschäftig aussehen – und öffnete die Haustür.

»Sie leben noch. Das ist gut.«

Ich stemmte den Korb in die Hüften. »Haben Sie was anderes erwartet?«

»Gestern Abend wirkten Sie leicht ... derangiert.«

»Sie haben mich abgefüllt.«

»Sie haben sich selbst abgefüllt.«

Einen Moment lang blitzten wir uns böse an. Dann begann er, völlig unerwartet, breit zu grinsen.

»Gut. Ich hab verstanden. Sie sind eine ganz Harte.«

»Was soll das schon wieder heißen?«

»Nichts ... nichts.« Er sah sich um, als würde er die Rosen vor dem Haus begutachten, und sagte dann: »Jedenfalls bin ich gekommen, um Sie abzuholen. Falls Sie sich gerüstet fühlen für eine Autofahrt nach Pietralunga. Kleine Sträßchen. Enge Kurven, hm?«

Elisabeth

Ein halbes Jahr später zog Giorgio wieder zu Hause ein. Er teilte mir dies in einem seiner Briefe mit, in dem gleichen nebensächlichen Tonfall, in dem er schrieb, dass er nun immer im Stadio dei Marmi laufen ging und sonntags Boccia spielte. Im ersten Moment war ich wütend und verletzt und beglückwünschte mich dafür, nicht wieder mit fliegenden Fahnen zu ihm übergelaufen zu sein, als er von seinem Auszug schrieb. Dann wurde ich traurig. War es nicht so, dass er in Wirklichkeit einfach nur Angst hatte? Vor dem Alleinsein. Davor, seine Kinder zu verlieren. Angst davor, mir von alldem zu schreiben. Von dem Zeitpunkt an schickte ich meine Briefe immer an seine Familienadresse. Ich ging davon aus, dass Livia inzwischen über alles Bescheid wusste und unseren Kontakt akzeptierte. Und irgendwie nahm auch ich das Ganze jetzt als gegeben hin. Was hätte ich auch anderes tun können?

Wo mein Herz doch immer noch für einen winzigen Moment zu schlagen aufhörte, wenn ich seine Handschrift auf einem der Umschläge erkannte, die mir der Bote auf den Schreibtisch legte!

Die Jahre vergingen und auf Damaskus folgte New York. Ich kam im September 1987 an, einige Tage vor dem Genscher-Besuch, und so wurde meine Ankunft am Generalkonsulat geschluckt von den Vorbereitungen für seine Ansprache vor der UNO. Meinen geliebten Alfa Spider hatte ich noch in Damaskus verkauft, ich war nun ohne Auto und bezog ein Apartment in Greenwich Village, wo ich auch keines brauchen würde. Ich vertiefte mich, wenn ich nicht arbeitete oder in der Stadt unterwegs war, in die *New York Trilogy* von Paul Auster und lernte hin und wieder einen netten Mann kennen, mit dem ich ausging.

Wahrscheinlich wäre alles so weitergegangen, hätte ich nicht an einem regnerischen Sonntag im Oktober eine kleine Galerie an der Lower East Side besucht.

Kathrin, die bei der UN arbeitete und die ich auf einem Botschaftsempfang kennengelernt hatte, rief um die Mittagszeit an und fragte, ob ich Lust hätte, mit ihr ins Kino und anschließend Kaffee trinken zu gehen. Sie wollte *Dirty Dancing* oder *Nuts* anschauen, und weil ich ein Faible für Barbara Streisand hatte, gingen wir am Ende in *Nuts*. Als wir nach dem Kino durch den Washington Square Park spazierten, drückte uns ein Typ einen Flyer in die Hand, der auf einen Tag der offenen Tür bei mehreren kleinen Kunstgalerien ganz in der Nähe hinwies. Wir beschlossen spontan, später noch dorthin zu gehen. Den Kaffee tranken wir in einem kleinen Coffee Shop in der Bleecker Street, zusammen mit einem herrlichen Amaretto Cream Cheese Cake, wie man ihn nur dort bekam. Als wir gegen fünf mit unserem Galeriebummel begannen, regnete es heftig, aber wir ließen uns nicht abschrecken.

In der dritten Galerie stellte ein Künstler aus, der mich ein bisschen an Edward Hopper erinnerte, nur dass auf seinen Gemälden mehr Leute zu sehen waren.

Und dort entdeckte ich das Bild.

Es hing an der größten Wand genau in der Mitte und schien das Hauptwerk dieser Ausstellung zu sein. Es zeigte eine Cocktailparty mit elegant gekleideten Leuten, die Häppchen oder Sektgläser in der Hand hielten. Das gesamte Bild war schwarz-weiß – bis auf einen dunkelhaarigen Mann und eine blonde Frau, die in verschiedenen Ecken des Raumes standen. Nur dieser Mann und diese Frau waren in Farbe gemalt. Sie schienen im wahrsten Sinne des Wortes zu glühen, denn ihre Augen und Gesichter hatten einen fiebrigen Glanz. Aber die beiden gehörten nicht zueinander, denn am Arm des Mannes hing eine andere Frau, und um die Schultern der Blonden lag der besitzergreifende Arm ihres Begleiters. Das eigentlich Erschütternde an dieser Szene aber war, dass die Menschen um die beiden herum wie zu Stein erstarrt schienen; eine staubig graue Welt, leblos und ohne jede Bedeutung. Für den dunkelhaarigen Mann existierte nur die blonde Frau. Und für die blonde Frau nur der dunkelhaarige Mann. Und ihre Blicke ließen keinen Zweifel daran, wer das Liebespaar auf diesem Bild war.

Ich ging näher heran, wie gebannt von der Kraft, die diese beiden Menschen verband, als die Galeristin zu mir trat und irgendetwas sagte, mir ein Blatt in die Hand drückte. Geistesabwesend warf ich einen Blick darauf und suchte nach einer Bildbeschreibung. Ich hatte so etwas wie *Love Affair* oder *Cocktailparty* erwartet, doch der Titel, der zu der Nummer gehörte, war völlig unerwartet. Noch einmal verglich ich die Zahl auf dem Bild mit der Nummer auf der Liste. Erst dann begriff ich den Zusammenhang. *Unhealable*, so hieß das Bild.

Unheilbar.

Alles flammte wieder auf: die Liebe, die Lust, der Schmerz, das Begehren. Einzig die Eifersucht, die ich ein Leben lang gegenüber Livia empfunden hatte, kehrte nicht zurück.

Noch am selben Tag schrieb ich Giorgio und kündigte meinen Besuch in Rom an. Ich schrieb nur diesen einen Satz, buchte den Flug und ein Zimmer, und eine Woche später saß ich im Flugzeug in Richtung Fiumicino. Was gibt es Schöneres als die Liebe? Nichts – außer vielleicht eine Liebe, die nicht so leicht zu haben ist. Durch das Verbotene steigt der Reiz ins Unermessliche und mit einem Mal haben wir dieses köstliche Geheimnis, diesen verborgenen Schatz, den wir in einer Kammer unseres Herzens verschlossen halten und den wir nur heimlich hervorholen und ihn uns anschauen. Manchmal frage ich mich, was wohl aus uns geworden wäre, aus Giorgio und mir, wenn wir tatsächlich zusammengezogen wären, in jenes Loch in Prenestino.

Ermüde ich dich mit meiner Geschichte? Ich könnte es verstehen und doch erzähle ich sie dir, weil ich glaube, dass du nur so begreifst. Diese vielen Jahre. Was es heißt, an einem Menschen zu hängen, von ihm einfach nicht loszukommen. Ja, es ist, als würde man an einer unheilbaren Krankheit leiden. Eine Krankheit, die vielleicht ein paar Jahre zum Stillstand kommt, ohne Symptome ist. Trotzdem trägst du sie in dir, das Virus hat sich eingenistet in deinem Körper. Und in meinem Fall genügte ein Gemälde in einer Galerie, um zu erkennen, dass ich diese Krankheit nie ganz besiegen würde.

Hannah

Ich sah ihn an und wollte ablehnen, doch ich konnte es nicht. Plötzlich schien es, als spräche eine andere und nicht ich selbst. Und also sagte ich, ich würde mich sehr wohl gerüstet fühlen und käme gerne mit. Gleichzeitig versuchte ich, einen ironischen Unterton in meine Worte zu legen und durch ein amüsiertes Lächeln wieder eine Distanz zwischen uns herzustellen.

Am Anfang der Fahrt war ich angespannt, aber als wir die Schnellstraße verließen und durch die Pampa fuhren, wurde mein Kopf völlig leer und ich geriet in einen total abgefahrenen Schwebezustand, war wie herausgepustet aus der Zeit. Die

Straße vor uns war schmal und kurvig. Wilde Blumen streckten uns von den Seiten ihre Köpfe entgegen, schwankend unter der Last des Regenwassers. Ich hätte nur die Hand durchs Fenster strecken müssen, um sie zu berühren. Der Himmel hinter den Olivenbäumen war blauschwarz und fremd, und die Landschaft wirkte ganz anders, als ich sie kannte, verlassen, fern von allem, menschenleer. Nach einer Dreiviertelstunde, in der wir fast durchgehend geschwiegen hatten, verkündete Di Lauro: »Eccoci qua.« Wir waren also angekommen. Dabei wünschte ich mir plötzlich, die Fahrt möge weitergehen, unendlich.

Der kleine Hof war ziemlich runtergekommen und der Mann, der durch die Tür trat, schien mindestens hundert zu sein. Als wir näher kamen, merkte ich, dass er trotz seines Alters einen sehr lebhaften Blick hatte.

Di Lauro stellte uns vor. »Das ist Antonio«, sagte er, und der Alte streckte eine Hand aus, die sich trocken und rau anfühlte.

»Was für ein schönes Fräulein!«, rief er und in seinen Augen blitzte etwas auf, ein vielsagender und listiger Ausdruck, der mir irgendwie peinlich war.

Ich blieb stehen und sah mich um, während Di Lauro mit dem Alten vorausging und ein Gespräch begann, von dem ich höchstens die Hälfte verstand, weil sich die beiden im tiefsten Dialekt unterhielten. Di Lauros Stimme hatte sich verändert, obwohl er Dialekt sprach, klang er kein bisschen barsch, und der mir inzwischen so vertraute mokante Tonfall war einer respektvollen Sprechweise gewichen.

Der Alte führte uns über den Hof, vorbei an einem verlassenen Hühnerstall, hin zu einem Baum, der älter aussah als die Zeit. Gut die Hälfte der Äste war schon abgestorben, aber an den anderen hingen dicke grüne Früchte, die der Alte als *Kastanienäpfel* bezeichnete. Di Lauro war stehen geblieben und betrachtete die Äpfel mit entrücktem Blick. Dann sagte er im Ton eines Märchenerzählers: »Vor vielen Jahren hat Antonios Großvater einen Apfel, den er für einen Wildapfel hielt, auf den hohlen Stamm dieses Kastanienbaums gepfropft. Und das ist daraus geworden.«

»Also wollen Sie davon wirklich was?«, mischte sich Antonio ein und man konnte hören, dass er es immer noch nicht fassen konnte, dass da einer den weiten Weg gekommen war, nur um einen Zweig von seinem Baum mitzunehmen. Als Di Lauro ehrfürchtig nickte, verschwand Antonio und kehrte kurz darauf mit einer Leiter zurück. Di Lauro wollte ihm die Leiter abnehmen, doch als der Alte sagte: »*Ich* mach das«, wich er zurück und sah zu, wie Antonio auf die Leiter stieg, ein paar Zweige abschnitt. Er reichte sie Di Lauro, dann pflückte er einen Apfel und warf ihn mir zu.

»Einen Liebesapfel für Eva«, sagte er und schaute so verschmitzt und wissend, dass ich spürte, wie mir eine leichte Röte ins Gesicht stieg.

Später drückte der Alte Di Lauro einen karierten Zettel in die Hand und diktierte ihm, soweit ich es verstand, die Namen sämtlicher Obstbäume, die in seinem Garten wuchsen, sowie die Erntezeit der jeweiligen Sorte. Es stellte sich heraus, dass Antonio all seine Bäume mit Vornamen nannte und mit ihnen sprach und dass er von Mai bis November alle zwei Wochen eine andere Sorte erntete, die entweder sofort gegessen oder verkauft oder eingemacht werden konnte. So hatte Antonios Familie auch in schlechten Zeiten das ganze Jahr über zu essen gehabt: Birnen, Kirschen, Äpfel, Pflaumen, Feigen, Pfirsiche, Mispeln und Vogelbeeren. Zum Abschied schenkte Antonio uns einen Korb mit den verschiedensten Äpfeln, von denen Di Lauro, kurz bevor wir abfuhren, die schönsten aussuchte, sie vorsichtig in eine Papiertüte tat und mir in die Hand drückte.

Auf der Rückfahrt erzählte Di Lauro von Sorten, die er im Laufe der Jahre auf abenteuerliche Weise zusammengetragen hatte. Wieder besah ich ihn von der Seite, wie er mit den Händen auf dem Steuer dort saß und gleichzeitig weit weg erschien. Wie viel Wissen er sich da im Laufe der Jahre erworben hatte! Auf einmal fiel mir meine Verfolgungsjagd nach Perugia ein, die ja erst ein paar Wochen her war und mir doch Lichtjahre entfernt schien. Was hatte sich seitdem alles verändert! Auf einmal hörte ich mich selbst sagen: »Ich weiß, dass Sie Dozent an der Uni sind. Warum halten Sie das im Dorf geheim?«

Er blinzelte irritiert, brauchte einen Augenblick, um sich zu fassen. Dann sagte er, mit völlig veränderter Stimme: »Die weibliche Neugierde. Alles wollen sie wissen, alles aufdröseln, alles entwirren.«

Im ersten Moment fragte ich mich, ob es eine bestimmte Frau war, die er meinte. Seine eigene? »Warum können Sie meine Frage nicht einfach beantworten?«

Aber er ging nicht darauf ein. Und während wir schweigend weiterfuhren, dämmerte mir, dass ich mich rettungslos in einen Mann verliebt hatte, den ich nicht verstand und der mir Gott weiß was alles verheimlichte. Und mit einem Mal hatte ich das schwindelerregende Gefühl, auf einen Abgrund zuzusteuern, sehenden Auges und in vollem Tempo. Und trotz allem bekam ich den Fuß einfach nicht vom Gas.

An diesem Abend ging ich mit einer Unruhe ins Bett, die mich noch Stunden vom Schlafen abhielt. Stattdessen ließ ich den Tag bei Antonio und auch die letzte Nacht immer wieder Revue passieren. Irgendwie wurde ich das Gefühl nicht los, ich hätte etwas Wichtiges vergessen oder übersehen, irgendwas, das mit dem Essen bei Di Lauro zusammenhing. Es war schon nach eins, als mir einfiel, was es war: die Briefe auf Di Lauros Kaminumrandung, besser gesagt der oberste. In meinem Dusel war ich so damit beschäftigt gewesen, das Gleichgewicht zu halten, dass ich nichts von dem kapiert hatte, was meine Augen da gesehen hatten: Auf dem Briefumschlag hatte ein Name gestanden, Paolo Di Lauro. Aber er hieß doch Matteo?

Plötzlich hatte ich es ungeheuer eilig, meinen Laptop zu starten und diesen Namen ins Google-Fenster einzutippen. Zu dem Namen gab es einige Hunderttausend Einträge, wobei ich ziemlich schnell merkte, dass die meisten sich auf einen Boss der Camorra bezogen, der 2005 in Neapel verhaftet worden war. Ich öffnete noch ein paar andere Seiten, obwohl auf den ersten Blick zu sehen war, dass sie nichts Relevantes zu bieten hatten, und versuchte es dann bei den Google-Bildern, aber da sah es nicht besser aus. Lustlos klickte ich noch ein wenig weiter, als ich ihm unversehens ins Gesicht sah: Kein Zweifel, das war er, jünger zwar, aber er war es.

Er trug einen Anzug und stand an einem Rednerpult. Als ich den dazugehörigen Text aufrief, führte der zu so etwas wie einer Firmenchronik. Es ging darin um die Geschichte des in den frühen Sechzigern gegründeten Konzerns *FoodTec Italia*, der Anfang der Neunziger begonnen hatte, Biotechnologien zur Erzeugung gentechnisch veränderter Feldfrüchte einzusetzen. Ein weiteres Bild stammte offenbar von einer Firmenübernahme, bei der *FoodTec* ein anderes Unternehmen der Branche, die *Monserrato Srl*, aufgekauft hatte. Das Bild zeigte Di Lauro, wie er einem Mann mit weißen Haaren die Hand schüttelte, einem Giovanni De Carli, offenbar dem Firmengründer von *Monserrato*.

Ich klickte zurück auf die Anfänge von *FoodTec*, las von der rasanten Expansion des Unternehmens, das im Saatgutbereich begonnen hatte, dann ziemlich bald an die Börse gegangen war und immer neue Firmen übernommen hatte. Bis ich schließlich auf einen Abschnitt über einen Großbrand stieß, bei dem im März 2002 auf dem Betriebsgelände in Milano-Lambrate eine komplette Halle in Flammen aufgegangen und ein Mann ums Leben gekommen war. Im April desselben Jahres fand ich die letzte Erwähnung von Paolo Di Lauro, der als Vorstandsmitglied von einem gewissen Gianfranco Borselli abgelöst worden war.

Im Anschluss daran verbrachte ich noch eine halbe Stunde im Netz und schaute mir die Seiten an, die es zu *FoodTec SpA* zu finden gab. Und fragte mich dabei, ob es einen bestimmten Grund gab, warum Di Lauro nun einen anderen Vornamen verwendete.

»Bei allem Respekt, diese Stadt müsste dringend mal gelüftet werden«, sagte Roberta statt einer Begrüßung, als wir uns wie verabredet am nächsten Abend in Micheles Bar trafen.

»Ich rieche nichts«, sagte ich und sah sie fragend an.
»Florenz. Die Luft ist zum Schneiden, echt. Und dann diese überalterten Keller …«
»Du bist ja eine richtige Ketzerin.«
»Ja, nicht wahr? … Aber was willst du trinken, ich lade dich ein.«
Als Michele kurz darauf zwei Gläser Prosecco und Knabbergebäck vor uns hinstellte, sah man ihm an, dass er sich am liebsten dazugesetzt hätte. Doch die Ankunft von zwei weiteren Gästen trieb ihn hinter die Theke.
Zu meiner Überraschung setzten sich die beiden Neuankömmlinge an den Nebentisch und sahen erwartungsvoll zu uns herüber. Einer der beiden, dem Roberta »Ciao Mimmo« zugerufen hatte, grinste mich an und sagte prompt: »Das ist also *die Deutsche*?«
Roberta warf ihm einen gequälten Blick zu und hob die Hände, mit den Handflächen nach oben, eine typisch italienische Geste. »Die *Deutsche* hat einen Namen, Mimmo! *Und* sie kann sprechen.«
»Auch Italienisch?«, fragte Mimmo und schaute verdutzt. Er schien nicht besonders helle zu sein und ich sah an Robertas ungeduldigem Blick, dass sie ihn gerne losgeworden wäre.
Der andere Mann – ein älterer mit einem Schnauzbart; Rico, wie sich herausstellte – sagte besserwisserisch: »Die Ausländer können alle Italienisch!« Und mit einem Blick zu mir: »Sie hat doch Di Lauros Äpfel gepflückt, als er im Krankenhaus war.«
Diese Neuigkeit schien noch nicht bis zu Mimmo vorgedrungen zu sein. Jedenfalls fragte er plump: »Warum haben Sie *dem* denn geholfen?«
Ich zuckte die Achseln und sah hinüber zu Roberta, die an meiner Stelle antwortete: »Was geht dich das an, Mimmo? Hast du nicht genug eigene Probleme?«
Aber da schaltete sich Rico ein: »Tja, man wundert sich halt. Wo dieser Eremit die vielen schönen Frauen herkriegt.« Er grinste anzüglich.

Michele war an den Tisch getreten, die Hände in die Hüften gestemmt. »Warum kümmert ihr euch nicht um euren Krempel?«

Aber ich hakte ein und sagte betont keck: »Er war ja nicht immer so ein Eremit.«

Und der Schnauzbart bestätigte: »Stimmt genau! Immerhin hat es eine Zeit gegeben, in der sie's ganz schön haben krachen lassen.«

»Was du nicht sagst«, entgegnete Roberta und ich sah ihr an, dass ihr das ganze Gespräch peinlich war.

»Na ja, als die Amerikanerin noch da war, war das Haus doch dauernd voller Gäste.«

»Ist ja klar, so eine schöne Frau, die will was haben vom Leben …«

»Aber irgendwann hatte sie ihn trotzdem satt«, erklärte Mimmo und machte dabei einen äußerst zufriedenen Eindruck.

»Ach was!« Der Schnauzbart verzog das Gesicht und winkte ab. »Die ist doch schon öfter abgehauen, weißt du nicht mehr? Irgendwann steht sie wieder auf der Matte, wirst schon sehen!«

In dem Moment fuhr ein Wagen vor. Aller Augen wandten sich dem Mann zu, der ausstieg und auf uns zusteuerte. Im Näherkommen erkannte ich den Mann, der mir in der ersten Nacht hier das Zimmer vermietet hatte. Ich war noch am Überlegen, wie er hieß – Santini? –, als ich sah, dass Michele und Roberta einen Blick wechselten. Dann sagte Michele völlig unerwartet: »Was quatscht ihr da! Keiner hier will die Vergangenheit wiederhaben.«

Elisabeth

Wir verbrachten sieben wunderbare Tage in Rom, und als meine Zeit in New York sich dem Ende zuneigte, begann ich mich um eine Versetzung nach Mailand, Rom oder Neapel zu bemühen.

Das war kein aussichtsloses Unterfangen, denn diese drei Posten galten bei den meisten meiner Kollegen als unattraktiv. So großartig Italien für einen kurzen Urlaub sein mochte – beim Amt hatten vor allem die Älteren wenig Lust auf eine mittelmäßig bezahlte Stelle in einer Stadt, die laut und voller Abgase war und in der man inzwischen kaum noch eine akzeptable Wohnung zu einem halbwegs verkraftbaren Preis bekam. Also hatte ich gute Chancen, zumal ich die Sprache sehr gut beherrschte.

Am 1. Februar 1989 kehrte ich nach Rom zurück und bezog ein Superattico auf dem Monte Mario, das zwar nicht ganz so zauberhaft lag wie meine Insel in der Via Giulia, dafür aber größer und im Sommer luftiger war. Dem Verwaltungschef der Botschaft hatte ich geschrieben, dass mich niemand in Fiumicino abzuholen bräuchte, da ich den Posten ja bereits kannte. Als das Flugzeug über dem Meer in der Warteschleife kreiste, war ich auf einmal völlig aufgewühlt und hatte Freudentränen in den Augen. Das verrückte Gefühl hielt an, während ich meine Koffer vom Band nahm und auf den Gepäckwagen hob: eine alberne, überschäumende Hochstimmung über mein Leben. Am Ende war doch noch alles gut geworden. Auf dem Weg durch die Zollkontrolle klammerte ich meine Finger fest um den Griff des Gepäckwagens, dann schob ich ihn hinaus aus dem Absperrbereich. Und da stand er, ein Stück abseits der Wartenden, und sah mir entgegen: Giorgio.

Was für ein Rausch war diese Rückkehr nach Rom! Zum ersten Mal in meinem Leben hatte ich nicht das Gefühl, dass etwas fehlte. Zum ersten Mal in meinem Leben hatte ich einen Zustand erreicht, den man wohl ungetrübtes Glück nennt.

An lauen Frühlingsabenden saßen wir auf der Terrasse und unterhielten uns. Wir sprachen über all das, wofür die ganzen Jahre keine Gelegenheit gewesen war. Ich erzählte von meinen Erlebnissen in Syrien, von der Arbeit in der Botschaft, von Büchern, die ich gelesen hatte und lesen wollte. Und auch Giorgio erzählte, zum ersten Mal auch von seinen Kindern. Nun, da sein Sohn bereits studierte und auch die beiden Töchter bald die Schule beenden würden, war alles leichter für ihn. Ich hörte den Stolz in seiner Stimme und freute mich für ihn. Er berichtete von seinen Eltern und Verwandten und allmählich begriff ich die unglaublich engen Verflechtungen, in denen er gelebt hatte und zum Teil noch lebte. Nur von Livia erzählte er nie und aus dieser Auslassung schloss ich, dass sie sich wohl nicht mit meinem Hiersein abgefunden hatte. Was ich ihr gegenüber empfand, lässt sich am ehesten mit Leidenschaftslosigkeit bezeichnen. Nachdem Giorgio und ich unsere Beziehung nun vergleichsweise offen lebten, war sie mir egal geworden: Sie spielte keine entscheidende Rolle mehr für mich und mein Leben. Auf die Art hätte alles wunderbar weitergehen können. Aber das Schicksal wollte es anders.

Hannah

Später, als wir die beiden – Mimmo und den Schnauzbart – endlich losgeworden waren, fragte Roberta mich: »Ist da eigentlich was zwischen Di Lauro und dir?«

Ich musste sie angesehen haben wie eine Eule mit Verdauungsproblemen, denn auf einmal lachte sie los: »Wir kennen uns noch nicht sehr lang, aber du hast nicht gerade das typische Pokerface.«

»Nein?«

»Nein.«

»Tja … ich … ehrlich gesagt …«

»Geht mich ja auch nichts an, entschuldige …« Roberta begann in ihrer Handtasche zu kramen. Ich war ihr dankbar, dass sie nicht insistierte, wollte aber trotzdem mehr über Rose erfahren.

»Was war das eigentlich vorhin … diese Blicke, als Signor Santini kam?«

Roberta hörte auf zu kramen und sah mich an. Sie schien nicht recht zu wissen, was sie von meiner Frage halten sollte.

»Komm schon. Dieser Blick zwischen dir und Michele. Den hab ich mir doch nicht eingebildet.« Ich grinste vielsagend.

Sie legte die Tasche wieder beiseite und seufzte: »Also gut ... wie es halt so ist in einem Dorf. Da werden alle, die von außerhalb kommen, aufmerksam beäugt. Erst recht eine schöne Frau, die noch dazu Künstlerin ist. Das ist für die Leute ein bisschen wie Reality-TV ...« Sie schnitt eine Grimasse. »Jedenfalls soll sie hier so manchem Kerl komplett den Kopf verdreht haben. Und Santini war wohl einer von ihnen.«

»Die beiden hatten ein Verhältnis?«, fragte ich spöttisch, obwohl mir eigentlich nicht nach Spott zumute war.

Roberta zuckte die Achseln, was ich als Bestätigung deutete, und warf mir dabei einen langen Blick zu. Plötzlich sagte sie: »Was ist eigentlich aus dem Artikel geworden, den du über Di Lauro schreiben wolltest?«

Ich sah hinüber zu Michele, der hinter der Bar stand und Gläser in die Spülmaschine räumte. Ich fühlte mich unbehaglich und war mir nicht mehr sicher, ob ich ihr davon erzählen wollte. Aber ihr Blick machte klar, dass sie diesmal auf einer Antwort bestehen würde, also sagte ich: »Der ist praktisch fertig.«

»Du hast ihn schon abgeliefert?«

»Mhm.«

»Irgendwas in deinem Blick sagt mir, dass Di Lauro nichts davon weiß.«

Ich nickte und Roberta stieß einen leisen Pfiff aus. »Und jetzt bist du in der Zwickmühle. Weil du ihn, nun ... sagen wir mal ... *magst?*«

Wieder nickte ich.

»Geh und sag ihm die Wahrheit. Ehe er's von jemand anderem erfährt.«

»Das glaube ich kaum. Die Zeitschrift ist winzig. Die lesen nur ein paar Leutchen in Deutschland.«

Roberta sah mich lange an. Dann erwiderte sie in ziemlich

entschiedenem Ton: »Wenn dir was an ihm liegt, musst du es ihm sagen.«

Auf dem Nachhauseweg gongten mir Robertas Worte durch den Kopf, doch nach einer Weile schaffte ich es, diesen ganzen Gedankenkrempel von mir zu schieben. Stattdessen kam mir in den Sinn, was Roberta über Rose Bennett gesagt hatte. Und dann fiel mir die Bartoli ein. Wie ich sie in San Lorenzo getroffen hatte und sie mir so wütend vorgekommen war. Was genau hatte sie noch mal gesagt? Dass Rose Bennett sich nicht mehr für ihren Mann interessierte, so was in der Art ... Hieß das, Rose Bennett hatte sich mehr für *andere* Männer interessiert? Und hatte Di Lauro sich vielleicht revanchiert und seinerseits etwas mit einer anderen Frau angefangen? Zum Beispiel mit Maddalena Bartoli? Das würde jedenfalls ihre Feindseligkeit mir gegenüber erklären.

Tief in diese Gedanken verheddert hockte ich abends vor meinem Laptop und suchte noch einmal die Fotos von Rose im Internet. Aber je länger ich ihre feinen Gesichtszüge betrachtete, die vollen Lippen, die provozierende Direktheit ihres Blickes, desto undurchschaubarer kam sie mir vor. Und auch Di Lauro, dachte ich und klappte den Laptop zu, war mir ein größeres Rätsel denn je. Der Mann, der einmal im Vorstand von *FoodTec Italia* gestanden und praktisch von einem Tag auf den anderen von der Bildfläche verschwunden war, um irgendwo in Umbrien zum Obstbauern zu werden.

Elisabeth

Herbst in Rom. Ich liebte diese Zeit, wenn die Stadt nach den schier endlosen Sommermonaten wieder betriebsam wurde. Wenn der Himmel blauer, das Licht schräger und die Schatten länger wurden und wenn es an jeder Straßenecke vor Geschäftigkeit nur so brummte. In dieser Zeit konnte ich in den Mittagspausen gar nicht lange genug auf meiner Parkbank in der prallen Sonne sitzen, und wann immer Giorgio und ich an den Wochenenden Zeit hatten, fuhren wir hinaus zu den Castelli Romani, um zu wandern oder ein Weinfest zu besuchen.

An einem goldenen Tag im Oktober hatte ich spontan Urlaub genommen, um ein paar Stunden am Albaner See zu verbringen. Ich war unterwegs in meinem neuen Golf Cabrio, nicht nur meinen Picknickkorb im Gepäck, sondern auch die Post, die am Vortag mit dem Kurier aus Deutschland gekommen war.

Am See breitete ich meine Decke aus und aß den mitgebrachten Salat und das Brot, und als ich es mir nach dem Essen mit meinem Nähzeug auf dem Liegestuhl bequem machte, dachte ich kurz an den bevorstehenden Abend. Giorgio und ich wollten in ein kleines Restaurant auf dem Gianicolo fahren und ich überlegte, was ich anziehen würde. Nachdem ich ein wenig an meiner Decke herumgestichelt hatte, trank ich wie immer in der Bar einen Espresso und machte mich dann daran, die Post zu öffnen. Noch heute verbinde ich die Erinnerung an diese Nachricht mit der Erinnerung an den See. Die Bar hatte eine Art ins Wasser gebaute Holzterrasse, wie ein fest stehendes Floß. Als ich den Brief in die Hand nahm, saß ich auf einem dieser Plastikstühle, wie Barbesitzer sie lieben. Die Füße hatte ich aufs Geländer gelegt und vom See her wehte ein irgendwie modriger Geruch. Der Brief war, wie ich nun feststellte, von einem Notariat in Friedrichshafen.

Der Rest ist schnell erzählt. Meine Schwester und ihr Mann waren durch einen Unfall ums Leben gekommen. Ich war – neben der Tochter Hannah, neun Jahre – eine der Erbberechtigten. Termin für die Testamentseröffnung war der 13. Oktober.

Hannah

Die nächsten Tage übte ich mich in Selbstdisziplin. Jeden Morgen stand ich um sechs Uhr auf und bemühte mich um einen möglichst gleichförmigen Tagesablauf. Ich arbeitete an meinen Artikeln und verdrängte die Gedanken an Rose Bennett, an Santini und an sämtliche Dorfbewohner. Ich redete mir ein, dass ich kein Interesse mehr an Firmenübernahmen und an Bränden in Milano-Lambrate hätte. Ich machte zwei Artikel fertig, den einen für *ReiseKultur*, den anderen für ein Lifestyle-Magazin, das alle drei Monate erschien. Aus Robertas Buchhandlung – dem antiquarischen Teil – besorgte ich mir Lektüre über die Leinenweberei im oberen Tibertal und arbeitete mich mit verbissener Energie in dieses neue Thema ein.

Jeder Tag endete in der Badewanne. Ich legte die staubigen und zum Teil zerfledderten Bücher beiseite, klappte den Deckel des Laptops zu, schaltete Elis alten Heizstrahler an und ließ mich kurz darauf in das dampfende Badewasser gleiten. Ich lauschte dem Tenor auf Elis Kassette, der nebenan *Nessun Dorma* schmachtete, und griff ab und zu träge nach einem Glas Rotwein, das auf einem Hocker neben der Wanne stand. Mit Bedauern dachte ich daran, dass ich nie erfahren würde, wer Eli diese Kassetten geschenkt hatte. Und dann wanderte mein Blick zum Wannenrand, wo nach Größe aufgereiht, die Äpfel aus Antonios Garten lagen, die mir Di Lauro geschenkt hatte.

Nachdem ich mich abgetrocknet hatte, blieb ich einen Augenblick vor dem Spiegel im Schlafzimmer stehen und betrachtete mich. Ließ meinen Blick langsam über meinen Körper nach unten wandern, über diese sommersprossige Haut, mit der ich mich erst spät ausgesöhnt hatte, über die Brüste, meinen Bauchnabel, auf den ich mir immer etwas eingebildet hatte, weil er so hübsch dezent und vollkommen rund war und nicht, wie bei manchen meiner Klassenkameradinnen, das Ende einer nach außen gestülpten schiefen Röhre. Und fragte mich, nicht zum ersten Mal, was er denken würde, wenn er mich so sähe. Ob er mich schön finden würde.

In Elis uraltem Morgenmantel aß ich zu Abend, dann strich ich unruhig vor ihrem Bücherregal auf und ab und ließ meinen Zeigefinger über die Buchrücken wandern. Ab und zu blieb mein Blick an einem Titel hängen, der mir bekannt vorkam und über den wir – Eli und ich – gesprochen hatten. Es gab so viele Bücher, die sie hatte lesen wollen, irgendwann einmal, wenn endlich genug Zeit dafür wäre. Oft versank ich in trüben Gedanken. An Eli, an die Vergänglichkeit, an die Entscheidungen, die ich zu treffen hatte oder auch nicht, doch am Ende landete ich immer wieder bei *ihm*. Bei der Frage, wie sehr er seine Frau wohl geliebt hatte. Oder sogar noch liebte. Und ob Rose Bennett es wohl verstanden hatte, die ungehobelte Kraft von Matteo Di Lauro in Bahnen zu lenken? Oder war das vielleicht gar nicht nötig gewesen, weil er in ihrer Gegenwart sanft und voller Liebe gewesen war?

In den Nächten verfolgten mich Bilder und Träume und immer wieder dachte ich an das Gespräch in der Bar, an Micheles seltsame Bemerkung, keiner hier vermisse die Vergangenheit. Ob das eine Anspielung auf Rose gewesen war? Vielleicht hatte sie ja auch ihn bezirzt? Ich weiß nicht, warum das Ganze mich so beschäftigte, vielleicht war es weniger der Wortlaut als der Unterton, mit dem er es gesagt hatte, und dann hatte er noch diesen eigenartigen Blick mit Roberta gewechselt. Ein paarmal grübelte ich auch über die Sache mit *FoodTec* und Di Lauro nach. Nachdem ich genauer recherchiert hatte, glaubte ich zu verstehen, warum Di Lauro vor zehn Jahren sein altes Leben hinter sich gelassen hatte. Eine halbe Stunde im Internet hatte gereicht, um mich über sämtliche Skandale zu informieren, in die *FoodTec* verwickelt gewesen war: Da war die Rede von Landwirten, die Schädigungen am zentralen Nervensystem davongetragen hatten, verursacht durch ein als »biologisch abbaubar«

deklariertes Herbizid der Firma; davon, dass es nach Bekanntwerden der Gefahren Jahre gedauert hatte, bis das Produkt vom Markt genommen wurde. Davon, dass *FoodTec* in seinem Werk in Indonesien jahrzehntelang toxische Substanzen in einem Fluss entsorgt und damit das Trinkwasser einer ganzen Region verseucht hatte. In unzähligen Zeitungsartikeln ging es darum, wer, wann, wo gegen den Konzern juristisch vorgegangen war. Di Lauro musste eines Tages einfach genug davon gehabt haben. Trotzdem verstand ich nicht ganz, wie er überhaupt dort hingekommen war, offenbar auch noch in eine ziemlich hohe Position. Er musste damals ein völlig anderer Mensch gewesen sein.

Es war am späten Samstagnachmittag, als ich den Laptop zuklappte und aufstand. Die ganze letzte Nacht hatte mich verfolgt, was Roberta wegen meines Artikels über Di Lauro gesagt hatte. Gegen Morgen war mir klar geworden, dass ich dringend etwas tun musste. Entweder ich musste Becky anrufen und das Erscheinen des Artikels stoppen. Oder ich musste Di Lauro reinen Wein einschenken und ihn darauf vorbereiten, dass demnächst ein Bericht in einer deutschen Online-Zeitschrift über ihn erscheinen würde. Dann dann nahm ich wieder Zuflucht zu meiner ursprünglichen Idee: Ich würde ihn einfach im Nachhinein fragen. Immerhin waren wir uns inzwischen ein wenig nähergekommen. Wenn er nun doch mit dem Artikel einverstanden wäre, bräuchte er ja nicht zu erfahren, dass ich den Text schon vorher fertiggestellt hatte.

Wie beim allerersten Mal saß er an seinem Tisch, Papiere und Obst um sich verteilt. Allerdings hörte er diesmal mein Klopfen und sah mir entgegen, als ich die Tür öffnete.

»Sie?«, sagte er, und ich bildete mir ein, dass ein freudiger Unterton in seiner Stimme mitschwang.

»Ja. Ich.«

»Kommen Sie, um ein Glas Wein mit mir zu trinken?«

Ich überhörte die Ironie in seiner Frage und sagte: »Nein. Ich komme, um Ihnen einen Vorschlag zu machen.«

»So? Was könnte das wohl sein?« Er setzte seine Brille ab und betrachtete mich forschend.

»Ich habe da eine Idee ... weil ... Ich weiß nicht, ob ich es erwähnt habe, aber ich bin Journalistin und ... ich würde gerne einen Artikel über Ihre Arbeit schreiben.«

Er ließ den Apfel sinken, den er die ganze Zeit in der Hand gehalten hatte. Irgendetwas hatte sich verändert, von einer Sekunde auf die andere.

»Ja«, fuhr ich hastig fort, um die Stille, die sich wie giftiger Nebel ausbreitete, mit Worten zu füllen. »In Deutschland gebe ich eine Zeitschrift heraus, na ja, sie ist online und heißt *Der SpurenSucher*, und ich könnte mir vorstellen, dass Ihre Arbeit unsere Leser sehr interessieren würde.«

»Aha«, sagte er tonlos.

»Ja«, sagte ich wieder, »man könnte versuchen, ein bisschen für Ihr Projekt zu werben ...«

»Das war es also, was Sie von mir wollten, *eine Story*?« Er stand auf und schubste dabei aus Versehen die Papiere vom Tisch. Ich sah, dass es alte Stiche waren, mit Abbildungen von Äpfeln.

»Natürlich nicht ...«, sagte ich und schob den Gedanken beiseite, dass es zu Anfang natürlich genau das gewesen war, was mich zu ihm geführt hatte. Doch seitdem hatte sich für mich viel verändert, und so sagte ich, seine ablehnende Miene ignorierend, betont forsch: »Ich habe mir da etwas überlegt. Was halten Sie davon, wenn Sie Baumpatenschaften verkaufen? Das wäre doch was, um die Öffentlichkeit auf Ihre Arbeit aufmerksam zu machen. Und Sie könnten einen Förderverein gründen. Immerhin sind Sie Dozent an der Uni.«

Mit völlig regloser Miene sagte er: »Ich möchte nicht, dass Sie über mich schreiben.«

Mir wurde heiß und kalt und dann merkte ich zu allem Überfluss, wie mir eine fiese Röte ins Gesicht schoss. Das hast du ja mal wieder perfekt hingekriegt, dachte ich. Mir gegenüber sitzt dieser Mann, dem ich mich auf eine seltsame Weise verbunden fühle, und ich lüge, weil ich es mir mit ihm nicht versauen will. Wie kleine Tiere rasten meine Gedanken im Kopf herum und auf einmal hatte ich einen Geistesblitz: »Denken Sie doch mal an *Slow Food*!«

Einen Moment lang sah er mich verblüfft an. Doch dann trat ein anderer Ausdruck in seine Augen und plötzlich brach er in Gelächter aus.

Ich brauchte einen Moment, um mich wieder zu fassen. »Was gibt's denn da zu lachen?«

Er lachte immer noch, als hätte ich einen extraguten Witz gerissen, eine echte Schote mit einer richtig guten Pointe, die er noch oft zum Besten geben würde. Ich sah ihm zu, wie er versuchte, sich zu beruhigen. Wie er sich anstrengte, wieder ernst zu werden, und doch immer wieder nach Luft schnappte. Schließlich wischte er sich mit dem Ärmel über die Augen. Und dann sagte er mit gefährlich leiser Stimme: »Mit *Slow Food* habe ich *nichts*, aber auch *gar nichts* zu tun.«

»Aber seit es *Slow Food* gibt …«

Rüde fiel er mir ins Wort. »Ich weiß sehr wohl, dass *Slow Food* gleich neben dem Papst angesiedelt ist. Aber genau wie der Papst oft nicht um die wirklichen Nöte weiß, so wenig wissen die von *Slow Food*, was sie anrichten mit ihren Werbekampagnen. Ist Ihnen klar, was passiert, wenn die von *Slow Food* zum Beispiel den *Lardo di Colonnata*, den toskanischen Speck, loben und ihn so in das Bewusstsein aller Konsumenten bringen? Dann …«, er machte eine Bewegung wie ein Magier, »… kommt es wie von Zauberhand zu einer Vermehrung des *Lardo*. Die Nachfrage erhöht das Angebot und in Nullkommanichts geht der Preis baden. Und die kleinen Produzenten? Sie gehen mit baden.«

»Aber … die Biodiversität?«, stammelte ich, »*Slow Food* unterstützt doch die Artenvielfalt und das …«

»Reine Imagepflege.« Er schnitt mir das Wort ab, ging zur Tür und hielt sie mir auf. »Schreiben Sie doch einen schönen Artikel über die umbrischen Gasthäuser, und dann liefern Sie noch ein paar ästhetische Bildchen dazu … so funktioniert das doch …«

Er brach ab und lächelte, aber sein Lächeln hatte etwas Wölfisches.

Einen kurzen Moment lang maßen wir uns schweigend, dann gab ich mich geschlagen und ging zur Tür. Die Abendluft umfing mich, als ich über die Schwelle trat, ein Duft nach Kälte und Herbst. Das Außenlicht flammte auf, ich ging die drei Stufen hinunter und sah mich noch einmal um.

»Ich habe mit *Slow Food* nichts zu schaffen«, sagte er zum Abschied. »All das hat mit meinem Leben nichts zu tun. Ich muss Bäume beschneiden. Ich muss das Obstlager durchsehen. Ich muss Gras mähen. Das muss ich. Und ich verbitte mir, dass irgendwelche stümperhaften Dinge über mich und meine Angelegenheiten geschrieben werden.«

Die langbeinigen Igel

Elisabeth

Liegt über manchen Familien ein Fluch? Das fragte ich mich, als ich die vertraute Zufahrt zum Hof entlangfuhr, vorüber an den Hainbuchen und Ahornbäumen, die sich bald in einem letzten Rausch der Farben von ihrer schönsten Seite zeigen würden, bevor der Winter über alles sein tristes Tuch breitete.

Schon am Zustand des Weges hätte ich die Veränderung erkennen können, doch ich war in Gedanken zu weit fort, steckte in einer Vergangenheit fest, die ihre Schatten bis in die Gegenwart warf. Deshalb traf mich der Anblick, als ich um die letzte Kurve bog, so völlig unvorbereitet. Ich weiß nicht, was ich erwartet hatte. Den alten 190er des Vaters, die rostigen Geräte, die damals überall herumgestanden waren, die blauen Fässer? Ganz sicher zumindest den Betonbunker, hinter dessen Mauern die Hühner ihr elendes Dasein fristeten.

Aber nun war alles anders. Das Gerümpel war verschwunden, an der Hausmauer rankte ein Birnenspalier und der Garten blühte, wie ich ihn noch nie gesehen hatte. Lachsrote Dahlien, gelber und rosa Sonnenhut, und Rosen, gelbe und weiße und orangerote. Auf der Treppe vor der Haustür standen Geranientöpfe, und die Fensterrahmen waren zwar noch die alten, aber fein säuberlich gestrichen. Das Dach war neu gedeckt worden, und auch das Hühnerlager hatte einen weißen Anstrich erhalten – und Fenster. Ich weiß nicht, wie lange ich im Wagen sitzen blieb und fassungslos das Reich betrachtete, das meine Schwester sich da mit ihrer kleinen Familie geschaffen hatte. Schließlich stieg ich aus. Von irgendwoher tauchten zwei Katzen auf und ich fragte mich, was wohl aus ihnen werden würde, jetzt, wo niemand sie mehr fütterte. Ich entdeckte zwei Näpfe neben der Stalltür, nahm sie und schloss die Haustür auf.

Auch der Geruch, der mir entgegenschlug, war ein anderer. Zwar war die Luft abgestanden, aber es lag eine ganz neue Note darin, eine Mischung aus Holz und Äpfeln. Ich öffnete die Küchentür – und da lagen sie, in einer großen Kiste neben der Tür. Auf der Fensterbank und auf dem Tisch verteilt stand eine ganze Batterie an Einmachgläsern. Offensichtlich hatte meine Schwester, bevor sie gestorben war, schon alles für das Apfelmus vorbereitet und niemand hatte sich bisher die Zeit genommen, das Ganze wegzuräumen. Wer hätte das auch sein sollen?

Ich durchsuchte die Schränke nach Katzenfutter, fand welches und befüllte beide Näpfe großzügig, stellte noch zwei Extraschüsseln mit Wasser dazu, damit es eine Weile vorhielt. Dann schloss ich rasch die Haustür hinter mir. Im Moment war das alles mehr, als ich ertragen konnte. Ich würde morgen zurückkehren, um die Sachen zu sichten, die das Kind möglicherweise behalten wollte, auch längerfristig gesehen. Ich selbst wollte nichts aus diesem Haus. Wenn es allein um mich gegangen wäre, hätte ich es niemals wieder betreten.

Für die Nacht hatte ich mich in einem Gasthof zwei Ortschaften weiter einquartiert, aber auch dort erkannte man mich.

»Du bist doch die Eli vom Einödhof, gelt?«

Ich nickte knapp und nahm den Schlüssel, als die Frau sagte: »Eine schlimme G'schicht, der Unfall.«

»Ja«, sagte ich und wandte mich zum Gehen. Ich war erschöpft und wollte mich nicht auf ein Gespräch einlassen. Aber die Frau ließ nicht locker.

»Und des arme Mädle. Beide Eltern weg, von einem Tag auf den andern.«

»Ja«, sagte ich wieder, einen Fuß schon auf der Treppe, und fast gegen meinen Willen setzte ich hinzu: »Das Leben ist zerbrechlich.«

Die Frau nickte eifrig, es war ihr anzusehen, dass sie sich gerne länger mit mir unterhalten würde. »Das Tragische ischt ja, dass die Sophie und ihr Mann noch nie vorher in Urlaub g'fahren sind. Des war überhaupt des allererschte Mal. War halt nie die Zeit da g'wesen. D'Zeit net und 's Geld wohl auch net.«

Ich hielt inne und betrachtete die Frau unwillig. Ich hatte nicht vorgehabt, mich näher mit diesem Thema auseinanderzusetzen. Nicht mit meiner Schwester, nicht mit ihrem Leben und nicht mit ihrem Kind, das jetzt sicher zu Verwandten seines Vaters käme, denn gewiss waren die Familien hier ja noch alle genauso eng und dicht verwoben wie zu meiner Zeit.

Widerstrebend sagte ich: »Mit einem Hof hat man halt ständig zu tun.« Dann fiel mir etwas ein. »Das Kind … die Hannah … war die denn auch mit im Wagen, als …?«

Die Frau riss die Augen auf und machte einen Schritt auf mich zu. »Des wisset Sie net? Was genau da passiert ischt?«

»Ich hab ja nur das Schreiben vom Notar bekommen. Weil … die Sophie und ich, wir hatten keinen großen Kontakt mehr.« Zu meinem Ärger spürte ich, wie ich rot wurde.

Die Wirtin schien es nicht zu bemerken, denn sie legte gleich los, mit glänzenden Augen und gesenkter Stimme, als würde sie über etwas Verbotenes sprechen.

»Ganz neblig war's an dem Abend. Ich erinner mich, dass man keine zwei Meter weit g'sehen hat im Argental. Am Abend sind sie losgefahren, wollten in ein Hotel nach Nürnberg, und dann ist das Auto wohl stehen geblieben.«

Sie hielt inne, wie um die Wirkung ihrer Worte abzuschätzen. Als ich nichts sagte, fuhr sie fort: »Sie sind dann ausgestiegen und wahrscheinlich haben sie's nicht gewusst. Dass sie auf einer Brücke waren, meine ich. Jedenfalls sind alle beide in die Tiefe gestürzt.«

Ich konnte sie nur ansehen. Auf einmal wurde mir schwindelig. Unwillkürlich streckte ich die Hand nach dem Treppengeländer aus und hielt mich fest. Meine Schwester war eine Brücke hinuntergestürzt.

Hannah

Martin hatte meine besten Bilder nie gemocht. Er sagte, diese morbiden Ruinen und verdreckten Gemäuer jagten ihm Schauer über den Rücken. Warum ich ausgerechnet daran dachte, als ich Di Lauros Haustür hinter mir zuknallte, kann ich nicht sagen. Vielleicht eine Art Vernetzung von Minderwertigkeitsgefühlen.

Ich war zu Fuß gekommen, was sich als Segen herausstellte, denn so konnte ich meine Wut in Bewegung umsetzen. Während ich den Hügel entlanglief und im Vorbeigehen bemerkte, dass gut die Hälfte der Bäume schon abgeerntet waren, musste ich auf einmal an daheim denken, an den Einödhof und daran, dass dort jetzt ein Biobauer aus Mosisgreuth das Obst auflas. Vielleicht war es ja an der Zeit, nach Hause zurückzukehren, dachte ich, doch schon im nächsten Moment fragte ich mich, was ich dort denn noch sollte, ohne Eli. Einen Moment lang war ich wieder das Kind, die Neunjährige, die eben ihre Eltern verloren hatte. Plötzlich sah ich Eli in ihrer braunen Cordhose vor mir, wie sie sich bückte und unermüdlich die Äpfel einsammelte, bis alle Eimer gefüllt waren. Fast spürte ich die eiskalten Äpfel in der Hand, und all das erschien mir wirklicher als die Gegenwart. Und mit diesem Bild und der Erinnerung kam so viel Selbstmitleid in mir hoch, dass es mir schier die Luft abschnürte. Der Gedanke an das, was ich alles schon erlebt hatte, überwältigte mich – den frühen Verlust meiner Eltern vor vielen Jahren und nun auch noch Elis Tod. Weder sie noch die Eltern würden jemals wiederkehren, das war eine unverrückbare Tatsache. Das alles hatte ich überlebt. Da würde mich doch eine Beleidigung eines rüpelhaften Kerls nicht umhauen. Wer wusste besser als ich, dass die Zeit der beste Heiler war.

Ich war noch keine fünf Minuten zu Hause, als es an der Tür klopfte. Überrascht öffnete ich die Tür. Dort stand Di Lauro und sah mich an.

In einem Ton, der sich fast widerwillig anhörte, als hätte man ihn zu etwas gezwungen, das er gar nicht tun wollte, sagte er: »Das war nicht so gemeint. Das mit dem stümperhaft.«

Meine Wut, die im Laufe meines Fußmarschs in sich zusammengesackt war, flammte noch einmal kurz auf, um dann vollständig zu verpuffen. Denn wie er dort vor mir stand, mit diesen hängenden Armen und einem irgendwie hilflosen Ausdruck in den Augen, wirkte er wie ein rückfällig gewordener Choleriker, einer, der es mal wieder nicht geschafft hatte. Und als könne er meine Gedanken lesen, fuhr er fort: »Ich möchte mich also entschuldigen. Und ich ...« – er legte eine Pause ein, wie um Kraft zu sammeln, um dann mit einem fast energischen Ton zu sagen – »... ich würde Sie gerne in ein Restaurant einladen. Warum können wir nicht einfach noch mal von vorne anfangen?«

Ein paar Sekunden blieb mir die Luft weg. Ich sah ihm an, dass er selbst erschrocken war über seine eigene Courage, die Eindeutigkeit seiner Worte. Und mit einem Mal merkte ich, wie ein nervöses Kichern von irgendwo tief in mir nach oben drängte. Doch ehe es an die Oberfläche kommen konnte, antwortete ich: »Ich weiß was Besseres. *Ich* lade *Sie* ein ... ja, ich koche für Sie. Wie wär's morgen Abend um sieben?«

Alles schien nun möglich. In dieser Nacht lag ich lange wach und starrte mit offenen Augen an die Decke. Ich war wieder das dreizehnjährige Mädchen, das zum ersten Mal verliebt ist und eben einen vierfach gefalteten Zettel bekommen hat, in dem steht, dass der Angebetete ihre Gefühle erwiderte. Ich war euphorisch, fast schwindlig vor Glück, und wenn ich nicht an seine Augen, an seine Stimme oder den Satz dachte, diesen verheißungsvollen Satz, der so vieles bedeuten konnte und in den ich alles hineinlegte, dann grübelte ich über das Essen, das ich ihm vorsetzen wollte. Und immer wieder wunderte ich mich über diese plötzliche Wendung. Den Gedanken an den Artikel, der in Kürze über ihn erscheinen würde, schob ich erst mal beiseite. Mit diesem Problem würde ich mich morgen beschäftigen. Zur Not musste ich die Veröffentlichung einfach stoppen.

Am nächsten Morgen stand ich früh auf und fuhr zu *Conad* nach Città di Castello, wo ich viel zu viel einkaufte. Mittags aß ich ein Stück Pizza, das ich mir aus dem Supermarkt mitgenommen hatte, und putzte das Haus und fühlte mich altmodisch dabei und voller Hingabe. Noch nie war mir ein Mann so anziehend vorgekommen und noch nie war mir so deutlich bewusst gewesen, warum er mich so anzog: wegen der Entschiedenheit, die er ausstrahlte, der Verletzlichkeit, die immer wieder durchkam, der Prägnanz seiner Züge, des dunklen Schwungs seiner Brauen, der klaren Linie seines Kinns, wegen seiner Arme, die aus den halb aufgerollten Hemdsärmeln herausschauten, wegen seiner zupackenden Hände.

Die nächsten drei Stunden stand ich in der Küche, wog Mehl und Zucker ab für die Donauwellen, die ich backen wollte, und kümmerte mich um das Hähnchen. Ich putzte den Salat und um sechs kramte ich den Weinkühler hervor und begann den Tisch zu decken, wobei ich mit mir kämpfte, ob ich Kerzen hinstellen sollte oder nicht. Plötzlich fühlte ich mich lächerlich, als würde ich dem Drehbuch einer Vorabendserie folgen oder der Handlung eines Romans, von der Sorte, wie man sie im Supermarkt bekommt. Um halb sieben stellte ich Elis Puccini-Kassette an und duschte. Pavarottis Stimme hatte eine entspannende Wirkung auf mich. Oder vielleicht war es auch Elis Nähe, die ich spürte, während ich in meine Jeans stieg und die Bluse zuknöpfte. Beim Schminken achtete ich darauf, mich nicht zu sehr aufzudonnern.

Am Ende entschied ich mich *für* die Kerzen und zündete sie an. Und als sei das das Zeichen für seinen Einsatz, klopfte es tatsächlich in dem Moment und ich öffnete die Tür.

Da stand er, eine Flasche Wein unter dem Arm und eine Schachtel mit den üblichen »Dolci« vor sich her balancierend.

»Es ist windig«, sagte er statt einer Begrüßung und ich ließ ihn eintreten.

»Ja, der Herbst lässt sich wohl nicht mehr verschieben«, sagte ich, dankbar für dieses unverfängliche Einstiegsthema. Bevor ich die Tür schloss, hörte ich, wie der Wind die Zweige der Mittelmeereichen bauschte, ein Geräusch, das im böigen Wind an- und abschwoll. Flüchtig fiel mir das Gesicht hinter Di Lauros Fenster wieder ein. Ich hatte mir später selbst gesagt, es müsse eben doch Peppino gewesen sein, denn was für eine Möglichkeit gab es sonst? Als mir das Bild jetzt vor Augen kam, begann ich wieder zu zweifeln. Doch wer auch immer es war, heute hätte diese Person schlechte Karten, denn der Esstisch stand im Obergeschoss.

Als wir oben ankamen, machte es mich verlegen, die Kerzen zu sehen.

»Tja, dann setzen Sie sich doch«, sagte ich forsch, meine Befangenheit beiseitewischend. Zum Glück war ich mit allem fertig geworden und musste jetzt nur nacheinander auftragen. Kurz ärgerte ich mich über mich selbst: Warum wollte ich vor ihm unbedingt als gute Köchin dastehen!

»Diese Musik, sie erinnert mich an … gute Zeiten«, sagte er, als ich die Flasche aus dem Kühler nahm und einschenkte. Der Wein floss in die Gläser, strohgelb, mit einem hellgrünen Schimmer.

Irgendwie schafften wir es, die erste Viertelstunde der Fremdheit mit belanglosem Geplauder hinter uns zu bringen. Ich trug die Vorspeise auf und wieder ab, die ihm anscheinend geschmeckt hatte. Als ich gerade die Backofentür öffnete, rief er mir von seinem Platz aus zu: »Ich mag das Einfache.«

Ich drehte mich um. Er lächelte und ich erwiderte sein Lächeln. »Ich auch. Ich will schmecken, was ich da auf dem Teller habe.«

Nach dem Hähnchen und ein paar Gläsern Wein hatte ich plötzlich das Gefühl, dass mir nichts mehr passieren konnte. Ich spürte eine sanfte Biegsamkeit, eine Nachgiebigkeit, die ich sonst, in nüchternem Zustand, nicht kannte. An den Fenstern rüttelte der Wind und aus dem Kassettenrekorder drang noch immer Pavarottis Stimme.

Plötzlich sagte er: »Jemand, der so kocht, kann nichts Böses wollen.«

»Warum sollte Ihnen jemand Böses wollen?«

»Warum Gutes? So ist die Welt nun mal ...«

»Ich leide nicht unter Verfolgungswahn.«

»Das tue ich auch nicht. Ich bin nur Realist.«

Ich trug die Teller ab, seinen Blick im Rücken, und servierte den Salat. Di Lauro legte die Unterarme auf den Tisch und erzählte vom Bau eines Staudamms in Valfabbrica. Von zweihundert Millionen Kubikmetern Wasser, mit dem vor einigen Jahren das Chiascio-Tal geflutet werden sollte und mit ihm alle Bäume und Pflanzen, Felder und Wege, Häuser und Dörfer. Und davon, wie er, als er davon erfuhr, bis zum Umfallen das Tal durchkämmt hatte, um zu retten, was zu retten war.

»Ich habe nicht alles geschafft ...«, sagte er und ich sah ihn vor mir, mit seiner Baumschere, der Kamera und den Plastikflaschen zur Aufnahme der Reiser. Und mit einem Mal kam er mir völlig anachronistisch vor, ein Don Quijote, der einen Kampf gegen das Fortschreiten der Zeit ausfocht, nur ohne Pferd. Und doch: War es nicht gerade das, was mich an ihm so faszinierte?

»Und wissen Sie, was das Beste daran ist? Ich nenne es *das Italienische* ...« Seine Stimme klang nun zynisch und ich sah ihn gespannt an.

»Das wahrhaft *Italienische* daran ist, dass dieses Großprojekt, dieser Staudamm, nie beendet wurde. Die Bäume wurden abgeholzt, EU-Gelder wurden versenkt. Aber das Millionenprojekt wartet noch immer auf seine Fertigstellung.«

Während er eine Pause einlegte, schaute ich zur Seite und entdeckte unser Spiegelbild im glänzenden Metall des Weinkühlers: Da war der Tisch und da waren wir beide, einander gegenübersitzend, die Unterarme auf dem weißen Tischtuch – verzerrt und verkrümmt durch die Rundung des Kühlers.

In die Stille hinein fragte ich: »Warum machen Sie das alles ganz allein?«

Er ließ die Gabel sinken.

»Na ja, die meisten Leute würden sich Hilfe holen, würden versuchen, Kontakte zu knüpfen ...«

Jetzt schaute er auf. »Kontakte! Ein Unwort dieser Zeit! Warum wollen die Leute immer Kontakte?«

»Weil man zusammen mehr verändern kann?«

»Weil sie unsicher sind. Weil sie das Alleinsein nicht ertragen. Weil sie sich in jeder Minute durch einen anderen in ihrer Existenz bestätigt fühlen müssen.«

Ich schaute ihn lange an. Dann sagte ich mit einem Nicken in Richtung des Weinkühlers: »Sehen Sie da ... Dort sitzen wir ... *gemeinsam.*«

In dem Moment begann das Telefon zu klingeln. Ich ging hinüber zur Anrichte, wo ich es hingelegt hatte, warf einen kurzen Blick auf das Display und erkannte Beckys Nummer. Wenn das nicht Murphys Gesetz ist, dachte ich, und dass das ja nun der denkbar günstigste Moment für ein Gespräch mit Becky war. Mit hochrotem Kopf kehrte ich zum Tisch zurück.

»Gehen Sie nur ran. Das stört mich nicht.«

Ich winkte möglichst lässig ab. »Nicht nötig«, sagte ich und hoffte inbrünstig, dass sich Beckys hartnäckige Aversion gegen Anrufbeantworter auch dieses Mal durchsetzen würde.

Um etwas zu tun, zog ich die Weinflasche aus dem Kühler und teilte den Rest zwischen uns auf, dann machte ich mich daran, die Donauwelle auf meinem Teller aufzuessen. Über den Tisch hinweg beobachtete ich ihn, wie er stumm vor sich hin kaute. Und als habe mir jemand die Worte in den Kopf gepflanzt, entfuhr es mir plötzlich: »Warum tun Sie das? Mit all den Bäumen, meine ich.«

Er ließ die Gabel sinken. Über sein Gesicht zog eine ganze Reihe von Emotionen, die mich meine Worte sofort bereuen ließen. Verblüffung, Wut, Resignation. Traurigkeit?

Doch ehe ich zurückrudern konnte, legte Di Lauro beide Hände vors Gesicht und seufzte. Dann nahm er sie wieder runter und sagte: »Es gibt *zwei* Gründe. Von dem einen kann ich Ihnen erzählen.«

»Ich war einmal ein anderer«, begann Di Lauro und verzog das Gesicht zu einem irgendwie unbeholfenen Lächeln. »Klingt wie der Beginn eines Märchens. Ist es aber nicht. Vielmehr eine hässliche Geschichte aus der Gegenwart. Vor ungefähr zehn Jahren war ich im oberen Management eines Biotechnologiekonzerns. Wissen Sie, was das ist ... Biotechnologie?«

»*Monsanto*«, sagte ich, ohne zu zögern.

Sein Gesicht war völlig reglos, als er nickte und kurz darauf fortfuhr: »Die Wissenschaftler von *Monsanto* waren die ersten, denen die gentechnische Veränderung einer Pflanzenzelle gelang.«

Ich nickte. »Die Petunie.«

»Ja ... ganz recht. Und in so einem Laden habe ich mal gearbeitet. Bei *FoodTec Italia*. Sagt Ihnen das was?«

Ich hätte ihm gerne gesagt, dass ich das schon wusste und dass er sich diese »Beichte« oder was es werden sollte, eigentlich sparen konnte. Aber ich wollte nicht zugeben, dass ich in seinem Leben herumgeschnüffelt hatte. Also schwieg ich.

»Jedenfalls fand damals ein regelrechtes Wettrennen unter den Spitzenkonzernen statt und *FoodTec* wollte seine Monopolstellung durch das Aufkaufen kleinerer Saatgutbetriebe weiter ausbauen. Dabei wurden natürlich besonders die Firmen anvisiert, die gerade an interessanten Innovationen arbeiteten. Denn wenn man die schluckte, hatte man auch gleich Zugriff auf ihre neuesten Entwicklungen.«

Jetzt erzählt er mir gleich von *Monserrato*, dachte ich. Es fiel mir immer schwerer, die Unwissende zu spielen.

»Es gab da eine Saatgutfirma, ein Familienunternehmen, an dessen Übernahme ich massiv beteiligt war. Der Betrieb hatte damals finanzielle Schwierigkeiten, was vor allem mit der aggressiven Preispolitik von *FoodTec* zusammenhing. Trotzdem wollte der Inhaber, ein gewisser De Carli, partout nicht verkaufen, denn die Firma hatte ein Ass im Ärmel: Ein Forscherteam von *Monserrato* hatte einen hochresistenten Weizensamen entwickelt und die Firma war kurz davor, das Patent darauf anzumelden. Dafür brauchte sie aber einen Bankkredit. Die Chancen auf diesen Kredit standen nicht schlecht – man hatte ja das Patent in Aussicht, das ihnen Erträge im mehrstelligen Millionenbereich gesichert hätte.«

Ich sah ihn an. Seine Stimme klang auf einmal matt und resigniert. Er leierte die Worte einfach nur so runter. Dann schluckte er schwer, als würde ihn das Weitersprechen eine irre Überwindung kosten.

»Ich habe dafür gesorgt, dass *Monserrato* den Kredit nicht bekommt.«

Auf einmal spürte ich ein Prickeln im Nacken. Di Lauro starrte auf einen Punkt hinter mir. Ich wollte etwas sagen, aber er stoppte mich mit einer Geste.

»Um die Pleite abzuwenden, war der Inhaber von *Monserrato*, der Urenkel des Firmengründers, gezwungen, das Unternehmen an uns zu verkaufen. Drei Monate später hat er das Labor, in dem der Weizen entwickelt wurde, in die Luft gejagt. Und sich selbst mit.«

Seine Worte prasselten auf mich nieder wie kalter Regen. Ich dachte an die Firmenchronik, die ich im Internet gefunden hatte, an den Großbrand auf dem Betriebsgelände in Milano-Lambrate, bei dem ein Mann ums Leben gekommen war. Der weißhaarige Mann auf dem Foto. Ich sah Di Lauro an, sein ebenmäßiges Gesicht, die klaren Züge, den Ausdruck in seinen Augen, die meinem Blick in diesem Moment nicht begegnen konnten.

»Ja, ich weiß. Da verschlägt es einem die Sprache. So einer bin ich also. Jetzt wissen Sie es.« Er lachte kurz auf, aber es klang gepresst, bitter, und ich spürte, wie seine Beklemmung auf mich übersprang – eine Beklemmung, die er empfunden haben musste, damals und all die Jahre hindurch. Für einen Augenblick erkannte ich mich in ihm wieder, unter diesem verdammten Joch der Schuld, auch wenn ich natürlich niemanden in den Selbstmord getrieben hatte.

Ziemlich lange schwiegen wir uns gegenseitig an. Sein anderer Vorname, Paolo, fiel mir wieder ein und ich hätte ihm gerne gesagt, dass ich von alldem schon gewusst hatte. Noch viel wichtiger wäre es gewesen, zu sagen, dass ich ihn verstand und dass es manchmal im Leben wichtig war, einen Schnitt zu machen, zack, Ende. Ich hätte gerne seine Hand gedrückt, ließ es aber bleiben, denn ich wollte schließlich keine RTL-reife Verständnisshow liefern. Am Ende sagte ich nur: »Aber dann sind Sie gegangen.«

Er stierte weiter vor sich hin, als wollte er mit seinem Blick ein Loch in die Tischplatte brennen. Ich stand auf und begann den Tisch abzuräumen. Als ich damit fertig war, starrte er noch immer auf die Tischplatte. Ich ging zur Tür und sagte: »Es hat keinen Sinn, stehen zu bleiben. Wir trinken jetzt auf Ihren Neuanfang ... auf Ende und Anfang.«

Ich stand auf und öffnete die Tür zum Schlafzimmer, wo ich auf dem Schrank Assuntas Cantuccini und den Vin Santo verstaut hatte. Ich angelte nach dem Wein, als ich Schritte hinter mir hörte. Ich drehte mich um. Da stand er, in der Tür, und er kam mir auf einmal übermäßig breit und kräftig vor.

»Sie lagern Ihren Wein im Schlafzimmer?«, fragte er und seine Stimme klang irgendwie rau.

Ich zuckte die Achseln, betont lässig. »Es gibt auch Leute, die bewahren dort ihre Äpfel auf.«

Der Ausdruck in seinen Augen änderte sich und er machte einen Schritt auf mich zu: »Das wissen Sie also auch?«

Ich zuckte die Achseln und antwortete leichthin: »Klar. Immerhin brauchten Sie einen Schlafanzug.«

Er sah mich unverwandt an und ich hätte beim besten Willen nicht sagen können, was er dachte. Das Schweigen dehnte sich und wurde unerträglich. Nur um etwas zu sagen, fragte ich: »Und was war der zweite Grund?«

»Hm?«

»Du hast gesagt, es gäbe *zwei* Gründe, warum du das hier machst.«

Urplötzlich veränderte sich sein Gesicht. Ich sah, wie seine Züge erstarrten, wie sein Kinn zu Stein wurde. Ein versteinerter Liebhaber, dachte ich und sah ihn auf mich zukommen, spürte seinen Körper, die Wärme, die ihn wie eine Aura umgab. Und so standen wir uns gegenüber, die Blicke ineinander verhakt. Eine Ewigkeit später sagte er: »Ich sollte nicht bei dir sein.«

»Aber ... warum denn nicht? Was redest du?«

Er nahm mein Gesicht in beide Hände und sagte beschwörend: »Weil ich kein guter Mensch bin, ich bin kein guter Mensch, hörst du!«

Ich sah in seine Augen, sein Gesicht war dicht an meinem, so dicht, dass ich seinen Atem spüren konnte. Die Luft zwischen uns schien zu lodern und plötzlich hatte ich nur noch den Wunsch, mich in seiner Gegenwart zu verlieren. In einem Rausch, der Raum und Zeit und überhaupt alles außer Kraft setzte. Und dann küsste ich ihn.

Elisabeth

Alles in allem schlief ich in jener Nacht kaum mehr als eine Stunde, und als mir morgens die Wirtin das Frühstück in der Gaststube anrichtete, hätte ich ihr am liebsten den neugierigen Ausdruck aus dem Gesicht geschlagen. Aber ich schwieg und grübelte weiter, so, wie ich die ganze Fahrt bis Mosisgreuth grübelte, wo Hannah vorläufig bei einer Pflegefamilie untergebracht war.

Mir graute vor dem Wiedersehen, war mir doch das Bild von dem winzigen Geschöpf im Windelpaket, das ich seinerzeit mit meiner Schwester auf dem Friedhof gesehen hatte, noch in lebhafter Erinnerung. Immer wieder umkrampfte ich das Steuer so fest, dass meine Knöchel weiß hervortraten, und als ich mich dem letzten Haus näherte, stand sie schon da, an der Hand der Pflegemutter. Ich wusste sofort, dass sie es war. Sie hatte den Blick fest auf mich gerichtet, als hätte sie seit Tagen dort gestanden und auf mich gewartet.

Im Näherkommen sah ich, wie schmal, ja fast dürr ihre Arme waren. Sie trug ein ausgeleiertes Sweatshirt, das ihr zu groß war, und ihre Schlüsselbeine standen hervor wie bloße Knochen. Aber das eigentlich Erschütternde war, dass dieses Mädchen aussah wie ich. Sie hatte das gleiche struppige, zu einem Pferdeschwanz gebundene Haar und das gleiche trotzig in die Höhe gereckte Kinn. Auch der Ausdruck in ihren Augen war mir von alten Fotos her vertraut: Ich hatte genau so geschaut als Kind.

Eigenartig beklommen stieg ich aus und ging auf die beiden zu. Sie lächelten nicht und auch mir war nicht nach Lächeln zumute. Also sagte ich schlicht: »Ich bin die Eli, die Schwester deiner Mutter.« Aus irgendeinem Grund brachte ich das Wort Tante nicht über die Lippen.

Das Kind rührte sich nicht, die Frau streckte mir die Hand entgegen, die ich ergriff, und sagte knapp: »Ludwig.« Sie hatte kurzes, praktisch geschnittenes braunes Haar, einen kompakten Körperbau und trug einen Haushaltskittel mit Schürze. Sie wirkte barsch, genau so, wie ich die Menschen in Mosisgreuth in Erinnerung hatte. Barsch und misstrauisch.

In dem Moment ging die Haustür auf und zwei etwas ältere Kinder traten heraus. Auch sie waren braunhaarig und kompakt, man erkannte auf den ersten Blick, dass sie zu der Frau gehörten.

Eine Weile lang standen wir so vor dem Haus herum, ohne dass jemand etwas sagte. Mein Blick streifte das Haus, das wohl in den frühen Fünfzigern gebaut worden war, so wie viele andere Häuser hier am Ortsrand. Von diesen Häusern abgesehen wirkte Mosisgreuth noch genauso wie vor hundert Jahren. Die Dörfler liebten keine Veränderungen, und von außerhalb, dachte ich bitter, würde nie jemand hierherziehen wollen.

»Möchten S' einen Kaffee?«, fragte Frau Ludwig und ich nickte. Immerhin, dachte ich, und folgte ihr und dem Mädchen ins

Haus. In der Küche wies Frau Ludwig auf einen Stuhl und ich setzte mich.

»Geh spielen, Hannah«, sagte sie plötzlich. »Wir müssen was besprechen.«

Aber das Kind rührte sich nicht. Auch ich hätte mich gerne erst mal mit Hannah unterhalten und vielleicht wollte sie das ja auch, aber die Frau wiederholte ihre Aufforderung, energischer diesmal, und so ging Hannah zur Tür. An der Tür blieb sie stehen, drehte sich noch einmal um und sah mich an, angstvoll und störrisch zugleich. Mit einem Mal spürte ich ein überwältigendes Mitleid mit diesem Kind, das so aussah, wie ich ausgesehen hatte.

Frau Ludwig brühte den Kaffee auf und sprach kein einziges Wort, bis die Tassen auf dem Tisch standen. Dann fragte sie unvermittelt: »Sie sind die einzige Verwandte von dem Mädle.«

Ich trank von dem schwachen, faden Kaffee und nickte zögerlich. Wie zu erwarten gewesen war, kam die Frau sofort zur Sache.

»Wie haben Sie sich das denn jetzt vorgestellt mit der Hannah?«

Ich räusperte mich, erwiderte ihren Blick und antwortete vage: »Ich stelle mir im Moment ehrlich gesagt noch gar nichts vor. Ich wollte erst mal mit dem Jugendamt sprechen und mit Hannah selbst. Was *sie* will. Was das Beste für sie ist.«

»Für die Hannah ist's am besten, sie bleibt bei uns.«

»Ja, kann sie das denn?«, fragte ich überrascht. »Ich dachte, das hier sei nur ein vorübergehendes Arrangement.«

Die Frau fixierte mich herausfordernd. Und fast patzig antwortete sie: »Die Hannah kann. Und sie will.«

Eigentlich hätte ich bei diesen Worten erleichtert sein müssen, denn sie erlösten mich mit einem Schlag von aller Verantwortung. Hier war eine Familie, die das Kind aufnehmen wollte. Was konnte mir Besseres passieren?

»Haben Sie denn auch schon mit dem Jugendamt gesprochen?«

Die Frau nickte, plötzlich fast eifrig. »Wir haben uns als Pflegefamilie beworben und das Jugendamt wär einverstanden.«

Langsam sagte ich: »Ja, wenn das so ist.«

Hannah

Hellwach schaute ich mich im Zimmer um: der zuckende Lichtschein der Kerze auf Matteos Rücken, das schwarze Rechteck des Fensters, der Schrank, die Zimmerecken, in denen die Schatten verschmolzen. Ich hörte ihn neben mir atmen. Und dann schloss ich die Augen und sah mit einem Mal Eli in der Tür stehen – ihr Haar so blond, ihr Mantel so blau wie damals an jenem ersten Tag, als wir zum Einödhof fuhren. Sie hielt den Blick fest auf mich gerichtet, und ihr Gesicht, das nun wieder jung war, sah mich ausdruckslos an. Es war gespenstisch, wie real ich sie vor mir sah. Rasch schlug ich die Augen auf. Doch plötzlich waren da noch andere Bilder, irgendwo in meinem Kopf musste ein Monitor sein: der mit Nähutensilien übersäte Arbeitstisch im Sommerhaus, das Strickzeug in der Fensternische, das Glas auf der Fensterbank. Was hatte sie gedacht in den Minuten, bevor sie starb? War es ein schneller Tod gewesen? Diese Frage hatte mir niemand beantworten können, so viel ich auch herumgefragt hatte.

Ich setzte mich im Bett auf und zog die Decke bis ans Kinn. Diese bedrängenden Bilder, ich wollte sie loswerden. Woher kamen die denn überhaupt, an diesem frühen Morgen, nach dieser Nacht, die wie ein Rausch gewesen war, ein sinnverwirrendes ultramarinblaues Wogen, in das ich eingetaucht war wie in einen Ozean.

Stunden später schlug ich vorsichtig die Decke zurück, tapste ins Bad und sah das Morgenlicht, das wie durch eine Schießscharte ins Zimmer sickerte. Diese alten Mauern, dachte ich und beugte mich über das Waschbecken, um mir Wasser ins Gesicht zu spritzen. Als ich mich wieder aufrichtete und in den Spiegel sah, staunte ich über die Frau, die mich daraus ansah und mir in diesem Moment unglaublich ätherisch vorkam: blass, mit Schatten unter den Augen. Was hatte Matteo bloß in diesem Gesicht gesehen, als er mir zugeflüstert hatte, er fände mich schön, er hätte mich vom ersten Moment an schön gefunden, ich sei wie eine Zauberin, die in sein Reich eingedrungen war, um ihn aus den Schatten zu holen. Atemlos hatte ich seiner Stimme gelauscht, ungläubig staunend über die Kluft, die meine Wahrnehmung von seiner trennte.

Ich drückte mein Gesicht in ein Handtuch und putzte dann die Zähne. Als ich unter der Dusche stand, hörte ich durch die geschlossene Tür das Telefon bimmeln und dass der Anrufbeantworter ansprang und jemand darauf sprach. Ein bisschen ärgerte ich mich über mich selbst, dass ich die Tür zum Schlafzimmer nur angelehnt hatte. Matteo sollte nicht aufwachen, ich wollte ihn mit einem Frühstück am Bett überraschen, obwohl ich nicht einmal wusste, ob er überhaupt frühstückte.

Als ich mich angezogen hatte, schloss ich die Tür zum Schlafzimmer und füllte Kaffeepulver in die kleine Alukanne. Während ich Milch in einen Topf schüttete und Brot röstete, fiel mein Blick auf die blinkende Taste auf dem Anrufbeantworter. Rasch ging ich hinüber, drückte sie und nahm dann die Milch vom Herd.

»Sie haben *eine* neue Nachricht«, tönte die Blechstimme vom AB, danach folgte ein Piepton. »Hey, Schöne! Dann probier ich's halt doch so ... Ich hab super Neuigkeiten, was deinen San-Lorenzo-Artikel angeht. Ruf mich unbedingt an, ja?«

Ich hielt ganz still, ließ den Topf einen Moment in der Schwebe, bevor ich ihn abstellte. Am liebsten hätte ich ihn auf den Boden geschleudert, aber dann wäre Matteo aufgewacht. Wieso hatte ich das verdammte Ding nicht ausgeschaltet!

Als ich mich so weit beruhigt hatte, dass ich die Milch in den Krug füllen konnte, überlegte ich fieberhaft. Natürlich konnte er kein Deutsch, aber was, wenn er »San-Lorenzo-Artikel« verstanden hatte? Schließlich wusste er, dass ich beruflich schrieb, und er war auch nicht auf den Kopf gefallen.

Ich schob diesen unangenehmen Gedanken beiseite und stellte alles aufs Tablett. Ganz leise öffnete ich die Tür zum Schlafzimmer und schlich hinein. Bevor ich ihn weckte, wollte ich ihn noch einmal anschauen, wie er schlief. Doch als ich das Zimmer betrat, war das Bett leer. Er musste gegangen sein, während ich unter der Dusche stand.

Etwas Fieses bohrte sich in meinen Magen, und in meinem Kopf explodierte ein schrilles Gefühl von Schuld. Ich war mir sicher: Matteo war gegangen, weil er die Nachricht als das interpretiert hatte, was sie war: als den Beweis für einen Vertrauensbruch erster Güte.

Ich sank aufs Bett, das Tablett auf dem Schoß. Wie viele dämliche Zufälle konnte es geben auf dieser Welt! Und dann dachte ich an Rose, die ihn wahrscheinlich immer wieder angelogen und nach Strich und Faden betrogen hatte, wenn man dem Dorfgetratsche glaubte. Er hatte so lange gebraucht, um seine Biestigkeit mir gegenüber abzulegen und mir zu vertrauen. Und nun hatte auch ich ihn verraten. Er musste denken, ich hätte mich nur an ihn herangemacht, um Informationen zu bekommen. Oder steigerte ich mich da gerade in etwas hinein? Vielleicht hatte er ja auch gar nichts gehört?

Ich stellte das Tablett aufs Bett und lief hinaus, um Schuhe und Jacke anzuziehen. Suchte nach dem Autoschlüssel und wurde schier wahnsinnig, als ich ihn nicht fand. Endlich entdeckte ich ihn. Er lag auf dem Nachttisch, auf einem Blatt Papier. Eine Nachricht von Matteo. Mit zitternden Fingern griff ich danach.

Liebste Hannah, ich möchte dir danken. Für diese Nacht, für das Gespräch, für Essen und Wein, für alles. Ich musste nach Hause, die Hunde versorgen. Darf ich hoffen, dich heute Abend bei mir zu sehen, vielleicht um sechs? M.

Ich las seine Worte ein zweites und ein drittes Mal. Beim vierten Mal drückte ich den Brief fest an meine Brust. Ich weiß nicht, welches Gefühl stärker war in diesem Moment: die Erleichterung darüber, dass er Beckys Message nicht gehört hatte. Oder die Gewissheit, dass ich ihn wiedersehen würde.

Als ich später in den diesigen Herbstabend hinaustrat, kam ich mir verändert vor. Bei jedem Schritt, den ich machte, war ich mir meiner selbst vollkommen bewusst, ich fühlte mich leicht und schwerelos, gleichzeitig aber erdverbunden. Überhaupt hatte ich das Gefühl, mit allem, was mich umgab, in Verbindung zu stehen. Ich ging die wenigen Meter bis zu meinem Wagen und sah hinunter ins Tal. Es war ganz still, nur ein leiser Wind, nicht mehr als eine Brise, ließ die gelben Blätter erzittern. Es duftete nach Laub, süß und malzig, nach Erde und verwitterndem Holz, nach einer Art von Beständigkeit, die mich zugleich mit Freude und Traurigkeit erfüllte und nach der ich mich sehnte. Ja, ich sehnte mich nach Beständigkeit – danach, dass es jetzt immer so weitergehen würde mit ihm und mir.

Elisabeth

Am nächsten Tag fuhr ich mit Hannah zum Hof. Die ganze Fahrt über saß sie stumm neben mir, mit hochgezogenen Schultern und einem lila Plastikpony im Schoß, in dessen weißer Mähne sich ihre Finger verkrallten. Erst als wir von der Straße in den Zufahrtsweg zum Einödhof abbogen, löste sich ihre Erstarrung und auf einmal schien sie nicht mehr stillsitzen zu können. Ich verlangsamte das Tempo, und kaum dass der Wagen zum Halten kam, sprang sie auch schon heraus und rannte los, quer über den Hof. Ich stieg ebenfalls aus und rief ihr nach, aber sie war schon um die Ecke verschwunden.

Eine Weile lang stand ich so vor der Treppe herum und überlegte, was ich tun sollte, sie suchen gehen oder warten, als ich die leeren Katzennäpfe entdeckte. Also beschloss ich, zuerst die Näpfe aufzufüllen und dann weiterzusehen.

Nachdem das erledigt war und die Katzen sofort auf mich zugeschossen kamen, als hätten sie nichts anderes von mir erwartet, machte ich mich daran, die Einmachgläser in die Kiste zu packen und in den Keller zu tragen.

Danach stand ich wieder im Hof herum und rief nach Hannah. Als sie immer noch nicht kam, beschloss ich, schon einmal ihre Sachen zu packen. Ich holte Kartons aus dem Keller und stieg die Treppe hoch. Auch im oberen Stock war alles anders geworden. Die Wände waren weiß gestrichen und auch die ehemals dunkle Holzdecke hatte einen weißen Anstrich erhalten.

An der Tür zu meinem alten Zimmer klebte ein Poster mit Zeichentrickfiguren. *Wickie und die starken Männer* stand darauf, also musste dies nun Hannahs Zimmer sein. Welche Gefühle würden auf der anderen Seite auf mich lauern? Würde der alte Schmerz zurückkehren, der Moment, in dem ich entdeckt hatte, dass mein Hannes fort war? Mit klopfendem Herzen drückte ich die Klinke herunter und trat ein.

Das Licht, das in schrägen Streifen auf den Holzboden fiel, war Licht, das ich kannte. Und auch das Bett stand immer noch in der Schräge neben dem Fenster. Doch das war schon alles. Ansonsten war der Raum nicht wiederzuerkennen. Die Wände waren mit einer rot-grünen Blümchentapete bedeckt und gelbe Gardinen mit weißen Tupfen schienen das Licht einzufangen. Es gab Kisten mit Barbiepuppen und Lego und statt eines Nachttischs stand ein kleiner Spielzeugherd am Kopfende neben dem Bett. Auf einem Regalbrett saßen Stofftiere und eine Garfield-Puppe.

Ich ließ mich auf den Schreibtischstuhl sinken und wusste nicht recht, was ich fühlen sollte: Erleichterung oder ein tiefes Mitleid mit dem kleinen Mädchen, das ihre Eltern und ihr Zuhause und dieses Zimmer für immer verloren hatte. Eines jedenfalls war klar: Das hier war nicht mehr das Zimmer von damals, nichts erinnerte mehr an die dunklen Stunden, die ich hier verbracht hatte, allein in meinem Elend und Schmerz. Die Gespenster der Vergangenheit hatten diesen Raum schon lange verlassen.

Ich trug die Barbiekiste nach unten, packte den Garfield und zwei Bären in einen Umzugskarton und lud alles in den Kofferraum.

Immer wieder rief ich nach Hannah, und als sie sich auch diesmal nicht rührte, lief ich ums Haus herum, in den Garten, hinter die Ställe, suchte im Schuppen, kehrte zurück ins Haus und suchte dort. Irgendwann bekam ich es mit der Angst zu tun. Wie lange war sie jetzt schon weg? Ich sah auf die Uhr und stellte fest, dass es bereits nach fünf war. Und auf einmal fiel mir der Bach hinter dem alten Obstgarten ein. Für einen Bach war er ziemlich breit, und wenn es geregnet hatte, konnte er eine recht starke Strömung entwickeln. Hannah war neun Jahre alt und ich hatte keine Ahnung, ob sie schon schwimmen konnte und ob ein Kind in dem Alter schon vernünftig genug wäre, sich vom Wasser fernzuhalten, falls nicht. Auf einmal hatte ich es sehr eilig. Ich durchquerte den Garten und lief über die Obstwiese Richtung Bach. Was, wenn sie hineingefallen war, sich vielleicht sogar den Kopf an einem Stein gestoßen hatte? Ich rannte und rannte und hatte den Bach schon fast erreicht, als ich sie entdeckte: Sie stand am Ende des Gartens, unter einem der alten Apfelbäume, und bückte sich immer wieder. Im Näherkommen sah ich, was sie tat: Sie sammelte das Fallobst in die Kisten.

Als ich Hannah mit ihrem Spielzeug zum Haus der Ludwigs zurückbrachte, schien die Frau uns schon ungeduldig zu erwarten. Mit fast furchtsamem Blick stand sie in der geöffneten Haustür, und als Hannah sich von ihr an der Hand nehmen und ins Haus führen ließ, wirkte sie regelrecht erleichtert. Das wunderte mich ein bisschen, denn ich wusste ja, dass die Frau bereits drei Kinder und damit sicher genug Aufgaben im Leben hatte. Wer weiß, vielleicht mochte sie Hannah einfach gern. Und es konnte ja sein, dass sich hinter ihrer rauen Schale ein Mensch verbarg, der das Herz auf dem rechten Fleck hatte.

Ich stand noch immer auf der Schwelle und war ganz in diese Überlegungen versunken, als eines der Kinder die Küchentür öffnete und ich so einen Blick in den Raum erhaschte. Und auf einmal war mir, als blickte ich direkt in meine eigene Vergangenheit: Am Küchentisch saß ein vierschrötiger Mann im Unterhemd, vornübergebeugt, die Ellenbogen auf den Tisch gestützt. Er kaute stur vor sich hin und schenkte mir keinerlei Beachtung. Die Tür schloss sich wieder, doch das Bild des Mannes war immer noch da.

Hannah

Was ich auch anpackte am nächsten Tag, es lief wie von selbst, dabei hätte ich hinterher nicht mehr genau sagen können, was genau ich überhaupt getan hatte, denn meine Handflächen waren noch voller Erinnerungen an seinen Körper.

Als ich gegen Abend Beckys Nummer tippte und sie mich mit einem ungeduldigen »Na, endlich!« begrüßte, atmete ich erst mal tief durch. In ein paar Wochen würde ich ihr alles erzählen. Aber im Moment wollte ich nur die Sache mit dem Artikel klären.

»Du, hör mal«, begann ich, aber sie fiel mir ins Wort. »Ich zuerst!«, rief sie. In ihrer Stimme schwang eine ungezügelte Aufregung mit und ich erwartete, gleich etwas von einer Hochzeit oder Schwangerschaft zu erfahren. Doch dann hörte ich sie sagen: »*Dein Artikel wird in der Geo erscheinen.*«

Im ersten Moment checkte ich gar nicht, was sie meinte. Dann aber sickerte es langsam zu mir durch. »Du meinst doch nicht etwa ...«

»Doch! Dein Artikel über den neuen Franz von Assisi! Der war so Hammer, ich musste das einfach probieren ... *Sie haben ihn sofort genommen.*«

»W ... wie? Ich kapier's nicht.«

»Jaa! Ich hab ihn an *Geo* verkauft! Und das ist *dein* Fuß in der Tür! Im *SpurenSucher* hab ich stattdessen die Salzstraße untergebracht und gleich eine Themenausgabe draus gemacht, zusammen mit dem Artikel über die Alte Saline, du weißt schon. Eigentlich wollt ich's dir ja gar nicht vorher sagen. Ich dachte, das kommt viel besser, wenn du – bamm! – ein Belegexemplar auf den Tisch kriegst!«

Während ihre Begeisterung nicht mehr zu toppen war, wurde mir schlecht. Mein Artikel über Matteo würde in der *Geo* erscheinen.

»Wann?« Sonst brachte ich nichts heraus.

»Da verschlägt's dir die Sprache, was?«, jubelte Becky und ließ einen spitzen kleinen Giekser hören: »Dezember! Auflage ...«

Sie nannte die Auflagenzahl und meine Übelkeit steigerte sich.

Mit letzter Kraft sagte ich: »Gib mir doch bitte mal die Telefonnummer von den Leuten bei *Geo*.« Kaum hatte ich sie notiert, drückte ich die Aus-Taste.

Das Telefonat mit der Redakteurin dauerte keine fünf Minuten und am Ende hatte ich meinen Namen bei *Geo* ein für alle Mal versaut. So schnell, wie ich den Fuß in der Tür gehabt hatte, so schnell war er wieder draußen. Zuerst hatte sie natürlich rumgezickt, das Programm stünde, man könne den Artikel nicht mehr rausnehmen. Also musste ich schweres Geschütz auffahren und erklärte, die Fotos wären gar nicht von mir und ich bekäme auch auf keinen Fall eine Abdruckgenehmigung dafür, weil der Fotograf selbst an einem ähnlichen Artikel arbeitete. Auf die Art war die Sache schnell erledigt und mein eigenes Grab geschaufelt. Bei *Geo* brauchte ich nie wieder mit irgendwas anzukommen.

Trotzdem war ich hinterher geradezu euphorisch: Ich hatte es geschafft, die Sache wieder zurechtzubiegen, sozusagen in der letzten Sekunde. Jetzt schwebte kein Damoklesschwert mehr über Matteo und mir, und es kam mir vor, als würden wir uns mit jedem Tag vertrauter. Ich lernte, dass er immer bei offenem Fenster schlief, egal, wie kalt es war; dass er seinen Caffè mit nur einem Tropfen Milch trank und morgens höchstens einen Apfel aß. Dass er niemals fror, niemals kalte Hände hatte. Dass er beim Schreiben die Stirn runzelte und in unbeobachteten Momenten am Stift kaute; dass er immer alles zu Ende führte, was er begonnen hatte, und jeden Morgen unbekleidet nach draußen ging, um sich dort im Brunnen vor dem Haus im eiskalten Wasser zu waschen. Abends dagegen liebte er es, unter der Dusche Opernarien vor sich hin zu trällern, wobei er die tieferen Töne meist gut traf, bei den höheren aber oft danebenlag. Er liebte dunkle Schokolade und zum Abendessen trank er immer Rotwein, ein Glas, nie weniger, aber meist auch nicht mehr.

An den Donnerstagen fuhr Matteo nach wie vor nach Perugia, und zwei- oder dreimal hatte er auch andere Termine, zu denen er in aller Herrgottsfrühe aufbrach und von denen er erst spät zurückkehrte. An diesen Abenden war er meist still und in sich gekehrt. Einmal sagte er, er hasse weite Autobahnfahrten und habe danach immer das Gefühl, sich reinigen zu müssen. Auf meine Frage, wo er denn gewesen sei und was er überhaupt gemacht habe, antwortete er dermaßen einsilbig, dass ich mir angewöhnte, ihm in diesem Zustand keine Fragen mehr zu stellen.

Meist fuhr ich morgens zum Sommerhaus und arbeitete dort den Tag über an meinen Artikeln, um dann am späten Nachmittag zu Matteo zurückzukehren. Ab und zu machte ich ein paar Recherche- und Fototouren, doch konnte ich es kaum erwarten, wieder zurück nach San Lorenzo zu kommen. Matteo wiederum war den ganzen Tag in den Gärten, wobei die Ernte sich dem Ende zuneigte und nun nur noch ein paar späte Mispeln und Birnen darauf warteten, gepflückt zu werden: die Florentiner Birne und die Hundsbirne, beide im November, die Marzola-Birne Anfang Dezember und die Pastorenbirne im Januar.

Der November verging und ich half Matteo beim Einbringen der Hundsbirne, einer kleinen, lederartigen grünen Frucht, die, so erklärte er mir, erst ein paar Wochen im Strohlager nachreifen musste, bis sie genießbar wäre.

Das Strohlager befand sich oben in der Scheune, auf einer Art Empore. Auf dem Weg nach draußen kam ich wieder einmal an dem Raum mit den Sachen von Rose vorbei. Ich blieb stehen und spähte nach drinnen. Plötzlich packte es mich und ich ging hinein. Ich trat an den Kleiderschrank und zog die Türen auf. Wie schon das letzte Mal streifte mein Blick über die Kleider und Hosen, Pullover und Röcke, Seiden- und Wollschals. Aber diesmal betrachtete ich die Sachen irgendwie anders, wachsamer vielleicht, begutachtend. Was für Klamotten trug sie, was war Rose für ein Typ? Magisch angezogen griff ich hinein, um einen besonders ausgefallenen Seidenschal in Grün- und Blautönen zu mustern. Ich konnte nicht anders und legte ihn mir um. Er roch ein wenig staubig, aber das Material fühlte sich weich an und kühl. Ich zog noch mehr Schals heraus, die ich allesamt durch meine Hände gleiten ließ. Ich war gerade dabei, sie wieder zurückzulegen, als ich etwas Rosarotes hervorlinsen sah. Ich stellte mich auf die Zehenspitzen, tastete ganz nach hinten und bekam endlich einen Karton zu fassen. Auf dem Deckel glitzerte die Abbildung eines spitzen, rosaroten Frauenschuhs, darüber stand in altmodischer Schreibschrift *Bellardi*. Neugierig lupfte ich den Deckel. Ich weiß nicht, was ich erwartet hatte, ein paar Tanzschuhe vielleicht oder Riemchensandalen. Jedenfalls traf es mich völlig unvorbereitet, als ich beim Anheben des Deckels die Fotos sah.

Sie lagen unter einem bunten Durcheinander von Zetteln und Briefen, und innerhalb Sekunden erkannte ich auch die Leute darauf: Matteo, die Bartoli und Eli, und das da, halb verdeckt von einem Umschlag, musste Santini sein. Und dann, wie ein Schlag auf den Hinterkopf: Rose in einer Jacke, die aussah wie meine.

Ich war so in die Betrachtung »meiner« Jacke vertieft, dass ich Matteo erst bemerkte, als er einen Schritt auf mich zu trat. In seinem Blick lag Entgeisterung und mein Gesicht nahm die Farbe einer sonnengereiften Tomate an. Wie in Zeitlupe kam er auf mich zu. Ich rechnete damit, dass er ausflippen würde, mein Handgelenk packen, mich schütteln, mich zur Rede stellen würde – er würde sich irgendwie Luft machen, auf diesen Übergriff reagieren. Aber stattdessen nahm er mir nur wortlos den Karton aus der Hand, klemmte ihn wortlos unter den Arm, nahm ihn wortlos mit.

Er erwähnte den Zwischenfall mit keinem Wort. Aber später, im Bett, drehte er sich zur Wand, sein Rücken eine Mauer zwischen uns. Ich sehnte mich so unendlich danach, mich an ihn zu schmiegen und das zu überwinden, was uns trennte. Ich verfluchte meine dusselige Neugierde und das hausgemachte Minderwertigkeitsgefühl, das plötzlich von irgendwo herangekrochen war. Am schlimmsten war dieses beschissene Selbstmitleid, das mich wieder einmal überwältigte. Ich hörte Matteos Atem neben mir, aber das beruhigte mich diesmal kein bisschen. Zu tief saßen die Scham über meine Wühlerei, die ihm wie Besessenheit vorgekommen sein musste. Warum hatte sie aber auch ihren ganzen Krempel hiergelassen! Hatte sie so viele Klamotten, dass sie die Sachen im Schuppen überhaupt nicht vermisste? Und das Werkzeug? Machte sie keine Kunst mehr oder hatte sie die Richtung gewechselt? Oder bedeutete dieses ganze Zeug vielleicht sogar, dass sie wiederkommen würde? Entweder, um den ganzen Kram zu holen oder – ich richtete mich auf und starrte ins dunkle Zimmer –, um hier wieder einzuziehen. Das war es doch, was dieser Schnauzbart in der Bar gesagt hatte. Auch die weißen Rosen in dem angekokelten Turm fielen mir wieder ein – ein Gedanke, den ich bisher erfolgreich verdrängt hatte. Auf einmal war es, als würde die Schwärze der Nacht in mich einsickern. Wie hatte ich gleich wieder in so eine elende Lage geraten können? Wie hatte ich es so schnell wieder auf den zweiten Platz geschafft?

Als der Morgen dämmerte, stand ich auf und schlich hinunter in die Küche, wo die beiden Riesen mir entgegenblickten. Ich legte meine Hände auf ihre Hundeköpfe und redete mir selbst gut zu: Das war alles Unfug, ich war dabei, mich selbst verrückt zu machen. Rose würde nicht zurückkommen. Matteo liebte jetzt *mich*. Immer wieder murmelte ich diese Worte vor mich hin, lauschte ihrem Klang. Aber je öfter ich sie vor mich hin murmelte, desto schaler kamen sie mir vor. Wenn hier nur mal einer Klartext mit mir reden würde, dachte ich und stand auf.

Und plötzlich war da ein Gedanke, der im ersten Moment absurd schien, dann aber, je länger ich darüber nachdachte, völlig logisch war: Warum nicht Santini fragen, *den* Mann, der Rose besser gekannt haben musste als alle anderen an diesem Ort? Vorausgesetzt, das Dorfgetratsche enthielt einen Funken Wahrheit.

Ich ging zum Waschbecken, seifte mir die Hände ein. Ließ anschließend eiskaltes Wasser über meinen Puls laufen und spritzte mir das Gesicht nass. Und plötzlich *wusste* ich, dass es stimmte. Dass sie und Santini etwas miteinander gehabt hatten. Ganz deutlich sah ich das Foto jetzt vor mir, auch wenn ich es nur ein paar Sekunden angeschaut hatte. Rose Bennett in »meiner« Jacke. Und jetzt ergab der Blick der beiden Santinis auch einen Sinn! An jenem ersten Abend, als ich zu ihnen auf den Agriturismo gekommen war, hatten sie mich – zumindest im allerersten Moment – wegen der Jacke für *sie* gehalten. Natürlich waren Rose Bennett und ich bei genauem Hinsehen nicht gerade Zwillinge. Doch beide waren wir schlank und blond. Hatten sie geglaubt, Rose Bennett sei zurückgekehrt? Aber warum dann die erschrockenen Gesichter? Nein, erschrocken war nicht der richtige Ausdruck, ich versuchte mich zu erinnern, die Gesichter noch einmal vor mir zu sehen. Versteinert, das traf es wohl besser, zumindest bei der Frau.

»Da werd ich mal auf den Busch klopfen«, sagte ich zu mir selbst und griff nach einem Handtuch. Die beiden Hunde hoben wieder die Köpfe und ich verließ hastig die Küche. Ich zog mich an, dann schrieb ich Matteo einen Zettel. *Muss einen Artikel fertig schreiben. Bis heut Abend. H.*

Zu Hause kramte ich die Rechnung des Agriturismo hervor und tippte schnell die Nummer in mein Telefon, ehe ich es mir anders überlegen konnte. Santini meldete sich nach dem fünften Läuten.

»Guten Tag, hier spricht Hannah Christ, ich rufe an, weil ich … mit Ihnen sprechen muss.«

»Mit mir?«, fragte er überrascht.

»Ja, ich muss da etwas wissen wegen ... Rose Bennett.«

Einen Moment lang blieb es still. Dann sagte er, mit völlig veränderter Stimme und eine Nuance gedämpfter: »Und wieso rufen Sie da mich an?«

»Hören Sie. Ich ... möchte Ihnen einfach nur eine Frage stellen. Ich könnte kurz bei Ihnen vorbeikommen.«

Ich hörte es rascheln, dann ein klackerndes Geräusch, das ich nicht einordnen konnte. Schließlich sagte er mit – wie es schien – erzwungener Ruhe: »Nein. *Kommen Sie nicht hierher.* Hören Sie ... heute Nachmittag habe ich einen Termin in Città di Castello. Wir könnten uns dort treffen. In der Sport-Bar, gleich hinter dem Dom.«

Am Nachmittag traf ich früher als verabredet in der Stadt ein und spazierte eine halbe Stunde innerhalb der alten Stadtmauern herum, sah im Park Kindern beim Spielen zu und machte mich dann langsam auf in Richtung der Bar, wo wir verabredet waren. Ich war früh dran und setzte mich unter die cremefarbene Markise und bestellte Cappuccino. Ich schloss die Augen, um meine Aufregung zu dämpfen, und ließ mich einen Augenblick lang einlullen von der Wärme auf meinem Nacken, den Stimmen, dem Klang einer vorbeifahrenden Vespa. Der Cappuccino kam und wieder rätselte ich, wie die Landschaft zwischen diesen beiden Menschen ausgesehen haben mochte, zwischen Matteo und Rose.

»Guten Tag«, sagte eine Stimme in meine Gedanken hinein und da stand Santini, mit müdem Gesicht, Kinn und Wangen umschattet. Ich hatte ihn nicht so dunkel in Erinnerung gehabt.

»Guten Tag«, erwiderte ich und fügte hinzu: »Setzen Sie sich doch.« Aber er schüttelte den Kopf. »Mir wär lieber, wir würden nach drinnen gehen.«

Ich stand auf und folgte ihm. Er bestellte Kaffee an der Bar und wir setzten uns in eine Ecke, gleich neben der Toilettentür. Er rieb sich das Gesicht mit den Händen und plötzlich wusste ich, dass es stimmte. Langsam sagte ich: »Sie haben Rose Bennett gut gekannt, nicht wahr?«

Er antwortete nicht.

»Sie haben Sie auch ... gemocht.«

Er antwortete immer noch nicht. Der Barmann kam und servierte den Kaffee. Santini umfasste den Unterteller und fragte: »Was wollen Sie von mir?«

»Wissen, was Rose Bennett für ein Mensch war.«

Er hielt in seiner Bewegung inne, schien unschlüssig. Dann nahm er ein Päckchen Zucker, riss es aber nicht auf.

»Warum wollen Sie das wissen?«

»Ich muss es einfach wissen.« Ich beugte mich vor. Am liebsten hätte ich ihn gepackt und die Worte aus ihm herausgeschüttelt.

»Sie werden dadurch nichts ändern.«

»Wie bitte?«

»Sie wollen die Gewissheit, dass er Rose vergessen hat.«

Ich starrte ihn an, buchstäblich sprachlos. Das Gespräch entwickelte sich in eine völlig andere Richtung. So ruhig wie möglich sagte ich: »Hören Sie, Signor Santini. Alles, was ich wollte, war ...«

Rüde fiel er mir ins Wort: »*Aber das hat er nicht.* Niemand, der mit Rose zusammen war, könnte sie je vergessen.«

Er starrte nun auf einen Punkt an der Bar, völlig versunken in diesen Gedanken. Als ich schon glaubte, er hätte meine Gegenwart vergessen, drehte er mir wieder das Gesicht zu und sagte in verschwörerischem Ton: »Und ich weiß, dass sie zurückkommen wird ... wenn sie so weit ist.«

Er sah mich mit stierem Blick an, während im Hintergrund der Barmann mit den Tassen klapperte, die Espressomaschine zischte und ein Mann sagte: »Ma, che cazzo!« Das Schweigen zwischen uns wurde zu einer dicken Suppe. Mit angehaltenem Atem wartete ich, dass er weitersprechen würde.

Doch er stand einfach auf, legte einen Schein auf den Tisch und ging.

Elisabeth

Als Kind habe ich manchmal versucht, im Wind zu fliegen. Bei Sturm stand ich dann auf der Mosisgreuther Höh, mit weit ausgebreiteten Armen, und wartete auf den Moment, in dem der Wind mich davontragen würde.

Daran dachte ich, als ich am darauffolgenden Morgen einen Spaziergang auf den Berg machte, der eigentlich nicht mehr als ein Hügel war. Ein letztes Mal wollte ich die Landschaft von oben sehen, den Einödhof und Mosisgreuth, das Haus der Kirchenschmiedin, den Fluss. Und den Schuppen, in dem Giorgio und ich uns einst getroffen hatten, vor langer Zeit. Für den Nachmittag hatten sich Interessenten angemeldet, die den Hof besichtigen wollten, und ich hoffte inständig, sie würden ihn nehmen, weil ich all das so rasch wie möglich hinter mir lassen wollte.

Doch als ich zurück ins Gasthaus kam, klebte ein Zettel an meiner Tür. Ich solle Frau Ludwig zurückrufen, es sei dringend.

»Hallo, Frau Ludwig?«

»Ja, also … Ich wollt fragen, ob die Hannah bei Ihnen ist.«

»Die Hannah? Aber warum sollte sie denn bei mir sein?«

»Als ich heut Morgen ins Zimmer gekommen bin, war ihr Bettle leer.«

Plötzlich wurde mir die Kehle eng.

»Sie war nimmer da. Und die Petra, die mit ihr das Zimmer teilt, hat auch nix g'merkt. Irgendwann in der Nacht muss sie raus sein.«

»Waren Sie schon bei der Polizei?«

Schweigen drang aus der Leitung. Es dauerte eine Weile, bis Frau Ludwig antwortete: »Noch nicht. Weil's ja auch nicht das erste Mal ist, dass sie wegläuft.«

»Was soll denn das heißen?«

»Sie ist schon zweimal abgehaun. Aber immer wiedergekommen. Aber weil's jetzt in der Nacht war ...« Sie ließ den Satz unbeendet.

»Warum haben Sie mir das denn nicht erzählt?«

Fast unwillig antwortete die Frau. »Warum hätt ich das tun sollen?«

Nun wusste *ich* nicht, was ich sagen sollte.

Sie aber fuhr in grimmigem Ton fort: »Dann muss ich jetzt wohl doch die Polizei anrufen.«

Plötzlich trat ein Bild vor mein geistiges Auge, und ehe ich näher darüber nachdenken konnte, hörte ich mich selbst sagen: »Warten Sie noch ein bisschen. Ich weiß vielleicht, wo sie sein könnte.«

Die Fahrt zum Einödhof kam mir ewig vor. Unterwegs hielt ich unentwegt Ausschau nach einem Mädchen mit hellen Haaren.

Es ging schon auf die Mittagszeit zu, als ich mit großen Schritten den Hof überquerte und die Tür zur Scheune aufschob. Von der Scheune ging ich ins ehemalige Hühnerlager und von dort aus in den stillgelegten Kuhstall. Dort hatte sich Hannahs Vater eine Werkstatt eingerichtet, in der sämtliche Schraubenzieher und Zangen in penibelster Ordnung an einem Bord über der Werkbank hingen. Ich durchsuchte jeden Winkel, ging dann ins Haus und schaute in jedes Zimmer. Als ich sie auch hier nicht fand, machte ich mich auf Richtung Obstgarten. Ich hoffte inständig, die kleine Gestalt dort vorzufinden, wie sie sich – genau wie am Vortag – nach den Äpfeln bückte und einen um den anderen einsammelte. Aber auch der Apfelgarten lag still und verlassen da und nur die Kisten erinnerten daran, dass sie hier gewesen war. Ich war schon beinahe um die Ecke gebogen, als ich stutzte. Die Kisten. Ich war mir so gut wie sicher, dass die Kisten gestern nicht ganz voll gewesen waren.

Ich sah mich nach allen Seiten um, suchte auch noch das Bachufer ab, aber sie war nirgends zu finden. Schließlich ging ich zurück zum Haus, um noch einmal die Katzennäpfe zu füllen. Ich stellte die Gummistiefel vor der Haustür ab und betrat die Speisekammer, als ich von oben ein Miauen hörte. Ich stutzte, wartete eine Weile, und da war es wieder. War etwa eine der Katzen nach oben geraten und ich hatte sie versehentlich dort eingeschlossen?

Ich lief die Treppe hoch und lauschte noch einmal. Als ich nichts weiter hörte, öffnete ich die Tür zu meinem alten Zimmer. Eine halbe Ewigkeit lang blieb ich im Türrahmen stehen und lauschte. Ich wollte gerade wieder gehen, als ich wieder das Miauen hörte und nun erkannte, dass es aus dem Schrank kam. Mit einem Satz war ich bei der Tür und riss sie auf. Die Katze sprang heraus und im nächsten Moment sah ich sie, halb verdeckt von Jacken und Hosen: kleine Füße in roten Strumpfhosen, die auf dem Schrankboden standen.

In dem Augenblick kam Leben in Hannah. Sie wühlte sich durch die Jacken, versuchte Reißaus zu nehmen, aber ich schnappte sie am Pullover. Sie zappelte und strampelte, aber schließlich beruhigte sie sich und wir gingen nach unten in die Küche, wo ich Teebeutel aus dem Schrank nahm und Wasser in den Kessel füllte. Plötzlich sagte Hannah: »Ich will hierbleiben.«

Mit dem Kessel in der Hand drehte ich mich um. »Du weißt, dass das nicht geht.«

Sie starrte vor sich hin.

»Du wirst es gut haben bei den Ludwigs. Da sind doch auch Kinder.« Ich hatte das Gefühl, einen Haufen Quatsch daherzureden. Die Gesichter der Ludwig-Kinder erschienen vor meinen Augen und dann der Mann, der im Unterhemd in der Küche gesessen hatte. Und auf einmal hatte ich das Gefühl, mein Hals würde in einem Schraubstock stecken, der langsam zugedreht wurde.

Ihr Blick wanderte zu ihren Fußspitzen. »Ich will zu dir.«

Ich schluckte. Dann sagte ich mit rauer, krächzender Stimme: »Du kannst nicht zu mir. Du weißt doch, dass ich in Rom wohne. Und dass ich alle paar Jahre woanders hinmuss.«

Als hätte ich nichts gesagt, fuhr sie fort: »Du sollst mit mir hier wohnen.«

Plötzlich hob sie die Augen. Zum ersten Mal, seit ich sie aus dem Schrank geholt hatte, sah sie mich offen an. Etwas Herzzerreißendes lag in diesem Blick. Und dann erkannte ich, dass es Hoffnung war. Eine Hoffnung, die sich ganz allein auf mich richtete. Einen Moment später drehte sie sich unvermittelt um, lief aus der Küche, war aber kurz darauf schon wieder da, mit einem Blatt in der Hand, das sie mir reichte.

»Für mich?«, fragte ich.

Sie nickte, beinahe feierlich, und ich nahm es.

Es war ein Bild mit einem Haus und einem Baum, von dem es Äpfel regnete. Unter dem Baum saßen zwei Igel, ein großer und ein kleiner. Die beiden Igel hatten unverhältnismäßig lange Beine, kleine, runde Nasen und große, lachende Münder.

»Danke«, sagte ich gerührt und lächelte ihr zu. »Das sind ja ganz flotte Igel, die können bestimmt schnell laufen. Das hier ist sicher die Igelmama.« Ich deutete auf den großen Igel. »Und das ist das Kind.«

Sie blickte mich nur ernst an, dann sagte sie: »Aber das sind doch wir beide, Tante Eli. Du und ich vor dem Hof.«

Mit gemischten Gefühlen brachte ich Hannah zurück zu den Ludwigs, und als ich am Abend nach dem Besichtigungstermin auf dem Hof zum Gasthaus zurückkehrte, stellte ich das Bild mit den Igeln auf den Nachttisch. Ich telefonierte lange mit Giorgio, wie um mich meiner selbst zu vergewissern, und als ich den Hörer auf die Gabel legte, beschloss ich, dass ich das Angebot des Ehepaars annehmen würde, auch wenn der Preis, den sie zu zahlen bereit waren, weit unterhalb meiner Vorstellungen lag. Ich reservierte den Rückflug für den übernächsten Morgen und gab dem Immobilienmakler Bescheid, die Vertragspapiere sowie eine Generalvollmacht vorzubereiten und sich um den Notartermin zu kümmern.

In dieser Nacht schlief ich schlecht und hatte wirre Träume. In einem Traum raste ich in meinem Wagen den Mosisgreuther Berg hinunter, in einem anderen ging ich barfuß über eine schneebedeckte Wiese und stieß auf den Kadaver einer Kuh, in der ich erst im letzten Moment die Berta, das Lieblingstier meiner Mutter, erkannte. Im schlimmsten Traum aber sah ich mich selbst als

Kind an der Hand meiner Mutter auf dem Weg zur Dorfschule gehen. Zuerst war es früh am Morgen und die Sonne schien, aber plötzlich wurde es dunkler und ich war allein. Und mit einem Mal wurde ich von einer schrecklichen Furcht ergriffen. Etwas Böses war hinter mir her, da war ich ganz sicher, und ich rannte los, um mich zu retten, so schnell, dass meine an einem Band befestigten Fäustlinge hinter mir her flatterten.

Ich erwachte davon, dass die Wirtin an meine Zimmertür klopfte, mit dem Frühstückstablett in Händen. Ich war ganz überrascht von dieser unerwartet freundlichen Geste, doch als sie das Zimmer betrat, bemerkte ich, wie sie ihre Blicke in meine Sachen bohrte. Ich schloss die Tür hinter ihr ab, schenkte mir Kaffee ein und setzte mich wieder ins Bett, das Kissen im Rücken. Doch kaum saß ich, kehrten auch schon die Traumbilder dieser Nacht zurück. Ich schnappte mir das Buch vom Nachttisch, um mich abzulenken, doch da fiel mein Blick auf das Bild. Und auf einmal wurde mir klar, dass ich nicht davonlaufen konnte. Vor der Veränderung. Vor dieser neuen Aufgabe. Vor dem Bild der langbeinigen Igel.

Hannah

Ich verließ die Bar im Laufschritt. An der nächsten Ecke hatte ich Santini eingeholt.

»Was meinen Sie damit? *Wenn sie so weit ist...*«

Santini ignorierte mich. Eine Weile liefen wir nebeneinander her, bis er sich an einer Ecke umsah und dann ziemlich zackig in eine Seitengasse einbog.

»Bitte, Signor Santini, sagen Sie mir, was Sie wissen.«

Er legte noch einen Zahn zu, starrte immer noch geradeaus. Ich verfiel in einen leichten Trab. »Ich werde so lange neben Ihnen herlaufen, bis Sie mir meine Frage beantwortet haben.«

Ohne nach links und rechts zu sehen, sagte er: »Warum sollte ich Ihnen irgendwas sagen?«

»Weil ich es wissen muss. Was ist mit Rose ...«

Da blieb er stehen und wandte sich mir direkt zu: »Rose wird wiederkommen, das weiß ich.«

»Und warum sind Sie sich da so sicher?«

Er presste die Lippen zu einem dünnen Strich aufeinander. Anscheinend war er hin und her gerissen zwischen dem Wunsch, mich einfach stehen zu lassen, und dem, mir so richtig die Meinung zu geigen. Endlich sagte er: »Weil sie schwanger war.«

Der Satz traf mich wie ein Keulenhieb. Mechanisch plapperte ich das Wort nach: »Schwanger ...«

»Ja, schwanger«, zischte er, »und jetzt ist sie weg. Abgehauen, um dieser ganzen Hölle hier zu entkommen.« Er hatte sich wieder in Bewegung gesetzt und atmete nun schwer. »Von diesem Dreckskerl und seiner Mutter.«

Das Bild der schwarz gekleideten Alten tauchte vor mir auf, die stechenden Augen, die sich in mich gebohrt hatten. Und dann fiel mir plötzlich ein, wie sie sich bekreuzigt hatte, als sie mich sah. »Seine Mutter? Was hat *die* denn damit zu tun?«

»Sie hat Rose gehasst.«

»Aber ... warum denn?«

»Man braucht keinen Grund, um jemanden zu hassen. Sie glauben nicht, wie Rose unter dieser Frau gelitten hat.«

Ich schwieg und wartete. Plötzlich wusste ich nicht mehr, was ich sagen sollte. Doch da redete er schon weiter.

»Deswegen ist sie gegangen. Das weiß ich jetzt. Um das Kind woanders auf die Welt zu bringen. Irgendwo, wo diese Hexe sie nicht findet.«

Seine Stimme klang auf einmal müde. Er musterte mich nun stumm, weder freundlich noch unfreundlich, eher so, als würde er mich gar nicht richtig wahrnehmen.

»Aber ...« Ich stand da wie festgezurrt und hörte meine eigene Stimme wie aus dem Off. »Ist das Kind denn von Ihnen?«

Er tat einen Schritt zurück. »Das«, sagte er, »ist mir so was von egal. Haben Sie das denn immer noch nicht kapiert?«

Plötzlich fühlte ich Übelkeit in mir aufsteigen. Ich sah ihn an, die Schatten unter seinen Augen, das unrasierte Kinn, und erst in dem Moment wurde mir klar, dass dieser Mann kurz vorm Durchdrehen war.

»Das ist doch alles Wahnsinn …«, murmelte ich und sah ihm zu, wie er die Hände in den Manteltaschen vergrub, mich noch einmal fixierte, mit diesem Irrsinnsleuchten in den Augen. Dann drehte er sich um und ging davon.

Plötzlich erschien alles in einem anderen Licht. In einem dicken, grauen, gedämpften Licht. Also war sie weggegangen, um irgendwo anders ihr Kind auf die Welt zu bringen? Aus Angst vor dem »bösen Blick« der Mutter? Wie verquer klang das denn! Und wenn es nun doch Matteos Kind war?

Ich hörte Schritte, eine Frau mit einer Einkaufstasche kam auf mich zu und warf mir einen neugierigen Blick zu, der mir bewusst machte, dass ich immer noch an derselben Stelle stand, an der Santini mich zurückgelassen hatte.

Also setzte ich mich wieder in Bewegung und trieb eine Weile lang ziellos durch die engen Gassen, in die sich jetzt kein Sonnenstrahl mehr verirrte. Doch hoch über mir war der Himmel nach wie vor von einem klaren hellen Blau, und so beeilte ich mich, auf den nächsten größeren Platz zu kommen, wo ich eine Weile in der Sonne stehen blieb, bis ich nicht mehr fror. Irgendwann landete ich an der Chiesa di San Domenico und beschloss spontan, hineinzugehen.

Das Kirchenschiff glich einer Halle und nur ein kleiner Bereich vor dem Altar war mit Bänken bestellt. Die Wände und die Decke waren grau. Es roch nach Kerzen und Stein, und einen Moment lang dachte ich an den Tod. Dann steuerte ich auf ein einsames, halb verwischtes Affresco zu, das gleich neben einer Seitenkapelle lag. In einiger Entfernung davon blieb ich stehen und betrachtete das Bild: die müden Farben, den Engel, der in der einen Hand einen Wedel hielt und mit der anderen eine segnende Bewegung machte. Und wieder musste ich an Rose Bennett denken, an ihr engelsgleiches Gesicht, und an Santini, der sie offenbar verzweifelt liebte. Liebte Matteo sie auch immer noch? Das Einfachste wäre, ihn direkt nach ihr zu fragen. Nach ihr und nach dem Kind. Aber würde ich die Antwort hören wollen? Das war es doch, worum es hier ging. Würde ich hören wollen, was er mir zu sagen hatte?

In diesem Augenblick kam es mir vor, als würden meine Gedanken ihr eigenes Schwirren wahrnehmen. Ich starrte auf das Gesicht des Engels. Was, dachte ich, wenn Santini recht hatte? Was, wenn auch Matteo Rose immer noch liebte? Was, wenn sie tatsächlich wiederkehrte? Noch dazu mit einem Kind. Mit einer abrupten Bewegung wandte ich mich ab, die Hände zu Fäusten geballt. Unsinn, schimpfte ich mich selbst, aber im selben Moment musste ich an all die Kleider und das ganze Werkzeug denken, an all die Feilen und Stichel und Sägen, die überall im Schuppen herumlagen. Natürlich brauchte sie das im Moment nicht. Weder die feinen Klamotten noch ihre Künstlersachen. Aber irgendwann …

Dieser Gedanke begleitete mich die nächsten Tage wie mein eigener Schatten. Ich bot Matteo meine Hilfe an, um in seiner Nähe zu sein, und wenn er sich unbeobachtet fühlte, betrachtete ich ihn, wie um mich seiner zu versichern. Sein konzentriertes Gesicht, seine kraftvollen Bewegungen, all das beruhigte mich und in diesen Momenten war ich mir sicher, dass Santini ein Spinner war – ein fanatischer Liebhaber, der einfach nicht wahrhaben wollte, dass die Frau, die er begehrte, ohne ihn weggegangen war.

Doch als ich am vierten Tag wieder meinen Schreibplatz im Sommerhaus einnahm und vor meinem Laptop vor mich hin brütete, kehrten Santinis Worte zu mir zurück und Zweifel begannen sich wie ein schleichendes Gift in mir auszubreiten. Das ging so lange, bis ich nach ein paar Stunden genervt den Laptop zuklappte und beschloss, nach San Lorenzo zu fahren, um doch wieder Matteo zur Hand zu gehen. Das zumindest redete ich mir ein.

Erst als ich mich in Matteos Scheune wiederfand, brach der Damm, und während Matteo im Haus das Abendessen zubereitete, durchwühlte ich hemmungslos alle Ecken und Schränke, auf der Suche nach dem Fotokarton, mit dem Matteo mich erwischt hatte. Denn ich erinnerte mich genau: Zwischen den Fotos hatten jede Menge handschriftlicher Briefe gelegen. Und bestimmt waren die von ihr.

Elisabeth

Manches im Leben – wohl die wirklich wichtigen Dinge – entscheiden wir im Bruchteil einer Sekunde. Vielleicht entscheiden die Dinge aber auch für uns, vielleicht ist der freie Wille nichts als eine große Illusion. Oberflächlich betrachtet mögen wir wählen können. Aber oft genug ist die innere Stimme zu stark. Wir können sie nicht zum Schweigen bringen und jedes Ausweichmanöver verbietet sich.

Was es für mich bedeutete, von Rom wegzugehen, ein zweites Mal, und Giorgio zu verlassen, darüber will und kann ich jetzt nicht schreiben. Schreiben will ich aber über die kleine Hannah, die von unserem ersten gemeinsamen Tag in Mosisgreuth an nicht mehr von meiner Seite wich. An diesem Tag wurde ich zum zweiten Mal Mutter, nach all den Jahren, in denen ich die Erinnerung an mein eigenes Kind weggeschoben hatte, um die Gespenster der Vergangenheit nicht sehen zu müssen.

Der Tag unserer Rückkehr zum Einödhof war warm, und als wir um die letzte Wegbiegung fuhren, lag alles friedlich und von einer goldenen Oktobersonne beschienen vor uns: das neue rote Dach, das Birnenspalier an der Hausmauer, der üppige Bauerngarten, in dem die Rosen noch blühten und die Vogelbeeren wie rote Perlen um die Wette leuchteten. Einen Moment lang verschlug es mir den Atem und ich saß ganz still da, noch hinter dem Steuer, während Hannah zu mir herüberblickte, einen kurzen Moment nur. Dann streckte sie die Hand zu mir herüber und legte sie kurz auf meine, wie um mich zu trösten. Und dann war sie fort. Ehe ich mich versah, riss sie die Wagentür auf und flitzte davon. Noch im Laufen hörte ich, wie sie nach den Katzen rief: »Bärle« und »Mimi« und »ich bin wieder da«.

In jener ersten Nacht nach meiner Rückkehr wehte der Wind von Osten. Er fegte den Zufahrtsweg entlang, stob über den Acker, umwehte die Mosisgreuther Höh, das verlassene Haus der Kirchenschmiedin, fuhr durch die Zweige der alten Obstbäume, durch Hainbuchen und Eichen und Ahornbäume, durch altes Gebälk und zugige Mauern, rüttelte am Fenster und brachte schließlich einen schweren Regen mit sich, der mich weckte. Genauer gesagt war es ein Zweig des Birnenspaliers, der an meine Scheibe tickte, und einen Moment lang glaubte ich tatsächlich, dass Sigrid gekommen war und wie vor vielen Jahren Steinchen an mein Fenster warf.

Nach dem Frühstück nahm Hannah meine Hand und zeigte mir den Hof. Sie führte mich in die Scheune, die Leiter hoch, zu einem Nest aus Stroh, das sie ihr »Geheimversteck« nannte; die Kellertreppe hinunter in den Vorratskeller, wo Einweckgläser voller goldgelber Kürbisstücke neben Marmeladen und eingekochten Pflaumen standen. Im alten Kuhstall zeigte sie mir ihre eigene Werkbank.

»Schau mal«, sagte sie stolz und deutete auf allerlei herumliegende Hölzer, auf eine kleine Säge, einen Hammer, Holzleim und Nägel. »Ich mache ein Vogelhäuschen.«

Ich betrachtete ihr Gesicht, die vor Eifer geröteten Wangen, die blonde Haarsträhne, die sich aus ihrem Zopf gelöst hatte. Und mit einem Mal dachte ich daran, wie es früher im Stall gewesen war, als die Kühe noch hier gestanden hatten, Seite an Seite, und ich erinnerte mich an ihren heißen Atem und ihre glänzenden Augen. Da erst wurde mir ganz und gar bewusst, dass auf dem Hof nun wirklich alles anders war. Die Vergangenheit war vorbei und hatte keine Bedeutung mehr. Ich war nun mit Hannah hier und würde alles tun, um ihr das Zuhause und die Geborgenheit zu geben, die ein Kind brauchte. Vor allem aber sollte sie nie erfahren, was auf diesem Hof geschehen war.

Ich habe mich nie für besonders vorausschauend gehalten. Vielleicht bin ich auch nur die Tochter meines Vaters, der – bevor ihm der Alkohol die Sicht vernebelte – jeden Pfennig dreimal herumgedreht hatte. Jedenfalls hatte ich in den Jahren beim Amt recht gut verdient und noch besser gewirtschaftet und mir auf die Art ein solides finanzielles Polster geschaffen. Daher war ich in der Lage, von einem Tag auf den anderen zu kündigen.

Nach ein paar Wochen fand ich eine Halbtagsstelle bei der Motoren- und Turbinen-Union, einer Firma, die ähnlich wie die ZF zu den großen Arbeitgebern im Bodenseeraum gehört. Die kleine Hannah besuchte weiter die Dorfschule und an den Nachmittagen kümmerten wir uns um den Hof. Ich sage »wir« und meine das auch. Zu meiner großen Überraschung war das Kind völlig anders, als ich mir ein Kind vorgestellt hatte. Bisher hatte ich wenig Kontakt zu Kindern gehabt, fast keine meiner Freundinnen beim Amt hatte eines, und so war ich überrascht von der Ernsthaftigkeit und Reife, die Hannah an den Tag legte. Ich verpachtete das Land und behielt nur die große Wiese am Bach. Die Bäume verloren noch mehr Äpfel und den Rest schüttelten wir mit einer Stange herunter. Früher hatte der Vater die Äpfel zur Mosterei gefahren, doch Sophie und ihr Mann hatten eine Presse gekauft. Zu meiner größten Überraschung wusste Hannah genau, wie das Ganze funktionierte. Sie erklärte mir, wie man die Äpfel zuerst zerhäckselte, die Maische dann in Tücher schlug und auspresste. Als der Herbst sich dem Ende zuneigte und die ersten Schneeflocken fielen, saß ich an den Nachmittagen in der Küche, schnitt Stoffe zu und nähte an meinen Decken oder strickte, während

Hannah am Fenster saß und Hausaufgaben machte. Am Samstag vor dem ersten Advent gingen wir gemeinsam in den Wald und holten Tannenzweige, und während das Schneetreiben draußen immer dichter wurde, band ich unseren ersten gemeinsamen Adventskranz.

Aber was war mit Giorgio?, höre ich dich fragen. *Wie hast du es ertragen, von ihm getrennt zu sein?* Ich weiß nicht recht, was ich darauf erwidern soll. Vielleicht, dass es einerseits schwer war und andererseits leicht. Zur Qual des Abschieds kam die Angst, dass sich nun alles verlieren könnte. So groß meine Sehnsucht nach ihm und nach Rom auch sein mochte – anfangs blieben uns nur Briefe und gelegentliche Telefonate. Dennoch habe ich diese Zeit meines Lebens nicht als unglücklich in Erinnerung. Ich war hier, weil ich mich entschieden hatte: Ich wollte bei Hannah sein.

Hannah

Der Tag, an dem ich die beiden an der Tankstelle sah, war Montag, der dritte Dezember. Ich war auf dem Rückweg von einem Kurztrip nach Konstanz. Auf dem Beifahrersitz hatte ich einen Adventskranz liegen.

Ich war ein paar Tage in Deutschland gewesen, um endlich alles Mögliche zu erledigen oder zumindest einen Teil davon in Angriff zu nehmen. Statt Elis Sommerhaus zu verkaufen – ein Gedanke, der mir inzwischen vollkommen absurd erschien –, hatte ich beschlossen, mein winziges Apartment in der Konstanzer Innenstadt aufzugeben, das ich im letzten Jahr ohnehin nur noch als Zwischenstopp für meine Recherchereisen verwendet hatte. Die Wohnung leer zu räumen, war trotzdem seltsam gewesen; immerhin hatte ich sechs Jahre dort gewohnt. Aber als ich den letzten Karton nach unten geschleppt und die Schlüssel dem Nachmieter in die Hand gedrückt hatte, merkte ich, dass ich im Grunde froh war, dieses Kapitel abzuschließen. Mit dem Einödhof war die Sache komplizierter. Und so machte ich dort nur einen kurzen Zwischenstopp und verschob die Entscheidung, was mit dem Hof zu geschehen hätte, auf einen unbestimmten Zeitpunkt in der Zukunft. Ich sprach kurz mit Frau Göttle, der Biolandwirtin aus Mosisgreuth, die einen Schlüssel hatte und ein wenig nach dem Hof schaute, sich aber hauptsächlich um das Obst und die Bäume kümmerte. Eli hatte den Göttles schon im letzten Jahr die Ernte überlassen, und so sammelten und pressten sie die Äpfel zu Saft und verkauften ihn.

Inzwischen war ich nach langer Fahrt zurück in Italien und bis Castelnuovo war es nicht mehr allzu weit. Ich war müde und der Gedanke, jetzt noch tanken zu müssen, nervte mich, doch ich wusste, dass alle anderen Tankstellen auf dem Weg zum Sommerhaus längst geschlossen sein würden. In der Schlange vor der Zapfsäule kam ich hinter einem Pick-up zu stehen, auf dessen Ladefläche jede Menge Pflanzen standen, allesamt mit Planen gegen Fahrtwind und Kälte geschützt.

Der Tag war windig und wolkenlos gewesen und ich war erleichtert, dass ich es ohne Rutschpartie über den San Bernardino geschafft hatte. Allerdings war es auch hier in Mittelitalien verdammt kalt, also vergrub ich, während die Tankuhr tickerte, das Gesicht bis zur Nasenspitze in meinem dicken Wollschal. Ich steckte gerade den Zapfhahn zurück in die Halterung, als mein Blick auf einen Mann fiel, der aussah wie Matteo.

Er steuerte auf einen Wagen zu, der von der Zapfsäule ganz außen links verdeckt war, um einzusteigen. Im ersten Moment glaubte ich natürlich, mich zu täuschen. So wie man glaubt, sich zu täuschen, wenn man auf einer Straße in Tokio plötzlich seinem Vater oder Bruder oder sonst wem begegnet, den man zu Hause auf der Eckbank in Hintergammerdingen wähnt. Als ich begriff, dass er es tatsächlich war, stieg eine kindliche Freude in mir auf und ich lief sofort los in seine Richtung. Ich war noch keine drei Meter weit gekommen, als ich sah, wie der Wagen langsam hinter der Zapfsäule vorbeirollte.

Ein grüner Landrover, auf dessen Beifahrersitz eine Frau mit einer pinken Mütze saß.

Apathisch vor Schreck beobachtete ich, wie der Landrover in Richtung Autobahn fuhr, beschleunigte und sich kurz darauf in den Verkehr einfädelte.

Da kam Bewegung in mich. So schnell ich konnte, rannte ich nach drinnen und bezahlte, kletterte wieder hinters Steuer und raste – meinen Möglichkeiten entsprechend – los. Ich fuhr, was der Bus hergab, aber nach einer Weile musste ich einsehen, dass ich sie verloren hatte. Als ich später auf die dunkle Landstraße in Richtung Castelnuovo einbog, hatte ich nur einen Gedanken: herauszufinden, wer die Frau auf dem Beifahrersitz gewesen war. Bei meiner Ankunft in San Lorenzo war alles wie ausgestorben: Dunkel und verlassen lag der Hof vor mir und auch Matteos Landrover war nirgends zu sehen.

Vor Wut und Erschöpfung schlug ich aufs Lenkrad. Was sollte ich denn jetzt machen? Nach Hause fahren und mich ins Bett legen? Ich wusste, dass ich kein Auge zutun würde, also beschloss ich, noch eine Weile zu warten.

Ich stellte den Wagen hinter dem Haus ab, löschte die Scheinwerfer und hockte eine Ewigkeit im Dunkeln herum, immer dieselbe Frage umkreisend: Wer war die Mützenfrau? Natürlich konnte es eine völlig harmlose Erklärung geben. Eine Anhalterin, eine Bekannte, die er mitgenommen hatte. Eine Kollegin von der Uni. Eine Studentin? Aber vor meiner Abfahrt hatte er doch noch so betont, dass er furchtbar viele Seminararbeiten zu korrigieren hätte und sich deshalb während meiner Abwesenheit vollkommen in Klausur begeben würde. Außerdem war er definitiv in der falschen Richtung unterwegs für alles, was mit der Uni zu tun hätte.

Nach einer halben Stunde wurde mir kalt und ich stieg aus, um mir ein bisschen Bewegung zu verschaffen. Kurz überlegte ich, ins Haus zu gehen, den Kamin anzuzünden, den Tisch zu decken und so zu tun, als wäre nichts. Aber irgendetwas hielt mich davon ab.

Stattdessen lief ich im Dunkeln am oberen Mustergarten entlang und rieb die kalten Hände aneinander. Über den Silhouetten der Bäume stand ein riesiger Vollmond, gelborange vor dem bläulichen Grau des Himmels. Eli hätte dieser Mond gefallen, ganz sicher hatte sie in Nächten wie dieser nicht weit von hier nach dem Mond geschaut. Woran hatte sie gedacht bei diesem Anblick? An diesen Geliebten, von dem ich wohl niemals Näheres erfahren würde? Plötzlich glaubte ich, ihre Anwesenheit zu spüren. Während ich im nassen Gras vor mich hin stapfte und immer wieder ins Stolpern geriet, war sie mir ganz nah und auf einmal glaubte ich zu verstehen, warum sie diese offenbar schwierige Liebe nicht nach außen getragen, sondern für sich behalten hatte, und einen winzigen Moment lang wurde mir leichter ums Herz.

Ich hatte das Ende des Weges erreicht, die Stelle, an der die Obstbaumreihe einen Knick machte und in einer Serpentine nach unten verlief. Ich blieb stehen und sah hinauf in den Sternenhimmel. Eli, flüsterte ich und bildete mir ein, einen Stern aufblitzen zu sehen, auch wenn ich innerlich lachen musste über mich und meine Einbildungskraft. Dann drehte ich mich um und ging zurück. Ich war noch nicht weit gekommen, als ich ein Stück entfernt eine Gestalt auftauchen sah. Jemand kam hier gelaufen, genau in meine Richtung. Im ersten Moment dachte ich, es sei Matteo, der meinen Wagen auf dem Hof hatte stehen sehen. Doch im Näherkommen erkannte ich Peppino. Mir wurde ziemlich mulmig zumute und die Einsamkeit dieses Ortes war mir noch nie so bewusst geworden wie in diesem Augenblick. Zwar hatte ich Peppino bisher immer als harmlos erlebt, doch plötzlich kam mir wieder die Vorstellung in den Kopf, nach der Wahnsinnige manchmal ungeahnte Kräfte entwickeln. Aber ich konnte auf die Schnelle überhaupt nichts tun. Sicher hatte auch er mich schon entdeckt, und wenn ich zu meinem Wagen zurückwollte, gab es keinen anderen Weg als hier entlang.

Jetzt blieb er stehen. Auch ich blieb stehen und im Bruchteil einer Sekunde entschied ich, mich so unverfänglich wie möglich zu geben. Als wäre es das Normalste von der Welt, ihm hier um diese Uhrzeit zu begegnen.

»Ciao, Peppino«, sagte ich so harmlos und heiter, wie ich konnte. Wir standen vielleicht zwei Meter voneinander entfernt und das Mondlicht fiel auf sein Gesicht. Da fiel mir dieses andere Gesicht wieder ein, das zu Matteo und mir hereingesehen hatte. Nein, dachte ich, nie und nimmer ist *er* das gewesen.

Ich deutete auf seine Plastiktüte. »Warst du wieder einkaufen? Ich muss morgen auch einkaufen gehen. Ich komme gerade aus Deutschland und habe gar nichts mehr im Haus.«

Reden, dachte ich, viel und unverfänglich reden und sich dabei unauffällig entfernen. Was hätte ich in dem Moment darum gegeben, Matteo in meiner Nähe zu wissen – meinetwegen sogar mit der Mützenfrau.

»Unsere Brunnen sind vergiftet«, sagte er nun und ich nickte und murmelte: »Hm.« Vielleicht wäre jetzt der Moment, einfach weiterzugehen? »Da hast du recht. Aber es ist schon spät und ich muss weiter.«

Ich machte Anstalten, mich wieder in Bewegung zu setzen, aber da sagte er: »Du bist auch nicht von hier.«

»Nein. Ich bin auch nicht von hier.« Sollte man Verrückten nicht immer Recht geben? Das beruhigte sie doch.

»So wie die andere. Die war auch von woanders.«

Ich nickte vorsichtig. Und hatte plötzlich das Gefühl, einem scheuen, kleinen Tier gegenüberzustehen, das man mit allzu schnellen Bewegungen verschrecken konnte. Ich spürte, wie mein Herzschlag ruhiger wurde.

»Welche andere meinst du?« Ich betrachtete ihn genauer und fragte mich, wie verrückt er wirklich war. Immerhin hatte er gemerkt, dass »die andere« – er meinte Rose, das war mir klar – und ich, dass wir beide keine Italienerinnen waren.

Doch statt meine Frage zu beantworten, sagte er nur: »Sie ist nicht mehr da.«

»Nein«, sagte ich möglichst unverbindlich und wollte mich

gerade an ihm vorbeischieben, als er auf einmal die Augen aufriss.

»Ich habe sie gesehen«, raunte er und hob den Zeigefinger. »Sie wollte es ihm *sagen*. Da haben sie gestritten.«

»Aha«, sagte ich und verstand kein Wort.

»Es ist *mein* Kind. Das hat sie geschrien!«

Sofort musste ich an Rose denken. Trotzdem kapierte ich einfach nicht, worum es hier ging. »Ach, ja?«, machte ich, bemüht, mich so normal wie möglich zu verhalten.

Da kicherte er. »Sie ist nur die Stiefmutter!«

Ich gab es auf, ihn verstehen zu wollen. Das, was Peppino sagte, passte hinten und vorne nicht zusammen. Ungeduldig fragte ich: »Was meinst du denn damit? Nicht die Mutter? Wenn sie schwanger war, dann muss sie es ja wohl sein.« Ich musste wohl zu laut gesprochen haben, denn er zuckte zusammen und blickte zum Haus hin. Dann wich er wie in Zeitlupe zurück, legte die Finger auf seine Lippen und wisperte: »Ich darf ihren Namen nicht nennen, sonst kommt sie mich holen! Sie ist der schwarze Teufel.« Und dann rannte er davon, so schnell, dass seine Plastiktüte ihm beim Laufen gegen das Bein schlug.

Elisabeth

Wir können uns nicht vorstellen, dass auch die Alten einmal jung und vielleicht schön gewesen sind. Selbst wenn wir ihre Gesichter auf alten Fotos sehen, so bleiben diese Gesichter doch zweidimensional, ohne Leben und ohne Verbindung zu der Person, wie wir sie vor uns sehen.

Auch ich bin mir fremd, wenn ich mich im blau-weißen Tupfenkleid auf dem Foto sehe, das Giorgio von mir gemacht hat in dem Sommer, als wir uns kennenlernten. Und dann staune ich und kann es kaum fassen, dass ich einmal so jung ausgesehen habe. Das ist eines meiner Lieblingsfotos, doch es kommt erst an zweiter Stelle. Das Bild, das mir am meisten bedeutet, wurde später aufgenommen. Es zeigt uns beide, Giorgio und mich, an einem sonnenwarmen Tag auf dem Gianicolo. Ich glaube, es ist unser Lachen und diese Selbstverständlichkeit, mit der er den Arm um mich legt, eine Selbstverständlichkeit, die es im wirklichen Leben niemals gegeben hat.

Unsere Beziehung – nein, lass mich Liebe sagen – blieb also bestehen und hatte ihre Höhepunkte in seltenen Treffen. Giorgio hatte sich inzwischen offiziell von Livia getrennt und lebte alleine. In den ersten Jahren besuchte er uns öfter auf dem Hof, was für Hannah nichts Außergewöhnliches war, weil auch andere Freunde, meist Bekannte aus meiner Zeit beim Amt, uns besuchen kamen und eine Weile bei uns wohnten. Später, als Hannah in den Sommerferien im Jugendlager war, flog ich nach Rom und wohnte dann bei Giorgio.

Im Laufe der Jahre wuchsen Hannah und ich zu einer richtigen Familie zusammen. Hannah besuchte das Gymnasium, ich kündigte meine Stelle bei der Motoren- und Turbinen-Union und konzentrierte mich ganz auf das Nähen, das inzwischen zu einer richtigen Arbeit geworden war. Als Hannah Jahre später das Abiturzeugnis in Händen hielt, feierten wir und luden eine Unmenge Leute ein, Freunde von ihr und mir und auch Giorgio.

Am Tag, als Hannah auszog, um in Bologna zu studieren, flog ich zu Giorgio nach Rom, wo ich den ganzen Herbst über blieb.

Warum habe ich ihr nie davon erzählt? Warum habe ich Hannah nie gesagt, dass Giorgio meine große Liebe war? Im Nachhinein kommt mir das manchmal absurd vor. Doch dann denke ich näher darüber nach und beginne, mich an ihre Anhänglichkeit zu erinnern. Wie sie angstvoll auf mich wartete, wenn ich mich nur ein paar Minuten verspätete. Wie sie nachts manchmal schweißgebadet aufwachte und so lange schrie, bis ich ihr Bettzeug in mein Zimmer verfrachtete.

Und später? Warum haben wir es nie geschafft, ihr von uns zu erzählen? Vielleicht weil wir dann hätten zugeben müssen, dass wir ihr all die Jahre ein großes Theater vorgespielt hatten – die guten Freunde, die nichts weiter taten, als miteinander zu reden. Wahrscheinlich hätten wir eines Tages einfach sagen sollen: Wir haben uns verliebt. Wir sind jetzt ein Paar. Aber auch das wäre ja eine Lüge gewesen.

Irgendwann hatte sich das Thema dann von selbst erledigt. Als Hannah zum Studieren ging, sprachen Giorgio und ich zwar eine Zeitlang darüber, wie es wohl wäre zusammenzuziehen. Doch die Monate vergingen, ohne dass wir uns auf einen gemeinsamen Wohnort hätten einigen können.

Ich selbst hatte inzwischen die ehemalige Werkstatt meines Schwagers zu einem Atelier ausbauen lassen, wo ich arbeitete und auch regelmäßig Kurse übers Quilten oder das Anfertigen von Molas abhielt. Und was Giorgio betraf, so hatte auch er seine täglichen Gewohnheiten: den morgendlichen Caffè in der Bar nebenan, die nachmittäglichen Spaziergänge in der Villa Glori und die Bocciaspiele mit alten Freunden an milden Abenden.

So waren wir zwei alte Bäume geworden, die ihre Wurzeln tief in die Erde geschlagen hatten. Und doch konnten wir es nicht lassen, immer wieder die Äste nacheinander auszustrecken.

Hannah

Der Heizstrahler roch nach warmem Staub, als ich später in Elis Badewanne lag und mich furchtbar abmühte, *gar nichts* zu fühlen. Mit einer fast unheimlichen Ruhe dachte ich über die Frage nach, ob ich Matteo direkt auf die Mützenfrau ansprechen sollte. Oder ob es nicht cleverer wäre, zuerst ein bisschen auf den Busch zu klopfen.

In dem überhitzten Bad lackierte ich mir später die Fingernägel, was ich schon lange nicht mehr getan hatte. Wenn das nicht die Ästhetik des Untergangs ist, dachte ich, in einer Situation wie dieser dazusitzen und mit ruhiger Hand Pinselstriche in Längsrichtung aufzubringen. Beim Anblick der zehn roten Nägel hätte ich fast laut auflachen müssen, weil mir plötzlich in den Sinn kam, was Matteo an jenem ersten Abend zu mir gesagt hatte. *Dann sind Sie also eine Ehebrecherin.* »Und was bist du?«, murmelte ich vor mich hin, »ein Betrüger?«, und wedelte mit den gespreizten Fingern in der Luft herum. »Jedenfalls bin ich mal gespannt, ob du mir von deiner Fahrt mit der Mützenfrau erzählen wirst.« Und da kam mir plötzlich ein Gedanke, der sich nicht wieder vertreiben ließ: Was, wenn die Frau im Wagen Rose gewesen war?

Und wie zum Zeichen klingelte in dem Moment das Telefon – es war Matteo. Mein Magen verkrampfte sich und ich wollte schon abheben, ließ es dann aber bleiben. Ich war noch nicht so weit. Morgen, dachte ich und räumte die Nagelutensilien in den Schrank zurück. Morgen würde ich ja sehen.

Der Schlaf hatte meine Sinne geschärft, und als ich aufstand und in die Küche ging, nahm ich alles überdeutlich wahr: die Sonnenstrahlen, die schräg auf den alten Ziegelboden fielen; die abgestoßene Kante des dunkel gebeizten Küchentischs, dort, wo das helle Holz hervorsah; der Adventskranz, der mir jetzt, im Sonnenlicht, auf einmal furchtbar unpassend vorkam – wie war ich nur auf die Idee verfallen, deutsche Adventsstimmung nach Italien bringen zu wollen? Italien hatte viele gute Seiten, aber Adventszauber gehörte definitiv nicht dazu.

Mit Eli zusammen wäre das etwas anderes gewesen. Da hätten wir beim Frühstück gesessen und die erste Kerze angezündet, feierlich, wie wir es immer gehalten hatten, Jahr um Jahr. Ich hätte hier zu Gast sein können, im letzten Dezember schon, dachte ich. Und war doch nicht gekommen.

Der Landrover stand auf dem Hof, und als ich aus dem Bus stieg, kam Baldo schwanzwedelnd und übermütig auf mich zugesprungen; Elvis folgte in einiger Entfernung. Ich begrüßte die beiden ausgiebig und ging ins Haus. »Hallo?«, rief ich, bekam aber keine Antwort. Matteo war wohl längst irgendwo auf dem Gelände bei der Arbeit. Die Wohnküche, die nach Westen hin ausgerichtet war, lag im Dämmer, man hätte denken können, er schliefe noch. Aus den vergangenen Wochen wusste ich, dass dieser Raum erst am späteren Nachmittag, wenn die Sonne ums Haus herumgewandert war, lebendig wurde. Dann begann das Gelb und Rot der Äpfel auf der Kaminumrandung zu leuchten.

»Hallo?«, rief ich noch mal und ging dann wieder nach draußen, um Matteo zu suchen. Das Scheunentor stand offen und ich steckte kurz meinen Kopf hinein, und als er auch dort nicht zu sehen war, lief ich hinters Haus, wo er seit einiger Zeit dabei war, mit einem Minibagger die Baugrube für ein neues Apfellager auszuheben. Doch als ich näher kam, drang statt Motorengebrumm das Geräusch von Axthieben an mein Ohr. Er schien Holz zu hacken. Ich lief an der Kapelle vorbei, wo Elvis genau wie im Sommer vor der geöffneten Tür in der Sonne lag, nur dass Matteo dem alten Hund diesmal eine Decke untergelegt hatte. Einen Moment lang war ich gerührt von diesem Zeichen der Fürsorge.

Matteo stand mit dem Rücken zu mir und so hatte ich Gelegenheit, ihn eine Weile lang zu beobachten: seinen kräftigen Oberkörper im grün-schwarz karierten Hemd, die behandschuhte Hand, die die Axt niedersausen ließ, das Splittern der Holzscheite.

»Hallo.« Ich konnte nicht verhindern, dass sich meine Stimme irgendwie krächzig anhörte.

Er fuhr herum und ich hätte nicht sagen können, was sich in seinen Augen widerspiegelte: Überraschung, Freude, Ärger?

»Wo warst du?«, entfuhr es ihm. »Ich hab dich x-mal angerufen, meine Güte. Ich hab mir Sorgen gemacht!« Er kam näher und drückte mich so fest an sich, dass es mir einen Moment lang die Luft abschnürte. Durch den Stoff meiner Jacke spürte ich die Wärme seines Körpers.

Diese Begrüßung traf mich völlig unvorbereitet und plötzlich war ich mir sicher, dass das an der Tankstelle nichts zu bedeuten gehabt hatte.

»Was war mit deinem Telefon, gestern Abend? Erst war der Anrufbeantworter ausgeschaltet und dann war ewig besetzt.«

Die Hitze stieg mir ins Gesicht, als ich daran dachte, wie ich es hatte klingeln lassen, immer wieder, und schließlich den Stecker aus der Wand gerupft hatte.

»Ich bin spät nach Hause gekommen ... ich wollte einfach nur schlafen und da hab ich das Telefon ausgesteckt.«

Er löste seine Arme, um mir ins Gesicht zu sehen. »Du hättest wenigstens kurz durchrufen können.«

»Hab ich auch«, sagte ich und beobachtete sein Gesicht. »Aber du warst nicht da.«

»Ich war abends noch mal kurz in der Osteria. Meine Mutter sehen.«

»Ach«, sagte ich. »Um welche Uhrzeit war denn das?« Ich versuchte, meiner Stimme einen möglichst beiläufigen Klang zu geben.

In mein Haar hinein sprach er: »Keine Ahnung. Abends irgendwann.«

»Und was hast du sonst so gemacht, gestern?«, fragte ich und löste mich aus seiner Umarmung, damit ich sein Gesicht sehen konnte. Mein Herz schlug auf einmal wie verrückt und ich musste mich zwingen, ruhig zu atmen. Die Eine-Million-Euro-Frage, dachte ich plötzlich.

Einen Moment lang blieb es still. Dann sagte er: »Das Übliche. Holz gehackt. Arbeiten korrigiert.«

»Also warst du den ganzen Tag hier«, sagte ich und hielt den Atem an. Wenn er es jetzt erklären konnte ...

»Ja«, sagte er und streichelte meinen Kopf. »Und ich habe eine *Rocciata* gemacht zum Nachtisch heute Mittag. Ich weiß doch, wie gern du die isst.«

Wie ruhig und souverän er klingt, dachte ich und fühlte Übelkeit in mir aufsteigen. Und was ist das für ein perverses Spiel, das wir hier spielen, du und ich?

»Geh doch schon mal ins Haus. Ich deck das nur noch zu. Es soll heute noch regnen«, sagte er, gab mir einen Kuss und schob mich von sich. Wie betäubt nickte ich und ging, ohne mich umzusehen, zum Haus zurück. Hinter mir hörte ich das Geraschel der großen Plastikplane, die er über das Holz zog. Als ich an der Kapelle vorbeikam, schlug Elvis mit dem Schwanz auf den Boden. Wie ein Teppichklopfer, dachte ich und ging in die Hocke und streichelte sein struppiges graubraunes Fell. So kauerte ich da, eine ganze Weile, und rätselte, was ich jetzt tun sollte. Ob das das Ende war? Diese Lüge vom ruhigen Tag daheim. Warum sagst du es ihm nicht einfach? Dass du da warst, an dieser Tankstelle, und ihn gesehen hast. Frag ihn doch, wer das war. Ob das Rose war. Ich wollte gerade aufstehen, als mein Blick die geöffnete Kapellentür streifte und etwas Rosarotes wahrnahm, das mir bekannt vorkam. Ich sah genauer hin und tatsächlich: Dort, auf einer der Bänke, stand der Bellardi-Karton, den Matteo mir aus der Hand genommen hatte und den ich seither verzweifelt suchte. Und plötzlich sah ich wieder die Frau auf dem Beifahrersitz, die Mütze, die eine ganz ähnliche Farbe gehabt hatte.

Der alte Hund hatte sich inzwischen erhoben und stakste steifbeinig von der Decke.

»Was tust du denn hier?«

Ich fuhr herum.

»Mensch, hast du mich erschreckt.«

»Ich dachte, du wärst längst im Haus.«

Ich griff nach Elvis' Decke, richtete mich auf und schüttelte sie so kräftig aus, dass die trockenen Grashalme und der Staub nur so herumwirbelten.

»Hast du nicht gerade gesagt, dass es regnen wird?«

Mit energischen Bewegungen faltete ich die Decke zusammen und ging zum Haus. An der Ecke drehte ich mich noch einmal um und sah, wie Matteo das Vorhängeschloss in die Kapellentür einhakte und mit einem energischen Klack verriegelte.

Ich bot ihm an zu kochen, aber er schickte mich ins Wohnzimmer.

»Mach es dir schon mal gemütlich. *Ich* koche.«

»Ich könnte den Tisch decken ...«

Er drückte mir ein Glas Wein in die Hand und schob mich zur Tür hinaus. Im Wohnzimmer stellte ich den Wein ab und setzte mich einen Augenblick an den Flügel, behielt aber die Hände im Schoß und stand bald wieder auf. Aus der Küche hörte ich entfernt ein Scheppern, etwas war hinuntergefallen. Dann griff ich doch nach dem Wein, nahm einen tiefen Zug und strich unruhig durchs Zimmer. Vor dem Bücherregal blieb ich stehen und nahm ein antiquarisches Buch über Obstbau heraus, blätterte darin und stellte es gleich darauf wieder zurück. Diese bunten Bilder, diese farbenfrohen und filigranen Stiche, oder wie immer die hießen, waren einfach zu schön – bei ihrem Anblick zerriss es mir das Herz, denn ich musste an all die Äpfel und Birnen denken, die ich in diesem wunderbaren Garten gepflückt hatte.

Beim Essen saßen wir uns gegenüber. Ich musste mich zu jedem Bissen zwingen und auch das Reden fiel mir entsetzlich schwer. Nach einer Weile fragte er: »Was ist mit deinen Fingernägeln?«

»Was soll mit ihnen sein?«

»Sie sind rot.«

Ich begegnete seinem Blick und wusste erst nicht, ob er das ernst meinte.

»Ich habe sie lackiert. Gestern Abend.«

»Ich dachte, du warst so erledigt von der Fahrt.«

Zu meinem Ärger schoss mir die Röte ins Gesicht. »Muss ich dich davor um Erlaubnis bitten?«

Er drehte die Spaghetti mit der Gabel auf und schob sie sich in den Mund. Kauend betrachtete er mich, so als dächte er ernsthaft über diese Frage nach. Schließlich sagte er knapp: »Natürlich nicht.« Und kurz darauf, in versöhnlicherem Ton: »Ich war nur einen Augenblick verärgert. Ich hab mir eben Sorgen gemacht.«

»Wie gesagt: *Du* warst es, der nicht da war, als ich angerufen habe.« Ich warf ihm einen bohrenden Blick zu und konnte meine Stimme kaum unter Kontrolle halten. Ich war kurz davor, ihm alles an den Kopf zu schleudern. Ihn mit allem zu konfrontieren, was ich wusste oder ahnte – auch mit dem, was Santini gesagt hatte. Doch der Moment ging vorüber und kurz darauf stand er auf und begann den Tisch abzuräumen. Ich stand ebenfalls auf, stapelte die Teller ineinander, doch er nahm sie mir plötzlich aus der Hand und stellte sie weg. Kurz flackerte Angst in mir auf, eine scharfe, lodernde Stichflamme. Doch dann sah ich ihm ins Gesicht und erkannte an seinem Blick, dass er verletzt war. Er legte die Arme um mich und fragte: »Was ist denn los mit dir? Du bist vollkommen verändert.«

»Du meinst wegen der Fingernägel?« Ich versuchte es ironisch klingen zu lassen, merkte aber selbst, dass mein Tonfall eher aggressiv wirkte.

»Nein … aber du scheinst so … geladen zu sein.«

»Die lange Fahrt steckt mir noch in den Knochen«, log ich.

Er betrachtete mich schweigend und ich sah ihm an, dass er mir nicht glaubte. Schließlich fragte er, so leise, dass ich ihn kaum verstand: »Was ist es?«

Im ersten Moment wollte ich wieder lügen. Die Sache wieder beiseiteschieben. Doch da hörte ich mich selbst schon sagen: »Ich habe dich gesehen. Gestern an der Tankstelle.«

Er ließ die Arme sinken.

»So?«

»Ja«, sagte ich. »Du warst nicht allein.«

Er antwortete nicht, und auch ich schwieg nun, ließ ihn aber nicht aus den Augen. Jedenfalls war es jetzt raus. Als er immer noch nicht reagierte, fragte ich schließlich: »Wer war das? Die Frau mit der rosa Mütze.«

»Du …«, hob er an, kam aber nicht weiter. Ich sah förmlich, wie es in seinem Hirn arbeitete. Wie sein Blick sich veränderte. »Du glaubst doch nicht etwa …«

»Was?«, fragte ich und wünschte mir nichts mehr, als dass es diesen ganzen Mist zwischen uns einfach nicht gäbe. Das Bild an der Tankstelle, das Dorfgetratsche, die Fotos im Internet und die im Karton, Santinis Worte und diese ganze beschissene Geschichte mit Rose – ich wollte das alles am liebsten vergessen. Es sollte nichts mehr geben als ihn und mich.

Plötzlich begann er den Kopf zu schütteln, mit einem Blick, der etwas Verzweifeltes hatte, aber gleichzeitig ein großes Stoppschild war. »Das hat nichts mit uns zu tun. *Ich liebe dich.* Das musst du doch spüren«, krächzte er. »Ich …« Und dann verstummte er wieder und ich stand nur da, mit hängenden Armen, und dachte an den Karton in der Kapelle.

Elisabeth

An einem regnerischen Novembertag 2009 kam ich in Giorgios Straße an.

Ich war die halbe Nacht durchgefahren, hatte auf einer Raststätte ein wenig vor mich hin gedöst und mir dann im Waschraum kaltes Wasser ins Gesicht gespritzt. Als ich nun vor dem Haus im Wagen saß und mir die Haare kämmte, konnte ich es kaum erwarten, Giorgios Gesicht zu sehen, denn mein Besuch sollte eine Überraschung sein. Eigentlich rechnete er erst an meinem Geburtstag mit mir.

Die Platanen vor seinem Haus bogen sich und ein kalter Wind fuhr unter meinen Kragen, als ich die Haustür aufschloss. Ich weiß noch, dass ich mich wieder wie das junge Mädchen von damals fühlte. Immer wenn ich ihn wiedersah, fühlte ich mich jung, bis zum Rand angefüllt mit Freude und Leichtsinn. Bestimmt war auch das ein Grund, warum wir nie zusammengezogen waren: weil wir dann kein Wiedersehen hätten feiern können.

Im Treppenhaus war es dunkler, als ich es in Erinnerung hatte, und als ich den Fuß auf die erste Stufe stellte, hielt ich kurz inne. Dieser Augenblick war jedes Mal aufs Neue so wunderbar, so kostbar: der Moment, in dem wir uns nach Monaten des Alleinseins endlich wiedersahen. Gleich würde ich in seiner Umarmung versinken, seinen Duft und seine Wärme wie eine schützende Hülle um mich spüren, und in ein paar Tagen würden wir meinen Geburtstag feiern. Auch Weihnachten wären wir diesmal zusammen, denn ich würde bis zum neuen Jahr bleiben und hatte vorsorglich meine Nähmaschine und unzählige Stoffe eingepackt.

Ich beeilte mich, die knarzenden Stufen hochzukommen. Vor seiner Wohnungstür blieb ich kurz stehen und atmete noch einmal tief durch. Dann klingelte ich. Ich hatte zwar den Schlüssel, aber ich wollte, dass er mir die Tür öffnete, dass er mich wie bei einem altmodischen Tête-à-Tête hineinführen würde. Ich strich mir den Mantel glatt und wartete. Als sich nach einer Weile immer noch nichts tat, klingelte ich noch einmal. Und noch einmal, und noch einmal. Er war nicht da. Ich spürte, wie die Enttäuschung in mir hochstieg, und schimpfte mich gleichzeitig eine dumme Gans. Was erwartete ich denn, er wusste ja nicht, dass ich kommen würde. Bestimmt war er beim Einkaufen, aber ja, samstags kaufte er doch immer auf dem kleinen Markt ein paar Sträßchen weiter sein Obst und Gemüse. Dann gehe ich eben hin und hole ihn ab, dachte ich und steckte den Schlüssel ins Schloss. Da hörte ich hinter mir – von der Wohnungstür gegenüber – ein Geräusch. Ich drehte mich um und sah in die Augen der Nachbarin, einer Signora Bagliardi, die ich flüchtig kannte. Stumm und irgendwie seltsam sah sie mich an.

»Buongiorno«, sagte ich, doch sie schwieg immer noch und sah mich mit einem Blick an, der – das erkannte ich nun – etwas Ratloses und auch Ängstliches hatte. Sie machte einen Schritt auf mich zu und schaute mich dabei weiter unverwandt an. Offenbar wollte sie mir etwas sagen.

Und plötzlich begriff ich. Und was ich begriff, war so furchtbar, so entsetzlich, dass ich sofort den Kopf zu schütteln begann.

Ich sah in die mitleidigen Augen Signora Bagliardis und schüttelte den Kopf. Das Schlimmstmögliche war geschehen. Ich wusste es, noch bevor sie es in Worte fasste. Er war tot. Giorgio war tot.

Später, bei Signora Bagliardi in der Küche, versuchte ich Haltung zu bewahren, warum auch immer. Vielleicht, weil ich wusste, dass sonst alle Dämme brechen würden. Vornübergebeugt saß ich da und umklammerte meinen Kopf mit beiden Händen. Wie aus weiter Ferne hörte ich ein Gluckern und kurz darauf erschien eine Hand vor meinem Gesicht, eine üppig beringte und mit Altersflecken übersäte grobe Hand, auf der die Adern hervortraten. Die Hand hielt ein Glas, das bis zum Rand mit einer braunen Flüssigkeit gefüllt war.

»Beva questo.« *Trinken Sie das.* Die Worte klangen wie ein wohlmeinender Befehl, die Worte eines über mir schwebenden guten Geistes, der um Dinge wusste, die mir entgingen. Und so griff ich nach dem Glas, froh, dass jemand wusste, was zu tun war, und leerte es bis auf den Grund.

Wie ein bittersüßes Gift kroch der Alkohol in meine Arme.

»Er ist nach nebenan gegangen, zu Luca in die Bar, und hat wie jeden Morgen seinen Kaffee bestellt. Luca sagt, er hätte ausgesehen wie immer. Sie haben miteinander palavert, wie jeden Morgen. Dann hat er sich verabschiedet, wollte gerade in seinen Wagen steigen … Da ist es passiert. Er ist einfach umgefallen. Auf dem Bürgersteig. Als der Notarzt kam, war er schon tot. Ein schwerer Herzinfarkt.«

Ich blickte in ihr breites Gesicht mit den vollen Backen, bemerkte den mitleidsvollen Ausdruck in ihren braunen Augen. Wie konnte das sein, wie konnte jemand, der so stark und gesund gewirkt hatte, einfach so sterben? Mein Blick wanderte weiter, tastete sich über die Wand zum Fenster und blieb in der Platane draußen hängen. Der Wind zerrte an den kahlen Ästen und spielte mit den kugeligen Früchten, die hin und her schwankten. Und plötzlich begriff ich. Ich würde nie wieder neben ihm aufwachen und vom Bett aus in die Platanenbäume hinaussehen. Ich würde nie wieder seine warmen Hände auf mir spüren, nie mehr sein Lachen, nie mehr das weiche »Eli« aus seinem Mund hören. Ich würde ihn niemals wiedersehen. Er war für immer fort.

»Natürlich dachte ich, Sie wüssten Bescheid«, hörte ich Signora Bagliardis Stimme wie von weit her.

Ich nickte nur. Denn das war alles, was ich noch konnte.

Hannah

Gerade als ich ging, begann es zu regnen.

»Ich kann nicht bleiben«, sagte ich zu ihm. »So nicht.«

Dicke Tropfen prasselten auf mich nieder, während ich über den Hof rannte, und noch bevor ich den Wagen erreicht hatte, waren meine Haare schon nass. Als ich mich umschaute, sah ich seine Silhouette auf der Loggia. Er stand völlig unbeweglich da, und als ich den Wagen wendete und davonfuhr, schnürte es mir die Kehle zu. Einen Moment lang glaubte ich tatsächlich, zu ersticken – an der Traurigkeit in seinem Blick, an dieser Verzweiflung, die uns wie eine Schwefelglocke umgab und die ich nicht verstand. Und an meiner Wut über ihn und sein Schweigen.

Stundenlang fuhr ich im Regen herum und kam erst abends zum Sommerhaus zurück. Dort ließ ich die Badewanne volllaufen, stieg aus den feuchten Klamotten und sank ins Wasser, das fast unerträglich heiß war. Ich hatte gehofft, davon müde zu werden, doch als ich eine Viertelstunde später im Bett lag und mit weit aufgerissenen Augen in die Dunkelheit starrte, wusste ich, dass ich in dieser Nacht keinen Schlaf finden würde. Warum hatte er mir nicht einfach meine Frage beantwortet? Das war der Gedanke, zu dem ich immer wieder zurückkehrte. Wenn die Frau mit der Mütze *nicht* seine heimliche Geliebte war, warum um alles in der Welt rückte er dann nicht raus mit der Sprache und erzählte, wo er mit ihr gewesen war? Seine Verzweiflung hatte echt gewirkt und ich wollte ihm so gerne glauben – aber was in aller Welt hatte er mit ihr zu schaffen, dass er mir das nicht einfach sagen konnte? Vielleicht war es tatsächlich Rose gewesen? Vielleicht lebte sie hier irgendwo, ganz in der Nähe mit einem Kind, das vielleicht ihr gemeinsames Kind war? Aber hätte er mir das nicht sagen können? Es sei denn, er liebte sie noch immer …

Zwei Stunden später hatte ich immer noch kein Auge zugetan. Als ich aufstand, um mir eine heiße Milch mit Honig zu machen, sah ich auf einmal wieder die pinkfarbene Mütze vor mir. Und kurz darauf, wie eine Gedankenverknüpfung, den rosaroten Karton. Dieser Karton enthielt die Antwort auf meine Fragen, da war ich auf einmal ganz sicher. Warum hätte Matteo ihn sonst in der Kapelle einschließen sollen?

Auf einmal hatte ich es sehr eilig. Ich stieg in meine Kleider und holte eine Taschenlampe und den Bolzenschneider aus Elis Schuppen. Dann setzte ich mich hinters Steuer und fuhr los. Ich hatte Mühe, die richtige Abzweigung zu finden, und fuhr zweimal an dem kleinen Sträßchen vorbei, das mich in die Nähe von San Lorenzo führen würde, ohne dass Matteo mich bemerkte und ohne dass ich das schwere Ding wer weiß wie weit herumschleppen müsste. Ich hatte die kleine Stichstraße von oben aus gesehen und Matteo hatte mir erklärt, dass dies der Weg über die *Vecchia Diga* sei, den alten Damm. Früher sei hier nämlich einmal der Fluss verlaufen, bevor man ihn wegen der Tabakplantagen umgeleitet habe.

Es regnete noch immer, als ich den Wagen dicht am Gebüsch abstellte, und ich dankte dem Wettergott dafür, dass das Regenprasseln alle anderen Geräusche dieser Nacht übertönen würde. Als ich ausstieg, den Bolzenschneider in den Rucksack steckte und die Taschenlampe in die Hand nahm, dämmerte mir auf einmal, wie durchgeknallt mein Plan war. Ich war dabei, einzubrechen bei dem Mann, den ich liebte, um mir mit Gewalt Zutritt zu seiner Vergangenheit zu verschaffen. Eine Vergangenheit, die – da war ich mir inzwischen ganz sicher – immer noch ihre Fangarme in die Gegenwart ausstreckte.

Nachdem die Innenraumbeleuchtung im Bus erloschen war, wartete ich, bis sich meine Augen an die Dunkelheit gewöhnt hatten. Nach einer Weile bekam das Schwarz Konturen, graue Schatten hoben sich ab und ich hoffte, den Weg auch ohne Taschenlampe zu erkennen. Ja, dort oben verlief die alte Straße und ein Stück weiter erhob sich der Wall. Ich blieb noch einen Augenblick stehen und lauschte angestrengt auf den Regen, der auf die Blätter prasselte.

Das nasse Gras strich mir um die Gummistiefel, als ich mich in Bewegung setzte, und dann war da plötzlich wieder das Stück Straße, das asphaltiert war. Nur ein paar Meter, dann musste ich nach links einbiegen, in den Feldweg, den Hügel hinauf nach San Lorenzo.

Ich hatte mir vorgenommen, die Taschenlampe nur im Notfall zu gebrauchen, denn ich wollte natürlich niemanden unnötig auf mich aufmerksam machen, nicht Peppino, der hier irgendwo hauste, und schon gar nicht Matteo. Ich bog nun in den Hohlweg ein, das Blätterdach über mir schloss sich und es wurde dunkler. Ich ging jetzt sehr langsam, fast tastend, bahnte mir meinen Weg Schritt für Schritt, es wurde steiler und schließlich wieder heller. Ich war auf dem Damm angelangt. Ich wandte den Kopf nach oben, versuchte, hügelaufwärts etwas zu erkennen. Wenn in Matteos Schlafzimmer Licht brannte, müsste ich es von hier aus eigentlich sehen. Aber da war nichts. Nur Dunkelheit.

Der Untergrund wurde immer matschiger und ich beschloss, nun doch kurz die Taschenlampe einzuschalten. Schließlich wollte ich nicht in einem Schlammloch versinken. Auch hatte ich das Gefühl, immer wieder gefährlich nah an den Rand des Damms zu geraten. Ich knipste die Lampe also an – und tatsächlich erstreckte sich eine Pfütze, fast so groß wie ein kleiner Teich, über die ganze Dammbreite. Vorsichtig trat ich auf die Erhöhung am Rand, es quatschte und glitschte, und im Weitergehen spürte ich, dass meine Stiefel deutlich schwerer geworden waren. Als ich das Ende des Damms erreicht hatte, strich ich den Lehm im Gras ab, so gut es ging, und setzte meinen

Weg den Hügel hinauf fort. Als ich so gut wie oben war, folgte ich der zweitletzten Baumreihe links bis fast ganz nach hinten. Blattlose Zweige peitschten mir ins Gesicht und das Haar klebte mir am Kopf.

Ich war schon auf der Höhe der Baugrube, dort, wo Matteo den kleinen Raupenbagger und die Schubkarre stehen hatte, als ich das Geräusch hörte. Es war ein Knarzen oder Knarren und ich blieb abrupt stehen. War das nicht der Ton, den die Tür des kleinen Geräteschuppens beim Öffnen und Schließen machte, wenn man sie nicht anhob? Mit wild klopfendem Herzen stand ich da und traute mich nicht weiter. Ich versuchte mich zu orientieren, aber um mich herum war alles dunkel. Minuten vergingen und ich unterschied das Prasseln auf den Blättern von einem entfernten Plätschern, das ich als das Wasser ausmachte, das von der Dachrinne der Kapelle in die Regentonne rauschte. Ich wagte immer noch nicht, mich zu rühren, beinahe war es, als wollte ich das Knarzen noch einmal herbeizwingen, nur um die Gewissheit zu bekommen, dass ich es wirklich gehört hatte. Es dauerte eine halbe Ewigkeit, bis ich endlich den Mumm hatte weiterzugehen.

Ich umrundete die Baugrube und kam dann auf den kleinen Platz, auf dem Matteo am Vormittag noch Holz gehackt hatte. Nur noch ein kleines Stück, dann hatte ich die Kapelle erreicht. Ein Rascheln ertönte, ich war auf die Plane getreten, die Matteo über das gehackte Holz gebreitet hatte, und dann ertönte auch schon das Hundebellen. Ich blieb stehen, lauschte dem Bellen, das gefährlich und wütend klang. Das Licht im Schlafzimmer ging an, ich hörte Matteo, wie er die Hunde zurechtwies, dann sah ich seine Silhouette auftauchen und kurz darauf wurde das Fenster geschlossen. Eine Weile lang stand ich da, ohne mich zu rühren, erst als mein Herz wieder ruhiger schlug, schob ich mich vorsichtig weiter. Ich musste handeln, solange das Fenster zu war. Ich wusste, wie sehr Matteo es hasste, bei geschlossenem Fenster zu schlafen – er würde es bestimmt bald wieder aufmachen.

An der Kapelle knipste ich kurz die Taschenlampe an, und als der Strahl das Vorhängeschloss erfasste, löschte ich das Licht und zog den Bolzenschneider aus dem Rucksack. Kurz spielte ich mit dem Gedanken, noch fünf Minuten zu warten, bis ich sicher sein konnte, dass Matteo wieder eingeschlafen war. Aber dann dachte ich an das geschlossene Fenster und setzte den Bolzenschneider an.

Ich schaffte es nicht gleich beim ersten Mal, aber nach ein paar Versuchen gelang es mir tatsächlich, den Bügel zu knacken. Das Schloss fiel auf den Boden und die Tür war offen. Mein Herzschlag legte noch einen Zahn zu, und als der Strahl der Taschenlampe durch die Kapelle geisterte und schließlich den rosa Karton aufleuchten ließ, wurde mir vor Aufregung ganz schummrig. Ich hob das geknackte Schloss auf, steckte es ein und legte die Taschenlampe auf einer Bank ab. Dann lüpfte ich den Deckel des Kartons. Und da blickten sie mir entgegen, die ganzen Gesichter, die ich kannte. Mit zitternden Fingern holte ich einen an Matteo adressierten Brief heraus. Auf dem Umschlag war kein Absender notiert, nur Matteos Name und Anschrift standen darauf, in dieser schön geschwungenen, fremden Handschrift. Ich war gerade dabei, den Brief auseinanderzufalten, als plötzlich ein Licht aufflammte.

Ich fuhr herum, der Karton fiel auf den Boden und sämtliche Fotos und Briefe ergossen sich auf den Kapellenboden. Unwillkürlich musste ich daran denken, was für ein Bild ich wohl abgab: klitschnass auf dem Boden kauernd, im Licht der Taschenlampe. Ich musste aussehen wie eine Irre. Matteo rief jedenfalls absolut fassungslos: »Was zur Hölle tust du hier?«

Ich presste die Lippen aufeinander und rappelte mich auf. Und dort stand ich, im grellen Licht der Taschenlampe, mit der er mir genau ins Gesicht leuchtete. Ich blinzelte und hielt die Hand vor die Augen: »Kannst du mal einen Augenblick woanders hinleuchten?«

Aber er hielt mich weiter im Bannstrahl der Taschenlampe gefangen. Irgendwo hinter dem Licht wiederholte er seine Frage, gefährlich leise nun. Und plötzlich spürte ich, wie von tief unten eine siedendheiße Scham in mir aufstieg.

»Die Frau mit der Mütze. War *sie* das?« Meine Stimme hörte sich dünn an.

»*Was?*« Er schien perplex, als hätte er nicht die geringste Ahnung, wovon ich spreche.

»Die Frau an der Autobahntankstelle. War das Rose?«

Er ließ die Taschenlampe sinken, der Strahl wanderte auf den Boden, beleuchtete die zerstreuten Fotos, die Briefe. Ich konnte sein Gesicht nicht sehen, während er schwieg.

»Warum hast du mich angelogen?«, fragte ich.

Er schien ehrlich verblüfft zu sein. »Was habe ich ...« Und dann, mit deutlich schärferer Stimme: »Ich habe dich niemals angelogen.«

»Nur nicht alles gesagt, hm, ist das dein Konzept von Wahrheit? *Holz gehackt ... Arbeiten korrigiert ...* und dann sehe ich dich *an der Tanke!* Warum sagst du mir nicht einfach, was du mit ihr noch zu schaffen hast?«

»Du denkst ...« Er brach ab.

Mit einem Mal hatte ich das Gefühl, dass dieses Gespräch völlig die Richtung wechselte. Die Scham, die ich eben noch verspürt hatte, war umgeschlagen in Wut. Aber er schien nicht im Geringsten schuldbewusst.

»Was ist mit euch? Seid ihr wieder zusammen? Was soll das alles?«

»Das kann ich dir nicht sagen.« Die Antwort verblüffte mich ebenso sehr wie der Tonfall, in dem er jetzt mit mir sprach. Wie mit einer Schwachsinnigen, schoss es mir durch den Kopf und meine Wut loderte noch stärker auf. Das würde ich mir nicht länger anhören. Ich legte den Brief, den ich immer noch in der Hand gehalten hatte, auf die Bank und schob mich an ihm vorbei nach draußen. Er konnte mir ein für alle Mal gestohlen bleiben mit seiner beschissenen Heimlichtuerei. Und dann ging ich einfach weg. »He«, hörte ich ihn rufen, aber ich sah mich nicht um, lief einfach weiter. Doch da war er schon bei mir, und fast im selben Augenblick spürte ich seinen Griff, der sich wie eine Klaue um meinen Arm schloss.

»Du machst alles kaputt mit deiner Ungeduld.«

Regentropfen fielen auf mein Gesicht und ich kniff einen Moment die Augen zu. »Warum hat Rose nichts mitgenommen? Warum sind all ihre Sachen noch hier?«

»Was ...?«

»Ich habe mit Santini gesprochen. Er sagt, dass sie zurückkommen wird. Mit dem Kind.«

Ich fühlte, wie ein Beben durch seinen Körper ging. Wie der Druck auf meine Arme nachließ.

»*Das* ist es, was du glaubst?«, fragte er und seine Stimme war nicht mehr als ein Flüstern. »Dass sie wieder hier einziehen wird?« Er ließ meinen Arm los. Eine halbe Ewigkeit verging, in der ich alles darum gegeben hätte, sein Gesicht zu sehen. Als er wieder zu sprechen begann, klang seine Stimme schlaff, so unendlich müde, dass ich sie fast nicht erkannte.

»Du willst also unbedingt *die Wahrheit?*«

Er nötigte mich dazu, mir trockene Sachen anzuziehen, eine seiner Hosen, die ich mit einem Gürtel festzurrte, ein Hemd, in dem ich fast versank. Dann dirigierte er mich zu seinem Wagen und hieß mich einsteigen.

Den Rest der Nacht fuhren wir und ich weiß nicht mehr, was ich dachte, in jenen Stunden auf der leeren Autobahn, in denen wir schweigend nebeneinandersaßen und neben dem Brummen des Motors nur das Hin und Her des Scheibenwischers zu hören war. Anfangs hatte ich versucht, mit ihm zu sprechen und herauszubekommen, wohin die Fahrt gehen sollte. Aber er sagte kein einziges Wort. Meine Wut war inzwischen zur Beklemmung geworden, dem unterschwelligen Gefühl, irgendwie versagt zu haben. Gegen Morgen ließ der Regen nach, und als wir bei Bergamo die Autobahn verließen, hatte er ganz aufgehört.

Wir hielten an einer Bar und Matteo bestellte Cappuccino

und Brioche, und als ich ihn fragend ansah, sagte er nur, ich solle essen, es sei jetzt nicht mehr weit. Wir durchquerten die Stadt und parkten in einer stillen Straße vor einem Haus, auf dem quer über dem Eingang *Casa Zonin* stand. Das Haus war ein modernisierter Kasten aus den Siebzigern, mit zwei Stockwerken und Flachdach; allerdings war es umgeben von einem hübschen Garten mit großer Rasenfläche, auf der hier und dort Bänke und auch eine Sitzgruppe verteilt waren.

»Was tun wir hier?«, fragte ich und wandte mich Matteo zu, der den Eingang des Hauses ins Visier genommen hatte.

»Warten«, antwortete er, ohne den Blick abzuwenden.

»Worauf?«

»Auf die Wahrheit. Deswegen sind wir doch hier. Wegen der Wahrheit.«

Meine Beklemmung wurde übermächtig. Ich musterte Matteo, aber er starrte nur weiter auf die andere Straßenseite, mit diesem Gesicht wie aus Stein. Auf einmal war ich mir nicht mehr sicher, ob ich das, weswegen wir gekommen waren, überhaupt sehen wollte.

Nach etwa einer Stunde öffnete sich die breite Eingangstür und eine kräftige Frau in mittleren Jahren trat heraus. Sie schwang die Tür komplett auf und machte sich daran zu schaffen. Im ersten Moment verstand ich nicht, was sie da tat, dann aber begriff ich, dass sie die Tür blockiert haben musste. Sie verschwand wieder im Haus und kurze Zeit später tauchte ein Rollstuhl mit einem dünnen Mann auf, dahinter die Frau von eben, die ihn schob. Der Mann im Rollstuhl trug einen dicken Anorak und eine graue Mütze, und seine Beine unter der Decke waren dünn und irgendwie verkrümmt. Sein Gesicht wirkte schmal und ausgemergelt und im Näherkommen sah ich, dass sein Blick völlig teilnahmslos war. Die beiden überquerten die Straße und auf unserer Seite angekommen, hievte die Frau den Rollstuhl hoch auf den Bürgersteig. Während sie ihn an uns vorbeischob, lächelte sie den Mann an und sprach mit ihm. Die Unterhaltung schien allerdings ziemlich einseitig zu sein, denn der

Mann machte keinen Muckser. Da sagte Matteo: »Jetzt weißt du, warum sie ihre Sachen dagelassen hat. Weil sie sie nie mehr brauchen wird.«

Verwirrt blickte ich ihn an, dann schaute ich wieder auf die Frau und schließlich auf den Mann mit der Mütze, der vorbeirollte. Kurz bevor er aus meinem Blickfeld verschwand, erkannte ich das Gesicht: Es war Rose.

Elisabeth

Die vom Amaro hervorgerufene wattige Distanz hielt an, und als Signora Bagliardi eine halbe Stunde später darauf bestand, mich zum Friedhof zu fahren und mich auf den Beifahrersitz bugsierte, war mir, als sei ich unterwegs in ein fernes Leben – eines, das nichts mehr mit dem meinen gemeinsam hatte. Wie im Traum sah ich hinaus in den dichten Verkehr, der sich die Circonvallazione Clodia entlangquälte, ohne die Busse und Autos, zwischen denen wir steckten, wirklich zu sehen. Erst als Signora Bagliardi den Motor abstellte, erwachte ich aus meiner Versunkenheit. Ich blickte durch die regengesprenkelte Scheibe und erkannte dahinter die grauen Mauern eines Friedhofs.

Signora Bagliardi stieg aus, ging um den Wagen herum und öffnete die Beifahrertür. Und als hätte sie es mit einem sehr alten und sehr gebrechlichen Menschen zu tun, fasste sie mich beim Arm und half mir auf die Beine. Tatsächlich brauchte ich einen Augenblick, bis ich sicher stand. Signora Bagliardi hakte sich bei mir unter und drückte mich sanft in die Richtung des Friedhofstors. Doch da blieb ich stehen und sagte: »Ich muss das alleine tun. Würden Sie hier auf mich warten?«

Sie nickte ernst und erklärte mir kurz, wo das Grab war. Kühl prickelte der Nieselregen auf meinem Gesicht, während ich das Tor öffnete und die Totenwände des römischen Friedhofs entlangging. Mit jedem Schritt verstärkte sich das Gefühl der Unwirklichkeit in mir.

Ich habe die italienischen Friedhöfe noch nie gemocht, diese steinernen Abteile, in denen die Überreste der Toten gelagert werden, übereinander, nebeneinander, mit Plastikblumen davor. Keine mystischen Plätze, keine Orte mit Bäumen und Pflanzen, an denen man sich wenigstens für einen Moment lang der Illusion hingeben darf, dass die Seelen dort schweben, über den schlanken Kronen von Lebensbäumen und im Gezweig von Christusdorn und armdickem Efeu.

Und so stand ich vor der Aufbewahrungskammer, die Giorgios letzte Ruhestätte sein sollte, und fühlte nichts. Nichts als eine Leere, eine in Blei gegossene Leere. Ich starrte auf das Foto von Giorgio, das ich nicht kannte und auf dem er mir fremd vorkam. Wie ein anderer. Nein, dachte ich plötzlich. Hier würde ich keine letzte Zwiesprache mit ihm halten. Und so wandte ich mich ab und ging.

Ich war erst ein paar Schritte weit gekommen, als ich hinter mir ein gedämpftes Rufen hörte. Ich fühlte mich nicht angesprochen, schließlich kannte ich hier niemanden, und ging einfach weiter. Doch das Rufen wurde lauter und auf einmal hörte ich hinter mir eilige Schritte. Ich warf einen flüchtigen Blick über die Schulter und sah eine Frau, die hinter mir herlief. Und dann erkannte ich sie. Es war Livia.

Wie in Zeitlupe drehte ich mich um und einen Moment lang standen wir uns gegenüber, stumm, wie eingefroren.

Ich stand ihr zum ersten Mal gegenüber und war wie gebannt von ihrem Anblick. Alles an ihr war schwarz: das Kleid und die Strümpfe, die Handtasche. Auch ihre Augen und das Haar waren schwarz. Einzig die silberne Strähne über der Stirn lockerte das Schwarz etwas auf. Plötzlich kam Leben in sie und sie tat einen Schritt auf mich zu.

»Es ist *Ihre* Schuld. *Sie* sind der Grund dafür, dass er tot ist«, zischte sie. Mir wurde ganz elend von dem geballten Hass, der aus ihrer Stimme, aus ihrem Blick, aus ihrer ganzen Körperhaltung sprach. Eine Sekunde lang fragte ich mich, warum ausgerechnet ich überall so viel Hass auf mich zog, und dachte an den Vater, Sophie, die Mosisgreuther. Sie alle hatten mich gehasst. Und jetzt diese Frau, die mich gar nicht kannte und mich doch so sehr verabscheute. Wie gelähmt fixierte ich sie, ihre düstere Gestalt, ihr verkniffenes Gesicht. Doch plötzlich lachte sie. Legte den Kopf zurück und lachte. Es war ein unheimliches Geräusch und passte so wenig zu der Situation, dass ich unwillkürlich einen Schritt zurücktrat. Als ihr Lachen verklang und sie sich beruhigt hatte, sagte ich: »Es ist für uns beide schlimm, dass er tot ist.«

Da zuckte es in ihrem Gesicht und sie sagte: »Aber ich habe gewonnen!« Und dann nickte sie, wie um ihre eigenen Worte zu bekräftigen. Ich sah sie nur an, und als es meiner Meinung nach nichts weiter zu sagen gab, nickte ich ihr zu und wandte mich ab. Ich war erst ein paar Schritte weit gekommen, als ich sie rufen hörte: »*Ich* bin seine Mutter.«

Ich blieb stehen. War sie vor Schmerz völlig von Sinnen? Was redete sie da? Aber es waren nicht ihre Worte, sondern die Art, wie sie es sagte. Langsam drehte ich mich noch einmal zu ihr um. Ihre Augen leuchteten fast irre und erst da verstand ich, was sie fühlte: Triumph. Voller Triumph sah sie mich an und dann sagte sie: »20. Juni 1966? Sagt Ihnen das Datum etwas?«

Ich stand da wie vom Donner gerührt. Ich konnte nichts erwidern, noch nicht einmal nicken. Und doch musste sie an meinem Blick erkannt haben, dass ich verstanden hatte. Die Wucht ihrer Worte, die Bedeutung dahinter ließ mich taumeln und ich musste mich an der Gräberwand abstützen, um nicht zu fallen. Und noch während meine Gedanken in einem irren Tempo durch meinen Kopf rasten, sprach sie bereits weiter.

»Giorgio und Ihr Vater haben eine Vereinbarung getroffen. Oder sollte ich eher sagen: Ihr Vater hat diese Vereinbarung für Giorgio getroffen? *Entweder du nimmst das Kind, verdammter Kanake, und verschwindest damit auf Nimmerwiedersehen. Oder ich sorg dafür, dass du in einem deutschen Knast verrottest. Unzucht mit Minderjährigen, schon mal gehört?*«

Wie hypnotisiert starrte ich sie an, durch den Regen, der stärker geworden war, sah ihren Mund, der sich bewegte, ihre schwarzen Augen, die mich durchbohrten.

Jetzt lächelte sie: »Sie haben sich an ihn herangemacht! Sie wollten mir meinen Mann wegnehmen. Aber dann habe *ich Ihren Sohn* bekommen. Ich war diejenige, die ihn gefüttert hat. Ich war diejenige, die sein erstes Wort gehört, seine ersten Schritte gesehen hat. Ich bin die, zu der er Mama gesagt hat. Sie haben geglaubt, Sie wüssten alles. Aber Sie wussten nichts! Sie wissen nichts und Sie haben nichts!« Sie spuckte vor mir aus und ich konnte immer noch nichts tun, als sie anzustarren. Schließlich sagte ich das Erstbeste, was mir einfiel. »Wenn das stimmt, warum hat er mir das nie gesagt?«

Eine Ewigkeit verging ohne jede Reaktion von ihr. Dann verzog sich ihr Gesicht zu einem verächtlichen Grinsen und sie schob ihr Gesicht so dicht an meines, dass ich ihren sauren Atem riechen konnte. »Weil Giorgio ein Feigling war. Wussten Sie *das* etwa *auch* nicht?«

Dann drehte sie sich um und ging.

Regungslos blickte ich ihr hinterher, wie sie zwischen den Grabwänden hindurchschritt, aufrecht und steif. Erst als sie das Friedhofstor erreicht hatte, löste sich meine Erstarrung und ich rief: »Warten Sie!« Und dann lief ich. Als ich sie eingeholt hatte, fragte ich: »Wo ist er? Mein ... Sohn.«

Aber sie sah mich nur an und verzog das Gesicht. »*Ihr* Sohn? Sie haben keinen Sohn.«

»Aber ... Ich möchte ... Sie können doch nicht einfach ...« Ich tat einen Schritt auf sie zu, woraufhin sie sich einfach umdrehte und davonging. Das Letzte, was ich registrierte, war das metallische Klacken, als das Tor ins Schloss fiel.

Hannah

»Wie ist das passiert?«, fragte ich leise und wagte nicht, ihn anzusehen. Ich kam mir polternd vor: aufdringlich indiskret, unsensibel. Wie jemand, der ohne jedes Feingefühl in den intimsten Bereich eines anderen eindringt. Wie der letzte Elefant, der alles niedertrampelt und nichts, aber auch gar nichts begreift.

Im Augenwinkel sah ich, wie Matteo die Hände hob und sich das Gesicht rieb. Das Rascheln seiner Jacke kam mir laut vor in dieser Stille – einer Stille, in der es nichts mehr gab als das Bild der zusammengesackten Gestalt, die eben wie ein Gespenst an mir vorübergeglitten war.

»Unsere Ehe war, wie soll ich es anders sagen, die Hölle. Und Rose war der eigentliche Grund, dass wir nach San Lorenzo zogen. Ich hoffte damals auch, dass wir durch die gemeinsame Aufgabe wieder zueinander finden würden. Aber vor allem habe ich gehofft, sie würde aufhören zu trinken.«

»Zu trinken?«

»Ja«, sagte er zögernd. »So war das. Ich habe lange nicht kapiert, dass Rose da ein Problem hatte. Und nach dem Umzug aufs Land wurde es erst mal auch besser. Da hat sie sich voll in ihre Arbeit gestürzt. Hat eine Skulptur nach der anderen gemacht und auch neue Sachen ausprobiert. Aber dann gab es Reibereien ... Ich hätte ihre Hilfe gebraucht.« Er brach ab und starrte nur noch stumm vor sich hin, mit jenem undurchdringlichen Blick, der mir inzwischen nur allzu vertraut war.

»Mit den Bäumen?«

»Nein, nein, das hätte ich gar nicht erwartet. Aber dass sie das Haus in Ordnung hält, wenigstens ein bisschen ... Aber das wollte sie nicht. Sie wäre kein verdammtes Heimchen, hat sie gesagt. Ihr Teil der Abmachung sei die Kunst. Sie sei Künstlerin.«

»Ich habe gehört, dass sie sich von Eli das Stricken und Patchworken hat zeigen lassen. Anscheinend haben sie sich regelmäßig getroffen, zu einer Art Workshop? Mit anderen aus dem Dorf.«

»Ja«, sagte er. »Sie hat alles Mögliche gemacht ... nur nichts für uns beide. Ich habe mich schließlich damit abgefunden, irgendwann dachte ich sogar, Hauptsache, sie hat regelmäßig Gesellschaft ... dann trinkt sie schon nicht zu viel. Mit deiner Tante hat sie sich wirklich gut verstanden. Und eine Zeitlang hat sie auch immer wieder Leute eingeladen, zum Essen und zu Partys. Ein paarmal sind ihre Freunde aus Mailand hier aufgekreuzt. Aber ich musste *arbeiten* ... früh aufstehen ... Das war nicht das Leben, das *ich* führen wollte. Ständig bis spät in die Nacht palavern und Wein trinken. Dafür bin ich nicht hierhergekommen.«

Robertas Worte fielen mir ein, der vielsagende Blick, den sie mit Michele in der Bar gewechselt hatte. Natürlich war das im Dorf nicht unbemerkt geblieben. Was konnte in so einem Kaff überhaupt unbemerkt bleiben?

»Und dann hat sie angefangen, mit anderen Männern zu flirten.«

Sie wollte dich eifersüchtig machen, dachte ich, sprach es aber nicht laut aus. Sie wollte deine Aufmerksamkeit.

»Jedenfalls wurde es immer schlimmer. Mit den anderen Typen. Und mit dem ... Trinken. Einmal hab ich sie im Garten gefunden, da lag sie unter einem Baum, eine Whiskeyflasche neben sich. Du glaubst nicht, wie sehr ich sie in diesem Moment ...« Er brach ab und ich sah, wie er seine Hände zu Fäusten ballte. Gerne hätte ich meine Hand auf seine gelegt, aber ich traute mich nicht. Und so saß ich einfach da und hielt die Klappe.

»Und dann kam der Tag, als sie mir den Garten angezündet hat.«

»Was?« Mein Kopf fuhr herum. »*Sie* war das?«

»Wir hatten einen großen Streit wegen ihrer Männergeschichten und sie hat währenddessen noch mehr getrunken als sonst.

Irgendwann hat sie dann angefangen herumzuschreien: Sie wolle weg von mir und diesen verdammten Apfelbäumen, sie hielte es nicht mehr aus in dieser Einöde hier. Ich bin dann einfach schlafen gegangen und sie in ihren Turm. Dort hatte sie sich eingerichtet, mit ihrem ganzen Werkzeug und einem Bett. Später in der Nacht bin ich aufgewacht. Vom Heulen der Hunde.«

Er verstummte und sah sich um, als würde er jetzt erst richtig bemerken, wo er war. »Ich muss hier weg«, sagte er plötzlich, drehte den Zündschlüssel und der Wagen setzte sich in Bewegung. Die Häuser des Wohngebiets zogen langsam an uns vorüber. Nach ein paar Minuten erreichten wir die Hauptstraße. Matteo bog rechts ab und fädelte sich in den Verkehr ein. Nach einer halben Ewigkeit nahm er den Faden wieder auf.

»Sie hat die Bäume mit Benzin übergossen und angezündet. Die Hunde waren wie immer bei ihr. Und Sergio …«, seine Stimme brach und er umklammerte das Steuer fester, »der ist da irgendwie reingeraten.«

Knapp vor uns bog ein Wagen auf die Straße. Matteo bremste scharf, unterdrückte einen Fluch. Erst nach einer ganzen Weile sagte er so leise, dass ich die Ohren spitzen musste, um ihn zu verstehen: »Es war ein Wunder, dass ich das Feuer überhaupt ausgekriegt habe. Aber Sergio, der war tot.«

Ich sah ihn an, sein versteinertes Gesicht.

»Und deshalb sitzt sie jetzt im Rollstuhl?«

Er schüttelte den Kopf. »Sie hatte noch nicht mal eine Schramme«, sagte er. »Erst danach wurde es so richtig schlimm. Der Tod von Sergio … sie wusste sehr wohl, dass das ihre Schuld war. Und so unempfindlich sie bei allem war, das mit mir zu tun hatte – damit ist sie nicht klargekommen.« Er stieß ein bitteres Lachen aus. »Der arme alte Hund! Und dann hat sie was mit Santini angefangen.«

»Wollte sie mit ihm fortgehen?«

»Ach, was weiß ich … Sie war immer so … melodramatisch. Musste immer alles auf die Spitze treiben. Am Ende habe ich nur noch gebetet, dass sie endlich Ruhe gibt ...« Er verzog das Gesicht zu einer Grimasse. »An jenem letzten Abend waren wir im Auto unterwegs. Sie wollte unbedingt Freunde in Mailand besuchen und ich hatte ihr angeboten, sie hinzufahren. Nicht ohne Hintergedanken – ich hoffte auf ein paar friedliche Tage allein ... Auf dem letzten Stück kam es mal wieder zu einem Streit. Sie hat mich provoziert, und als ich nicht so reagiert habe, wie sie es gerne gehabt hätte, schleuderte sie mir entgegen, dass sie schwanger sei. Und zwar von einem Mann, der sie wirklich liebe. Sie hat mir erklärt, sie wolle mich verlassen, ein neues Leben anfangen und so weiter. Das kannte ich schon alles – neu war nur die Sache mit der Schwangerschaft. Rose war schon öfter mal abgehauen und ein paar Tage bei Freunden abgetaucht, um mich unter Druck zu setzen. Mit der Zeit war ich da ziemlich abgestumpft und am Ende dachte ich nur noch: Mach's doch endlich.«

Ich ließ den Blick jetzt nicht mehr von ihm. Vielleicht wäre es rücksichtsvoller gewesen, ihn nicht so anzustarren, aber ich konnte nicht anders.

»Jedenfalls tobte sie sich da auf dem Beifahrersitz aus und ich wartete einfach nur, dass ihr Anfall endlich vorbei wäre. Meistens endete das Ganze mit einem tränenreichen Zusammenbruch. Irgendwann schrie sie, sie wolle aussteigen, ich solle anhalten, was ich natürlich nicht tat. Dann hätte ich ewig am Straßenrand stehen und warten müssen, bis sie sich wieder eingekriegt hätte. Stattdessen gab ich Gas. Ich gab Gas.«

Plötzlich sah ich, wie er das Steuer fester umklammerte; seine Fingerknöchel wurden ganz weiß.

»Und dann ist sie einfach aus dem Wagen gesprungen.«

Im ersten Moment begriff ich gar nicht, was er da sagte. Mit meinen Gedanken war ich noch bei ihrer Diskussion, bei dem lauten Geschrei und der Theatralik von Rose. Erst langsam entstand vor meinen Augen das furchtbare Bild, das zu diesen Worten gehörte: die Hand auf dem Türöffner, die Tür, die aufgedrückt wird von dieser Hand. Ein Fuß, ein zweiter über einem vorbeirasenden Untergrund.

Lange Zeit sagte keiner ein Wort. Wir fuhren auf die Autobahn und ich klappte die Blende runter, weil das Licht mich störte und ich in diesem Moment gerne irgendwo abgetaucht wäre. Aber die Sonne schien gnadenlos unter der Blende durch und irgendwann schloss ich einfach die Augen.

Nach einer Ewigkeit veränderte sich das Motorengeräusch und ich sah, dass wir auf eine Mautstation zufuhren. Matteo bezahlte, und als wir auf die Landstraße bogen, fragte ich: »Und die Frau an der Tankstelle?«

Er schien kein bisschen überrascht über diesen Gesprächsauftakt, denn er antwortete so, als hätten wir gerade erst zu sprechen aufgehört. »Meine Cousine Maddalena. Sie weiß es. Sie und meine Mutter sind die Einzigen, die davon wissen.«

Ich versuchte mich zu erinnern, was die Bartoli zu mir gesagt hatte, als wir uns vor Matteos Haus begegnet waren, an dem Tag, als ich Matteo ins Krankenhaus gebracht hatte. *Rose Bennett wird hier kaum von Nutzen sein.* Das waren ihre Worte gewesen.

Müde fuhr er fort: »Als du uns an der Tankstelle gesehen hast, kamen wir gerade von einem Besuch im Pflegeheim zurück.«

Ich atmete tief ein und wieder aus. Hirnrissig, dachte ich und kam mir plötzlich vollkommen selbstzentriert vor. Aber woher hätte ich das alles wissen sollen? Oder auch nur ahnen?

»Und deine Mutter wollte nicht mit?«

»Meine Mutter kommt nie mit. Sie sagt … ach, egal.«

»Was sagt sie?«

»Sie ist halt meine Mutter und sieht das alles sehr einseitig.«

»Was meinst du damit?«

»Dass eine Mutter parteiisch ist und … ungerecht. Wenn es um ihr eigenes Kind geht. Sie verzeiht Rose nicht, dass sie mit einem anderen Mann … zusammen war. Was passiert ist, wäre die gerechte Strafe für Rose, behauptet sie.«

»Harte Worte.« Auf einmal fröstelte es mich und auch Matteo schien die Reaktion seiner Mutter unangenehm zu sein. Und so blieben wir beide stumm. Sicher, was Rose getan hatte, war falsch. Trotzdem, die Haltung von Matteos Mutter schien furchtbar grausam. Ich musste an die stechenden Augen der Alten denken, die ich in Maddalenas Osteria gesehen hatte. Ich war noch ganz in dieses Bild versunken, als Matteo plötzlich sagte: »Deine Tante war eine feine Frau.«

Ich wandte den Kopf.

»Sie hatte sich mit Rose angefreundet. *Unsere verwandten Künstlerseelen*, das habe ich sie mal zu Rose sagen hören.«

Auf einmal spürte ich einen dicken Kloß im Hals. »Die beiden haben sich regelmäßig getroffen, nicht wahr?«

»Ja. Und ich fand, dass deine Tante einen guten Einfluss auf Rose hatte. Aber dann ist irgendwas passiert, irgendeine Unstimmigkeit, und danach haben die fünf sich wohl nicht mehr gesehen.«

»Die fünf?«

»Ja. Rose, deine Tante, Assunta, ab und zu auch Roberta Rossi, und dann natürlich Maddalena.«

»Ach«, das war alles, was ich herausbekam.

Bei unserer Ankunft in San Lorenzo fühlte ich mich plötzlich fremd und Matteo schien mir unendlich fern. Als der Abend kam und wir uns bei Tisch gegenübersaßen, war dieses Gefühl noch immer da, und im Bett drehte sich Matteo sofort auf die andere Seite. Es war, als hätte jemand – Rose, Matteo, ich selbst? – eine Wand zwischen uns errichtet.

Nach ein paar Tagen kehrte eine Art Routine ein, zumindest äußerlich. Matteo hackte weiter Holz und arbeitete am Bau seines neuen Obstlagers. Er hatte zwei Maurer engagiert, die ihm halfen, und wenn ich morgens nach dem Duschen das Badfenster öffnete, hörte ich die Baustellengeräusche hinter dem Haus, die die Idylle zerschmetterten.

Wie vorher verbrachte ich die Tage meistens in Elis Haus, um dort zu arbeiten, und kehrte erst zurück, wenn die beiden Maurer Feierabend gemacht hatten. Nach einer Woche begann ich mich zu fragen, ob diese unsichtbare Wand zwischen uns jemals fallen würde. Oder ob ich mit meiner Nacht-und-Nebel-Aktion alles kaputtgemacht hatte.

Und in den Nächten kamen die Gespenster. Rose, das klare, schöne Gesicht, das ich von den Fotos her kannte. So wie sie einmal ausgesehen hatte, wie Matteo sie einmal geliebt hatte. Und dann das ausgemergelte Gesicht der Frau, die im Rollstuhl an mir vorübergeglitten war. Immer wieder war ich fassungslos, wenn ich darüber nachgrübelte, was dieser eine Akt des Wahnsinns noch alles ruiniert hatte: Matteo. Santini. Und das Kind. Da wäre ein Kind gewesen, dachte ich, ein kleines Leben, das alles verändert hätte. Begebenheiten und Worte tauchten auf, vieles, was geschehen war, fiel an den richtigen Platz. Auch der harte Blick, mit dem er mir an meinem ersten Abend in San Lorenzo diesen einen Satz entgegengeschleudert hatte: *Dann sind Sie also eine Ehebrecherin.*

Nach etwa zwei Wochen wagte ich einen Vorstoß und streckte, nachdem ich all meinen Mut zusammengenommen hatte, im Dunkeln eine Hand nach ihm aus. Aber er rührte sich nicht, drehte sich nicht zu mir um. Beschämt zog ich die Hand wieder zurück, drehte mich langsam auf den Rücken und starrte in die Dunkelheit.

Elisabeth

Ich erinnere mich nicht, was ich bei meiner Rückkehr zum Wagen sagte. Ob ich überhaupt etwas sagte. Das Einzige, was sich mir für immer in mein Gedächtnis eingeprägt hat, ist Signora Bagliardis entgeisterter Blick und wie sie versuchte, mich zum Einsteigen zu bewegen.

Mein liebes Kind, ich will versuchen, dir die Gefühle, die Livias Worte in mir ausgelöst hatten, zu beschreiben, auch wenn ich nicht glaube, dass irgendjemand nachvollziehen kann, was ich in diesen

Momenten empfand. Es war, als wäre tief in mir ein Vulkan, der viele Jahre lang geruht hatte, zum Ausbruch gekommen und verströme nun sein heißes Magma. Während die Straßen Roms in kalter Gleichgültigkeit an mir vorüberzogen, stieg ein unerträgliches Gemenge aus Fassungslosigkeit und Unglauben, aus Erbitterung und Schmerz an die Oberfläche. Und plötzlich sah ich den Vater vor mir, sein verhasstes Gesicht. Ich sah, wie er über mir gestanden hatte, und spürte die Tritte seiner lehmverkrusteten Stiefel.

Das Schlimmste aber, das, was mir den Atem raubte, war der Verrat. Giorgios Verrat. In all den Jahren, die vergangen waren, all der Zeit, die wir miteinander verbracht hatten, hatte er dieses unglaubliche Wissen für sich behalten. Er hatte geschwiegen und mir mit seinem Schweigen meinen Sohn genommen. Und nun war er tot und all mein Zorn, mein Hass, meine Traurigkeit liefen ins Leere. Während Signora Bagliardi den Wagen in eine Parkbucht in Giorgios Straße bugsierte, hatte ich das Gefühl, an der Ungerechtigkeit des Lebens zu ersticken.

Hannah

Ob ich es je erfahren hätte, wenn meine Gedanken Ruhe gegeben hätten? Wenn ich die Sache nicht weiterverfolgt hätte und nicht noch einmal zu Assunta gegangen und nachgebohrt hätte? Ich hatte ja nicht die geringste Ahnung, was der Wunsch, mich noch einmal mit Assunta darüber zu unterhalten, alles ins Rollen bringen würde.

An diesem Tag trug ich zum ersten Mal Handschuhe, es war ein kalter Dezembermorgen, der den Atem sichtbar machte und die Wiesen mit Raureif bedeckte. Ich war zu Fuß gegangen, um mir nach tagelangem Sitzen an meinem Laptop endlich einmal die Beine zu vertreten. Zu meinem Erstaunen öffnete Assunta die Tür im Morgenmantel.

»Ich komme später wieder«, sagte ich und tat einen Schritt zurück.

»Aber nein, nein ... komm rein, ich mach gerade Milchkaffee. Gib mir deinen Mantel!«

Es war warm in Assuntas Küche. Sie ließ mich auf dem üblichen Stuhl am Küchentisch Platz nehmen, füllte mit geübten Handgriffen Espressopulver in den kleinen runden Filter und schraubte die Alukanne zusammen.

»Assunta, ich bin gekommen, weil ich dich etwas fragen wollte.«

Sie hielt inne, die Kanne in Händen. »Ja? Nur zu!«

»Ich denke viel nach in diesen Tagen ... es ist ... ich kriege da manches nicht aus dem Kopf.«

Sie stellte die Kanne auf den Herd, wischte kurz mit den Händen über ihren Morgenmantel und drehte sich zu mir um.

»Ja, also ... Ihr habt euch doch zum Handarbeiten getroffen, nicht wahr? Du und Roberta, Matteos Frau, meine Tante und Signora Bartoli. Aber irgendwann hörte das auf.«

Sie nickte. »Ja. Leider. Auch wenn ich bis heute nicht richtig begriffen habe, warum.«

»Wie ist es dazu gekommen? Hatten die anderen keine Lust mehr?«

Assunta drehte das Gas an. »Tja ... also ... das war so ... wir haben uns immer reihum getroffen. Dienstags hat die Osteria Ruhetag, also gingen wir da öfter zu Maddalena. An diesem letzten Dienstag kam irgendwann Matteos Mutter herein. Du weißt sicher, dass sie ab und zu bei Maddalena im Restaurant aushilft. Na ja, auf jeden Fall blieb sie auf einmal wie angewurzelt stehen und starrte uns an. Wie eine Schlafwandlerin ist sie dann zu Eli gekommen, hat nicht rechts noch links geschaut, sondern sie nur immer weiter angestarrt. Weiß wie die Wand hat sie Eli angefaucht: ›Wie können Sie es wagen ... Verschwinden Sie!‹ Wir sind alle ziemlich erschrocken, auch Maddalena, die Livia daraufhin aus der Gaststube geführt hat. Es hat ewig gedauert, bis sie wiederkam. Und dann sagte sie, es wäre wohl besser, für heute aufzuhören. Wir sind alle gegangen. Und danach haben wir uns nie wieder getroffen.«

»Aber ... was für einen Grund hatte Matteos Mutter denn ... woher kannte sie Eli überhaupt?«

Assunta zuckte die Achseln. Ihr Gesicht spiegelte meine eigene Ratlosigkeit.

»Ich weiß es nicht. Natürlich habe ich nachgefragt. Bei Maddalena, auch bei Eli. Maddalena hat mir dann eine abenteuerliche Geschichte erzählt, die hinten und vorne nicht zusammenpasste.«

»Und Eli?«

»Die sagte gar nichts.«

»Wie ... Sie muss sich doch irgendwie dazu geäußert haben?«

»Das Einzige, was sie dazu sagte, war: ›Ich kann es dir noch nicht erzählen.‹«

»Das hat sie gesagt? Aber was kann denn das ...?« Ich verstummte und starrte Assunta mit großen Augen an.

»Ich weiß es nicht.«

Es dauerte zwei Tage, bis ich den Mut fand, zur Osteria zu fahren.

»Ich muss mit Ihnen sprechen«, sagte ich und blickte Maddalena Bartoli bohrend an.

»Worüber? Für das Birnenessen, zu dem ich Sie eingeladen hatte, sind Sie jedenfalls zu spät dran.« Sie stand hinter der Theke und lächelte mich an. Dir wird dein Spott schon noch vergehen, dachte ich und sagte möglichst selbstbewusst: »Ich denke, das wissen Sie ziemlich genau.«

Zwei Tage lang hatte ich alles hin und her gewälzt, hatte mir Worte zurechtgelegt, mir sogar Notizen gemacht von dem, was ich sagen wollte. Am Ende war ich zu dem Schluss gekommen, dass es das Klügste wäre, ein wenig zu bluffen. Wenn ich ihr gleich zu verstehen gab, dass ich im Grunde nichts wusste, konnte ich gleich wieder abziehen.

Maddalena begann Gläser ins Regal einzuräumen. Ich hatte nicht erwartet, dass sie es mir leicht machen würde. Dennoch ärgerte mich die Frechheit, mit der sie mich einfach ignorierte.

»Wir können die Angelegenheit auch hier besprechen«, sagte ich nun so laut, dass der Kellner, der eben vorbeikam, mir einen erstaunten Seitenblick zuwarf.

»Ich wüsste nicht, worüber wir beide zu sprechen hätten«, sagte sie schnippisch und genauso laut wie ich, dann schob sie die obere Schublade des Geschirrspülers zurück.

»Zum Beispiel über meine Tante und Matteos Mutter. Und darüber, was die beiden ... verbindet.«

Im ersten Moment sah es aus, als wäre sie in ihrer Bewegung eingefroren. Dann senkte sie die Arme, die beiden Gläser immer noch in der Hand haltend. Und als geschähe es gegen ihren Willen, fragte sie beinahe tonlos: »Wie lange wissen Sie schon davon?«

Elisabeth

Noch am selben Abend fuhr ich zu Livias Haus. Ich saß im Wagen in der schlecht beleuchteten Straße und beobachtete die Fenster im zweiten Stock, von denen ich wusste, dass sie zu Giorgios früherer Wohnung gehörten. Hin und wieder wurde das Licht angeknipst und ein Schatten erschien am Fenster, in dem ich Livia zu erkennen glaubte. Es dauerte eine gute Stunde, bis ich mich endlich überwand und aus dem Wagen stieg. Mit zusammengekrampftem Magen und auf zittrigen Beinen überquerte ich die Straße und legte den Finger auf die Klingel. Wenig später krächzte eine Stimme aus der Sprechanlage, doch als ich meinen Namen sagte, verstummte sie abrupt, es knackste noch einmal und nichts weiter geschah. Ich probierte es wieder und wieder, und als ich schon glaubte, sie habe sie Klingel abgestellt, ging plötzlich die Haustür auf und eine junge Frau stand auf der Schwelle. Ich erkannte sofort, dass das Livias Tochter sein musste, Livias und Giorgios Tochter. Sie maß mich mit eisigem Blick und sagte: »Wenn Sie nicht augenblicklich aufhören, uns zu belästigen, hole ich die Polizei.« Dann schloss sie die Tür und ich hörte ihre Schritte, die durchs Treppenhaus echoten und immer leiser wurden. Ich blieb noch eine Weile lang dort stehen, verstört von der Entschlossenheit, die hinter ihren Worten gestanden hatte. Irgendwann drehte ich mich schließlich um und ging, immer noch wie betäubt, zum Wagen.

Den Rest der Nacht fuhr ich spazieren.

Am nächsten Tag suchte ich einen Detektiv auf und beauftragte ihn mit der Suche nach meinem Sohn. Dann fuhr ich zurück nach Mosisgreuth und wartete. Der Anruf kam an einem Freitag. Hannah, die inzwischen in Konstanz lebte, war über den ersten Advent zu Besuch gekommen und ich saß gerade am Küchentisch und schälte Äpfel für einen Kuchen, als das Telefon in der Diele klingelte. Ich hörte, wie Hannah abhob und sich meldete. Als sie zurückkam, sagte sie mit einem irgendwie fragenden und gleichzeitig besorgten Unterton: »Ein Anruf aus Italien. Ein Signor Conti?«

Natürlich wusste Hannah von Giorgios Tod. Den ganzen »Rest« aber hatte ich ihr verschwiegen. Ich nahm den Hörer und spürte Hannahs Blick im Rücken. Ich wusste, dass sie sich um mich sorgte und alle Unbill von mir fernhalten wollte. Sie hatte gespürt, wie schlecht es mir in den letzten Monaten gegangen war. Doch sie hatte in dieser Zeit genug mit sich selbst und ihrer Arbeit zu tun gehabt, da hatte ich sie nicht belasten wollen und wie so oft in meinem Leben alles mit mir selbst ausgemacht.

»Ich habe Ihren Sohn gefunden.« Die Worte des Detektivs dröhnten an mein Trommelfell und ich hatte Mühe, mich aufrecht zu halten. Ich schloss die Tür zur Küche.

Signor Conti lieferte mir alles. Den Namen, den Wohnort, was er arbeitete. Und während ich stocksteif in der Diele herumstand, ratterte der Detektiv das Leben meines Sohnes in Kurzform herunter. Am Ende stand ich da und hörte ihn sagen: »Ich habe auch Fotos. Ich werde Ihnen die ganzen Unterlagen zuschicken.«

Einen Augenblick lang stand die Zeit still. Die Standuhr tickte und aus der Küche drang das Klappern von Besteck. Durch das Dielenfenster zum Hof sah ich, wie der Wind ein paar Blätter über den Hof fegte. Und da wusste ich: Das war der Moment. *Der Moment*, auf den ich nie zu hoffen gewagt hätte. Und so sagte ich: »Nein. Ich komme selbst. Dienstagabend bin ich bei Ihnen.«

Signor Contis Detektei lag ganz in der Nähe von Giorgios Wohnung an einer breiten, mit Platanen gesäumten Straße in der Nähe des Piazzale Clodio. Nachdem ich den Wagen in eine viel zu kleine Parklücke gequetscht hatte, blieb ich einen Moment hinter dem Steuer sitzen. Die ganze Fahrt über hatte ich versucht, mir ein Bild zu machen, mir ein Gesicht auszumalen, das diese oder jene Züge von Giorgio trug und wieder andere von mir. Doch in meiner Vorstellung landete ich immer wieder bei einer jüngeren Version von Giorgio selbst.

Der Mann, dessen Foto Signor Conti wenig später vor mir auf den Tisch blätterte, sah völlig anders aus, als ich erwartet hatte, und im ersten Augenblick wusste ich nicht, woran mich seine Züge erinnerten. Dann fiel es mir ein. Er sah aus, als sei er geradewegs einem alten Gemälde entstiegen: wütend, dynamisch, kraftvoll, mit einem schwarzen Bart und blitzeschleudernden Augen. Ich musste beim Einatmen ein eigenartiges Geräusch von mir gegeben haben, denn Signor Conti warf mir einen aufmerksamen, fast besorgten Blick zu. Dann stand er plötzlich auf, murmelte, er müsse noch etwas holen, und verschwand im Nebenzimmer. Erst als er die Tür hinter sich ins Schloss gedrückt hatte, nahm ich das nächste Foto, das diesen Mann, der mein Sohn war, ohne den Bart zeigte – ein altes Führerscheinbild, wie ich sah. Ich starrte auf das kleinformatige Bild. Nach und nach erkannte ich Ähnlichkeiten und fand Giorgio, aber auch mich selbst in diesem Gesicht wieder: Der Schwung der Augenbrauen, das energische Kinn und der breite Mund waren die meinen, Augen und Nase und Haarfarbe hatte er von Giorgio. Ich zitterte leicht und schob die Bilder schließlich wieder übereinander.

Als Signor Conti zurückkehrte, saß ich da, die Hand noch immer auf den Fotos, und fragte: »Und wo ist dieses San Lorenzo?«

Signor Conti trat an eine Italienkarte, die an der Wand hing. »Hier«, sagte er und deutete auf einen winzigen Punkt irgendwo in Umbrien.

Hannah

»Ist doch vollkommen egal, wie lange ich das schon weiß. Jetzt ist jedenfalls die Zeit reif, um endlich darüber zu sprechen.«

Innerlich kniff ich die Augen zusammen und betete, dass das so ungefähr passte und ich mich hier nicht gleich zu Beginn wieder zur Tür hinausredete. Die Bartoli sah mich immer noch an, ihr Blick hatte alles Spöttische verloren. Sie stellte die Gläser ab und sagte: »Kommen Sie mit.«

Ich zog die Augenbrauen hoch, was sie interpretieren konnte, wie sie wollte.

Prompt erklärte sie: »Es ist nicht an mir, mit Ihnen darüber zu sprechen.« Sie drehte sich um und wir durchquerten den Eingangsbereich der Osteria, wo sie eine Tür mit der Aufschrift *Privat* öffnete und eine schmale Steintreppe hinaufging. Von irgendwoher kamen Fernsehgeräusche, synchronisierte Stimmen, die etwas riefen, Schüsse und quietschende Reifen. In einem kleinen Vorraum, von dem drei Türen abgingen, blieb Maddalena stehen. Leise sagte sie: »Muss das wirklich sein? Es geht ihr nicht besonders gut.«

»Wieso, was hat sie denn?«

Maddalena seufzte und sah mich mit einem Blick an, der plötzlich müde wirkte. Ohne zu antworten, klopfte sie und öffnete gleich darauf die Tür. Die Geräusche einer Verfolgungsjagd wurden lauter.

Die Frau, die mit den Händen im Schoß auf einem Stuhl vor dem Fernseher saß, hatte uns noch gar nicht bemerkt. Bläuliches Fernsehgeflimmer, die einzige Lichtquelle im Raum, zuckte über ihr Profil und warf bizarre Schatten auf ihre sehr aufrecht sitzende Gestalt. Unwillkürlich musste ich an den Wartesaal eines Bahnhofs denken.

»Aber Livia, du weißt doch, dass du das Licht anmachen sollst, das ist nicht gut für deine Augen«, sagte Maddalena und knipste eine Stehlampe in der Zimmerecke an. Die alte Frau zuckte zusammen, wandte Maddalena das Gesicht zu und wollte etwas sagen. Dann erst bemerkte sie mich und ihre Augen weiteten sich vor Bestürzung.

Maddalena ging zum Fernseher und schaltete ihn aus. Die plötzliche Stille im Raum war ohrenbetäubend. »Sie möchte mit dir sprechen«, sagte sie, und als Livia immer noch nicht reagierte, fügte sie hinzu: »Ich hab dir gleich gesagt, dass es rauskommen wird.«

Die alte Frau schwieg. Sie hielt die Fernbedienung auf ihrem Schoß fest umklammert. Eine Ewigkeit lang sagte niemand etwas und plötzlich wusste ich, dass *sie* das gewesen war. Das Gesicht, das ich mit meinem alkoholvernebelten Gehirn bei Matteo gesehen hatte. Mein Unbehagen wuchs immer mehr. Auf einmal fühlte ich mich wie auf der Bühne eines Improvisationstheaters. Ich spielte hier eine Rolle und hatte nicht die geringste Ahnung, in welche Richtung das verdammte Stück ging.

Da stand die alte Frau auf, verzog dabei kurz das Gesicht, als habe sie Schmerzen. Maddalena wollte sie stützen, aber Livia wehrte ab. Mit etwas steifen Schritten kam sie auf mich zu. Sie war gut einen Kopf kleiner als ich, trotzdem wurde mir mulmig zumute unter ihrem feindseligen Blick. Doch als sie zu sprechen begann, zitterte ihre Stimme.

»Diese Hure ... Sie ist gekommen, um auch noch den Rest kaputtzumachen. Den Mann hat sie mir schon genommen. Dann wollte sie auch noch den Sohn haben.«

Ich stand ganz still. Die Worte prasselten auf mich herunter wie ein Platzregen und ich wagte nicht, mich zu rühren, irgendetwas zu sagen, aus Furcht, ich könnte verraten, dass ich absolut überhaupt nichts kapierte.

»Nun gib es ihr schon«, schaltete Maddalena sich plötzlich ein und fügte dann tonlos hinzu: »Ich hab dir doch gesagt, dass Peppino den Mund nicht halten kann.«

Ich sah von einer zur anderen und erklärte auf gut Glück: »Ja, durch Peppino bin ich draufgekommen.«

»Du hättest ihm nicht solche Angst machen sollen.« Mit energischen Schritten durchquerte Maddalena nun den Raum und riss die Tür auf.

»Was hast du vor?«, rief Livia ihr hinterher, aber Maddalena war schon verschwunden. Und als habe sie plötzlich alle Kraft verloren, sank Livia zurück auf den Stuhl. Es dauerte nicht lange, da hörte ich wieder Maddalenas Schritte. Als sie in den Raum zurückkehrte, hatte sie einen in braunes Papier gewickelten Packen in der Hand. Sie blieb kurz stehen, sah hinüber zu Livia, die völlig apathisch auf ihrem Stuhl hockte und auf den Boden starrte. Dann richtete sie ihren Blick langsam auf den Packen und reichte ihn mir wortlos. Ebenso wortlos nahm ich ihn entgegen und verließ den Raum, ohne mich noch einmal umzusehen.

Unten an der Treppe sagte Maddalena: »Das alles ist sehr schwer für sie. Seit jenem Abend, als sie Eli wiedersah, schläft sie kaum noch. Als sie sie dann zu Hause besucht und erfahren hat, dass Eli alles aufgeschrieben hat, noch dazu in einem Brief, ist sie schier durchgedreht.« Sie sah mich nicht an. Ich nickte mechanisch und drückte das Paket fest an mich. Den Blick immer noch auf einen Punkt irgendwo hinter mir gerichtet, sagte sie schießlich: »Als sie erfuhr, dass Sie nach Castelnuovo kommen würden, hatte sie in letzter Minute die Idee, vorher das Haus nach dem Brief abzusuchen. Und dann habe ich ja von Assunta den Schlüssel bekommen ...«

»Deshalb habe ich das Ding nicht gefunden.«

»Ja«, sagte sie und blickte mich plötzlich direkt an. »Sie haben den Schlüssel nicht gefunden, weil er gar nicht da war.«

Meine Schritte hallten über den Platz, während ich zum Auto ging, Elis Papiere fest an mich gedrückt. Im Wagen rief ich Matteo an und sagte ihm für den Abend ab. Es ginge mir nicht so besonders, ich würde die Nacht daheim bleiben. Im Sommerhaus konnte ich das Packpapier nicht schnell genug entfernen. Beim Draufschauen erkannte ich die vertraute Handschrift, die energischen, rechtslastigen Buchstaben, die Lebenslust, die aus ihnen sprach: Elis geschwungene Schrift. Doch erst als ich den Packen genauer sichtete, begriff ich, dass es sich im Grunde um *zwei* Briefe handelte: Der eine war auf Deutsch geschrieben und enthielt eine Menge Durchstreichungen und Änderungen; der andere war auf Italienisch. Ihr Inhalt aber schien identisch zu sein. Eli musste den Text auf Deutsch verfasst und dann übersetzt haben. Aber wozu die Übersetzung? Wie ferngesteuert streifte ich meine Schuhe ab, setzte mich aufs Bett und begann zu lesen.

Elisabeth

Mein lieber Junge, nun kennst du also meine Geschichte. Was gibt es noch zu sagen? In diesen letzten Monaten habe ich dich kennengelernt, ein kleines bisschen zumindest. Vom äußersten Rand deines Lebens aus habe ich einen Blick auf dich geworfen und mir vorzustellen versucht, wie du warst, als kleiner Junge, als Heranwachsender, als junger Mann. Ein ganzes Leben ist vergangen, bis ich erfahren durfte, dass du noch lebst. Dass ich diesen Sohn, den ich nur ein paar Tage, als winziges Bündel, in meinen Armen halten durfte, nicht ganz und gar verloren habe. Verzeih mir den weinerlichen Ton, aber so ist mir nun einmal zumute. Ja, ich weine um die verlorenen Jahre. Um deine ersten Schritte, die ich nie gesehen habe, um dein Kinderlächeln, das nie mir gegolten hat. Um deinen ersten Schultag, um deine kleinen und größeren Erfolge. Um deine Tränen, die ich nicht trocknen durfte.

Beim Schreiben habe ich immer wieder auf dieses Foto geblickt, auf »das blaue Bild«, wie ich es nenne. Und an manchen Tagen hat mir das Bild die Kraft gegeben weiterzuschreiben.

Nachdem Rose dich verlassen hatte, war jedenfalls alles anders geworden. Ich habe wohl gesehen, welche Schwierigkeiten ihr hattet, welche Schwierigkeiten *sie* hatte, und war bemüht, ihr eine Art Freundin zu sein, vielleicht auch um deinetwillen. Übrigens gibt es hier noch eine Skizzenmappe von ihr, die sie bei einem unserer Treffen bei mir vergessen hatte. Sie hat darin Entwürfe aufbewahrt, auch Zeitungsausschnitte mit Wohnungsanzeigen sind dabei. Falls du die Mappe haben möchtest, lass es mich bitte wissen.

Ich komme nun zum Ende meiner Geschichte und sehe, dass dieser Brief um so vieles länger ausgefallen ist, als ich beabsichtigt hatte. Auf einmal frage ich mich, ob es überhaupt nötig ist, dir all das zu erzählen, dir all das zuzumuten. Wäre es nicht besser, dich in deinem gewohnten Leben zu belassen? Habe ich das Recht, dir mit einem einzigen Handstreich die Vergangenheit zu rauben? Nun, da ich am Ende meiner Geschichte angekommen bin, ist mir ein wenig leichter ums Herz. So kann ich mir Zeit nehmen für die Entscheidung, was geschehen soll mit meinem langen Brief. Denn was auch immer ich tue, mein liebes Kind, es soll zu deinem Besten sein.

Elisabeth Christ, im August 2012

Hannah

Eine Ewigkeit lang blieb ich sitzen, die Beine untergeschlagen, das letzte Blatt mit ihrem Namenszug noch immer in der Hand. Am liebsten hätte ich es nie mehr losgelassen. Und auch wenn diese Worte nicht an mich gerichtet waren, auch wenn Elis Stimme nicht zu mir gesprochen hatte, so wollte ich ihr doch so lange es ging nachlauschen und sie für immer in mir lebendig sein lassen. Elis Stimme, die ihre Geschichte erzählt hatte. Eine Geschichte, die ich nicht gekannt hatte und auch nicht kennen sollte. Die Geschichte meiner Familie, die nun auch Matteos Geschichte war. Sein würde.

In dem Packen waren auch die Bilder, all die Fotos, die Eli aus dem Album gepflückt hatte, um sie Matteo zu zeigen. Eli in einem getupften Sommerkleid am See, so jung. Eli in einem roten Alfa Spider. Eli in Palmyra, Jahre später. Eli auf dem Times Square. Eli mit mir als Zehnjähriger. Und da waren auch noch ein paar Bilder, die ich nicht kannte, von Giorgio und ihr vor der Silhouette Roms. Lange betrachtete ich die Gesichter, die wie eine Dokumentation der verstrichenen Zeit waren.

Irgendwann zog ich die Decke über mich und schlief ein. Ich erwachte von der Sonne, die schräg durch die Fensterhöhlen schien und ein starkes Muster von Licht und Schatten an die Wand malte. Gebannt beobachtete ich die Staubpartikel, die wie Glitzerteilchen in der Luft schwebten und einen Eindruck von Zeitlosigkeit vermittelten. Und als wäre nichts Besonderes geschehen, wanderte das Sonnenlicht weiter die Wand entlang, tickten die Zweige der Eiche weiter an die Scheibe, atmete ich weiter aus und ein.

Ich war mit Tränen unter den Lidern eingeschlafen und wenig später wieder hochgeschreckt. Durchdrungen vom Schreckensbild eines Großvaters, Elis Vater, den ich nicht gekannt hatte und über den ich bis jetzt auch nichts gewusst hatte. Ich hatte in der Dunkelheit gelegen und versucht, mir sein Gesicht vorzustellen, dieses Gesicht, das ich von den wenigen Fotos kannte, die zu Hause auf dem Einödhof in ein braunes Lederalbum geklebt waren. Ein hagerer Mann mit einer ausgeprägten Nase, den Mund zu einem schmallippigen Grinsen verzogen. Nie hatte ich über diesen Mann, über dieses Grinsen nachgedacht. Er war nur eine Figur in Schwarz-Weiß gewesen, nicht echt, eine zweidimensionale Gestalt auf einem Foto in einem Album, das die Vergangenheit enthielt. Dieser Teil der Vergangenheit hatte für mich keinerlei Verbindung zu mir gehabt, zu mir nicht und auch nicht zu Eli. Aber das war falsch gewesen, vollkommen falsch.

Irgendwann ging ich ins Bad und spritzte mir kaltes Wasser ins Gesicht, schaute in den Spiegel über dem Waschbecken. Der übliche Anblick, wenn ich vergessen hatte, mich abzuschminken. Als ich nach einem Tuch griff und mir langsam über die Augen wischte, musste ich plötzlich an jenen Morgen denken. An jenen verkaterten Morgen nach meinem ersten Abend mit Matteo. An die *Rocciata*, an den schwarzen Flügel, an die Musik, an das Begehren, das zu dem Zeitpunkt schon da gewesen war. Und an das dunkle Gesicht hinter der Scheibe, das eben nicht Peppino gehört hatte.

Und plötzlich fiel alles an seinen Platz. *Es ist mein Kind,* hatte Peppino jemanden zitiert und ich hatte geglaubt, er meine Rose. Dabei hatte er die ganze Zeit von Livia gesprochen. Während ich dachte, es mit dem Gefasel eines Verrückten zu tun zu haben, hatte Peppino in Wirklichkeit alles vollkommen richtig verstanden. Livia war nicht die Mutter von Matteo, das musste er aufgeschnappt haben, wahrscheinlich an jenem Abend, als Livia Eli im Sommerhaus aufgesucht hatte. *Sie ist nur die Stiefmutter.* Waren das nicht seine Worte gewesen?

Ich bückte mich, warf das Tuch in den Abfalleimer. Und was würde ich nun tun? Nach San Lorenzo fahren und Matteo den

Brief geben, natürlich. Oder etwa nicht? Wieder sah ich in den Spiegel, schaute mir ins Gesicht und sah mich doch nicht. Stattdessen kam von irgendwoher das Bild der alten Frau, wie sie aufrecht auf ihrem Stuhl gesessen hatte. Die schmalen Schultern, die dünnen Arme. Wie sie vor mir gestanden hatte mit diesem flackernden Blick, in dem die Angst gelauert hatte. Matteo fiel mir ein und dass wir nie über seine Mutter, nie über diese Mutter gesprochen hatten. Ich war so von Rose besessen gewesen, dass ich ihn nie nach seiner Familie gefragt hatte. Nie nach seiner Mutter. Das Einzige, was ich von ihr wusste, war, dass sie ihrer Schwiegertochter nicht verzeihen konnte – anscheinend hatte nicht einmal deren schrecklicher Unfall ihr Herz erweichen können.

Nach einer heißen Dusche trug ich den Briefestapel in die Küche. Im Morgenmantel stand ich am Herd und füllte Kaffeepulver in die Kanne. Ich dachte kurz daran, Matteo anzurufen, nur um seine Stimme zu hören, seine warme, weiche Stimme. Aber er hätte sofort bemerkt, dass etwas nicht in Ordnung war, und dann hätte ich es ihm gleich sagen müssen. Doch ich war noch nicht so weit. Noch nicht so weit, das alles schon weiterzugeben. Ihm den Brief zu überlassen. Ich war ja noch nicht einmal so weit, das alles richtig zu begreifen.

Der Kaffee war heiß und stark, und während ich ihn in kleinen Schlucken trank, spürte ich, wie sich der Dunst in meinem Kopf allmählich verzog. Auf einmal erschienen mir die Zusammenhänge in einer kristallenen Klarheit: das Gestern und Heute, Elis Zögern, ihre Unsicherheit, ob sie es ihm überhaupt sagen sollte. Ja, dachte ich plötzlich, was würde sie Gutes bringen, diese Wahrheit?

In dem Moment hörte ich einen Wagen, der vor dem Haus hielt. Ich lief zum Fenster und sah Matteo aus dem Landrover steigen. Mein Herz fing wie wild an zu schlagen. Hastig raffte ich die Blätter vom Tisch, rannte hinunter, riss den Deckel der Truhe auf und stopfte den Brief unter das Strickzeug. Dann lief ich nach unten und riss die Haustür auf. Umarmte Matteo so heftig, dass er fast das Gleichgewicht verlor, und drückte mein Gesicht an seinen Hals.

»Hey, hey, das ist ja eine wunderbare Begrüßung!«, sagte er und seine Stimme klang ein wenig rau.

Ich konnte gar nichts sagen. Und so hielt ich ganz still und wartete, bis der Moment vorüber war. Ich nahm seine Hand und führte ihn nach oben.

»Möchtest du einen Kaffee?«, fragte ich und befüllte die Kaffeekanne ein zweites Mal, ohne seine Antwort abzuwarten.

Er nickte zerstreut und trat an den Tisch. »Ich hab mir Sorgen gemacht.«

»Es geht mir besser«, sagte ich leichthin und drehte das Gas an.

»Aber ... das ist ja San Lorenzo«, sagte er und hielt mir das blaue Bild entgegen.

»Ja ...«, antwortete ich. »Das Foto hat Eli einmal gemacht. Ist es nicht wunderschön?«

Er hielt den Blick auf die Tischplatte gesenkt und ich betrachtete ihn im hellen Morgenlicht. Sein klares Profil, das umschattete Kinn, den breiten Mund, der sich langsam zu einem Lächeln verzog. All das Leid, dachte ich plötzlich, das du erfahren hast. Der Mann, der sich selbst in die Luft gejagt hat. Deine Frau, die betrunken aus dem Auto gesprungen ist. Das Baby, das vielleicht deines war und nie geboren wurde. Ich betrachtete sein Gesicht und suchte Eli darin, meine geliebte Eli, die ein Kind, dieses Kind, verloren und es dann wiedergefunden hatte. Eli, die von ihrem Giorgio ein Leben lang belogen worden war. Und in dem Moment war mir klar, dass ich Matteo den Brief geben würde. Morgen vielleicht oder übermorgen. Nur heute, das wusste ich nun und legte einen Arm um ihn, heute würde niemandes Herz mehr gebrochen werden. Nicht an diesem Tag.

Anmerkung der Autorin

Dieses Buch ist ein Roman. Die Handlung und die Personen, die darin vorkommen, sind frei erfunden, und die Ortsnamen habe ich zum Teil verfremdet. Einen Apfelsammler aber gibt es wirklich. Im wahren Leben ist es eine Frau, Isabella Dalla Ragione, die sich der Rettung alter Obstsorten verschrieben und zusammen mit ihrem Vater eine Stiftung ins Leben gerufen hat: *Archeologia Arborea*. Wer Näheres erfahren oder sogar die Patenschaft für einen Baum übernehmen möchte, mag im Internet auf ihre Seite schauen (www.archeologiaarborea.org).

Die Sachinformationen, die diesem Roman zugrunde liegen, stammen aus einem Buch, das Isabella Dalla Ragione zusammen mit ihrem Vater verfasst und »Tagebuch zweier Pflanzensucher« genannt hat. (Isabella e Livio Dalla Ragione, *Archeologia Arborea. Diario di due cercatori di piante*, erschienen 2006 im Verlag ali & no editrice, Perugia.)

Auch das blaue Bild, das im Roman Eli macht, gibt es wirklich. Es stammt aus einem Artikel über Isabella Dalla Ragione, der im *Geo-Magazin* 8/2007 erschienen ist und mich, neben anderen Dingen, zu diesem Buch inspiriert hat.